誘惑する西鶴

—浮世草子をどう読むか

平林香織
Hirabayashi Kaori

笠間書院

誘惑する西鶴——浮世草子をどう読むか

◉目次

目次

はじめに

はじめに

ひたすら西鶴のことばに忠実にテキストを追っていくと、はじめは靄がかかったようなスクリーンが少しずつ鮮明になってくる。さまざまな思いをもつひとりの人間や、複雑な要因によって引き起こされたひとつの出来事が、ドラマチックに立ち現れる。西鶴は、読者をその瞬間に立ち会わせるために、さまざまな仕掛けを作品に施し、繰り返しテキストを読むように誘惑しているのではないだろうか——。

本書は西鶴の創作方法を解明し、西鶴を「わかる作品」として読み直し、これまでの研究史に一つの決着をつけることを目的とする。西鶴の浮世草子は、どう読むべきか、読まれるべきか。本書で何を試みるかを述べてみよう。

●研究史をふりかえる

西鶴の浮世草子は、どう読まれてきたのか、この問題に限定してごく簡単に研究史をふりかえりたい。

西鶴の浮世草子は、これまで次の三つのパターンで読み解かれてきたといえる。一つは、作者としての西鶴の思想を投影する読み方、第二に作品の時代背景を重視する読み方、そして、第三に作品のテキストに忠実な読み方である。

まず一つ目の読み方について簡単に述べてみよう。

作家としての西鶴を想定した読みを本格的に行った最初は暉峻康隆である。暉峻の『西鶴研究と評論』上・下（中央公論社、上・一九四八年六月、下・一九五〇年六月）は、今なお越えるべき研究書として、しばしば学術論文の冒頭に引用される。暉峻は、西鶴を「下層町人大衆の同情者」と位置づけた。彼が西鶴作品の中で最も高く評価するのは『世間胸算用』である。暉峻は、『世間胸算用』を、西鶴の人間愛のもとに、金銭に翻弄される人々を描いた作品と読む。人間賛歌の作家として西鶴の全体像を捉えた暉峻の言説は大変魅力的である。しかし暉峻の文学観とは異なる西鶴像を考える立場もある。谷脇理史はその筆頭である。たとえば、暉峻は、『好色一代女』を肉体の否定的な側面を描いた愛欲小説として読むが、谷脇は大笑いしながら読む風俗小説だという。また、谷脇は、西鶴作品には西鶴の政治批判意識がカムフラージュされているとする（『西鶴研究序説』新典社、一九八一年六月、『西鶴研究論攷』新典社、一九八一年一〇月、『西鶴研究と批評』若草書房、一九九五年五月等）。暉峻の評論的な読みを脱却し、作品論を展開した谷脇の西鶴論は高く評価され、今なお西鶴研究に大きな影響を与え続けている。

谷脇のカムフラージュ論は、杉本好伸、篠原進、有働裕（『西鶴 闇への凝視 綱吉政権下のリアリティー』三弥井書店、二〇一五年四月）ら西鶴研究会の主要メンバーに受け継がれている。彼らは、さまざまな歴史資料を参照しつつ個々の短編の読みを展開し、テキストの行間に西鶴の政治批判意識を読み取る。彼らが示す短編ひとつひとつとじっくりと向き合う姿勢はテキストを読むうえで忘れてはならないものである。しかし、たとえば、愚かな藩主の行為が描かれていることとその愚かな藩主を批判すること、さらに、幕藩体制を批判することとは、それぞれ別々の問題として考える必要がある。カムフラージュ論へのよりいっそう慎重な取り組みによって新しい研究の視界が開かれていくだろう。

また、矢野公和は、一連の西鶴の作品に作家としての西鶴の成長や文学意識の深化を読み取っている（『虚構としての『日本永代蔵』』笠間書院、二〇〇二年一〇月、『西鶴論』若草書房、二〇〇三年九月）。矢野は、テキストの読みを作家西鶴の生き方や考え方に収斂させる独自な試みを展開している。

次に、二つ目、時代の風景の中にテキストを置く読み方を大まかにふりかえってみよう。

この読み方は、野間光辰が主導した。野間の『西鶴年譜考証』（岩波書店、一九五二年三月）は常に西鶴研究者の座右にある。体裁は年譜であるが、内容は西鶴本の書誌、成立、そして西鶴の伝記等について考証した研究書である。また、野間は同時代の笑話や演劇の様式に着目して、西鶴の作品は、「五つの方法」によって成り立っていると解析した（『西鶴新攷』岩波書店、一九四八年六月）。

浄瑠璃や仮名草子など同時代の文学との直接的な影響関係を検証する野間の読み方は、客観的な資料を傍証とした読みとして評価されてきた。それは、作品の典拠をさがしそれと作品を比較する読み方につながっていく。浅野晃は、芝居や役者と西鶴の関わりを調査し新たな読みを示した（『西鶴論攷』岩波書店、一九九〇年五月）。冨士昭雄、江本裕、井上敏幸らは広く説話や仮名草子に目配りしながら西鶴作品に反映された先行文学を数多く明らかにした。それらの成果は、『西鶴事典』（おうふう、一九九二年八月）に集約され、テキストの読みの助けとなっている。典拠を西鶴がどのように用いたのか、その結果、西鶴の小説はどう読まれるべきかという問いかけを忘れてはならない。

最後に、三つ目のテキストに忠実な読み方をふりかえる。

広末保と森山重雄がその代表格である。二人は、哲学、民俗学、社会学などの広範かつ深淵な知見をもとに、丹念に西鶴のテキストを解析し、西鶴のおもしろさを伝えた。広末保は、人物がどのように描写されているかを読み解いた。たとえば『好色一代男』の世之介は、近代小説のような何らかの性格を付与された主人公ではなく、「存在感が希薄」だけれども「豊かに息づいている存在」であるとする。読者に向かって開かれた「未完の小説」として西鶴の浮世草子を捉えた（『西鶴の小説　時空意識の転換をめぐって』平凡社、一九八二年一一月）。また、森山重雄もテキストに何がどのように書かれているかという視点で論じた。笑話や説話の「書式をかなり大胆に飛躍」させながら特定の人物の心理が「複雑な文学的イメージ」として描かれていることを読み取った（『西鶴の世界』講談社、一九六九年九月。『西鶴の研究』新読書社、一九八一年一月）。両者の西鶴論は、今なお読解の指標となっている。そのほか広嶋進も幅広い視点で作品論を展開し、谷脇西鶴への挑戦を続けている（『西鶴探究　町人物の世界』ぺりかん社、二〇〇四年七月、『西鶴新解　色恋と武道の世界』同、二〇〇九年三月）。森耕一は作品と作品のあいだに共通するイメージを読み取り「動き回る金の話」（『世間胸算用』）、「欲望のゲーム」（『浮世栄花一代男』）といったキーワードを用いて作品を分析する（『西鶴論　性愛と金のダイナミズム』おうふう、二〇〇四年九月）、染谷智幸は、東アジア文学全体の中にテキストを置いて比較文学的視点で西鶴を読む（『西鶴小説論　対照的構造と〈東アジア〉への視界』翰林書房、二〇〇五年三月）。森田雅也は、西鶴が生きた時代に出かけていって西鶴の創作意識をさぐる（『西鶴浮世草子の展開』和泉書院、二〇〇六年三月）。佐々木昭夫はテキストの一字一句の読みに徹底的にこだわった（『近世小説を読む―西鶴と秋成―』翰林書房、二〇一四年三月）。書誌調査、挿絵調査とテキスト解釈を連動させる宮澤照恵の読みも看過しがたい（『『西鶴諸国はなし』の研究』和泉書院、二〇一五年三月）。彼らの読みは、西鶴のテキストの余白に新たな意味を見いだし、たくさんの道標をうち立てた。

●本書の試み

本書の試みは、三つ目のテキストに忠実な読み解き方に分類されるが、以下の三点において、従来とは異なる新しい読み方を提示するものとなっている。少なくとも、それを提示しようという試みを、いわば挑戦的に行っている。一つには、創作方法としての「饒舌な沈黙」の発見、二つには、短編集の仕組みの解明、最後に、ジャンルの越境という点である。

第一の挑戦「饒舌な沈黙」の発見について説明しよう。西鶴の浮世草子は、論者により正反対な読まれ方をすることが多かった。それは、西鶴の作品に、正反対の解釈や対立する評価を呼び起こす要素があるからだ。好き勝手に読んでよい、と読者に読みをゆだねているのではない。西鶴は最小限のことしかいわないでおいて、力いっぱい沈黙している。このような「饒舌な沈黙」を西鶴は意図的に作りだしていると考えた。それが意図的であると考えた理由は、作品の中に、沈黙を破るような仕掛けが施されているからである。その仕掛けは、ささいなモチーフやエピソードであることが多い。小さな仕掛けではあるが、作品を一読したときに、何らかの違和感や引っ掛かりとなって読者に印象づけられる。そのことが読者の想像力を刺激する。繰り返し作品を読んでいると、やがてその小さな仕掛けから新たな作品の視界が開けてくる。仕掛けを施したまま西鶴はそれ以上説明をしない。作者は作品の表面から姿を消す。それでいて、読者を一定の読みに導いていくのである。

Ⅰ「作品形成法」では、そのような観点から、これまで読みとばされてきた小さなモチーフやエピソードを取りあげた。

第一章「『好色一代男』の方法」では、まず、作品の随所にみられる「船」というコードに注目した。世之介は人生の転換期ごとに船に乗っている。勘当が解かれる直前に船に乗り遭難し、船を仕立てて遊興しては金の無力を経験し、作品の最後では日本の遊里に決別し、好色丸《よしいろ》で女護の島を目指して船出する。断片的な話が呼応し、船に乗るというモチーフでつなげられる世之介の人生の物語が紡ぎ出される。読者は浮き沈みを繰り返しながら最後まで風を帆に受けて進んでいく世之介の人生を読み取るように導かれる。また、最終章の直前に置かれた「都のすがた人形」（巻八の第四章）には「鶉の焼鳥」という仕掛けがある。この章は従来捉えどころのない話として評価が低かったが、「鶉の焼鳥」に込められたメッセージに気がつくと、最終章の世之介の船出を暗示しつつ、遊郭での世之介の遊びを集大成する章であることがわかる。

第二章「『好色五人女』の方法」では、研究史における『好色五人女』が悲劇なのか喜劇なのかという解釈の揺れをふまえ、悲劇的な要素と喜劇的な要素を作品に共存させた西鶴の創作方法をさぐる。巻一「姿姫路清十郎物語」では、悲劇的な結末に向かって突き進む男女の姿を、滑稽な周辺人物が相対化する手法が用いられる。その結果、歯車の狂った男女の運命が客観化され、軽やかな運びで話が進んでいく。「かなしき中にもおかしくなって」（巻三「中段に見る暦屋物語」

等）という表現は、西鶴が、意図的に喜劇的な側面と悲劇的な側面を作品内に共存させたことを暗示する。

『好色五人女』を読むうえで最大の謎といわれるのが、巻四「恋草からげし八百屋物語」のお七の母親の「小語《ささやき》」の内容である。作品のクライマックスでお七の母が、自害しようとする吉三郎に「何ごとか小語《ささやき》ける」ことで吉三郎は死ぬのを思い止まる。しかし、母が何と言ったのかが書かれていない。これこそ、西鶴の「饒舌な沈黙」という創作方法の典型である。母は、周囲の人間はもちろん読者にさえ聞こえない小さな声でささやいた。周囲の人間が順番に死を思い止まらせようとして吉三郎にいろいろなことを言い、最後に、お七の母が、何かをささやく。西鶴は、誰が吉三郎を思い止まらせたのかを強調している。「小語《ささやき》」の内容が書かれていないことで読者はさまざま思いを巡らせる。その結果、読者は、娘を死に至らせた張本人である吉三郎を許し、彼を生かそうとするお七の母の「母性」の大きさに気づく。

第三章「冒頭部の仕掛け」では『男色大鑑』の「墨絵につらき剣菱の紋」（巻一の第五章）と『日本永代蔵』「浪風静に神通丸」（巻一の第三章）にも同様の仕掛けが施されていることを検証する。この両話の冒頭部分には話全体を読み解くための仕掛けがあり、話をどう読むべきかということがまず示される。

「墨絵につらき剣菱の紋」の場合は、最初に主人公の島村大右衛門が「兼《かね》ての望《のぞみ》」を持つ謎めいた男として紹介され読者の興味をひきつける。しかし、作品の最後まで「兼ての望」の内容が記述されない。「兼ての望」の内容が記されないことがこの話の仕掛けなのである。結局、「兼ての望」を果せないまま、大右衛門は同輩に誤射されて亡くなってしまう。読者は大右衛門の周囲に次々と巻き起こる不可解な事件に遭遇させられた挙句、あっけない大右衛門の死に立ち合い、置き去りにされる。「なぜ」という問いへの答えが用意されていない居心地の悪さこそ、西鶴が、武士の世界に見ていたものではないだろうか。

『日本永代蔵』の「浪風静に神通丸」（巻一の第三章）は米市でこぼれた米を拾い集めて糊口をしのいでいた老婆の息

子が蓄財に成功する話だ。その冒頭部では、本文の内容とは無関係な実在の豪商唐金屋の大型廻船の進水式が描写される。ここに西鶴の仕掛けがある。以下、次々と無関係なエピソードが注意深く書き継がれて、最後にこぼれ落ちた米を拾う老婆とその息子が登場する。ストーリーの本筋からはずれた小さなエピソードを積み重ねる手法によって、西鶴は少し離れた位置から登場人物を語る。理由を語らず、感情を語らない。その結果、金に翻弄されながら必死に生きる人間の姿がくっきりと現れる。

このように一見ささやかで作品全体の読みには無関係にみえるさまざまな仕掛けが、新しい読みの扉を開くためのボタンになっている。そのボタンを押すと、扉が開いて、外の広場が見える。広場にはたくさんの人がいて、ひとり、またひとりと、こちらに近づいてきて話しかけてくれる。「饒舌な沈黙」が破られる。そんなボタンである。西鶴が作品にどんなボタンをどのように埋め込んでいるか、つまり西鶴の作品形成の方法を読み解いたのが本書である。

時に非常ベルのボタンを押してみたくなる衝動に駆られることがあるように、西鶴が仕掛けたボタンに気がつくと読者はそのボタンを押したくなる。押さずにはいられない。ボタンを押すと、非常ベルのボタンとは異なり大音量の警戒音ではなく、楽しいアンサンブルが聞こえてくる。

本書で行った第二の挑戦は、短編集としての枠組みについて考えることである。これについては、とくにⅡ「語り紡ぐ仕組み」において意識的に述べた。今まで西鶴の浮世草子は、短編それぞれを独立した話として考えそれをどのように読むかという方法や、いくつかの短編を拾いあげて関連づけ短編集全体をどのように読むかという方法で論じられてきた。どちらも作品の読みとして間違ってはいない。しかし、短編と短編がどのようにつなぎ合わされ構造化されているか、その仕組みを明らかにし、短編小説集として作品の全体像を見直すことも必要だと考えた。

『西鶴諸国はなし』『懐硯』『新可笑記』という三つの短編集を取りあげ、ひとつひとつの独立した短い話が、注意深く並べられていることを解き明かした。

第一章「『西鶴諸国はなし』における伝承の活用」では、読者がよく知っている謡曲や伝説を用いて短いテキストの中に特徴的な人間の姿を浮かび上がらせていることを検証した。「夢路の風車」（巻二の第五章）では、挿絵に描かれる横たわる奉行とその寝姿に寄り添う女二人の首が謡曲『邯鄲』と謡曲『松風』を連想させるが、二つの謡曲が組み合わされたところに作品の仕掛けがある。「身を捨《すて》て油壺」（巻五の第六章）は『河内国名所記』や『百物語』など当時の地誌や怪談にしばしば登場する「姥が火」伝説を背景として、一人の女の七〇年に及ぶ疎外された人生を描く。わずか五、六年の間に一一人もの夫と死別した美人妻が、老女となり化け物と誤認され射殺される。西鶴は老婆をめぐるエピソードを無機的に重ね、因果関係を述べない。作品は八〇〇字にも満たない。しかし読者は孤独な女の長い生涯をずしりと受け止めるのである。このような短編がゆるやかな構造のもとに集められ、『西鶴諸国はなし』では「ばけもの」（序文）としての人間が描かれている。

第二章「『懐硯』における語り紡ぐ仕組み」では、『懐硯』が話のネットワーク構造をもつことを論じた。それは、句・節・段・場と異なる大小の単位で全体を構築する謡曲の積層構造と似ている。また、『懐硯』には、浅井了意の『東海道名所記』と構成上、類似する点がいくつかある。このことは西鶴が『懐硯』を伴山の旅の書として読ませようとしていたことのあらわれである。行為者でもあり語り手でもある旅僧伴山という設定が、短編を重ね合わせる際に有効に機能している。

また、第三章「『新可笑記』巻一における反転の仕掛け」では、矛盾する表現に読者の読みを誘引する仕掛けがあることを指摘する。序に書かれた「ふたつの笑い」の内実について議論が分かれているが、この「ふたつの笑い」こそ、武士の矛盾した生き方を描くために西鶴が工夫した方法である。西鶴は対象を否定する笑いと受容する笑いの両方を「ふたつの笑い」とし、武士の姿を「沈黙の笑い」に包み込む。

この三作はいずれも短編小説集としてのおもしろさが強くあらわれた作品だと思う。

話同士が、美しい和音を響かせたり、不協和音となったりしながらひとつの曲を奏でている。読み終わったとき、読者は、「きらきら星変奏曲」を聴き終ったかのような印象を受ける。そして、もう一回聴いてみたくなる。何度聴いても飽きるということがない。

本書の第三の挑戦、ジャンルの越境とは、直接影響関係のない西鶴以外の作品にも目配りしたということである。今までは、西鶴に直接影響を与えた作品、あるいは、西鶴が実際に参照したであろう作品として、先行文学と西鶴作品との関係が考えられてきた。そういった研究成果の恩恵に浴しながら、西鶴の小説の豊かさは、ジャンルや時代を超えた作品と共鳴するところにもあると考えた。

そのような意味で、少し視野を広げて考察したのがⅢ「〈はなし〉の広がり」である。

第一章「〈こころ〉と〈からだ〉」では、西鶴の顔表現を考えるにあたり、文学作品のみならず、絵巻の「引目鉤鼻」や歌舞伎の「隈取」における象徴的な顔の表現方法についても比較・検討の材料とした。さらに、『源氏物語』の顔表現や「役者評判記」の顔表現と比較しながら、西鶴の顔表現の独自性を解析した。西鶴は、美人の顔を描写するときにことばを尽くさない。顔のほくろ一つで男と女の愛を表現する。

第二章「西鶴が描く愛の変奏」では、西鶴が描いた「兄弟姉妹」、また、西鶴筆の男が女を背負う挿絵について考察する。『伊勢物語』や『源氏物語』といった中古の物語文学における姉妹の葛藤をモチーフとした作品の延長線上に西鶴の小説があることを明らかにする。そして、『伊勢物語』「芥川」以来の逃避する男女の愛を象徴する「背負い」を挿絵に描くことで、読者を誘う西鶴の創作方法について述べる。

能役者は四方八方から引っ張られているような力の中心で能舞台に静止しているという。彼らは力いっぱいバランスを取りながら静止を演じている。西鶴の「饒舌な沈黙」も能役者が演じる力いっぱいの静止、に似ていると思う。能舞台で時空を超えて生者と死者が邂逅するように、西鶴が意識していなくても、西鶴を読むとジャンルや時代を超えた作品が呼び起こされる。ほかの作品についてどうしても語りたくなるのである。

以上が、西鶴の小説作法を解明し、西鶴をどう読むべきか、西鶴はどう読まれるべきかということに関する本書の構想である。

＊本書に引用する西鶴のテキストの引用は、とくに断らない限り、すべて『新編西鶴全集』（勉誠出版）所収の本文に拠った。読解の便宜を図るために必要に応じて濁点・送り仮名・読み仮名を施したところがある。

第Ⅰ部◉作品形成法——表象と仕掛け

第一章◉『好色一代男』の方法

1●船に乗る「世之介」は何を意味するか

一 問題の所在——人生の転換点で船に乗る世之介

天和二年（一六八二）、『好色一代男』は、西鶴の浮世草子第一作として出版された。全部で比較的短い八つの巻で構成されている。それぞれの巻は七つの短い話から成るが、巻八だけは、五章仕立てである。各巻は、冒頭に目次の「目録」を記し、各章の世之介の年齢と章題と副題を記す（以下、話の題名つまり章名は、扉ではなく、本文から引用する）。

作品は、浮世之介の七歳から六〇歳までの好色生活を描く。これまでさまざまな読みが試みられてきたが、巻一から巻四までの世之介の諸国遍歴を描く前半部分と、巻五から巻八までの世之介の遊里生活を描く後半部分とに分けられる。

前半部は、世之介の出自、色道への目覚め、畿内遍歴、勘当、その後の全国遍歴を経て、三四歳で勘当が解かれ莫大な遺産を相続するまでを描く。後半部で、世之介は、まず身請けした吉野と結婚し、その後、三都の遊郭（島原・新町・吉原）をはじめ地方の遊里でもさまざまな遊女と関わり、最後に長崎丸山町で遊び、六〇歳の正月の直前、好色丸《よしいろまる》で女護《にょご》の島へと旅立つ。

『好色一代男』全五四章の各章は、世之介の年齢一歳ずつに対応する。各章の目録には世之介の年齢が書かれる。第一章で世之介誕生、最終章で還暦直前を描いているため、世之介の一代記として読むことが一般的だった。この通説に異を唱えたのが谷脇理史である。▼注(1) 谷脇は、『好色一代男』は、色道の達人となる世之介の成長を描く一代記ではなく、浮世の論理を超脱した世之介像を媒介として作品成立時の現代風俗をおもしろおかしく描いた作品だと指摘した。

目録の年齢記載は三六歳から四一歳までがだぶっているし、各話が緊密につながっていくわけでもない。世之介が中心人物ではない話もある。とはいえ、世之介は章を追うごとに年を重ね六〇年を生きている。『好色一代男』を世之介の人生の物語として読むことはごく自然なことだろう。

本論では、世之介が勘当を解かれる三四歳のとき（巻四の最終章「火神鳴《ひがみなり》の雲がくれ」）と日本を後にする五九歳のとき（巻八の最終章「床の責道具」）に船に乗っていることに注目する。それぞれ、前半部と後半部の最後に位置する話である。「火神鳴の雲がくれ」では、船遊びをして船が転覆し九死に一生を得た世之介が、遺産を相続し大臣となって諸国遍歴を終える。「床の責道具」では、日本での好色生活に終止符を打ち、好色丸を仕立てて、女護の島目指して船出する。西鶴は、なぜ、人生の転換点で世之介を船に乗せているのだろうか。

そのほかの船に乗る世之介を描く章とあわせて、世之介がどのような場面で船に乗り、誰に会い、何をしたかを読み取る。世之介が船に乗る話の特徴とそれを作品全体の中に位置づけたときに何がみえるか、を考える。

二　女護の島への出帆

はじめに、巻八の最終章でもあり、作品全体の最後の章でもある「床の責道具」の女護の島わたりを取りあげたい。

最終章をどう読むかということは、世之介の人生をどう捉えるかということにつながる。
話の内容を簡単に述べよう。各地の遊里で遊び尽くした世之介は、年が明けると還暦である。自分にも、なじみの遊女たちにも老いがやってくることを自覚した彼は、財宝を投げ捨て、財産六千両を東山の奥に埋める。そして「ひとつこころの友」らを誘い好色丸に乗りこむ。船首に吉野の脚布で作った吹流しを掲げ、女護の島を目指して船出し、行方知れずになる。

この女護の島わたりについては、今まで、実にさまざまな立場から検討されてきた。『好色一代男』が構成や内容の面で『源氏物語』を模した作品であるとする山口剛は、直接世之介の死が描かれていないことから、「巻の名のみあつて、その文なき『雲隠』を下に構へての趣向であつた」と指摘し、[注(2)] 暉峻康隆は、『好色一代男』を「近世前期町人の青春の賛歌」と捉え、「六十歳になつても世之介は青春をもてあまして女護島に渡らざるをえない」と考える。[注(3)] 野間光辰は女護の島は流刑地八丈島にほかならず、女護の島わたりは「尤も深刻な絶望の表現、悲愴極まる捨身の行」であるとする。[注(4)] 広末保は暉峻説を踏襲し、女護の島わたりは、「地上的な好色を」「無時間の空間的広がりの中へと溶解し去るもの」であり、[注(5)]「手放しの楽天性」を表現するという。[注(6)] 矢野公和は、好色性を志向した前半の修業時代に対して、後半部は好色性を抑えた話が多く、その結果最終章では浮世への興味をなくし、好色性回帰のために女護の島へ向かったと分析する。[注(7)]

吉江久弥は、世之介の船出は、「自ら選び取った死出の道」への旅立ちであり、「羅刹国という女国、即ち空想上の遠い国へ赴かせた」ものだという。[注(8)] 松田修は「補陀落渡海」のイメージがあるとする。[注(9)] 谷脇理史は、そのような解釈を批判し、祝言で終わる一般的な物語の形式を踏襲したものであって、「世之介の今後を予祝する意味」が込められているとする。[注(10)]

箕輪吉次は、女護の島は長崎奉行末次平蔵が巡見に行った八丈島南方の無人島をイメージしたもので、女護の島わたりの背景に延宝四年（一六七六）に発覚した末次平蔵の密貿易事件があると推察する。[注11] 中嶋隆は松田の補陀落渡海説を継承しつつも、そこに「死のイメージを読みとる必要はない」とし、補陀落渡海のイメージを「逆転したことによって起こる笑いを企図」したものであると説く。[注12] 篠原進は鎖国下の日本における「当局への意義申し立てであり、閉塞状況からの解放の意志」だという。[注13] 森田雅也は、西廻り航路によって、酒田と大坂を往来する米商人世之介が弁才船として好色丸を造り、伊豆から船出し消息をたったと読む。[注14] 広嶋進は、『伊勢物語』古注にある、業平が吉野川の河上で行方しれずになった伝説にもとづいているという。[注15]

信多純一は、『好色一代男』を、前半は『義経記』、後半は『曽我物語』を粉本にした本地物とみなし、女護の島わたりは「極楽の宝池に浮かぶ竜頭・鷁首の舟に乗じ、極楽世界へ船出する、主人公世之介の成神成仏のイメージ」であるという。[注16] 最近の説では、染谷智幸は、谷脇、中嶋と同様に俳諧性を重視する立場から、「噺のオチ、即ち俳諧的な哄笑の中に物語を終わらせる趣向以上のものではなかった」[注17]としながらも、作品全体の外海への志向を前提にすると「長崎からの出航のカモフラージュ」の可能性があるという。[注18]

以上主な説を並べてみたが、解釈は多岐にわたる。それぞれ説得力があり、どの説が的を射たものか決めることは難しい。

これ以上、解釈をうちだす必要はないと思えるし、うちだせば屋上屋を架すことにもなる。しかしあえて私見を述べるなら、勘当され、家制度からはみ出して諸国を放浪していた世之介が、巻四の第七章で勘当を解かれ、一生食うに困らない遺産を相続したことに注目したい。後半部の世之介は遊郭の中で生きていく資金を獲得し、家に縛られることもなくなった。ところが、〈老い〉の現実に向き合ったときに金が無力であることを知る。そこで、財産を捨て、〈老い〉の問題を回避し、好色生活という夢を見続けるために女護の島へ旅立ったという解釈も成り立つのではないか。

そのように考えるのは、太夫吉野の存在ゆえである。

『好色一代男』の後半部は巻五から始まる。その冒頭の章「後《のち》は様つけて呼《よぶ》」で、世之介は太夫吉野を請け出し結婚した。これは、光源氏が紫の上を最愛の妻とし、多くの女たちと関係を結ぶのに似ている。後半部における世之介の恋愛は、吉野とは関係なく展開する。世之介は吉野以外にも室津の遊女と三笠とを身請けしている。しかし、結婚したのは吉野だけである。請け出した後の記述があるのも吉野だけで、非の打ちどころのない良妻ぶりが描かれる。吉野は世之介にとって重要な存在であった。矢野公和はこの話は吉野を描いたもので世之介は「点景」でしかないという。[▼注(19)] 直接世之介について書かれる分量は少ないが、吉野を請け出し妻とした世之介の存在感は大きい。作品全体においても世之介が吉野を妻としたことは重要な意味を持つ。

最終章の冒頭部に「親はなし、子はなし、定《さだま》る妻女もなし」とあるから、巻五の冒頭の話で結婚した吉野はすでに他界していることになる。世之介は、最終章で女護の島に向かうとき、「吉野が名残の脚布《きゃふ》」である「緋縮緬《ひぢりめん》の吹貫《ふきぬき》」を好色丸の帆柱に揚げる。吉野以外の遊女たちの「念記《かたみ》の着物《きるもの》」を縫い合わせて幔幕にした。吉野に限って、着物や帯といった外側を美しく飾る装束ではなく、他人には見せない肌に直接触れる脚布を掲げている。恥部を隠す脚布が好色丸の船頭を飾る。吉野との愛の絆の証だ。吉野と所帯を持った世之介は、吉野がいるからこそ、安心してさまざまな遊女と関係を結ぶことができた。ならば、吉野が死んでしまえば、遊女たちへの未練は消えてしまうだろう。

最終章の冒頭部分で世之介は「ふつと浮世に、今といふ今、こころのこらず」「いつまで、色道の中《ちう》有《う》に迷ひ、火宅の内の、やけとまる事をしらず」と反省している。吉野亡き今、遊里はもはや自分の居場所ではない。「足弱車《あしよはぐるま》の音も、耳にうとく、桑の木の杖なくては、たよりなく、次第に、笑《おか》しうなる物かな」と老いも身に迫っている。「見及びし女の、かしらに霜を戴き、額にはせはしき、浪のうちよせ、心腹《こころばら》の立《たた》ぬ日もなし」と、なじみの遊女たちの老いも気にする。金銀財宝は老いを防げない。世の介は宝を投げ捨て、残りの財産六千両を東山の山奥に埋め、「夕日影、朝顔の咲《さく》、其下に、六千両の、光残して」という一首を添える。これは、長者が朝日夕日の射す場所に黄金を埋めて

亡くなりその場所を示す歌を残したという長者伝説を利用したものである。▼注(20)

金を捨て去り、金がものいう遊里と決別した世の介は好色丸を造る。そこに搭載されたものは次のとおりである。

さて台所には生舟《いけぶね》に鰌《どじやう》をはなち、牛房《ごぼう》、薯蕷《やまのいも》、卵を、いけさせ、櫓床《ろどこ》の下には、地黄丸《ぢわうぐはん》五十壺、女喜丹《によきたん》弐十箱、りんの玉三百五十、阿蘭陀《おらんだ》糸七千すぢ、生海鼠輪《なまこわ》六百懸《かけ》、水牛の姿二千五百、錫《すず》の姿三千五百、革の姿八百、枕絵弐百札、伊勢物がたり弐百部、犢鼻褌《ふんどし》百筋、のべ鼻紙九百丸、まだ忘れたと、丁子《てうじ》の油を弐百樽、山椒薬《さんせうぐすり》を四百袋《しひやくたい》、ゑのこづちの根を千本、水銀《みつかね》、綿実《わたざね》、唐がらしの粉《こ》、牛膝《ごしつ》百斤、其外《そのほか》色品品の責道具《せめだうぐ》をととのえ、さて又、男のたしなみ衣装、産衣《うぶぎ》も、数をこしらえ

大量の強壮剤、催淫剤、堕胎薬、性具に、老いへの恐怖を読み取ることも可能であり、一艘の船でどこにあるのかもわからない伝説の島を目指す不安はぬぐいきれない。歌を詠んで財産を埋めた行為と重ねれば、確かに、女護の島わたりは葬送のようでもある。それにしては、実際の使い道を考えた品々がテンポよく列挙されている。新しい命の誕生を期待するたくさんの産衣まで持ち込まれる。

続いて世之介の誘いのことばとそれに応じる六人のようすが描写され、作品は閉じられる。

これぞ二度《ふたたび》、都へ帰るべくもしれがたし。いざ途首《かどいで》の酒よと申せば、六人の者おどろき、爰《ここ》へもどらぬとは、何《いつ》国《く》へ、御供申（し）上る事ぞといふ。されば、浮世の、遊君《ゆうくん》、白拍子《しらびやうし》、戯女《たはれめ》、見のこせし事もなし。我をはじめて、此男共、こころに懸《かか》る、山もなければ、是より女護《によご》の島にわたりて、抓《つかみ》どりの女を見せんといへば、いづれも歓び、譬《たとへ》ば、腎虚して、そこの土と成（る）べき事、たまたま一代男に生《むま》れての、それこそ願ひの道なれと、恋風

にまかせ、伊豆の国より、日和《ひより》見すまし、天和《てんな》二年、神無月の末に、行方《ゆきがた》しれず成《なり》にけり。

世之介をはじめ乗船メンバーは、死の不安を払いのけるかのように威勢がいい。再び帰って来られるかどうかわからない、と世之介が言い、男たちは「抓《つかみ》どりの女」がある国で死ぬなら本望、と気炎をあげる。

ところで、夏目漱石『夢十夜』「第七夜」は、どこへ行くのかわからない船に乗っていることに不安になった男が、死のうと思って甲板から飛び降りる夢を描く。男は「自分の足が甲板を離れて、船と縁が切れたその刹那に、急に命が惜しくなった。心の底からよせばよかった」▼注(21)と後悔する。どこまでも下へ下へと落ちていくところで夢は終わる。男が乗った豪華客船にはさまざまな客が乗っている。船全体が人間社会の縮図なのと同じように、遊女の着物や帯の幔幕で覆われた好色丸も世之介の遊里生活そのものといえる。「第七夜」では、船から飛び降りると、そこには底の知れない無限の闇が広がっており、落下しながら男は船に乗っていたとき以上に不安になる。一方、世之介は船を下りないまま、見果てぬ夢の世界に生き続ける。

女護の島わたりは、遊里で自分の老いや遊女の老いを見つめる不自由を回避し、老いと死に挑んだ色道人生の総決算である。制約の多い遊里や国家から解放された祝祭的な船出といえる。女護の島わたりに、暉峻康隆や広末保がいうような永遠の青春賛歌や手放しの楽天性、あるいは、逆に、野間光辰、吉江久弥、松田修らが指摘したような死に向かう悲壮感のどちらか一方だけを読み取るのは難しいのではないか。

先に述べたように、先行研究によって女護の島わたりが、八丈島、羅刹国、補陀落、無人島、密貿易、などと結びつけられたことは、興味深い。これは、海に囲まれた島国であり、鎖国政策をとっていた日本に、航海や漂流に関わる出来事が無数にあったことと関係があるだろう。また、船、航海というモチーフは、想像力を刺激する魅力的なものだ。だからこそ、『好色一代男』の最終章について、さまざまな説が提唱されてきたのだろう。

松田修は、「船は、現世・現実という有限性の中へ、他の次元、他の現実を持ちこむ具」であり、船や、車は土地のしがらみという「病理部分」からの脱出をイメージするものだとする。▼注(22)『西鶴諸国はなし』の「陸縄手《くがなわて》の飛乗物《とびのりもの》」（巻二「姿の飛のり物」）、「火もへし車」（巻二「水筋のぬけ道」）、「くれなゐの風車」（巻二「夢路の風車」）、「玉船」（巻三「行末の宝舟」）は、松田のいうように異次元との往還のための手段である。好色丸もまた、浮世を離れ日本を離れて別の時空へと話を広げるためのものといえる。だからこそさまざまな読みが生まれる。西鶴のテキストが内包している豊かさのあらわれでもある。

三　難破と遺産相続

次に、巻四の最終章「火神鳴《ひがみなり》の雲隠れ」について考えてみよう。前半部の最後である。世之介は、好色生活に嫌気がさし、隠遁するために熊野に高僧を訪ねる。その途中立ち寄った加太は、夫が漁に出ている留守に妻が公然と色を売るところである。熊野へは行かずここに逗留して遊興するうちに世之介に対する女たちの恨みが募ったので、世之介は女たちの気晴らしのために遊山船を仕立てる。ところが、夕立ちに遭い雷が落ちて船は転覆、女たちは行方不明となる。世之介だけが岸に打ち上げられて一命を取り留める。堺の知人を頼って行くと、父親が亡くなったことを知らされ、京へ戻った世之介は二万五千貫目の遺産を相続する。前半部の諸国遍歴に終止符を打つ章であり、世之介の人生の転換点に位置する。

この章で、世之介は女郎たちと「小舟数ならべて、沖はるかに」船出しており、世之介が船に乗っている点は、最終章と同じだ。船は悪天候により転覆し、「女の乗《のり》し舟共、いかなる浦にか、吹《ふき》ちらして、其行方《そのゆきがた》しらず」になり、世之介だけが岸に打ち上げられて、九死に一生を得る。

前節一で述べたように、山口剛は最終章に「雲隠」の利用があると指摘しているが、森田雅也は、この章に「雲隠」巻が援用されているという。森田は、「雲がくれ」が章名であることに加えて、巻は存在しないが巻名が示唆する主人公の死という共通点（ただし、世之介は死なないで再生している）があるという。▼注(23) しかも直前で光源氏も世之介も発心していることをあげている。また、世之介三四歳という年齢設定が、西鶴が三四歳で妻を亡くし発心したことを思わせるという。一方、広嶋進は、この章は『源氏物語』とは関係なく、女性が漂着してきて神となったという淡島信仰の伝承をふまえているという。▼注(24) 巻二「うら屋も住所《すみ》」（二〇歳）でも「火神鳴の雲がくれ」でも修行僧行尊への言及があることに注目し、修験道の修行にある「擬死再生」をなぞって「世之介が通過儀礼を経て青年から大人になり」、大臣として再生しているという。

根拠は異なるが、両説とも、溺れて救助されたことに世之介の人生の転換点を見いだしている。それは、正しい。しかし、『源氏物語』の「雲隠」とは違って、世之介が作品の舞台から姿を消すわけではないし、世之介の言動が淡島信仰や修験道と関係しているわけでもない。重要なのは、世之介の死と再生が描かれているということだ。ここでも、船出したことが、さまざまな解釈を生み出す要因になっている。

近年、挿絵を補助線とした西鶴作品の読みが行われることがあり、興味深い。図に示したように、本話の挿絵（図1）は最終章の挿絵（図2）と並べると、対称的な図柄となる。前者の転覆する直前の不安定な船体の絵には世之介の姿はない。一方、後者の船出する好色丸を描く絵では、世之介が吉野の脚布の吹き流しの下で手をかざし沖合を見ている。勢いよく前進する船の絵である。

世之介の人生の重要な場面を描く両話において、船出のモチーフが用いられている。船に乗るためには資金が必要である。「火神鳴の雲がくれ」で世之介が遺産を相続するのは転覆した船から海へ投げ出され、陸へ打ち上げられてからである。財産を得た世之介は、遊里の世界へ足を踏み入れる。金の力で遊里に生きた世之介は、金を捨てて女護

図１　「火神鳴の雲がくれ」挿絵

図２　「床の責道具」挿絵

の島へと渡っていく。船に乗るという行為は同じだが、船から降りた本章の世之介が目指したのは現世の遊里世界であり、現世に別れを告げた世之介が目指したのは永遠の楽園女護の島だった。

四　世之介が船に乗るとき

『好色一代男』の中にはこのほかにも世之介が船に乗る場面がある。前半部で世之介が船に乗るのは、勘当前に貸切の舟に乗って須磨へ行ったとき（巻一「煩悩の垢《あか》かき」一二歳）と、勘当後に、小倉の人に連れられて袖の浦まで船で下ったとき（巻三「袖の海の肴売《さかなうり》」二二歳）、食い詰めて佐渡の鉱山の仕事を求めて寺泊から便船に乗ったとき（巻三「集礼《しゆらい》は五匁の外《ほか》」二五歳）である。

財を得た後半部では、好きな時に好きな場所へ行くために船に乗っている。最終章の直前の章「都のすがた人形」で長崎に下ったときのほかは、船に乗る世之介の姿は後半部のはじまりである巻五に集中する。「欲の世中に是は又」（三七歳）、「当流の男を見しらぬ」（四〇歳）、「今爰《ここ》へ尻が出物」（四一歳）の各章である。世之介の財力をアピールしているといえよう。

巻五で船に乗る世之介の姿を確認してみよう。

「欲の世中に是は又」で、世之介は、「浮世の事は、しまふた屋の金左衛門を誘引《さそひ》て、同じこころの剽金玉《へうきんだま》、ぬけ舟を急がせ」室津の揚屋へ向かう。室津の遊女の気を引こうとして、祝儀をたっぷり渡すが、見向きもされない。

かはいさのままに、人のほしがる物は是ぞと、巾着にあるほど打あけて、物数《ものかず》四十切ばかり包《つつみ》て、袖に投入れば取敢《とりあへ》ず。夜もあけて別れさまに、旅の道心者の、こころざし請度《うけたき》といふ、彼《かの》女郎、袖の包《つつみ》がねを、其まとらせける。修行者《しゆぎやうじや》何ごころもなくもらひて、四五丁も行《ゆき》て立帰《かへり》、是は存《ぞんじ》もよらぬ事、一銭二銭こそ申（し）請《うけ》しに、今の女郎にかへすと、投捨《なげすて》てゆく。

世之介が渡した大金は惜しげもなく旅僧に渡され、その金額に驚いた旅僧が戻しに来る。遊女に金を渡した世之介の行為が無意味なものとなっており、金がすべてではないことを伝える。

世之介が船に乗ってはいないが、直前の章「ねがひの掻餅《かきもち》」も、金が役に立たない話である。冒頭には「つかひ捨《すて》るかねはあれど隙なくて」とあり、世之介の資産家ぶりが示される。世之介は、身なりをやつして太鼓持の勘六と大津の遊郭に出かけていき、門前払いをくう。そこで、「我に預《あづけ》た、金子《きんす》出して見せひ」と金を見せつけ、豪遊する。最後に禿《かむろ》三人に「何にても、道中望《のぞみ》にまかせて、まいらすべし」と持ちかける。禿たちは、次のように答える。

太夫さまから万に御こころ付（け）させられ、ひとつも此上に願ひの事もなし。され共乗懸《のりかけ》あとさきに隔《へだた》り、こころのまま咄《はな》しのならぬ事気のどく也。三人一所に昼も寝ながら、手づから掻餅《かきもち》を焼《やい》て、それをなぐさみにして、ゆく事ならばと申す、

禿《かむろ》たちの願いは三人一緒にごろ寝をしてかきもちを食べたいというささやかなものだった。彼女たちは、金にもの

をいわせた贅沢ではなく、心の「なぐさみ」を求めていた。

話を再び船に乗る世之介に戻そう。

世之介が四〇歳となる巻五の第六章「当流の男を見しらぬ」では、海路、筑前の遊郭柳町に出かけた帰りに安芸の宮島へ寄る。世之介はわざと野暮な恰好をして宮島の遊女たちの前に現れる。遊女たちは世之介が大臣であること見抜けない。そこで世之介は、島原の太夫が同じ格好をした男三人のうち一人が大名であると見抜いた話をする。世之介はやつした姿であっても大臣の風格がただようほどの人物にはなっていない。

続く第七章「今爰《ここ》へ尻が出物《でもの》」では、宮島の帰り、難波江での舟遊びのようすを描く。御座船で遊び仲間と乗り合わせ「いやまた、此舟遊び京の山にはまさりしを、内裏様にも見《み》たし《せ》」と楽しんでいる。その後、世之介は仲間たちと新町へ繰り出す。

新町の吉田屋に行くと見知らぬ男が偉そうに内儀に指図をしていて、それが吉田屋の主であることがわかる。「此二三年も来て、亭主見しらぬも新しい」という世之介のことばは、彼が吉田屋馴染の上客であることを意味する。世之介は、客がついていない女郎を全員呼び出したうえで、「終に申さぬ望、さる天神を、此前から様子ありと、それを名ざして取《とり》よする」。この表現は意味がとりにくい。「終に申さぬ望」とは何か、「さる天神」とは誰か、「此前から様子あり」とはどんな経緯か、何一つ明らかではない曖昧な表現である。世之介と吉田屋、あるいは、天神だけが事情を知っている。彼らの関係が特別なものであることを暗示する。世之介は、たくさんの金を吉田屋につぎ込んでおり、多少のわがままを言っても差支えない客なのである。

続く場面で、天神を待ちながら、世之介は「小判の次手《ついで》に、なんでも無心は御座らぬか」と言い放ち、「女郎衆はまだか。顔見て立（ち）ながら、いなす事じやが」と言う。さきほどの世之介の「終に申さぬ望」が、ほかの座敷へ出ている天神を無理に自分の座敷へ呼ぶことだとわかる。遊郭のルールを破ってまで呼んだ天神は酔っぱらってしまっており来るなり高鼾である。世之介の帰り際「夜着《よぎ》の下より、尻をつき出すを、不思議に思へば、其あたりに響《ひびく》ほどの香《にほ》ひ、ふたつまでこく」。「覚《おぼえ》ありてこきぬる、こころ入（れ）のさもしさ」ということばは、天神の行為を批判したものであるが、彼女の「さもしさ」は、金にものを言わせた世之介の無理なふるまいが招いたものといえる。

前半部の世之介は、人に連れられて船旅をするだけであった。後半部では、自分で船を仕立て、行きたいときに行きたい場所へ行って豪遊している。船に乗ることで、行動範囲はぐんと広くなった。それが、女護の島を目指す最後の行動へとつながる。

世之介の船旅は、彼の財力の証だが、その一方で金がすべてではないことも示す。抜け舟を仕立ててでかけた室津、長崎航路の帰りに立ち寄った宮島、御座船での豪遊の果てに乗り込んだ新町で、金を使った遊びが空回りして、世之介は苦い経験をする。豊かさの象徴として船に乗る世之介が描かれ、同時に、その豊かさの限界が示される。

巻五で、世之介が船に乗っていないもうひとつの章、世之介三八歳の「命捨《す》ての光物《ひかりもの》」について述べておく。

「命捨ての光物」は、野郎遊びをする話である。京都東山の寺で役者を招いて稽古能を楽しんだ世之介は、早籠を仕立てて宮川町の野郎宿へ繰り出す。そこで若衆滝井山三郎の恋物語を見聞きする。寺の貧しい学僧が命がけで山三郎に恋し、山三郎もその思いを受け止め相思相愛になるが、学僧は山三郎の交遊関係を怪しみ自分の名前を山三郎に入墨する。金銭での結びつきによらずに始まった恋であるが、貧しい学僧は色と金の世界に生きる若衆を恋人に持ったことで苦しむ。住む世界の違う二人の恋の話を、世之介が、江戸の役者たちに話して聞かせた、と章末に書かれる。財を手に入れた世之介の遊びの広がりを描きつつ、そこで扱われる男色話は、金と恋のジレンマを伝える。

五　世之介の金の使い方

巻五には、世之介が船に乗る話が集中していた。船に乗ってどこかへ出かけるたびに、世之介は金が無意味であることを知る。巻七になると、遊里における金銭の意味を問う話がさらに多くなる。

冒頭の第一章「其面影は雪むかし」（四九歳）では、世之介に心を込めて口切の茶事をしてくれた高橋に金をばらき拾わせようとする。続く「末社らく遊び」（五〇歳）では、島原の風呂屋を貸切にした世之介一行が、二階から一分金をばらまく。次の「人のしらぬわたくし銀」（五一歳）では、世之介に金の無心をする太夫が登場する。続く第四章「さす盃は百二十里」（五二歳）では、「つかひ捨かね千両」を持って吉原の高雄に会いに行くが、高雄を揚詰にしている客がいて千両が役にたたない。これらの章では、世之介が持つ大量の金銭が、目に見えるかたちで直接的に描写される。その金を遊女たちがどのように扱ったか、金の力で世之介が何をしようとしたか、何ができなかったかということが描かれる。

第五章「諸分《しよわけ》の日帳《ひちやう》」（五三歳）は、新町の遊女和州が世之介が居ない一か月間の日記を庄内にいる世之介のもとへ送ってきた話で、米の買い付けという金を動かす仕事ゆえに世之介が遊女と隔てられる話である。第六章「口添《そへ》て酒《さか》軽籠《かるこ》」（五四歳）は、三百両の金で男に身請けされた吾妻が、世之介のことが忘れられないまま自害してしまう話である。この両話は、世之介と遊女の間を金が隔てる話である。

第七章「新町《しんまち》の夕暮島原《しまばら》の曙」（五五歳）は、新町で遊んでいる途中で思い立って島原へ向かう世之介のようすを、周りの風景や人物との会話によって描写する話である。早籠に乗った世之介が、道頓堀に寄ったり、佐田天神で酒を飲んだりしながら、島原へと移動し、馴染の茶屋に顔を出し、揚屋にたどりつく。多くの遊女が登場し、好きなように豪遊する世之介の姿が描かれる。

このように巻七では金の力は、時には威力を持ち、時にはまったく無力となっている。

中でも、冒頭の「其面影は雪むかし」は金によって結ばれた遊女と客の究極の姿を描く。この章は、太夫高橋の茶事の場面と、尾張の大臣が切りかかってくる場面で構成される。以下、本文に即して考える。

冒頭部では理想的な太夫高橋が絶賛される。

石上《いそのかみ》ふるき高橋に、おもひ懸《かけ》ざるはなし。太夫姿にそなはつて、顔にあいきやう、目のはりつよく、腰つき、どうもいはれぬ、能所《よきところ》あつて、まだよい所ありと、帯といて寝た人語りぬ。そふなふてから、髪の結ぶり、物ごし利発、此太夫風義を、万に付（け）て、今に女郎の、鏡にする事ぞかし。

姿だけでなく立居振舞にすぐれ、知性も高く理想的な女郎であるという。

高橋は、初雪が降った朝に「俄《にはか》に壺の口きりて、上林《かんばやし》の太夫まじりに、世之介正客《せうきやく》にして」口切の茶事をする。高橋は初雪の朝に世之介を正客に口切の茶事をしようと決めていた。しかし、初雪はいつ降るとも知れない。雪は、高橋が尾張の大臣と初会の予定がある日に降った。高橋は、早朝、初雪を見て、宇治に遣いを出し、茶を点てるための水を汲ませにいく。掛物は白紙を表装した軸、貴人に振舞う茶だけに使う天目茶碗や建水には自分の定紋である橋を染め付けてある。ずいぶん前から一世一代の茶事の準備をしていたことが理解できる。掛物が白紙なのは、雪の句を発句とする表合《おもてあわせ》を客に求め、自らが執筆《しゅひつ》となってそこに句を書き留めるためである。連衆が一句ずつを付け回す表合は、わび茶の心得と通じ合う一期一会の精神で行われる。また、茶事では、どのような花を飾るかということも重要なもてなしの要素であるが、床の間には花が活けてない花入れだけが置かれている。太夫自身を花と見立てのことである。白紙の軸、自分の紋を染めた道具、空の花入れ、どれも、茶の湯の世界では考えられない趣向である。遊郭で太夫が亭主となる茶事ならではの趣向であり、高橋の太夫としての自負が表れてもいる。

　石塚修は、茶の湯の記事がある西鶴の浮世草子のいくつかの話や『俳諧大矢数』の茶の湯を詠んだ付合から、西鶴に茶の湯の知識があったことを明らかにしている。▼注(25) また、『諸艶大鑑』巻四の第二章「四匁七分の玉もいたづらに」や『日本永代蔵』巻三の第一章「煎じやう常とはかはる問薬《とひぐすり》」には口切の茶事に水仙の花が珍重されたことをふまえての記述がある。西鶴は、「宇治の茶師から壺が届けられると、その口を切って新茶を挽いて茶事を催したもので、茶家の正月にも等しく開炉のころ催された」▼注(26) 口切の茶事の重要性を理解していたはずである。

　高橋は、尾張の大臣との初会を無視し、遊女生命を懸けて世之介をもてなした。太夫が金銭で契約した客を無視することはあってはならない。それを高橋は強行した。その行為が自分の首を絞めることになるのを覚悟の上である。その心意気は次のような装束や点前の描写にも表れている。


　高橋其日の装束は、下に紅梅、上には、白繻子《じゆす》に三番叟《さんばさう》の縫紋《ぬいもん》、萌黄《もえぎ》の薄衣《うすぎぬ》に、紅の唐房《からふさ》をつけ、尾長鳥《をながとり》のちらし形《がた》。髪ちご額にして、金の平髻《ひらもとゆい》を懸《かけ》て、其時の風情、天津《あまつ》乙女の妹などと、是をいふべし。手前のしほらしさ、千野利休も、此人に生れ替られしかと疑《うたがは》れ侍る。


　紅白の衣装に三番叟の縫紋というのは、口切の茶事にふさわしいめでたいものである。尾長鳥も長寿や繁栄を祈る祝いの意匠である。利休の生まれ変わりのような点前というのは最高の褒め言葉だ。茶会において、客は床の軸を見て亭主の思いを理解し、花や道具立てからもてなしの心を汲み取って茶を飲む。初雪の朝にこだわって茶会を催した高橋の心意気は、茶席のしつらえから世之介にしっかりと伝わったはずである。

　それに対して世之介は両手で金を掬って差し出すという大胆な行動をとる。

ことすぎて、跡はやつして乱れ酒、いつにかはりてのなぐさみ、酔のまぎれに、世之介金銭銀銭、紙入《かみいれ》より打明《うちあけ》て、両の手にすくひながら、太夫戴け、やらうといふ。此中では戴かれぬ所ぞかし。初心なる女郎は、脇からも赤面して、ゐられしに、高橋しとやかに打笑ひ、いかにも戴きますと、そばにありし、丸盆に請《うけ》て、今日の前でいただくも、内証にて、状で戴くも、同じ事と申（し）て、禿《かふろ》を呼《よび》よせ、なふて叶《かなは》ぬ物じや。取《とつ》てをけと申されし。

「遊女は人前で直接貨幣に手を触れることをいやしいとされた」注(27)という遊里のルールもあった。何より心を込めた高橋の初雪の茶事のあとである。従来、高橋の行為を台無しにする世之介の行為は、丸盆を使うことで金に直接触れずに受け取る高橋の工夫を描くものと解釈されている。しかし、ここは高橋の機転を称える場面ではない。高橋の覚悟を知った世之介の最高の粋が描かれている。

広末保が「金を拒否しながら、同時に町人の健康な経済生活から切り離された特権的な金の力でその遊女の美はまもられている」注(28)というように、遊里は色と金のジレンマで成り立っている。高橋は、金による客との結びつきを断ち切って、それを越えたもてなしをしようとした。太夫としての立場が危うくなることを覚悟した高橋の思いを、世之介は受け止め、その返礼として金を渡す。それは、遊女としての立場を彼女に思い出させ、金を仲立ちにしてこその客と遊女の結びつきであることを示す行為だった。その場に居合わせたものが顔をしかめたにもかかわらず、高橋は金を受け取る。世之介の真意を読み取ったからだろう。「今日の前でいただくも、内証にて、状で戴くも、同じ事」、「なふて叶《かなは》ぬ物じや」という高橋のことばは、金での結びつきに徹することが遊女の本分であると自分に言い聞かせているかのようである。徹底的に金で結びつきながら心を通わせた世之介と高橋の恋である。

『好色一代男』の挿絵に描かれる世之介は、すべて瞿麦《なでしこ》紋の着物を着ている。ところが、本話の挿絵の世之介の着物には、高橋がつけていた橘の紋と瞿麦の紋の二つが入れられている（図3参照）。すっぽかされた尾張の大臣が刀を振りかざして乱入するのを無視して、世之介は「声もふるはず」投節を唄い続ける。世之介に膝枕してもらう高橋の悠然とした姿が、尾張の大臣と対照的に描かれている。

図3『好色一代男』「其面影は雪むかし」挿絵

瞿麦が夏の季語であることと『源氏物語』との関係から世之介の瞿麦紋に常夏のイメージを読み取る篠原進は、世之介の瞿麦紋は「過ぎ去った朱夏」を表すものであるという。▼注(29) 光源氏は、「撫子《なでしこ》」という異名を持つ夕顔の遺児玉蔓を六条院で夏のエリアに住まわせ、自分の腕の中で亡くなった夕顔の面影を見続けた。玉蔓も母夕顔の幻影を追い求

めていた。篠原は、『源氏物語』において「撫子」は失われた存在の輝きをイメージさせる花だとする。それと同じように、世之介の瞿麦紋も、過ぎ去った輝かしい時代を意味するという。しかし、作品の中で瞿麦紋の着物を着ている世之介の姿は、今まさに色道に生きている男である。描かれている内容も栄光だけではない。

『好色一代男』本文中に瞿麦紋への言及があるのは、五例で、そのうちの三例が巻七に集中している。「末社らく遊び」で「瞿麦の揃《そろへ》浴衣」を着て風呂屋の買い切りをし、「さす盃は百二十里」では、世之介を迎える揚屋が「盃間鍋《かんなべ》吸物椀まで、瞿麦のちらし紋」を付けており、「諸分《しよわけ》の日帳《ひちやう》」では世之介を慕う和州が揚屋の帰りに瞿麦紋の提灯をさげているのを見た天満の又様なる大臣が「紋挑灯の瞿麦、今に替《かは》らぬか」と声をかける。いずれも大臣世之介の全盛を伝えるエピソードを記述する箇所である。本文中に瞿麦が登場する場合には、世之介は生命力に満ちあふれている。瞿麦は世之介の旺盛な生命力の表象である。

高橋の定紋である橘の花もまた和歌や物語で多く用いられてきた。「五月待つ花橘の香をかげば昔の人の袖の香ぞする」（古今集）という歌以来、目の前にいない人をしのぶ表現にしばしば登場する。「死出の田長」といわれるほととぎすと組み合わせて亡き人を思う表現にも用いられる。西鶴は妻の追善興行『独吟一日千句』で「ほととぎす」を全一〇巻の発句に詠みこんだ。付合にも「橘—ほととぎす」を頻繁に用いている。『好色一代男』巻六「喰さして袖の橘」（三六歳）は、世之介と引き裂かれた遊女三笠が「五月雨の比《ころ》忘れては、盛《さかり》かと見し、蜜柑ひとつ」世之介に渡して昔を思い出す話である。二人が死のうとしたため、人々が取り計らい、世之介と三笠は結ばれる。

死のイメージにつながる橘と生のイメージを持つ瞿麦の二つの紋が入れられた世之介の着物は、ほかの瞿麦紋だけの着物とは違って目を引く。世之介が、尾張の大臣がお前を連れに来たら「腰半分切てやつて、かしら此方にをくが」と言うと、高橋は「いかにも覚悟」と応じる。上半身（心）は自分に、下半身（体）は尾張の大臣に、という世之介のことばを、高橋は嬉しく受け止める。二人は仲よく寄り添い、「さても命は」という投節の歌の世界に浸っている。

二人が唄う「さても命は」という投節は、「嘆きながらも月日を送る、さても命はあるものを」という『新町当世投節』によるものである。▼注(30) この詞章は、『百人一首』にも採られている道因法師の「思ひわびさても命はあるものを憂きにたへぬは涙なりけり」（『千載集』）をふまえる。西鶴は、同じ表現を、『好色一代男』冒頭の「けした所が恋のはじまり」の結びでも使っている。

こころと、恋に、責《せめ》られ、五十四歳まで、たはぶれし女、三千七百四十二人、少人のもてあそび、七百二十五人、手日記にしる、井筒によりて、うないこより、已来《このかた》腎水を、かえほして、さても命は、ある物か。

ここでの「さても命はある物か」は、世之介の恋の一生を総括することばである。投節の「こんなにつらいのによくも命があるものだ」という嘆きの表現が、「こんなに肉体を酷使しても命があるものだろうか」という反語とも驚きともとれるおかしみのある表現に置き換えられている。一方、世之介と高橋が刀を突きつけられながら歌う「さても命は」は、「ここで切り殺されてほんとうに命がなくなってしまうかもしれない」という意味が込められた表現である。同じ一節を切り取って、作品の冒頭と終盤で、世之介の命に言及する。こういう仕掛けが、各話をゆるやかにつないでいる。

その後、「今日は、尾張のお客へも、世之介殿へも、売《うら》ぬ」と抱え主に叱られた高橋は、髪をつかまれ引きずられながら、世之介に別れのことばを言う。話は、「世之介様、さらばといふこそ、こころつよき女、此男にあやかり物ぞかし」と結ばれる。「こころつよき女」と高橋を礼賛して話が閉じられているのではない。そんな高橋に惚れられる「此男」、世之介にあやかりたいものだ、と世之介を評価する。この話が一方的に高橋のすばらしさを描いたものではないことがここからもわかる。世之介あっての高橋である。金の限界を越えようとした話ともいえるし、金を媒介にしながらどこまでも心で結びつこうとした話ともいえる。

本話に登場するのは「石上《いそのかみ》ふるき高橋」、つまり寛文六年（一六六六）に太夫になった初代の高橋であるが、巻七の最終章「新町の夕暮島原の曙」には延宝元年（一六七三）に太夫になった二代目高橋が登場する。新町から島原に向かう世之介に茶屋の亭主が、高橋が世之介を待ちわびていたと告げる。世之介が島原に着くと高橋づきの女郎や太鼓持たちがにぎにぎしく出迎え、「高橋今の御威勢也。此時の有様、大名もこんな物成（る）べし」と二代目高橋全盛期のようすが表現される。巻七の冒頭の章と最終章に初代と二代目の高橋が登場する。同じ人物ではないし、描かれ方も違う。初代高橋と投節を唄ったのは四九歳の世之介、二代目高橋が待ち焦がれていたのは五五歳の世之介である。二つの話を並べることで、遊郭は奥行きのあるものとなり、世之介はいっそう存在感のある人物となる。▼注(31)

六　船に乗ることの意味

以上、船に乗る世之介について考察し、金と結びついた世之介の行為について考えた。世之介は、勘当が解かれる直前に船に乗り遭難し、船を仕立てて遊興しては金の無力を経験し、最後は還暦を前に日本から船出している。巻五では、世之介は、船に乗る自由と富を手にしたが、その限界をも知っていく。巻七になると、遊里における金の力の難しさが描かれ、巻七の冒頭章は、高橋と世之介の金を媒介にした強い結びつきを描く。巻五に描かれるのは、財産を得て遊郭で遊ぶ大臣になった直後の世之介であり、巻七には、大臣としての経験を積んだ絶頂期の世之介が描かれている。作品の最後の女護の島わたりでは日本の遊里に決別し、女護の島を目指す。老いへの挑戦である。

ひとつの話を取り出して読み、それを再び話の並びの中に戻したとき、世之介の人生の物語がつながる。船に乗る世之介という視点で世之介の人生を考えるならば、浮いたり沈んだりしながらも、最後まで風を帆に受けて前へ前へと進んでいく世之介の姿を思い描くことができる。

『好色一代男』はさまざまな解釈が可能なテキストである。そこに西鶴の力量と魅力がある。そのことをふまえた上で、各話を独立した作品として読み直し、それを作品全体に戻して考える、この作業を繰り返していく必要がある。

【注】

(1) 谷脇理史「『好色一代男』論序説」(新典社研究叢書4『西鶴研究序説』第一部「『好色一代男』の西鶴」、新典社、一九七八年六月)。初出は、「『好色一代男』論序説(一)」『近世文芸研究と評論』第3号(一九七二年一〇月)。「同(二)」『同』第5号(一九七三年一〇月)。「同(三)」『同』第6号(一九七四年六月)。「同(四)」『同』第9号(一九八〇年一〇月)。

(2) 山口剛「西鶴について」「西鶴好色本研究」。初出は、それぞれ、日本名著全集・江戸文藝第一『西鶴名作集』「解説」(日本名著全集刊行会、一九二九年八月)、『日本文學講座』一三(新潮社、一九二七年一〇月)。引用は、『山口剛著作集』第一巻(中央公論社、一九七二年四月)に拠る。

(3) 暉峻康隆『西鶴研究と評論』上、第二章「好色一代男」(中央公論社、一九四八年六月)。

(4) 野間光辰「西鶴と西鶴以後」。初出は、岩波講座『日本文学史』第十巻・近世(岩波書店、一九五九年七月)。引用は、『西鶴新新攷』(岩波書店、一九八一年八月)に拠る。

(5) 広末保「女護の島わたりの事」(一)(二)(平凡社選書77『西鶴の小説 時空意識の転換をめぐって』平凡社、一九八二年一一月)。

(6) 広末保「好色一代男論」(『元禄文学研究』東京大学出版会、一九五五年一月)。

(7) 矢野公和「『好色一代男』試論」。初出は、『国語と国文学』一九六八年一〇月。引用は、『西鶴論』(若草書房、二〇〇三年九月)に拠る。

(8) 吉江久弥「女護の島考」。初出は、『仏教大学研究紀要』第55号、一九七一年三月。引用は、『西鶴文学研究』(笠間書院、一九七四年三月)に拠る。

(9) 平凡社選書12『刺青・生・死』(平凡社、一九七二年四月)、『日本逃亡幻譚 補陀落世界への旅』(朝日新聞社、一九七八年一月)。

(10) 谷脇理史「『好色一代男』の俳諧性」。初出は、『文学』一九八〇年三月。引用は、『西鶴研究序説』(新典社、一九八一年六月)に拠る。

（11）箕輪吉次「『好色一代男』と末次平蔵」（檜谷昭彦編『西鶴とその周辺』勉誠社、一九九一年一一月）。

（12）中嶋隆「『好色一代男』の俳諧」。初出は、『日本文学』第42巻9号（一九九三年九月）。引用は、『初期浮世草子の展開』（若草書房、一九九六年五月）に拠る。

（13）篠原進「矍麦の記号学」（『江戸文学』23号、二〇〇一年六月）。

（14）森田雅也「西鶴浮世草子の情報源―「米商人世之介」の側面からの一考察―」（『西鶴浮世草子の展開』（和泉書院、二〇〇六年三月）。

（15）広嶋進「西鶴と『伊勢物語』」（山本登朗編『伊勢物語 成立と享受2 伊勢物語享受の展開』竹林舎、二〇一〇年五月）。

（16）信多純一『好色一代男の研究』第五章「『好色一代男』の構造」（岩波書店、二〇一〇年九月）。

（17）染谷智幸「西鶴と東アジアの海洋冒険小説」（21世紀日本文学ガイドブック④『井原西鶴』ひつじ書房、二〇一二年五月）。

（18）染谷智幸「英雄は東アジアの海へ―『水滸伝』の宋江から『椿説弓張月』の為朝まで」（『冒険 淫風 怪異 東アジア古典小説の世界』笠間書院、二〇一二年六月）。

（19）矢野公和「『好色一代男』試論―枠を中心として―」。初出は、『国語と国文学』一九六八年一〇月。後に、『西鶴論』（若草書房、二〇〇三年九月）所収。

（20）頴原退蔵他編『定本西鶴全集』第一巻（中央公論社、一九五一年八月）頭注。前田金五郎『好色一代男全注釈』上（角川書店、一九八〇年二月）など諸注指摘。

（21）「第七夜」の本文の引用は、『夏目漱石全集』第四巻（岩波書店、一九七〇年四月）所収の本文に拠る。

（22）松田修「好色一代男論」（『日本逃亡幻譚 補陀落世界への旅』朝日新聞社、一九七八年一月）。

（23）森田雅也「『好色一代男』の構成―巻四の七〝雲がくれ〟をめぐって―」（『西鶴浮世草子の展開』和泉書院、二〇〇六年三月）。

（24）広嶋進「世之介の漂泊と再生―『好色一代男』巻四の七「火神鳴の雲がくれ」を中心に」。初出は、『近世文芸 研究と評論』第54号（二〇〇八年六月）。引用は、『西鶴新解 色恋と武道の世界』（ぺりかん社、二〇〇九年三月）に拠る。

（25）石塚修「『好色一代男』の登場人物にみる西鶴の表現方法―吉野と高橋の描写を中心に」（筑波大学大学院人文社会科学研究科文芸言語専攻紀要『文藝言語研究』文藝篇第31号、一九九七年三月）、「西鶴作品の茶の湯知識の基層―俳諧辞書『類船集』を中心に―」（筑波大学大学院人文社会科学研究科文芸言語専攻紀要『文藝言語研究』文藝篇第55号、二〇〇九年三月）。いずれも『西鶴の文芸と茶の湯』（思文閣出版、二〇一四年二月）所収。

(26)『角川茶道大辞典』普及版（角川書店、二〇〇二年九月）。

(27) 染谷智幸「五感の開放区としての遊郭—遊郭の『遊び』と『文化』を求めて」。初出は、谷脇理史・広嶋進編『新視点による西鶴への誘い』（清文堂、二〇一一年八月）。引用は、『冒険 淫風 怪異 東アジア古典小説の世界』（笠間書院、二〇一二年六月）に拠る。

(28) 前掲注（5）に同じ。

(29) 前掲注（13）に同じ。

(30) 前田金五郎『好色一代男全注釈』下（角川書店、一九八〇年一月）。

(31) 広末保は、『好色一代男』には「層の方法」があるとする（前掲注（6）参照）。広末のいう「層」とは複数の話の間で「下降的な要素」が呼応しあっていることを指す。この下降的な層が作品に「ある種の奥行きを与えている」という。しかし、呼応し合っているのは下降的な要素だけではなく、表現や内容のさまざまなことがらである。

2●「都のすがた人形」における「鶉の焼鳥」は何を意味するか

一 「三十五両の鶉」の焼鳥という仕掛け

『好色一代男』の各巻は七話からなるが、これから考察する巻八だけは五つの話からなる。本節では、四番目の「都のすがた人形」を取りあげる。前節で扱った最終章「床の責道具」の一つ前の章である。そこに駆使された趣向・見立てに潜む意味を明らかにする。

内容は次のとおりである。世之介は長崎へ下る商人に同行し、丸山遊郭で遊ぶ。長崎に行く前に、寺社を建立し、歌舞伎若衆に家を与え、女郎を身請けするなどして、財産を整理する。丸山遊郭では世之介を歓待し、遊女たちが庭にしつらえた能舞台で『定家』『松風』『三井寺』を演じる。その後、大宴会の席上、世之介は「三十五両の鶉」の焼鳥を島原の太夫に食べさせた話をする。遊女たちが鶉の焼鳥を食べた太夫の顔が見たいといい、世之介は長櫃から三都の太夫の人形四四体を取り出す。それを能舞台に並べると長崎中の人が見物にきた。

この話は、都を離れた長崎における出来事、という点に注目して解釈されてきた。世之介は、「いにしへ安部仲麿は、古里の月を、おもひふかくは読《よま》れしに、我はまた、あつちの月、思ひやりつる」といって長崎へと出発する。広末保は、そこに最終章「床の責道具」に語られる「日本脱出」へ向かう「伏線」を見いだしている。[注(1)] 信多純一は、八月に長崎で行われる菩薩祭が意識されているという。各地で絵解きされる「観経曼荼羅図」の掛幅が挿絵と似ているし、『曽我物語』における尼御前が観音菩薩の力によって往生する場面とも似ていると指摘する。[注(2)] また、染谷智幸は、「『あっちの月』即ち中国方面で、月を見たいと言っていることからすれば、身辺整理をした上で、長崎からの船出を考えていた」が、「現実の渡航禁止令が壁となって適うはずもなく、次章の女護島渡りとなる」という。[注(3)]

三人とも、それまでの物語が長崎で停止し、最後の女護の島わたりの場面へ移るところに注目している。こうした解釈はきわめて妥当なものである。さらに問題にすべきは、長崎の遊郭で世之介が三都における大臣ぶりを「三十五両の鶉を、焼鳥にして太夫の肴にせし事」で暗示する行為である。なぜそんなことをしたのだろうか。これまでの物語の進行に対して、どのような意味と効果があるのか。世之介が鶉を焼鳥にして太夫に食べさせたと話したことは、何を意味しているだろうか。なぜ鶉なのか、これが問題だ。また、長崎にきて、三都で交遊した太夫の姿を四四体の人形にして能舞台に並べて見せたのは、何を意味するのか。これも明らかにしなければならない。

こうした問題は、これまで追究されることがなかった。本節では料理書や俳諧集などに傍証を見いだして考えてみようと思う。

二　西鶴が描く鳥料理

「鶉の焼鳥」について考える前に、日本における野鳥食の系譜と西鶴が描く鳥料理について確認しておこう。

『日本書紀』には、天武朝において諸国に「牛・馬・犬・猨《さる》・鶏の宍《しし》を食《くら》ふこと莫《まな》」（天武天皇四年四月）という詔が出されたとある。[注(4)] 瀬川清子によると、古代においては、「人間の身辺に奉仕する動物ではなかった」野鳥や野獣は食べることが許されており、「四足の食禁の厳しい面と、狩獣と肉食と相伴った面があった」という。[注5] 日本の食文化についてさまざまな点から考察している原田信男によると、[注6] 律令制度のもとで稲作が浸透すると肉食を忌むようになり、中世には仏教の殺生禁断の教えと神道の穢れの意識が広まり、肉食禁忌の態度が強まった。その後、江戸時代の石高制という経済システムが、肉食禁忌を社会に深く浸透させるという。原田は、一方で、このような制度や肉食禁忌とは別に、さまざまな場面で肉食が行われており、食される動物もさまざまであったと指摘する。肉食に関して、支配と被支配の問題、宗教の教義、晴と褻の場、飢饉との関係などの視点から論じる原田の研究は示唆に富む。

熊倉功夫は、日本における肉食の禁忌には、「ウチとソトの区別意識」が作用していたと指摘する。[注7] 日本人は、「ウチ」にある鳥獣（鶏・牛・馬・犬・猫など）は食べないが、「ソト」の存在である野鳥・猪・狸などは食用にしてきたという。

茶の湯文化の広がりとともに南北朝時代にはおいしいお茶を楽しむための懐石料理が生まれる。近世にはいると、さらに趣向を凝らした料理文化が発達する。近世初期には『料理物語』（作者未詳・寛永二〇年〈一六四三〉）をはじめ多くの料理書が出版された。近世後期になると、遊びの要素を取り入れた『豆腐百珍』（曽谷学川・天明二年〈一七八二〉）などの料理本が出現する。

料理書の嚆矢『料理物語』は、「鳥の部」に、「鶴・白鳥・雁・鴨・雉子・山鳥・鷭《ばん》・けり・鷺・五位・鶉・雲雀・鳩・鴫・水鶏《くゐな》・桃花鳥《つぐみ》・雀・鶏」を食材としてあげ、「獣之部」に「鹿・狸・猪・兎・川うそ・熊・いぬ」をあげる。[注8] 『本朝食鑑』（人見必大・元禄五年〈一六九二〉）は、水や火、土をはじめ、穀物、野菜、菓子、鳥獣虫魚、あらゆる食材を掲載する。鳥類だけで、水禽二七種類、原禽一三種類、林禽三八種類、山禽一一種類に分類する。それぞれの形態や生態、薬効、風味が詳しく書かれ、肉食が進んでいることがわかる。

『合類日用料理抄』（作者未詳・元禄二年〈一六八九〉）に、野鳥料理として掲載されるものは次のとおりである。[注9]

「鳥鱠《なます》」「鳥生皮《なまかは》の料理」「ゆで鳥」「煮鳥」「雁鴨の煎鳥《いりどり》」「小鳥の煎鳥」「鳩のはぶしいり」「小鳥団子」「鳥こくしやう」「鳥餅」「小鳥南蛮料理」「雁鴨のたたき」「鳥醤《とりびしほ》」「鳥法論味噌《ほろみそ》」「雉子の汁山かげ」「雉子のすり汁」「焼鳥」「塩鳥の煎鳥」「万鳥塩の仕様」「塩鴨」「鶏飯」「雉子飯」「鳥飯南蛮料理」「鳥の土器焼《かはらけやき》」

実に二四種類にのぼる。本書は、焼鳥が料理として掲載されたはじめといわれている。『好色一代男』は料理書ではないが、「鶉の焼鳥」はそれより六年早い。

料理書の出版が盛んになる時期と西鶴の浮世草子執筆時期はほぼ重なっている。西鶴の浮世草子には野鳥料理がしばしば登場する。

① 『好色一代男』巻八の一「らく寝の車」　雁の板焼
② 『好色一代男』巻八の四「都のすがた人形」　鶉の焼鳥
③ 『好色盛衰記』巻三の一「難波の梅や渋大臣」　鴨食《かもめし》
④ 『武道伝来記』巻八の四「行水でしるる人の身の程」　鳥・鳶・鷺・山鳥の毛焼
⑤ 『日本永代蔵』巻四の一「祈るしるしの神の折敷《をしき》」　鴨膾《かもなます》・杉焼
⑥ 『西鶴置土産』巻五の三「都も淋し朝腹《あさはら》の献立」　雲雀のたたき
⑦ 『西鶴織留』巻一の一「津の国のかくれ里」　鴨の板焼
⑧ 『万の文反古』巻一の四「来《きた》る十九日の栄耀《ゑよう》献立」　青鷺の杉焼

①と⑦の板焼はどちらも島原の太夫が客をすばやくもてなす場面に出てくる。鈴木晋一は⑦の「鴨の板焼」につい

て、「鴨の肉を刺身のようにつくって醤油に浸しておき、それを火鉢にのせた杉板の上で焼いて食べるもの」で「杉板は焼けないように、裏に塩を厚く糊で塗りつけてある」と説明する。[注(10)] ①の「雁の板焼」も同様だろう。③「鴨食」（鴨肉の炊き込み飯）は、「鴨食《かもめし》、割《さき》海老のさしみ、たいらぎのあへ物、くずなの蒲鉾、美食も朝夕の費《ついへ》」と、ぜいたくな「美食」の一つとして列挙されている。⑤と⑧は「杉焼」である。『古今料理集』（作者未詳・延宝五年〈一六七七〉以前刊）をみると、「杉焼煮方」は、白味噌に塩を加え出汁で伸ばし、火にかけてよく練り、銀杏や木耳、山芋などを入れてさらに練り、火から下ろして、杉の箱の中にこの味噌を七分目ほど詰めた中に魚介類などを入れて焼きあげる、とある。[注(11)]「板焼」よりも「杉焼」の方が手が込んでいる。⑤は貧乏神が、「朝夕の鴨膾、杉焼のいたり料理が、胸につかへて迷惑」と文句をいう場面に出てくる。「いたり料理」とは凝った料理という意味である。⑥の「雲雀のたたき」は美食家の法師が客を接待するために書き出したたくさんの料理のひとつとしてあげられるものである。以上のように大半の鳥料理が凝った調理法による贅沢なものとして出てくる。

ところが、②の焼鳥と④の毛焼はどちらも手間のかからないものである。②については後で述べる。④は台所での料理ではない。狩場で鳥の羽をむしって残った細かい毛を焼き切ってそのまま食べる方法である。血気盛んな若者たちが、殺生石に止まって死んだ鳥を食べるようすが、「胴辛《から》（殻）焼《やき》、かしら迄あまさず、あばれ喰《くひ》」と描写される。

『好色一代男』の「鶉の焼鳥」について論じる前に、西鶴が描く凝った鳥料理の代表として、⑧の『万の文反古』「青鷺の杉焼」について考えてみたい。

『万の文反古』は、元禄九年（一六九六）年に刊行された西鶴の遺稿集である。五巻五冊、全一七話からなる書簡体小説集である。一話は一通の手紙と標語によって構成される。巻一は四章、つまり四通の手紙と標語からなる。巻一の四番目の手紙「来る十九日の栄耀献立」は、六月一一日に呉服屋次左衛門に宛てた長崎屋の手代八右衛門の手紙である。

長崎屋は、呉服屋の上得意である。呉服屋は、長崎屋の主人を屋形船に招待して御馳走することになっている。手紙は、献立をあらかじめ見せられた長崎屋の手代の返信である。料理内容を確認した上で、問題点を指摘し、料理の変更を指示している。

本話の献立内容をめぐる先行研究については、広嶋進が丹念に検証している。[注(12)] 贅沢料理という考え方と、[注(13)] 献立の内容はそれほど贅沢なものではないという正反対の指摘があった。[注(14)] 鈴木晋一は、料理研究の立場から、手紙には一の膳から三の膳までの記述が省略されており、本格的な懐石料理であるという。[注(15)] それを受けて広嶋進は、三の膳まである最高級の料理ではないが、一の膳と二の膳を省略したものだという。[注(16)] 南陽子は、献立はやはりここに書かれているものがすべてで、「一汁三菜と若干の肴を三献の酒で嗜んだあと、点心をつまんで吸物と鮨で軽く酒を呑み、瓜と茶で口を整える」「中酒中食の理想的な献立」だという。[注(17)] それに対し、石塚修は茶懐石の変遷を繙きながら、読者が公に見聞できた献立の最高レベルのものとする。[注(18)] 献立についての議論は決着をみていない。

話の内容については、「来る十九日の栄耀献立」の大半が献立を並べているにすぎず、面白味がない、と考えられてきた。だが、広嶋はこれに反論し、接待主（呉服屋次左衛門）、招待客（長崎屋の主人）、部下（八右衛門）がどんな人間で、どんな関係なのかが直接手紙には書かれていないが、それが伝わる書き方がされていると述べる。「暗示の技法を駆使した、極めて技巧的な章」であるという。[注(19)] 一方、南陽子は、この料理は必要ない、と八右衛門が繰り返していることに注目する。南は、長崎屋は呉服屋に融資する金主であると考え、「無用に候」と料理を断っているのは、呉服屋への融資を断る暗黙のメッセージであるという。[注(20)]

広嶋や南のように、テキストの内部を流れる書かれていないことがらを汲み上げる分析方法は十分に有効だ。しかし、それ以外の方法もありうるのではないだろうか。何が書かれているかをテキストを正確に読み取ることから考えてゆこうと思う。

「無用に候」と削除された献立ではなく、別のものに差し替えられた献立に注目しよう。それが、「鯛青鷺《たいあをさぎ》」の杉焼である。

殊更御心遣ひの献立御見せなされ候。舟あそびにはけつかう過《すぎ》申候。諸道具万事やかましき物に候。旦那も此程は病後ゆへ、美食好み申されず候。無用と存候分に点かけ申候。大汁の集め雑喉《ざこ》一段、竹輪《ちくは》皮鰒《かはぶく》御のけあるべし。やかましく候。膳のさき鮎膾《あゆなます》御用捨《ようしや》、川魚《うを》つゞき申候。面面杉焼《すぎやき》を是に付(け)て御出しあるべく候。是も鯛青《たいあを》鷺《さぎ》二色に御申付《もうしつけ》、煮さまし真《ま》竹一種、しやれてよく候。

八右衛門は、呉服屋が見せた献立が舟遊びには豪華すぎるという。また、主は病後だから凝った料理は必要ないともいう。大汁の具から竹輪と鰒《ふぐ》の皮を除き、向付の「鮎膾《あゆなます》」の代わりに「鯛青鷺《たいあをさぎ》」の杉焼を出すように指示する。この要請は、理にかなったものである。「大汁の集め雑喉《ざこ》」は、「小魚に色々な野菜を取り合わせて仕立てた汁」▼注(21)だから、「竹輪《ちくは》皮鰒《かはぶく》」が入るとごたごたした印象になる。川魚である鮎の膾よりも、鯛と青鷺の方があっさりした食材である。『本朝食鑑』には「蒼(青)鷺」の肉は、「甘-平　無シレ毒」と記され、「止メレ汗ヲ利スレ小-水ヲ」作用があるという。▼注(22) 味はあっさりとしていて水分代謝を整え、腎機能を高める働きがあったようである。また、『和漢三才図会』巻四一「水禽類」にはゴイサギ、サギ、ダイサギ、ヘラサギ、ベニサギといったサギ類が掲載されているが、その中で青鷺については「其の肉最も美なり。夏月之れを賞す。白鷺に勝れり」とある。▼注(23) ほかの鷺とは一線を画すおいしさだったらしい。また、夏に食するのがよいと書かれているから、六月の料理にいかにもふさわしい。

ところで、西鶴の句集には鷺と料理を取り合わせた次のような付合がある。

料理してむれゐる鷺やたたるらん
鬼門にあたるまな板の門

『大坂独吟集』延宝三年（一六七五）

ねぐらの鷺を料理するらん
それはむごひとは思へども鴨一羽

『俳諧大句数』第十、延宝五年（一六七七）

鷺肉がしばしば食べられていたことがわかる。「青鷺の杉焼」は、鷺肉の中でもとりわけおいしい青鷺の肉に、練り味噌の風味と杉の香りが移った奥ゆかしい料理といえよう。病後の人間には、「竹輪・皮鰒」「鮎膾」などより、口当たりがよく、消化もよさそうだ。

八右衛門は、鮨に付け合わせる「蓼《たで》」（生姜）は主人が食べられないので、その代わりに「山枡《さんせう》はじかみ」を付け合せよという。口直しのまくわうりは日野産のものに砂糖をかけたものにし、お茶は一服でよいという。指示内容が細かい。食べられないものは要らないといい、食べたいものを出してほしいと書いている。

手紙のあとに記される評語には、「町人の振舞には奢りたる事なり」、「けふの入目もうちばにとつて三百四五拾とはつもりぬ」とある。『万の文反古』の評語は、手紙の内容を第三者的な目で客観視させる。「奢りたる事」といわれるほど金を使うのは接待する側の呉服屋（読み手）である。書き手の長崎屋は、病後にふさわしいものを食べたいと要求している。金を使って豪華な料理をふるまえばいいと思っている呉服屋と、食べる人が喜ぶものを料理してほしいと思う長崎屋との違いがわかる。食べることは生きることである。食べ物に対する考え方の違いは、生きる姿勢の違いに結びつく。

丸山遊郭にあった揚屋疋田屋花月を移築したという
料亭花月

丸山遊郭跡地

三　「鶉の焼鳥」が意味するもの

ようやく『好色一代男』「都のすがた人形」の「鶉の焼鳥」を論じるところまでたどりついた。世之介が「鶉の焼鳥を吉原の太夫に食べさせた」と語ったことについてテキストの表現を分析しながら考えたい。

長崎に下った世之介は、すぐに丸山遊郭を訪ねる。

入口の桜町を、見わたせば、はやおもしろうなつて来て、宿に足をためず、すぐに丸山にゆきて見るに、女郎屋の有様、聞及びしよりはまさりて、一軒に、八九十人も見せ懸《かけ》姿。唐人はへだたりて、女郎替りけるとかや。恋慕ふかく、中中人の見る事も惜《おし》み、昼夜共に、其薬を呑《のみ》ては、飽《あか》ず枕をかさね侍る。日本人のならぬ事は是也。紅毛《おらんだ》は出島によふで戯れ、上方の町宿へも、自由に取《とり》よせ、豊《ゆたか》なる事共こそあれ。

世之介ははやる気持ちのまま、心弾ませ宿にも寄らず丸山遊郭に直行する。想像以上に立派だった。一軒の店に八人、九人、一〇人と遊女が立ち並んでいる。昇順に数字を並べ、大勢の遊女がいることを強調する。しかも、そのほかに「唐人」対応の特別の遊女がいるという。「唐人」は、恋の思いが強く遊女が自分以外の客に会うことを嫌い、昼夜遊女に会い続ける。「紅毛」は出島に呼ぶだけでは足りず、自分の滞在先の宿に遊女たちを呼びつける。丸山遊郭が三都の遊郭と大きく異なるのは、中国人やオランダ人が出入りすることだろう。「唐人」は日本人には真似できないほど精力絶倫だと書かれる。家族と離れて異国の地にある外国人たちの人恋しさの表れでもある。長崎という土地ならではの見聞である。

長崎には京で世之介と一緒に遊んだ人たちがいた。彼らは世之介が長崎に来たことを聞きつけて、遊女たちの能による歓迎会を催す。

京にて色川原、色里にて一座せし人人、世之介下りを、めづらしく、女郎共《ども》に、能をさせて、御目に懸《かく》るのよし、庭に常舞台ありて、囃《はや》しがた、地謡もとより、太夫、脇、番組して、定家、松風、三井寺《みゐでら》、かれ是三番、しめやかに、物調子、一際《きは》ひくうして、なをやさしく又あるまじき遊興也。折節初紅葉の陰に、自在をおろし、金《きん》の大間鍋《かんなべ》、もろこしの酒功讃《しゆこうざん》を遷《うつ》すとて、遊女三十五人おもひおもひの出立、紅《くれな》ゐの、網前《あみまへ》だれ、より金の玉だすき、あや椙《すぎ》のおもひ葉をかざし、岩井の水は千代ぞとて、乱れ遊びの大振舞。

京の「色川原、色里」（四条河原や島原）は日本を代表する色遊びの場所である。京の色町で世之介にもてなしてもらった人々が、今度は世之介をもてなす。遊女能の会を開く。悪所といわれる遊郭は最も俗なる場所である。そこに雅な文化である能を演じる「常舞台」がある。三都の遊里（島原・吉原・新町）にはないものだ。

ところで、実際に丸山遊郭にあった能舞台について『色道大鏡』（藤本箕山・初撰本延宝六年〈一六七八〉・再撰本元禄元年〈一六八八〉）は次のように説明する。▼注(24)

当廓傾城の能・跳《をどり》・むかしは専《もはら》とたしなみければ、家毎に舞台をたてゝ、客の所望次第に催しけり。頃年《きやうねん》は興行する客もなければ、をしなへてこれをたしなむにはあらねど、舞台も所《しょ》〻にあり、名をいひ出す程の傾城に、舞遊をしらぬもなし。先禿立《まづかふろだち》より曲舞《くせまひ》をしへ、其内堪能《かんのう》なるには、一番芸をもまなばしむ。歌の小舞《こまい》なども是に同じ。上方の傾国にはこのましからねども、田舎故にみにくからず、やさしくも見ゆ。

傾城が能をたしなみ、遊客のリクエストに応じて能の会を催したとある。当時唯一の外港都市だった長崎の遊郭には、異国人の客も多かった。能舞台や遊女が能を嗜むことは、異国人に日本の文化を楽しませる心配りの表れであろう。また、異国に開かれた土地柄だからこそ、自国への思いも強かったと思われる。長崎は、異国と日本の両方を体験できる場所だった。

遊女たちが演じた能は、恋の執心をテーマとする『定家』、去った男を待つ姉妹の哀愁を描く『松風』、放浪の狂女が息子との再会を果たす『三井寺』である。いずれも現在でもしばしば上演される人気曲である。シテ・ワキ、地謡、囃方をすべて遊女がつとめる。本来は、男性が演じる能を美しい遊女が演じる。男性が面をつけて式子内親王や松風・村雨姉妹を演じる幽玄美とは趣が異なっただろう。能は無駄のない所作と掛詞や縁語を多用した修辞的な謡による象徴的な芸能である。遊女による演能は、いったいどのような美の表現だったのだろう。紅葉が色づき始めた庭での遊女たちによる演能は、「又あるまじき遊興」だった。

その後、無礼講の大宴会となる。三五人の遊女たちが思い思いの格好で『養老』の一節を謡いながら舞い遊ぶ。それを見ていた世之介が突然次のように発言する。

我京にて三十五両の鶉を、焼鳥にして、太夫の肴にせし事も、今此酒宴におどろき。風俗も替りて、しほらしと誉《ほむ》れば、都の女郎さまがたの、風情が見たひといふ。それこそわけ知《しり》の世之介様に、尋《たづね》られといふ、幸《さいはい》このたび持《もた》せたる物有（り）とて、長櫃《ながびつ》十二さほ運ばせ、此中より太夫の衣装人形、京で十七人、江戸で八人、大坂で十九人、彼《かの》舞台に名書《かき》てならべける。めいめいの仕出し、顔つき、腰つき、ひとりひとり替《かはり》て所によりて是は誰、それはどなた、いづれか、いやらしきはあらず。長崎中寄《よつ》て、眺《なが》め暮しつ。

世之介は、「三十五両の鶉を、焼鳥にして太夫の肴にせし事」に続けて、丸山遊郭の遊女たちを「風俗も替りて、しほらし」と褒める。

ここまでの流れをふりかえってみよう。はじめて長崎にやってきた世之介は、わくわくしながら丸山遊郭を訪ねた。そこで、異人たちの精力旺盛な色遊びを知り仰天する。続いて京で一緒に遊んだ知り合いに遊女能の接待を受けた。これも、今まで経験したことのないものだった。そして「三十五両の鶉の焼鳥を太夫に食べさせたことがある」と発言する。色遊びの常識に照らしてきわめて意外性が高いものを引き合いに出し、きょうの体験はそれを上回る、今まで経験のない豪華さであった、と伝えているのである。

すると、逆に丸山の遊女たちの方がびっくりする。世之介が高価な鶉の焼鳥を食べさせたという太夫はいったいどんな美しさなのだろうか、と興味を持つ。「都の女郎さまがたの」姿が見たいと世之介にいう。「都の女郎さまがた」という敬意をこめた表現には、都の遊女への憧れの気持ちが表れている。遊女たちのリクエストに応えて、世之介は長櫃から三都の太夫に似せて作らせた人形を次々と取り出す。一体一体にモデルとなった太夫の名前を付け能舞台にずらりと並べた。

ことの成りゆきで人形を見せることになったかのように書かれている。しかし、「三十五両の鶉の焼鳥」に遊女が反応しなければ、太夫人形を見せなかったとは思えない。長崎への旅に「太夫の衣装人形」を持ちこんだからには、最初から人形を見せるつもりだったはずだ。世之介は人形を取り出すタイミングを見計らっていたのであろう。「我京にて三十五両の鶉を焼鳥にして、太夫の肴にせし事も、今此酒宴におどろき」という言い回しは、さりげなく自分のことを言ってから、相手を褒める口調である。丸山遊郭の遊女たちに感動したことを先に言わず、「我」と一人称主語を使って焼鳥の話を先にしている。聞き手を驚かせてやろうという意図が見え隠れする。そして彼の思惑通り「三十五両の鶉の焼鳥」は遊女たちに強烈な印象を与えた。

丸山遊郭の描写として、女郎が「一軒に八九十人もならび」という表現があった。続いて、「三十五人の遊女の舞」「三十五両の鶉」「十二梃」「京で十七人、江戸で八人、大坂で十九人」と数字表現が続く。その中で、丸山遊郭の遊女「三十五人」と鶉の値段「三十五両」が同じ数字である。「三十五人」の遊女の饗宴に驚いた世之介と、「三十五両」の鶉の焼鳥に驚いた遊女たち――数字が共通項となり、世之介の丸山遊郭での現在と世之介の過去の遊興が対比される。今、「三十五人」の遊女の舞を楽しんでいる世之介は、かつて、「三十五両」の鶉の焼鳥を太夫に食べさせた男なのである。

元禄当時の太夫の揚代は島原で五八匁といわれる。[注25] 太夫は引舟女郎（揚代一八匁）や幇間を伴うから実際の費用はそれ以上である。一両を五〇匁で計算すると太夫の揚代は、多く見積もっても二両ほどだろう。また、前節で分析した『万の文反古』「来る十九日の栄耀献立」の評語には、青鷺の杉焼を含めた料理を出した接待費の合計が銀「三百四、五拾」匁と書かれていた。金に換算すると七両ほどである。しかも、鶉の焼鳥は青鷺の杉焼よりも手間もかからず、わずか一品である。「三十五両の鶉の焼鳥」の値段がいかに高額かがわかる。

なぜそんなに高額なのか。

西鶴は誇張して書いたわけではないだろう。焼鳥にされた鶉は、野鳥ではなく、「鳴合《なきあわせ》」に出すため大事に飼育された鶉であったからだと思われる。「鳴合」を勝ち抜いて有名になった、すこぶる声の美しい、きわめて値の張る鶉を太夫たちに食させたのである。鶉はもともと野生の鳥であった。室町から江戸初期にかけて飼育されるようになり、

「鳴合」にも供されたのである。鶉は「野生のものから日本人が家畜化に成功した唯一の家禽」なのだという。▼注(26)

野生の鶉は、鷹狩などによって捕獲されることが多かった。『和漢三才図会』によれば、「田猟の網」すなわち「羅《とりあみ》」を使って捕獲されることもあった。鷹狩の歴史は古代にさかのぼるが、近世では家康が好んだことがよく知られている。やがて寛永五年（一六二八）、三代将軍家光が制度化し、将軍家の鷹場などを定めた。その後、五代将軍綱吉は貞享二年（一六八五）生類憐れみの令を出して鷹匠・鷹場などを廃止する。『好色一代男』刊行の三年後のことである。よって、世之介が焼鳥にして太夫に食べさせた鶉は、野生の鶉ではありえない。「鳴合」を勝ち抜いた高価な鶉を金に糸目をつけずに買い集め、食べさせたのである。高額なのはそのためであるに違いない。

もう少し説明しておこう。『好色一代男』が刊行される三〇年ほど前の慶安二年（一六四九）、『鶉書』が刊行された。鶉の鑑別法、鳴き声の等級、病気の治療法について書かれたものである。作者・蘇生堂主人が、上野の寛永寺の境内で六〇歳ばかりの老人に教えを請うようすが書かれている。

蘇生堂主人は、仁王門のところで休んでいる博学の老人に、次のような質問をする。▼注(27)

とても御ことに御物がたりあれかしとて問《とふ》。近年、鶉のとりわけはやり、上・なか・下《しも》ばんミんにいたるまでもてあそび、いかなるところまでも鶉の一ツ二ツなきところもなく見え侍るなり。むかしもかゝるためしの侍るかと、ちとうけたまハりたくこそ候へ。

近頃鶉の飼育がはやっているが昔はどうだったのか、という問いだ。老人は次のように応える。

老人のいはく、むかしもかゝるめでたき世にハ、もろ〱の鳥、いろ〱の草、ゐあはせなどもてあそびたまふ。まことに栄花のなかのたのしミと見え侍る。むかし伏見院の御とき、よろづ小鳥あはせのありけるが、みかどゐいらんありて、いづれもをろかハなし、中にもとりはけ鶉のこゑハことをしらべのひきとりぞと、ことの鳥となをつけさせたまふとぞ。

ことさらにひくやうづらのこゑハ、とおほせごとありしを、そのときの右大臣どのとかや、雲井にたかきにハの松風、とつらねたまふにぞ、今一きハ興にめでさせたまひ、御とこちかくめしをかれしと、うけたまハり侍るなり。

ことにまた、夏の夜の悪気《あつき》をもはらひ、ちやう命《めい》の鳥なれば、をのづからこゝろもまめやかになり、あさおきし侍れハ鶉にしかじとこゝろかたりける。

「小鳥あはせ」が伏見院（一二六五～一三一七）の時代に盛んだったこと、鶉の声の美しさを伏見院が琴の調べのようだと褒め称え、鶉を床近くに置いたことが紹介される。老人は、鶉の声には邪気を払い心身を健やかに保つ効能もあったと語る。このあと、前半は鶉の体形の鑑別方法、鳴き声の等級、後半は病気の種類と手当の仕方や換羽の際の飼育法について、問答形式で記述する。

江戸初期、鶉が盛んに飼育されていたことがわかる。鶉の声を競いあう「鶉合」は好事家の遊び事として定着していた。世之介が焼鳥にした鶉は、大切に飼育され好事家の間で法外な値段で取り引きされる鑑賞用の鶉だった。

さらに傍証をあげよう。寛永一〇年（一六三三）の『犬子集』（松江重頼編）に、「暮《くる》るより鶉合やみ（見）てぬらん」（望一）という句が見える。「鶉合」は夕暮れから行われたようだ。『伊勢物語』第一二三段を本説取りした藤原俊成の「夕されば野辺の秋風身に染みて鶉鳴くなり深草の里」（『千載集』秋歌上・『長秋詠草』上）をふまえて行われたのであろう。

それより四五年後の延宝六年（一六七八）、西鶴は『虎渓の橋』の発句で、鶉の鳴き声を詠んでいる。

みつがしら鶉鳴也くはくはくわいくわい　西鶴
口拍子よき野辺の秋風　松意
月影の白いを黒いとさ夜更て　江雲

「みつがしら」（三頭）は、大坂の西鶴、京都の江雲（那波葎宿・生没年未詳）、江戸の松意（田代松意・生没年未詳）の三人をさす。これから展開する三吟を鶉の鳴合に喩えたのである。その声は「くは、くは、くわい、くわい」と聞こえたものらしい。『和漢三才図会』巻第四二「原禽類」には、「知地快《ちちかい》」と鳴く鶉より、「嘩嘩快《かかかい》」と鳴く鶉が上等で、声は転がって長引き、まろやかで明快な声が珍重されたとある。

ところが、鶉の肉は食材としても大いに利用された。すでに述べたように西鶴と同時代の『料理物語』にも『本朝食鑑』にも鶉肉があげられている。鶉の肉は、「炙り食ふ　甚だ美なり」（『和漢三才図会』）という。鶉を焼鳥にして食うことは、ごく普通のことだったのである。『俳諧江戸通町』（延宝六年〈一六七八〉）には、「焼鳥の鶉なくなる夕まぐれ」という句がある。現在は鶉を飼育するのは採卵のためであるが、そのあとは焼鳥用として出荷されている。西鶴の頃もそうだったのではなかろうか。

要するに、鶉は声を楽しみ、肉を味わうものであった。二種類の鶉が存在したのである。食用の鶉と鳴合用の鶉とが流通していた。前者は安価で後者は高価だった。世之介は、高価な美声の鶉を、遊郭という鳥籠の中で生きる太夫たちに食べさせたのである。世之介にしかできない豪放磊落な遊びである。

遊女を籠の鳥とみなす表現は『好色一代男』の続編『諸艶大鑑』巻二の第四章「男かと思へばしれぬ人さま」にもある。吉原の太夫和泉に付いていた禿《かむろ》が新造となった祝いの席に、あるお屋敷から御祝儀が届く。

大杉重に五色の網を掛《かけ》て、けふの祝義とて送《おくら》れしに、見た所の草づくし、野辺の秋風に薄も萩も、さながらなびきあへる、蓋を明《あく》れば、切箔に埋《うづもり》し、鶉たちさはぎて、己が様様に、是ぞばつとしたる慰《なぐさみ》なり。

秋の草尽くしの意匠を施した杉折の中に金箔に埋もれた鶉がびっしり入れられた御祝儀である。「野辺の秋風」ということばがあるから、ここも俊成の「夕されば」の歌をふまえた趣向だろう。「情らしき太夫」が「籠鳥《ろうちやう》の雲をこうも、我身の曲輪《くるわ》住居も、思ひ同じ」と言って、障子を開けて鶉を逃がしてやる。遊女の身を鶉に、廓を籠になぞらえた言い方である。

「三十五両の鶉」を焼鳥にして食べるという贅沢を味わった遊女たちは、人形となって並べられた。大臣世之介はおのれの絶頂をこうして永久保存したのであった。そして世之介は、日本を脱出せんと女護の島へ渡っていく。三都における大臣ぶりは、長崎という地において過去の思い出として語ることによって隔絶され、封印されたのである。長崎は、それまでの世之介の色道物語を封じ込め、女護の島わたりへと飛翔する境界の意味を果たしている。港町長崎は日本と異国の境界の地である。世之介にとっては、過去と未来を隔てる時間的な境界の場所でもあった。

四　『伊勢物語』における鶉の表象

角度を変えて考えてみよう。鶉は何を意味する表象なのだろうか。

「都のすがた人形」の最後に、三都の太夫人形を「長櫃十二さほ」から取り出し、「長崎中寄《よつ》て、眺め暮しつ」とあるが、この場面は、鴨長明の歌論『無名抄』における陸奥守橘為仲の帰京の逸話をふまえて書かれている。▼注(28)

此為仲任果て、上りける時、宮城野の萩を掘り取りて、長櫃十二合に入れて持《も》て上りければ、人あまねく聞きて、京へ入りける日は、二条大路に是を見物にして人多く集まりて、車などもあまた立てたりける」とぞ。

為仲は、任地の宮城野に生える萩を「長櫃十二合」に入れて帰京した。二条大路はそれを聞きつけた京人であふれかえった。

『無名抄』には、藤原俊成の鶉を詠み込んだ歌にまつわるエピソードも記されている。長明の師匠である俊恵が、俊成に自讃歌は何かと尋ねると、「夕されば」の歌をあげた。「是をなん、身にとりてはおもて歌と思ひ給ふる」。先に述べたように、この歌は『伊勢物語』第一二三段を本説取りしたものである。▼注(29)

むかし、おとこありけり。深草に住みける女を、やう〳〵あきがたにや思けん、かゝる歌をよみけり。

年を経て住みこし里を出ていなばいとゞ深草野とやなりなん

女、返し、

野とならば鶉となりて鳴きをらんかりにだにやは君は来ざらむ

とよめりけるにめでて、行かむと思ふ心なくなりにけり

男は、深草に住む女に通っていたが、「あきがた」になってしまった。「私が通わなくなったら、道も草に覆われて、途絶してしまうのだろうね」と女を気遣いながらも、別れを告げる歌を贈った。女はこう答える。「私は鶉となって鳴（泣）いておりましょう。もしもあなたが鷹狩にやってきて、私の悲しげな声を聴いたならば、思い出して立ち寄っ

てくださるかもしれないから」。男はこの歌に心が動かされ、思いとどまって通い続けた。

俊成の歌に詠み込まれた「鶉」は、この女を象徴する分身（シンボル）である。冷たい秋の風（「飽き」を込める）が吹いて揺れる草むらの中で、鶉が悲しげに鳴いている。鶉の「身」に冷たくなった男の心が秋風となって「身」に染みる。「鶉」は、男に棄てられた女である、といってよいだろう。もっといえば、作者・俊成の心境も込められ、鶉と女と作者が一つになって、複雑で深みのある表象を形成している。[注30]「鶉は草深い荒野や古びた所に住むところから」[注31]、『万葉集』では、「鶉鳴く」が「古《ふ》る」「古家《ふるへ》」にかかる枕詞として用いられている。[注32]

鶉鳴く故《ふ》りにし郷《さと》ゆ思へどもなにそも妹《いも》に逢ふよしもなき　（大伴家持・巻四）

鶉鳴く古《ふ》りにし郷の秋萩を思ふ人どち相見つるかも　（沙弥尼・巻八）

鶉鳴く古しと人は思へれど花橘のにほふこのやど　（大伴家持・巻一七）

鶉が鳴く荒れ果てた野辺の淋しさと非情な時間の流れと結びついた表現である。家持の歌は紀郎女との相聞歌になっている。新都久迩京にいる家持が、旧都奈良にいる紀郎女を思って詠んだ歌である。それに対して紀郎女は、「言出《こちで》しは誰《た》が言《こと》なるか小山田の苗代水の中淀《なかよど》にして」と答える。男の訪れが途絶えがちなのをかこつ歌である。鶉が鳴く旧都にいる女、男の心が離れかけている女という点で、「深草の女」と通じ合う。『伊勢物語』第一二三段、俊成の歌以来、「秋をへてあはれも露も深草のさと訪ふものはうづらなりけり（慈円）」（『新古今集』巻五・秋歌下）や「深草のつゆのよすがに秋かけてすみこし里はうづら鳴くなり（後鳥羽院）」（『後鳥羽院御集』秋百首）など、鶉は忘れられた里のさみしい鳥として歌に詠まれたきた。

俳諧においても同様である。

前に述べたが、『虎渓の橋』の松意の脇句は、俊成の歌をふまえていた。『両吟一日千句』(延宝七年〈一六七九〉)には、「月は深草わびた葬礼(友雪)／短ひ世鶉衣にしられたり(西鶴)」、『西鶴大矢数』(延宝九年〈一六八一〉)には、「数鳴《なき》も鶉の床か笑しいぞ／揺《ゆ》るぐごとくに深草の露」という付句もみえる。『伊勢物語』や俊成の歌をふまえて、鶉のいるものさびしい情景を詠んでいる。

『好色一代男』における「鶉の焼鳥」は、男に棄てられ悲しげな声で鳴く鶉のイメージをその裏にただよわせる。遊女たちは、籠の鳥と同じように不自由で拘束された身である。そういう遊女たちに、愛玩用に飼育された「三十五両の鶉の焼鳥」を食わせた、と世之介は長崎・丸山の遊女に語る。美しい声で鳴く高価な鶉は、美しさ、不自由さ、得難さ、金銭で取り引きされる点で、太夫の身の上と重なる。さらに遊女たちは、鶉となって男を待つ深草の女の姿と重なる。焼鳥になった「三十五両の鶉」の豪華さの陰に、そうした女たちの面影と同時に、色道の世界がそれとなく語り込められているのである。

長崎を境界にして、江戸・現実／女護の島・未来(幻想)が対比され、とりわけ過ぎ去ってしまった昔が対象化・異物化され、くっきりと浮かび上がる。

「都のすがた人形」の章には、『伊勢物語』をふまえたところがほかにも見いだせる。この章の末尾は都の遊女人形を「長崎中寄《よつ》てながめ暮しつ」で終わる。長崎中の人が、能舞台に並べた「太夫の衣装人形」を珍しがって見にきたのである。

「ながめ暮しつ」という表現は、『伊勢物語』第二段の「起きもせず寝もせで夜をあかしては春のものとてながめ暮らしつ」を響かせている。[注(33)] この歌は『古今集』恋三に在原業平の歌として載るが、第二段では、「昔男」が西の京で見つけた女に容姿よりも「心なんまさりたりける」ものを感じて贈った歌である。当時、西の京は湿地帯が多く住環境には適さず、身分の高い富裕層は住んでいなかった。男はそういう場所に「世人にはまされりけ」る女を発見し、心を奪われ、通おうとするのである。女を求めて長崎に行く世之介と通じるものがある。

しかし世之介は、遠く離れた長崎に、三都にまさる遊女を見いだすことができなかった。長崎の人は太夫人形を「ながめ暮し」、世之介は太夫人形を置き去りにする。そして、日本を脱出すべく女護の島を目指して出航するが、行方不明になってしまう。「都のすがた人形」の次、最終章の「床の責道具」は、「伊豆の国より日和見すまし、天和二年神無月の末に行方しれずになりにけり」と閉じられている。これもまた『伊勢物語』の末尾をふまえたと思ってよいだろう。恋多き「昔男」は、最終段の第一二五段で辞世を詠む。「つひにゆく道とはかねて聞きしかどきのふ今日とは思はざりしを」（古今集・哀傷・業平）。「昔男」は、人はかならず死ぬことを知っていたが、数々の恋をしている間は考えもしなかった。今日まさに死ぬことになろうとは、と死の急襲に驚いている。

一方の世之介はどうだろう。「これより女護の島にわたりて、抓《つか》みどりの女を見せん」、女護の島に渡って手当たり次第に女を得させよう、と仲間たちにいう。「恋風」を帆に受けて大海原に漕ぎ出す姿は、まさに祝祭的な船出といってよい。死の淵をのぞいて不安がる「昔男」と、新しい恋の世界へ赴く世之介の姿は対照的だ。三都における豪勢な遊興を、都から遠く離れた長崎の遊女に過去の思い出として語ることで過去は断ち切られ、新しい世界が開かれる。人形になった太夫たちは飽かず眺める美の対象ではあっても、もはや愛欲の対象ではないことに注意しなければならない。最終巻の長崎の場面を描く「都のすがた人形」から、女護の島へ出航する「床の責道具」へ移るところに、創作上の大きな転位が仕掛けられている。

『好色一代男』は、『伊勢物語』その他を下敷きにしつつ、そこからの飛翔もはかられるのである。とりわけこの作品は、最後の二つの章の間に、かなり智恵を絞ったと思われる創作上の工夫が見いだせる。

世之介はすでに還暦の老人である。夢見る女護の島はおそらく幻想のかなたにあるのだろう。島に上陸し、夢を実現するとは思われない。知らぬ間に老いは身に迫っている。やがてそのときがきて、「昔男」の死を語る『伊勢物語』最終段がおのずと溶暗することになるだろう。世之介も「昔男」と同様に、我が身を壮健と信じつつ突然の死に襲われるのである。

以上、広末、信太、染谷たちの見解に導かれつつ、これまで言及されてこなかった「鶉の焼鳥」という趣向に焦点をあて、創作の意図と方法を考察してみた。

【注】

（1）広末保「『好色一代男』〈第三部〉」（平凡社選書77『西鶴の小説　時空意識の転換をめぐって』平凡社、一九八二年一一月）。

（2）信多純一『好色一代男の研究』第四章「『好色一代男』の後半構想―『曾我物語』とのつながり」（岩波書店、二〇一〇年九月）。

（3）染谷智幸「英雄は東アジアの海へ――『水滸伝』の宋江から『椿説弓張月』の為朝まで」（『冒険 淫風 怪異 東アジア古典小説の世界』笠間書院、二〇一二年六月）。

（4）『日本書紀』本文の引用は、日本古典文学大系68・坂本太郎他校注『日本書紀』下（岩波書店、一九六五年七月）に拠る。

（5）瀬川清子『食生活の歴史』「副食物 四足動物の肉食に対する畏怖と穢れの感情」（日本の食文化大系第1巻、東京書房社、一九八三年五月）。

（6）原田信男『江戸の料理史 料理本と料理文化』（中央公論社、一九八九年六月）、平凡社選書147『歴史のなかの米と肉 食物と天皇・差別』（平凡社、一九九三年四月）、岩波現代文庫『江戸の食生活』（岩波書店、二〇〇九年二月）、『なぜ生命は捧げられるか 日本の動物供犠』（御茶の水書房、二〇一二年六月）等。

（7）熊倉功夫、歴史文化ライブラリー245『日本料理の歴史』「日本料理の誕生 精進料理とは何か」（平凡社、二〇〇七年一二月）。

（8）『料理物語』の本文の引用は、『翻刻江戸時代料理本集成』第二巻（臨川書店、一九七八年一二月）に拠る。

（9）『合類日用料理抄』の本文の引用は、『翻刻江戸時代料理本集成』第一巻（臨川書店、一九七八年一〇月）に拠る。

（10）鈴木晋一『たべもの史話』Ⅲ「来たる十九日の栄輝献立」（小学館、一九九九年三月）。

(11)『古今料理集』の本文の引用は、『翻刻江戸時代料理本集成』第二巻（臨川書店、一九七八年一二月）に拠る。
(12)広嶋進「『万の文反古』の暗示」（『西鶴探究 町人物の世界』ぺりかん社、二〇〇四年七月）。初出は、「『万の文反古』の暗示の技法(上)―B系列の三章を中心に―」（『近世文芸 研究と評論』第38号、一九九〇年一一月）。
(13)足立勇『日本食物史概説』（医歯薬出版、一九六二年三月）、森末義彰・菊池勇次『改稿食物史―日本人の食生活の発展―』（第一出版、一九八二年四月）、浜田義一郎『江戸たべもの歳時記』（中央公論社、一九七七年一二月）など。
(14)児玉定子『宮廷柳営豪商町人の食事誌』（築地書館、一九八五年一〇月）。
(15)前掲注(10)に同じ。
(16)前掲注(12)に同じ。
(17)南陽子「『万の文反古』巻一の四における書簡と話―「無用に候」の意味するもの―」（『近世文芸』第97号、二〇一三年一月）。
(18)石塚修「『万の文反古』巻一の四「来る十九日の栄耀献立」再考―献立のどこが「栄耀」なのか」（『近世文芸』第100号、二〇一四年七月）。
(19)前掲注(12)に同じ。
(20)前掲注(17)に同じ。
(21)麻生磯次・冨士昭雄訳注、決定版対訳西鶴全集十五『万の文反古』「後注」（明治書院、一九九三年六月）。
(22)『本朝食鑑』の本文の引用は、『覆刻日本古典全集』（現代思潮社、一九七九年一月）所収の影印本に拠る。
(23)『和漢三才図会』の本文の引用は、すべて谷川健一編『日本庶民生活史料集成』第十八巻（三一書房、一九八〇年四月）に拠る。
(24)『色道大鏡』の本文の引用は、『新版色道大鏡』（八木書店、二〇〇六年七月）に拠る。
(25)江本裕・谷脇理史編『西鶴事典』「三、周辺資料 5遊里と芝居」（おうふう、一九九六年一二月）。
(26)松尾信一「近世日本の畜産と獣医術―独自な品種改良と漢方・蘭方の融合の曙―」（『日本農書全集』60「畜産・獣医」農山漁村文化協会、一九九六年六月）。
(27)『鶉書』の本文の引用は、すべて右の『日本農書全集』60に拠る。読解の便宜を図るため濁点を施したところがある。
(28)『無明抄』本文の引用は、すべて、日本古典文学大系36・久松潜一・西尾実校注『歌論集 能楽論集』（岩波書店、一九六一年九月）に拠る。

（29）『伊勢物語』本文の引用は、すべて、新日本古典文学大系17・堀内秀晃・秋山虔校注『竹取物語　伊勢物語』（岩波書店、一九九七年一月）に拠る。
（30）渡部泰明「俊成の身とことば」（新日本古典文学大系43『月報』、岩波書店、一九九三年四月）、「久安百首について」（『中世和歌の生成』若草書房、一九九九年一月）。
（31）『日本国大辞典第二版』第二巻（小学館、二〇〇一年二月）。
（32）『万葉集』本文の引用は、新日本古典文学大系所収の訓み下し文に拠る。
（33）麻生磯次・冨士昭雄訳注・決定版対訳西鶴全集一『好色一代男』「後注」（明治書院、一九九二年四月）指摘。

第二章◉『好色五人女』の方法

1●「おなつ」をとりまく滑稽

一　はじめに

貞享三年（一六八六）二月刊行『好色五人女』五巻五冊は、西鶴の浮世草子第五作である。五組の男女をめぐる五つの恋物語を収める。恋の担い手は、おなつ、おせん、おさん、お七、おまん。どの物語も、実際に起きた心中事件や密通事件をもとに創作されたモデル小説である。▼注(1)

各巻の外題は、巻一「ひめぢニ／すげがさ（丸で囲まれた角書、以下同じ）　好色五人女　ゑ入一」、巻二「てんまニ／たる　好色五人女　ゑ入り二」、巻三「みやこニ／こよみ　好色五人女　ゑ入り三」、巻四「江戸に／あを物　好色五人女　ゑ入り四」、巻五「さつまニ／さらし　好色五人女　ゑ入り五」。冒頭に「目録」があり、各巻の題名として、巻一「姿姫路清十郎物語」、巻二「情を入し樽屋物がたり」、巻三「中段に見る暦屋物語」、巻四「恋草からげし八百屋物語」、巻五「恋の山源五兵衛物語」と記す。各巻は五つの章によって構成され、「目録」に各章の題名と内容を要約した副題を添える。

巻一の目録に記された五つの章の題名と題名に添えられた副題は次のとおりである。

㈠　恋は闇夜を昼の国
　　室津にかくれなき男有
㈡　くけ帯よりあらはるる文
　　姫路に都まさりの女有
㈢　太鼓に寄《よる》獅子舞
　　はや業は小袖幕の中に有
㈣　状箱は宿に置《おい》て来た男
　　心当《こころあて》の世帯大きに違ひ有
㈤　命のうちの七百両のかね
　　世にはやり歌聞《きけ》ば哀有《あはれ》

二　『好色五人女』の喜劇性と悲劇性

『好色五人女』の研究史をふりかえると、悲劇作品あるいは喜劇作品と、評価が対立している。暉峻康隆は、「青春の歓喜と肉体の幸福」という恋愛の「モラルの正しさを信じながら、しかも現実との不調和を見てとつて悲劇的結末」に終わったという。▼注(2) それに対し広末保は、「悲劇的な話を素材としながらも、悲劇感よりも好色に生きぬこうとする町女の積極的な開放感」を描いていると反論した。▼注(3) 重友毅も悲劇的な作品ではなく、「好色女」を中心に「これに関わりのある人事・世相をも取上げ、そこにうかがわれる人間真実」を描いた作品だという。▼注(4) 谷脇理史も、作品の主眼はいかにおもしろい「慰み草」を読者に提供するかにあるという。「実在の事件として伝えられるものをはみ出した部分が、圧倒的な面白さを発揮し」、それゆえに「人物形象が、はつらつとしてこの世を生きている人間の一面を強く印象づける」と述べている。[注(5)]

一方、矢野公和は、悲劇性を重視する。この作品は「悲劇を外側から描き出すことに専念しようとした」ものであり、「悲劇と逆行する哄笑的な場面が頻出するのは、悲しみを受け止め切れない弱さをもった西鶴が、笑いの中に韜晦せざるを得なかったから」だというのである。[注(6)]

このような対立する読み方に対して大野茂男は次のようにまとめている。[注(7)]

> これほど対蹠的な意見の交わされた古典文学作品も珍しいかと思う。姦通や恋愛という、封建社会にあっては悲劇的な素材を捉えながら、作者はこれを、悲劇として一貫させず、悲劇調と喜劇調が同居している。これが評価を分けている主因だと思われる。

悲劇と喜劇のどちらも読み取れるというのである。おそらく結論はこのあたりに落ち着くと思われるが、悲劇か喜劇かのどちらにも加担しない見方がなかったわけではない。森田雅也は「恋愛事件に耽溺せず男女の愛を冷静に形象化」した作品と捉え、[注(8)]森耕一は「悲劇性・喜劇性は話の現象面の問題に過ぎない」のであって、作品のおもしろさは、日常と非日常の二つの世界を往き来する人物たちのおりなす葛藤のダイナミズムにあるという。[注(9)]

こうした見方は、『好色五人女』を読むために第一に求められるものであろう。なぜなら、作品の内部に二つが共存しているのは疑いないからだ。二つとも作品の本質を照らすキーワードである。[注(10)]

『好色五人女』の中で、喜劇性と悲劇性は、ある場面では融合し、ある場面では矛盾・対立する、というかたちで共存しているのではないだろうか。西鶴はそういう作品を意図的に創りあげたと思われる。それでは二つの正反対の要素はどのように共存しているのだろうか。これまで悲劇か喜劇かの対立的な見解に引きずられて、この問題はほとんど論じられてこなかった。巻一「姿姫路清十郎物語」を取りあげ、西鶴の創作上の工夫を詳しくみてゆこう。

三　巻一「姿姫路清十郎物語」の時間

巻一「姿姫路清十郎物語」は、清十郎とおなつの恋を描く。巻一全体のストーリーは次のとおりである。

室津の裕福な酒屋・和泉清左衛門の息子清十郎は色道に溺れ勘当され、遊女皆川と心中未遂事件を起こした（第一章）。皆川は自害し死に遅れた清十郎は但馬屋九右衛門の手代となった。やがて九右衛門の妹おなつと互いに恋心を抱き合うようになる（第二章）。二人は花見の宴の隙をついて契りを結び（第三章）、所帯をもとうと決心して駆け落ちする（第四章）。しかし追手に捕まり、清十郎は但馬屋の七百両を盗んだ嫌疑をかけられ死罪、おなつは出家し、清十郎の菩提を弔って暮らした（第五章）。

野間光辰は、『好色五人女』各巻の時間の流れに注目して、次のように述べている。▼注(11)

五章の間を流れる時間はただ一つの例外（巻五「恋の山源五兵衛物語」）を除いて、すべて終局の破滅に向かつて奔り、時に破滅の後もしばしのたゆたひを示して静かに消え去る。それは単調に過去から未来へ過ぎ行く量的な時間ではなく、最初から終局の破滅を予想して流動推移する質的時間である。従つて各章の空間もそれにふさはしく切り取られ、緊張と興奮を一層強くする。

野間は、量的時間と質的時間という、相反する時間の流れに着目している。前者は万人に共通する等間隔で前にのみ進んでいく物理的な時間である。後者は一人ひとりの人間が個々に感じる経験的な時間であり、時には回想の中で後戻りするような心理的な性質をもっている。前者はすべての人に同じ長さを認識させるが、後者は人によって異なる。時に長く、時に短く、あっという間に過ぎてしまった、と感じさせる時間である。

マイヤーホフは、文学作品は「公的で客観的な時間」と「私的な主観的な時間」とが絡み合って進んでゆくという。そして、前者の時間は人物たちの「経験の質的な相」を反映するのであって、両者は対立・矛盾するものではないとする。▼注(12) 野間の発言もこれと同じであろう。

こうした二つの時間は、デカルトのいう身体と精神の関係を思わせる。客観的な時間は身体に、主観的な時間は精神に符合し、物語はその二つが絡み合って進行するのであり、それに伴って人間のおりなす事件が形象化されるのである。

右に述べたことを巻一「姿姫路清十郎物語」に当てはめてみよう。「客観的な時間」を軸として、物語は、清十郎が処刑され、おなつが出家するという愛の破局へ向かって進んでゆく。それに伴って、清十郎を愛するおなつの心情が痛切きわまりないものへと深化していく。読者は事件の進行をみつつ、おなつの「心理的な時間」が深まっていくのをみることになる。

しかし注意すべきは、場面のひとつひとつをよくみると、必ずしもおなつの心情に即して時間が進んでいるわけではない、ということだ。破局へ突き進んでゆく客観的・心理的な時間が、おなつの周辺の人物によって、しばしば中断されている。読者がそういう場面に出くわしたときに喜劇性が立ちあらわれる。これは西鶴が意図的に工夫した小説作法ではなかろうか。

以下、章ごとに考えてゆこう。

四　清十郎の過去――第一章「恋は闇夜を昼の国」

第一章「恋は闇夜を昼の国」は、室津の遊郭で放蕩の限りを尽くす清十郎と室津の遊女皆川との恋を描く。おなつは登場しない。父に勘当された清十郎は皆川と心中を図るが、未遂に終り二人は引き離される。清十郎がおなつに出会う以前の出来事である。西鶴はなぜ皆川との恋から語ることにしたのだろうか。いくつかの説があるので紹介する。

東明雅は、第一章は「清十郎の性格、境遇を説明する」場面であり、「浄瑠璃劇や歌舞伎劇の傾城場をことさらに挿入したような感が強く、更に言えば、当時評判であった坂田藤十郎の傾城買の狂言、特に有名な彼の夕霧狂言の濡れやつしをあてこんだような趣がある」という。▼注(13)「夕霧狂言」とは、初代坂田藤十郎（正保四年〈一六四七〉～宝永六年〈一七〇九〉）が延宝四年（一六七六）大坂で上演した『夕霧名残の正月』をさす。

神保五彌の意見は、東明雅と同じように清十郎に注目するものだ。巻一の主人公をおなつとするなら第一章は不要な一章であるが、主人公を清十郎とするなら、第一章は「清十郎の人となりを描いて、作品構成上きわめて自然である」という。▼注(14)また江本裕は観点を変えて、第一章は「業平的・世之介的好色性を付与された清十郎の、典型的青春」を描いたもので、清十郎の「たわけがあったからこそ色好むおなつは心惹かれ、西鶴のおなつ清十郎物語は成り立つ」と述べている。▼注(15)おなつの登場しない第一章を、それ以後のストーリー展開のために必要なプレ・ストーリーとして積極的に評価するのである。

一方、白井雅彦は、巻一に清十郎の母を登場させていることに注目して、次のようにいう。「心中によって成就するであろう『皆川清十郎の悲恋』を妨げた、という意味において、清十郎母の〈母性〉が物語展開の――換言すれば、一巻を構成する小説作法上の――道具となっている」▼注(16)。わかりやすく言い直せば、清十郎の母を登場させて「〈好色〉

に相克する〈母性〉を描き、皆川との関係を悲恋へ進めさせないようにした、というのである。白井はこうした〈母性〉が喪われ、おなつとの「恋の悲劇」へ向かうのが西鶴のもくろんだ巻一の展開なのだと考えている。

いずれの説も示唆に富む。検証してみよう。

まず、東明雅の浄瑠璃や歌舞伎の手法を取り入れたという見方について考えてみる。初世藤十郎が得意としたやつしとは、美男で高い身分の男が粗末な身なりで遊女屋に会いに来て「痴話げんかや盃事を繰り広げる」場面のことで、男が「遊女に身を入れ揚げ、家を勘当される」のが演劇上の約束である。[注(17)] 坂田藤十郎は「やつし事」の「夕霧狂言」の豪商の息子伊左衛門役を一八回も演じたという。当時は新作を上演するのが原則であったことを思えば、この回数はいかに当たり芸であったかを示す。

藤十郎は、遊女に溺れて家を勘当されるお家騒動の若殿役も多く演じた。若殿役は「元禄時代の人間肯定的な明るさを象徴するもの」で、多くの女性に好かれる若殿は「解放された性の象徴」であった。[注(18)] 第一章の清十郎は藤十郎の演じる若殿役に通じる、と東明雅はいうが、[注(19)] それなりに首肯できる。清十郎はまず「むかし男をうつし絵にも増り、其さまうるはしく、女の好《すき》ぬる風俗」と紹介される。金持ち、美男、女性に好かれるという点で、藤十郎が演じた男たちの役柄に重なる。遊女遊びに入れあげ、勘当されるというストーリーも、やつし狂言の展開と同じである。また、清十郎の勘当されたあとの「又酒を呑《のみ》かけ、せめてはうきをわすれける」という楽天性もおおらかな若殿像と重なる。

ところで、第一章は、神保五彌がいうとおり清十郎を主体とする「男物語」である。神保は、巻一と巻五の題名が「姿姫路清十郎物語」「恋の山源五兵衛物語」であることに注目する。『好色五人女』は、首尾の「男物語」が「女物語」三話を挟む構成になっているという。確かに巻一の冒頭は清十郎の放蕩を描き、巻五の最初の三章は源五兵衛の男色物語だから、一応、そう捉えられる。だが、『好色五人女』は「男物語」と「女物語」を対比的に並べた作品ではないだろう。

東、江本、神保がいうように、この作品は「男物語」から始まる。読み始めると清十郎の個性が強烈に印象づけられる。「遊郭で心中未遂事件を起こし、生き残った男」としての清十郎の前半生を描いているのだが、重要なのは、それが次章に語られるおなつの恋慕と破局の物語へと自然につながってゆくことだ。清十郎の前半生（男物語）を描くことによって、おなつとの悲劇（女物語）をいっそう強く印象づける。作者はそういう効果を狙っているようだ。「男物語」から「女物語」に転換してもそこに違和感はさほど感じられない。清十郎の前史からおなつとの悲劇へ大きくジャンプし、それによって二人の愛の悲劇性を強烈に印象づけて語り進めていく西鶴一流の工夫であることを見逃してはなるまい。

白井説は〈母性〉という観点から見ているが、第一章には〈父性〉も描かれていることが考慮されていない。父親が遊里に乗り込んで、勘当を言い渡した場面はその一つだろう。父は息子の更生を願い、母も息子の転落をなんとか防ごうとしている。〈父性〉と〈母性〉はこの作品において表裏一体である。父なる厳しさと母なる優しさ、父に捨てられた我が子を母が救うというモチーフが底流している。裕福な家庭に生まれ、父と母に愛情を注がれて育った放蕩息子が造形されているのである。

江本がいうように、第一章は清十郎の前史であり、おなつと巡り会う前にどのような体験をしていたのかを物語っている。その後の場面でも、清十郎のかつての放蕩ぶりや心中未遂事件が見え隠れする。おなつは、そんな過去をもった清十郎に恋をする。第二章「くけ帯よりあらはるる文」をみてゆこう。

五　おなつの恋――第二章「くけ帯よりあらはるる文」

第二章の内容は次のとおりである。心中未遂のあと皆川は自害、清十郎は生き残り、但馬屋九右衛門の手代となってまじめに働いていた。しかし、遊び人時代の幅広の帯に、遊女からもらった恋文を縫い込めていることがわかり、清十郎の過去に下女たちは騒然となる。おなつもそれをきっかけに清十郎を好きになり、恋文を出すようになった。たびたび手紙をもらい清十郎もおなつを好きになるが、二人の仲を兄嫁が監視しているので会うことができない。

第二章では、清十郎とおなつの恋のはじまりがさまざまな角度から描かれている。以下、分析してみよう。冒頭に「やれ今の事じやは、外科よ、気付よ」とある。人々は皆川の自害に騒然となっている。「今の事」と現在時制で語り出すのは、第一章の最後の、清十郎と皆川が引き裂かれた場面に「今」とあったのを受けている。第二章の冒頭では、それより時間が進んでいるのだが、皆川の自害をやはり「今」のこととして描く。過去の事件を呼び戻し、新しい場面として語り出すわけだ。

続いて「十日あまりも此事をかくせば、清十郎死《しに》おくれて、つれなき人の命、母人の申（し）こされし一言に、おしからぬ身をながらへ」とある。皆川の自害が十日間、隠されたことによって、清十郎は生きる方向へ歩み出す。寺に預けられている清十郎のもとに母の一言が届いたとあるが、消沈する息子を救った母の「一言」がどんなものであったか、何も記されていない。清十郎は死んでも惜しくはないと思ったが、母の「一言」によって生き長らえるのだから、息子の心を揺り動かす深い意味をもつ言葉であったはずだ。それを記さないのは、この二人（母と息子という特殊な関係）には、ほかの誰にもわからぬ心の結びつきがあったということだろう。読者の想像力をかき立てる効果を狙った書き方というべきである。

清十郎は姫路の縁故者のところに行って心身を休めた。「むかしを思ひ出て、あしくはあたらず、日数ふりける」とある。縁故者は、放蕩の挙句に勘当され遊女と心中しようとして死に後れた清十郎の「むかし」を受け入れ、裕福な酒屋の息子を大切に扱った。清十郎は常に守られているのである。

まもなく清十郎は姫路の但馬屋九右衛門の手代となった。「はじめて奉公の身とは成（り）ける」とあるが、清十郎の仕事ぶりが次のように記される。

人たるもののそだちいやしからず、こころざしやさしく、すぐれてかしこく、人の気に入（る）べき風俗なり。殊に女の好《すけ》る男ぶり、いつとなく身を捨（て）、恋にあきはて、明くれ律義かまへ、勤《つとめ》けるほどに、亭主も万事をまかせ、金銀のたまるをうれしく、清十郎をすへずへ頼《たのみ》にせしに、

人品いやしからず、心は優しく、能力は人に優れ、誰からも好かれた。とりわけ「女の好《すけ》る男ぶり」である。恋死にしてもかまわないと思ったのは昔のことで、「恋にあきはて、明くれ律義」な精勤ぶりで、亭主は「万事をまかせ、金銀のたまるのをうれしく」思っている。恋する男は大変貌を遂げた。

皆川と心中未遂事件を起こしたとき清十郎は一九歳、第四章で処刑されたときは二五歳だから、但馬屋に五、六年勤めたことになる。「女の好《すけ》る男ぶり」なのに女を寄せ付けず、仕事に専念している。言葉少なく記された精勤ぶりは、恋人を死なせて生き残った過去をもつ男の抑制された日常を伝える。第一章に語られた室津の遊里における華美な色恋沙汰とは対照的だ。それゆえに第二章における変貌ぶりが強い印象を与える。そして読者は、清十郎の恋はこれで終わるのか、いや終わるわけはあるまい、と思ってしまうのである。

そして、本文は「九右衛門妹に、おなつといへる有（り）ける」と続く。いよいよおなつが顔を出し、清十郎の無為な日常に入り込んでゆく。おなつは、次のように紹介される。

其年十六迄男の色好（み）て、いまに定（ま）る縁もなし。されは此女、田舎にはいかにして、都にも素人女には見たる事なし。此まへ島原に上羽《あけは》の蝶を紋所に付（け）し太夫有（り）しが、それに見増《みます》程成（る）美形《びぎょう》と、京の人

の語（り）ける。ひとつひとついふ迄もなし。是になぞらへて思ふべし。情の程もさぞ有（る）べし。

清十郎が但馬屋にきたとき、おなつはまだ一〇歳を過ぎたばかりであった。今、適齢期に達している。おなつは「男の色好」む娘、清十郎は「女の好ける男ぶり」である。おなつは美しい男に引かれ、女たちは清十郎の男ぶりに引かれる。第一章の冒頭に、清十郎は「其さまうるはしく、女の好きぬる風俗」とあった。「好み」とは「性分に合うものを選びとって味わう意」である。▼注(20) 〈色好み〉には「選択する」という意味が含まれており、〈色好み〉の女は「男を選び拒む女」であるという。▼注(21) おなつは男をおのれの目で選んでいるから〈色好み〉の女の系譜に位置づけられ、清十郎は「むかし男をうつし絵にもまさり」とあるから『伊勢物語』の「むかし男」になぞらえられるという。「女の好ける男ぶり」の清十郎は女に選ばれる男であり、それを選ぶおなつは「男の色（を）好」む女なのである。二人は出逢うべくして出逢ったといってよい。

おなつの美しさは島原の太夫以上とある。京都の人が「都にも素人女には見たる事なし」と褒めそやす。これは遊女の皆川を思い起こさせる。清十郎が恋に落ちるのは、美しい素人女のレベルでは不足である。清十郎にふさわしい女として登場する。

おなつは、清十郎の帯に隠された遊女の手紙を見て恋に落ちた。

有（る）時、清十郎、竜門（紋）の不断帯《ふだんをび》、中ゐのかめといへる女にたのみて、此幅の広《ひろき》をうたてし、よき程にくけなをしてと頼（み）しに、そこそこにほどきければ、昔の文名残ありて、取乱し、読《よみ》つづけけるに、紙数十四五枚有（り）しに、当名《あてな》皆清《きよ》さまと有（り）て、うら書は違ひて、花鳥、うきふね、小太夫、明石、卯の葉、筑前、千寿、長州、市之丞、こよし、松山、小左衛門、出羽、みよし、みなみな室《むろ》君の名ぞかし。いづれをみても、

皆女郎のかたよりふかくなづみて、気をはこび命をとられ、勤《つとめ》のつやらしき事はなくて、誠をこめし筆のあゆみ

清十郎は「中ゐのかめ」に頼んで幅広の帯を狭くしようとした。すると、帯の間から恋文がこぼれ出た。「竜門（紋）」の模様の入った幅広の帯に縫い込まれた手紙の数々は、どれも真心のこもったものだった。一四人の遊女の名前が清十郎の過去を物語る。今の清十郎からは想像できない。選り好みをして縁組を断ってきたおなつの心はいたく刺激される。気がつくと、清十郎のとりこになっていた。

いつとなくおなつ清十郎に思ひつき、それより明暮心をつくし、魂身のうちをはなれ、清十郎が懐に入（り）て、我は現が物いふごとく、春の花も闇となし、秋の月を昼となし、雪の曙も白くは見えず、夕されの時鳥《ほととぎす》も耳に入《いら》ず、盆も正月もわきまへず、後は我を覚ずして、恥は目よりあらはれ、いたづらに言葉にしれ、世になき事にもあらねば、此首尾何とぞ

春から秋、そして冬へ、おなつの恋心はしだいに募る。一年あまりが過ぎたが、おなつの心は「盆も正月も」わからぬほどだ。「魂身のうちをはなれ」とある。清十郎は過去の恋する「身を捨（て）」無為の五年間を過ごしていたが、おなつは反対に、魂が「身のうちをはなれ」る恋する一年を過ごしたのである。

おなつが恋心を募らせるのにつられて、奉公人のお物師、腰元、抱姥、下女たちも清十郎に思いを寄せてゆく。浮橋康彦のいう「感染のモチーフ」である。▼注(22) 清十郎に好かれようとして女たちが異常な状態になっているようすがおもしろく描かれている。

お物師《ものし》は針にて血をしぼり、心の程を書遣《かきつかは》しける。中居は人頼みして、男の手にて文を調へ、袂《たもと》になげ込《こみ》、腰元はこばでも苦しからざりき茶を見世にはこび、抱姥《だきうば》は若子《わかこ》さまに事よせて近寄《ちかより》、お子を清十郎にいだかせ、膝へ小便《しし》しかけさせ、こなたも追付あやかり給へ。私もうつくしき子を産《うん》でから、お家へ姥に出ました。其男は役に立《たた》ずにて、今は肥後の熊本に行（き）て奉公せしとや。世帯やぶる時分、暇《いとま》の状は取（り）てをく。男なしじゃに。本におれは生付《うまれつき》こそ横ぶとれ、口ちいさく髪も少（し）はちぢみしにと、したたるき独言《ひとりごと》いふこそおかしけれ。下女は又それそれに、金《かな》じやくし片手に、目黒のせんば煮を盛《もる》時、骨かしらをゑりて清十郎にと、気をつくるもうたてし。

指に針を刺して血で恋文を書く「お物師」。怪しまれないように男文字で手紙を書いて清十郎の袂に放り込む「中居」。赤ん坊の小便を清十郎の膝にかける「抱姥」。誰も彼も滑稽なほど稚拙な工夫を凝らして恋をする。おなつのことはまったく書かず、いやそれを中断して、喜劇的な場面を出現させている。

清十郎は「内かたの勤《つとめ》は外になりて、諸分《わけ》の返事に隙なく」なる。恋文への対応に追われ仕事がおろそかになったが、おなつの恋文を何通も読むうちに思いを寄せるようになった。

清十郎ももやもやとなりて、御心にはしたがひながら、人めせはしき宿なれば、うまひ事は成（り）がたく、しんいを互に燃《もや》し、両方恋にせめられ、次第やせに、あたら姿の替り行（く）、月日のうちこそ是非もなく、やうやう声を聞（き）あひけるをたのしみに、命は物種、此恋草のいつぞはなびきあへる事もと、心の通ひぢに、兄嫁の関を居へ、毎夜の事を油断なく、中戸をさし、火用心、めしあはせの車の音、神鳴よりはおそろし。

二人の思慕の深まりが「あたら姿の替り行〔く〕、月日のうち〔こ〕そ是非もなく」と表現されている。会えないからいっそう恋心が募る。兄嫁の監視がますます緊張感を高める。「火用心」「めしあわせの車の音」が兄嫁の気配を感じさせる。なんでもない日常生活の音が、恋する二人に雷よりも恐ろしく感じられる。奉公人の女たちの描写によって中断していた二人の恋物語がまた語られてゆくのである。

六　第三章「太鼓による獅子舞」と第四章「状箱は宿に置て来た男」の手法

第三章「太鼓による獅子舞」は、おなつと清十郎の最初で最後の契りの場面を描く。但馬屋における花見の宴で人々が獅子舞に興じているわずかの間に、おなつは仮病を装って幔幕の中に居残り、清十郎が来るのを待つ。おなつが一人であることを確認した清十郎は幔幕の中に入り込みおなつと契りを交わす。そのようすがテンポよく表現される。

おなつは見ずして、独幕《ひとりまく》に残〔り〕て、虫歯のいたむなど、すこしなやむ風情に、袖枕取乱して、帯はしやらほどけを其ままに、あまたのぬぎ替小袖《かへこそで》をつみかさねたる物陰に、うつつなき空鼾《そらいびき》心にくし。かかる時はや業《わざ》の首尾もがなと気のつく事、町女房はまたあるまじき粋《すい》さま也。清十郎、おなつばかり残りおはしけるにこころを付〔け〕、松むらむらとしげき後道《うしろ》よりまはりければ、おなつまねきて、結髪《ゆいがみ》のほどくるもかまはず、物もいはず、両人鼻息せはしく、胸ばかりおどらして、幕の人見より目をはなさず

獅子舞のわずかな時間に、二人の恋は最高潮を迎えた。桜の花は、はかないもののたとえとして和歌に多く詠まれてきた。おなつの恋そのものといってよい。花見の幔幕のうちで交わされた契りは、禁断の恋を語る『源氏物語』に

も通じ合う。▼注(23)つかの間の逢瀬、許されぬ恋、その甘やかさと危うさをはかなく散る桜が見ているかのようだ。だが注意すべきは、そこに笑いの要素が付加されていることだ。二人のようすをのぞき見る柴人をもってくるのである。甘美な恋物語を中断して異質な場面を差し挟む、西鶴ならではの小説作法といってよいだろう。

兄嫁こはく、跡のかたへは心もつかず、起《をき》さまにみれば、柴人壱荷《か》をおろして、鎌を握《にぎり》しめ、ふんどしうごかし、あれはといふやうなる顔つきして、ここちよげに見て居《いる》ともしらず、誠にかしらかくしてや尻とかや。

平安時代の「垣間見」を思わせる場面である。兄嫁の目を盗んでの禁断の逢瀬を二人にはまったく無縁な柴人がのぞく。「かしらかくしてや尻とかや」、ロマンチックであるべき場面なのに滑稽味がただよってくる。西鶴は、主人公たちとは無縁な人物たちを投入し、悲しくも美しい恋物語を中断して一時的に喜劇化する。この手法は第四章「状箱は宿に置て来た男」にもみられる。

第四章は駆け落ちした二人の乗った便船が、飛脚の忘れ物により港に引き返すところから始まる。二人は追っ手に捕まり、清十郎は、七百両を逃走資金として盗んだ疑いをかけられ、あっという間に処刑されてしまう。

二人が但馬屋を抜け出し、便船に乗り込む場面をみてみよう。

乗《のり》かかつたる舟なれば、しかまづより暮《くれ》をいそぎ、清十郎おなつを盗出《ぬすみ》し、上方へのぼりて、年浪の日数を立(て)、うき世帯もふたり住(み)ならばとおもひ立(ち)、取あへずもかり衣、浜びさしの幽《かすか》なる所に舟待をして、思ひ思ひの旅用意、伊勢参宮の人も有(り)、大坂の小道具うり、ならの具足屋、醍醐の法印、高山の茶筅師《ちやせんし》、丹波の蚊屋うり、京のごふく屋、鹿島の言《こと》ふれ、十人よれば十国《とくに》の者、乗合舟《のりあい》こそおかしけれ。

上方への逃避行を急ぐ場面である。二人は、「上方へのぼりて、年浪の日数を立（ち）、うき世帯もふたり住（み）ならば」と幸せな生活を夢見ている。追っ手が近づき悲劇が迫っているのに、まことに無邪気だ。伊勢参りの人、大坂の小道具売りなど「十人よれば十国《とくに》の者」が乗り込む。「乗合《のりあい》舟こそおかしけれ」とみな楽しげなのである。

続いて、状箱を宿に起き忘れた飛脚と乗客たちとの軽妙なやりとりがおもしろく描かれる。はやる気持ちを隠し、不安でいっぱいの二人のことは何も語られない。悲劇へ向かうストーリーとは裏腹に、喜劇的なおもしろさが満ちあふれている。周辺の人物に視点が移り、二人の恋物語が中断する。

飛脚は手紙を早く間違いなく届けるのが仕事だ。乗合舟も客を安全に目的地に届ける。その飛脚が大切な状箱を宿に置き忘れ、乗合舟は出発地点に逆戻りした。おなつと清十郎は港で追ってきた一行に捕えられてしまう。

（清十郎は）其日より座敷籠に入（り）て、浮《うき》難義のうちにも、我（が）身の事はなひ物にして、おなつはおなつはと口ばしりて、其男目が状箱わすれねば、今時分は大坂に着《つき》て、高津《かうづ》あたりのうら座敷かりて、年寄《としより》たかかひとりつかふて、先五十日計《ばかり》は夜昼なしに、肩もかへずに寝《ね》はずに、おなつと内談したもの、皆むかしになる事の口惜《くちをし》や。誰ぞころしてくれいかし。さてもさても、一日のながき事、世にあきつる身やと、舌を歯にあて目をふさぎし事千度なれども、まだおなつに名残ありて、今一たび、最後の別れに、美形を見る事もがなと、恥も人のそしりもわきまへず、男泣《おとこなき》とは是ぞかし。番の者ども見る目もかなしく、色色にいさめて、日数をふりぬ。

清十郎は、おなつと所帯をもったあとの蜜月を夢想していた。貧しい暮らしであろうとも、水入らずの生活をしようと語りあっていた。状況は逆転し、おなつのいない座敷牢での生活になった。

一方、おなつは「七日のうちはだんじきにて」、室津明神に清十郎の命乞いをするが、夢枕にあらわれた室津明神は次のように語った。長くなるが引用してみよう。読者は笑うほかあるまい。

汝、我いふ事をよく聞（く）べし。惣じて世間の人、身のかなしき時、いたつて無理なる願ひ、此明神がままにもならぬなり。俄《にはか》に福徳をいのり、人の女をしのび、悪《にく》き者を取ころしての、ふる雨を日和にしたいの、生（れ）つきたる鼻を高ふしてほしひのと、さまざまのおもひ事、とても叶はぬ無用の仏神を祈り、やつかいを掛《かけ》ける。聞（き）過（ぎ）にし祭にも、参詣の輩《ともがら》壱万八千十六人、いづれにても大欲に、身のうへをいのらざるはなし。聞（き）ておかしけれ共、散銭《さんせん》なげるがうれしく、神の役に聞（く）なり。此参りの中に、只壱人信心の者あり。高砂の炭屋の下女、何心もなく、足手そくさいにて又まいりましよと、拝《おがみ》て立（ち）しが、こもどりして私もよき男を持（た）してくださりませいと申（す）。それは出雲の大社を頼め。こちらはしらぬ事といふたれども、ゑきかずに下向しけり。その方も、親兄次第に男を持（た）ば、別の事もなひに、色を好《このみ》て其身もかかる迷惑なるぞ。汝おしまぬ命はながく、命をおしむ清十郎は頓《やがて》最期ぞ

室津の明神が愚痴をこぼす。人は悲しいことに出遭うと、私に無理な願いをしてくる。「福徳」を祈り、「人の女」と一緒にさせてくれと祈り、「悪い者」を殺してくれという。天気にしてくれ、鼻を高くしてくれだの、無理なことばかりだ。

ここまでは滑稽であるが、明神は最後に色を好み、みずから不幸になった女が助けてくれというのはどうか、と述べる。そして、「汝おしまぬ命はながく、命をおしむ清十郎は頓《やがて》最期」と悲劇を予告する。それまでの滑稽な調子を反転し、二人の現実に戻すのである。

果たして、清十郎は但馬屋の内蔵の小判七百両を盗んだという疑いをかけられ、処刑されてしまった。その場面も引用してみよう。

哀《あはれ》や二十五の四月十八日に其身をうしなひける。さてもはかなき世の中やと、見し人、袖は村雨の夕暮をあらそひ、惜《おし》みかなしまぬはなし。其後六月のはじめ、万の虫干せしに、彼《かの》七百両の金子、置所《おきどころ》かはりて、車長持《くるまながもち》より出けると也。物に念を入（る）べき事と、子細らしき親仁の申（し）き。

清十郎はおなつとの駆落ちのせいではなく、直接的には但馬屋の金を盗んだ嫌疑によって濡れ衣を着せられる。盗んだという七百両は、そっくり「車長持」から出てきたのだった。父に勘当され、皆川と死別後、母に救われ、縁故のある人に助けられて生き延びた清十郎が冤罪で刑死する。その悲惨な最期が「子細らしき親仁」の「物には念を入（る）べき事」という一言で語り終えられる。七百両があるのか、念には念を入れて数えてみろ、と「子細らしき親仁」が語ったという。清十郎の死を茶化したとぼけた言い回しである。前章の「柴人」と同じで、悲劇に陥った主人公に悲しみを語らせるのでなく、その姿を一挙に客観化してしまう手法なのである。

七　第五章「命のうちの七百両のかね」の手法

さて、第五章「命のうちの七百両のかね」は、清十郎亡きあとのおなつのようすを伝える。子どもたちの唄う囃子歌で清十郎の死を知ったおなつは発狂し、その後、正気に戻り、出家して清十郎の菩提を弔って暮らした。第一章はおなつと出会う前の清十郎を描いたが、第五章はそれと対比的な内容になっている。第二〜四章は恋に生きる二人を描き、それを第一章と第五章でもって前後から挟むという構成である。

子どもたちが「清十郎ころさばおなつもころせ」とはやしていた。それを耳にしたおなつは乳母を問いただす。乳母は黙って涙を流す。真相を察知して発狂した。「生(き)ておもひをさしやうよりも、と子共の中にまじはり、音頭《おんどう》とつてうたひける」。おなつは、清十郎の幻影を見て「むかひ通るは、清十郎でないか、笠がよく似た、すげ笠が、やはんははのけらけら笑ひ、うるはしき姿いつとなく取乱して、狂(ひ)出ける」というありさまである。

おなつは狂い笑いをしているのであって、そこに明るさはない。喜劇性からは程遠く、ただ哀切さに満ちている。夜ごとに清十郎の墓を詣で、その甲斐があったのか、死後百か日めに正気に戻った。自害しようとしたが引き止められ、出家。菩提を弔うその姿は「中将姫の再来」と人々に噂された。

作品は「是ぞ恋の新川、舟をつくりておもひをのせて、泡《うたかた》のあはれなる世也」という歌謡ふうの文飾で閉じられる。発狂から出家まで『水無月祓』『隅田川』『雲雀山』といった謡曲狂女物をふまえているという。▼注(24)「流し」「新川」「舟」「うたかた」「泡」は縁語であり、「泡」に「哀れ」が込められている。情感を重ね塗りする文飾は謡曲の表現に似ている。

ひとまず、まとめておこう。清十郎とおなつの悲哀に満ちた恋物語は、奉公人の女たち、柴人、飛脚、室津明神など、周辺の人物などが登場するたびに中断され、明るく滑稽な場面へ転換され、喜劇性がもたらされていた。恋のストーリーが停止し、緊張感が緩んだ。だが、最終章は、一人取り残されたおなつのようすを切々と物語る。悲劇性と喜劇性を繰り返し、最後は悲劇に終わるのである。二面性をはらんだストリーは最終的にここへなだれ込む。

八　なぜ悲劇性と喜劇性が共存するのか

『好色五人女』は、身分違いの不倫という反社会的な恋を扱い、しかも、実際の事件をモデルとしている以上、悲劇的な結末に終わることは揺るがない。各話はいずれも悲劇を描くと決まっている。許されぬ恋に生きる人間の軌跡が繰り返される。

西鶴は、しばしば「かなしきなかにもおかしくなつて」という。

①呼《よび》もどせば、酒持《さけもち》て出ますると、跡をも見ずに申（す）。かなしき中にもおかしく、是には子細の有（る）べしと、物思ひするに、（『諸艶大鑑』巻六「釜迄琢《みが》く心底」）

②ひざ枕してゆたかに臥《ふし》ける。かなしき中にもおかしくなつて、寝入《ねいる》を待（ち）かね、又爰を立（ち）のき、なを奥丹波に身をかくしける。（『好色五人女』巻三「小判しらぬ休み茶屋」）

③其者の声に、虱は獅子踊をする、蚤は篭ぬけする。かなしき中にも、おかしさまさりぬ。（『西鶴諸国はなし』巻三「蚤の篭ぬけ」）

④さりとは世の移りかはる事、かなしき中にも物わらひさまざまに見え申（し）候。（『万の文反古』巻三「明て驚く書置箱」）

悲しいさなかにもおかしさを感じるという描写の仕方は、巻一の手法と同じである。実際に起こった事件のかなしさの中の笑いを描いている。悲しい結末の用意された恋にも、そのプロセスには楽しさやおかしさがある。そのことを、周辺人物の喜劇的な描写によって表現したのではないだろうか。

当事者であるおなつや清十郎が滑稽な言動をしたのでは矛盾が生じてしまう。視点を主人公たちから時折そらすことによって、喜劇性を盛り込み、悲劇的な恋を生きた男女たちを形象化した。この小説手法によって、主人公たちの悲しみに満ちた、いわば浄瑠璃的な心情の告白性・情緒性を克服し、人間の実相を客観的に浮き彫りにするというこれまでにない新しい小説を創りあげたのである。

【注】

（1）矢野公和は近年、巻四「恋草からげし八百屋物語」に関して、「八百屋お七事件」はなく、西鶴の作品を情報源としてお七事件が実説として流布するようになったとする仮説を発表した（「『八百屋お七』は実在したのか」『西鶴と浮世草子研究』第4号、笠間書院、二〇一〇年一一月）。

（2）暉峻康隆「好色五人女」（『西鶴研究と評論』上、中央公論社、一九四八年六月）。

（3）広末保「西鶴・浮世草子の展開」（『元禄文学研究』東京大学出版会、一九五五年一月）。

（4）重友毅「好色五人女の本質」。初出は、『近世文学史の諸問題』（明治書院、一九六三年一二月）。引用は、重友毅著作集第一巻『西鶴の研究』（文理書院、一九七四年二月）に拠る。

（5）谷脇理史「貞享期の西鶴」（『浮世の認識者井原西鶴』新典社、一九八七年一月）。

（6）矢野公和「『好色五人女』序説」。初出は、『近世文芸』第38号（一九七三年五月）。引用は、近世文学研究叢書15『西鶴論』（若草書房、二〇〇三年九月）に拠る。

（7）大野茂男『好色五人女全釈』（笠間書院、一九七九年二月）。

（8）森田雅也「『好色五人女』における恋愛の形象性」。初出は、『日本文芸研究』第36巻第2号、一九八四年六月）。引用は、研究叢書350『西鶴浮世草子の展開』（和泉書院、二〇〇六年三月）。

（9）森耕一「『好色五人女』の構造」。初出は、『園田国文』第11号（一九九〇年三月）。引用は、『西鶴論─性愛と金のダイナミズム─』（おうふう、二〇〇四年九月）に拠る。

（10）広嶋進は『好色一代女』に対して「悲劇でもなければ、喜劇でもない。作者は主人公に職種と境遇にふさわしい『其時の心』と行動を取らせ、悲嘆させたり、大胆奔放な行動をさせたりしているにすぎない」という（「『好色一代女』の悲哀と滑稽」。初出は、『清心語文』第4号、二〇〇二年八月。引用は、『西鶴新解　色恋と武道の世界』ぺりかん社、二〇〇九年三月）。これは『好色五人女』についても同じだろう。

（11）野間光辰「西鶴五つの方法　三劇的方法」。初出は、『文学』一九六八年二月。引用は、『西鶴新新攷』（岩波書店、一九八一年八月）に拠る。

(12) H・マイヤーホフ『現代文学と時間』(研究社、一九七四年九月)。
(13) 東明雅　岩波文庫『好色五人女』「解説」(岩波書店、一九五九年三月)。
(14) 神保五彌「『好色五人女』ノート」(野間光辰編『西鶴論叢』中央公論社、一九七五年一〇月)。
(15) 江本裕・講談社学術文庫654『好色五人女全訳注』(講談社、一九八四年九月)。
(16) 白井雅彦「『好色五人女』考 二」(『二松学舎大学人文論叢』第57輯、一九九六年一〇月) 参照。母性の問題については次節でも述べる。
(17) 近藤瑞男「身体の表現」(『岩波講座歌舞伎・文楽』第5巻、岩波書店、一九九八年一月)。
(18) 同右。
(19) 前掲注(11)。また、江本裕「『好色五人女』試論」(野間光辰編『西鶴論叢』中央公論社、一九七五年一〇月)、前掲注(15)「解説」、信多純一「中世小説と西鶴―『角田川ものがたり』と『好色五人女』をめぐって―」(『文学』一九七八年八月) も『好色五人女』全体に浄瑠璃の趣向が用いられていることを指摘する。
(20) 大野晋・佐竹昭広・前田金五郎編『岩波古語辞典』(岩波書店、一九七四年一二月)。
(21) 今関敏子『〈色好み〉の系譜　おんなたちのゆくえ』(世界思想社、一九九六年一〇月)。
(22) 浮橋康彦「『好色一代女』構造上の諸問題」(『新潟大学教育学部紀要』第13号、一九七二年三月) 参照。
(23) 原岡文子は、『源氏物語』の花見の宴が、禁断の恋のメタファーとして用いられていると指摘する。「花宴」「若菜」上では実際の花見の宴が、また「野分」では桜の花のイメージが、それぞれ、禁じられた恋を暗示する表象として用いられているという(「『源氏物語』「桜」考」(『源氏物語の人物と表現　その両義的展開』翰林書房、二〇〇三年五月)。「花宴」では、満開の桜の下で舞を舞った光源氏が、密かに恋い慕う継母藤壺の面影を求めて敵対する右大臣の娘朧月夜と契りを交わす。「若菜」上では、花見の宴で蹴鞠に興じる柏木が、兼ねてから心を寄せていた女三の宮を垣間見て、ますます思いを募らせ、不義を犯すに至る。「野分」では、風に煽られた御簾の向こうに紫の上の姿を見た夕霧が、その美しさを桜花にたとえつつ惑乱する場面が描かれる。
(24) 東明雅「解説」(新編日本古典文学全集66『井原西鶴集』①、小学館、一九九六年四月)。

2●「お七」の母の小語《ささやき》

一　はじめに

『好色五人女』の巻四「恋草からげし八百屋物語」は、八百屋お七の恋を描く。目録に記された、五つの章と短文は次のとおりである。

㈠ 大節季《おほせつき》はおもひの闇
　　かり着の袖に二つ紋有
㈡ 虫出し神鳴もふんどしかきたる君さま
　　化物《ばけもの》おそれぬ新発意《しんぼち》有
㈢ 雪の夜の情宿《なさけやど》
　　恋の道しる似せ商人《あきんど》有
㈣ 世に見をさめの桜

惜《をし》やすがたのちる人有
㊄　様子あつての俄《にはか》坊主
前髪は又花の風より哀《あはれ》有

巻四「恋草からげし八百屋物語」を要約する。

八百屋の娘お七は、年の瀬の大火で被災し、避難先の吉祥寺で寺小姓吉三郎と出会い、恋に落ちた（第一章）。年が明け、雷鳴とどろく夜、お七は吉三郎の寝室へ忍び込み、契りを結んだ（第二章）。再建された家に戻ったお七に、吉三郎が身をやつして会いに来た（第三章）。その後、会えなくなってしまったので、火事になれば会えるのではないかと思って、お七は自宅に火をつけた。すぐに消し止められたが、放火罪により火刑となった（第四章）。一方の吉三郎は自害しようとしたが止められ、かつての念友（男色関係で兄分にあたる若者）と出家した（第五章）。

この話は実際にあったとされる出来事で、歌舞伎、浄瑠璃、草双紙などに大きな影響を与え、大量のお七物を生み出した。▼注(1) 恋人に会いたくて放火をする行動の激しさが当時の人の心を動かしたのである。

さて、「恋草からげし八百屋物語」の研究史をふりかえると、最大の議論は、最後の第五章において、お七の母親が吉三郎の自害をいかにして止めたか、ということにあった。▼注(2)

お七は第四章で処刑された。『好色五人女』のほかの四つの話はすべて最後の第五章で女主人公の最後のようすを描くのに、巻四のこの物語だけは、女主人公が死んだあとの後日談である。吉三郎はさまざまな人に説得されたが自害を決意した。しかし、お七の母親に何かしらささやかれて急に思いとどまり、出家する（「小語《ささやき》申しける」と表記される。ほかの作品をさがすと「私語」「細語」「耳語」「少語」などの表記もみられる）。不思議なことに、西鶴は何をささやいたのか、まったく書いていない。ゆえにこれまでの議論は、お七の母親が何を語ったのか、の一点に集中していたのである。▼注(3)

結論を少し述べると、西鶴はある理由があって故意に書かなかったのではあるまいか。お七の母親の言葉を記すことは吉三郎が死を思いとどまった理由を書くことにほかならない。吉三郎は自害を止めようと説得する人々に対し、あれこれ饒舌をふるっているが、その裏には「死にたくない」という強い思いが隠れている（詳しい分析は後述）。説得する人も、吉三郎が死ぬことを悲しんでいるわけではない。死なれると迷惑がかかるので説得したにすぎない。そういう中で本気で「死んではいけない」と言ったのは、お七の母親だけだったと考えられる。

この物語の最大の特色は、お七の母親が何を語ったのかを示さないことだ。読者はそれゆえに物語に引き込まれる。本稿では、この特異な書き方こそ西鶴が最も工夫した独自の創作手法であることを明らかにする。

二　お七と吉三郎の恋の展開

二人の恋がどのように進んでいったか、出会い、契り、再会の場面の会話に注目して確認してみよう。

第一章「大節季はおもひの闇」で、お七は、「花は上野の盛《さかり》、月は隅田川のかげきよく、かかる美女のあるべきものか。都鳥其業平に、時代ちがひにて見せぬ事の口惜《くちをし》」と紹介される。[注(4)] かの業平とてお七に出逢ったら、なぜ同じ時代に巡り合わせなかったかと口惜しがるだろうというのである。時代を超えた絶世の美女という設定だ。そういうわけで母親は、年末の火災で焼け出されて避難した吉祥寺で、寺の坊主がお七に目をつけないかと気を配っている。

そこへ指に刺さったとげを抜こうとしている吉三郎が登場する。二人の出会いの場面である。本文を引用してみよう。

やごとなき若衆《わかしゆ》の、銀《しろがね》の毛貫《けぬき》片手に、左の人さし指に、有《ある》かなきかのとげの立《たち》けるも、心にかかると、暮方の障子をひらき、身をなやみおはしけるを、母人《ははひと》見かね給ひ、ぬきまいらせんと、その毛貫を取《とり》て、暫《しばらく》なやみ給へども、老眼のさだかならず、見付《つく》る事かたくて、気毒《きのどく》なる有さま、お七見しより、我なら目時《めどき》の目にて、ぬかん物をと思ひながら、近寄《ちかより》かねてたたずむうちに、母人よび給ひて、是をぬきてまいらせよとのよし、うれし。彼《かの》御手をとりて、難儀をたすけ申（し）けるに、此若衆我をわすれて、自《みづから》が手をいたくしめさせ給ふを、はなれがたかれども、母の見給ふをうたてく、是非もなく立別れさまに、覚《おぼへ》て、毛貫をとりて帰り、又返しにと跡をしたひ、其手を握《にぎり》かへせば、是よりたがひの思ひとはなりける。

「やごとなき若衆《わかしゅ》」が夕暮れ時の障子の側に立って「銀《しろがね》の毛貫《けぬき》」でとげを抜いている。「銀《しろがね》の毛貫《けぬき》」は『枕草子』の「ありがたきもの」の章段を連想させる。▼注(5) 先にあげた、もしも業平が見たならば放っておくまいという想定と響きあうものがある。王朝風の雰囲気をただよわせ、男もすこぶる美男であるという設定である。お七は老眼の母に代わってとげを抜いてあげた。するとその手を、若衆がぎゅっと強く握った。一瞬にして恋に落ちた。二人は離れがたい。だが、母が目を光らせている。お七は毛貫を返さずに部屋に持ち帰り、あとで若衆に届けに行った。毛貫を返すとき、ぎゅっと男の手を握った。

二人は一言もことばを交わさない。何も言わずに手を握り、握り返し、二人は恋に落ち恋文を送りあうようになった。

（お七は）忍び忍びの文書《かき》て、人しれずつかはしけるに、便りの人かはりて、結句吉三郎方より、おもはくかづかづの文おくりける。心ざし互《たがひ》に入乱《いりみだれ》て、是を諸思《もろ》ひとや申（す）べし。両方共に返事なしに、いつとなく浅からぬ恋人こはれ人、時節をまつうちこそうき世なれ。大晦日《あふつごもり》はおもひの闇に暮《くれ》て、明《あく》れば新玉《あらたま》の年のはじめ互いに熱い思いをしたためて恋文をおくったとあるが、相手からもらった恋文に返事を書く気はなく、読もうという気も起こらない。ただ相手に熱い思いをおくりつける、というありさまだ。「諸《もろ》思ひ」の「心ざし」が「入乱《いりみだれ》」、どこへ向かうか行方のわからぬ恋が始まった。一寸先は闇というが、不安、苦悩がたちまち忍び寄ってきそうな気配がする。「大晦日はおもひの闇」とあるのはその暗示であり、第一章の章題になっている。

第二章に入ると、吉三郎と契りを結びたい一心で、お七は雷の鳴り響く夜に部屋を抜け出し、会いに行った。吉三郎の寝室までの道は遠く、その間にいろいろな人に出会う。飯炊き女がそっと「小半紙《し》壱折」を手渡し、吉三郎の寝室の場所を姥が教えてくれたのは、二人の恋がすでに知れわたっていることを示している。

ようやく吉三郎の寝室の近くまでたどりつくと、吉三郎と同じ部屋に住んでいる新発意《しんぼち》（出家して間もない若い僧）に見つかってしまう。お七はあの手この手でごまかそうとする。

女の出来ごころにて髪をさばき、こはひ顔して、闇《くら》がりよりおどしければ、石流《さすが》仏心そなはり、すこしもおどろく気色《けしき》なく、汝元来帯とけひろげにて、世に徒《いたづら》もの也、たちまち消《きえ》され。此寺の大黒になりたくば、和尚のかへらるる迄待《まて》と、目を見ひらき申（し）ける。お七しらけてはしり寄《より》、こなたを抱《だい》て寝にきたと、いひければ、新発意《ぼち》笑ひ、吉三郎さまの事か。おれと今迄跡さして臥《ふし》ける。其証拠には是ぞと、こぶくめの袖をかざしけるに、白菊などいへる留《とめ》木のうつり香、どふもならぬと、うちなやみ、其寝間に入（る）を、新発意声立《たて》て、はあ、お七さま、よい事をと、いひけるに、又驚き、何にてもそなたのほしき物を、調進《ととのへ》ずべし。だまり給へと、いへば、それならば、銭八十と、松葉屋のかるたと、浅草の米《よね》まんぢう五つと、世に是よりほしき物はないと、いへば、それこそやすい事。明日《あす》ははやはや遣し申（す）べきと、約束しける。此小坊主枕かたむけ、夜が明（け）たらば、三色もろふはず、必《かならず》もらふはづと、夢にもうつつにも申（し）、寝入《ねいり》に静（ま）りける。

お化けのふりをして新発意を脅し、抱きつき、果ては口止め料に銭とかるたとまんじゅうを届けると約束をする。
この騒々しい下世話な問答のあとに、ようやく逢瀬にこぎつけた二人のやりとりが描かれる。

（お七が）吉三郎寝姿に寄添《よりそひ》て、何共《なにとも》言葉なく、しどけなくもたれかかれば、吉三郎夢覚《さめ》て、なを身をふるはし、小夜着《よぎ》の袂《たもと》を引（き）かぶりしを引（き）のけ、髪に用捨もなき事やと、いへば、吉三郎せつなく、わたくしは十六になりますと、いへば、お七、わたくしも十六になりますと、いへば、吉三郎かさねて、長老さまがこはやと、いふ。をれも長老さまはこはしと、いふ。何とも此恋のはじめもどかし。

新発意との問答とは打って変わって、情緒たっぷりである。恋文では雄弁な吉三郎だが、突然の来訪にたじろいで思うように話せない。お七も、男のことばをおうむ返しに繰り返すだけである。第一章にお七は一六歳とあったが、年が明けた今は一七歳であるはずだ。年上であることを恥じてウソをついたという読み方もある。▼注(6) しかし、初めての契りを前に心臓が高鳴り、相手のことばをそのまま真似るほかなかったというのが自然であろう。吉三郎が年齢を言うのも、お七が突然、蒲団に潜り込んできたので、とっさに口から出たことばと思われる。

二人とも感極まって涙を流していると雷がとどろいた。お七が「是は本にこはや」と男にしがみつく。我に返った男が「ひへわたりたる手足や」と声をかけると、お七は「そなたさまにもにくからねばこそ、よしなき文給りながら、かく身をひやせしは、誰がさせけるぞ」と応えた。お七の冷たい身を温めて契りを結んだ。たちまち夜が明け、母親がやってきた。その場面を見て驚き、お七を連れ帰り、監視を強めた。

続く第三章「雪の夜の情宿《なさけやど》」では、冒頭、「油断のならぬ世の中」「御寺《みてら》を立《たち》帰りて、其後はきびしく改《あらため》て」と書かれ、お七の監視が強化されていることがわかる。お七は、親の目を盗み下女を仲立ちとして吉三郎と恋文を交わす。そして、吉三郎がお七の家へ忍んで行く。

里の子に身をやつし「松露土筆《せうろつくづくし》」売りのふりをしてやってきた吉三郎が、土間で身を震わせている。お七は吉三郎だと気づいて寝間に招き入れた。折良く両親が外出したので、「今宵は心に有程《ある》をかたりつくしなん」と喜んだが、両親が帰ってきた。まもなく両親は寝静まる。襖一枚隔てているだけなので、二人は筆談をした。

ふすま障子ひとへなれば、もれ行事《ゆく》をおそろしく、灯《ともしび》の影に硯紙置《をき》て、心の程を互《たかひ》に書（き）て、見せたり見たり、是をおもへば鴛《をし》のふすまとやいふべし。夜もすがら書《かき》くどきて、明がたの別れ、又もなき恋があまりて、さりとては物うき世や。

目の前に恋しい人がいるのに何も言えず、一枚の紙と一本の筆で思いを綴り合う。隣室に寝ている両親を気にしながら、声を殺し、胸を高鳴らせる。「見せたり見たり」、静かな会話はゆっくり進んでいく。だが、「又もなき恋があまりて」、ほとばしる恋情に筆先が追いついていかない。

手を握り合って恋が始まり、ことばをおうむ返しに交わして契り、再び出逢った夜は声のない愛の告白をした。こうして二人の関係はのっぴきならないものになった。

三　お七の最期

お七の最期のようすをみておこう。

天台宗園乗寺（文京区白山）にあるお七墓所

お七が処刑されたという鈴ヶ森刑場跡

二人が出逢ったのは火事で避難した寺であった。ゆえにお七は、第四章「世に見をさめの桜」で火事になればまた会えるだろうと思って、自宅に火をつけボヤ騒ぎとなった。その場で捕えられ、覚悟の上ではあったから、静かに刑に処せられた。

此女思ひ込（み）し事なれば、身のやつるる事なくて、毎日有し昔のごとく、黒髪を結《ゆは》せて、うるはしき風情、惜《をし》や十七の春の花も散散《ちり》に、ほととぎすまでも惣《そう》鳴《なき》に、卯月《うつき》のはじめつかた、最後ぞとすすめけるに、心中更にたがはず、夢幻《ゆめまぼろし》の中《うち》ぞと、一念に仏国《ぶつこく》を願ひける心ざし、去迚《さりとて》は痛《いたは》しく、手向《たむけ》花とて、咲《さき》おくれし桜を一本《もと》もたせけるに、打眺《うちながめ》て、世の哀《あはれ》春ふく風に名を残し、おくれ桜のけふ散《ちり》し身はと、吟じけるを、聞人《きくひと》一しほにいたましく、其姿をみおくりけるに、限《かぎり》ある命のうち、入相の鐘つく比《ころ》、品かはりたる道芝の辺《ほとり》にして、其身はうき煙となりぬ。

「咲《さき》おくれし桜」は、お七の恋が実を結ばなかったことをいう。▼注(7) お七の命も美しさも、はかなく散ってゆく桜に似ている。桜の枝を手渡され、それを見ながら辞世の歌を詠む。遅れて咲いた哀れな桜がいま散ったというのである。「けふ散りし身は」とすでに死んでしまった我が身として捉えているところが切なさを誘う。

激しい恋心に身を任せて火を放ち、一首の歌を詠み、死に赴いた。言い訳ひとつせずに処刑されたその姿が人の目に潔いものと映ったのかもしれない。たちまち世間の評判となった。

人皆いづれの道にも煙はのがれず、殊に不便は是にぞ有（り）ける。それはきのふ、今朝みれば塵も灰もなくて、鈴の森松風ばかり残《のこり》て、旅人も聞《きき》つたへて只は通らず、廻向《えこう》して其跡を弔ひける。されば其日の小袖、郡内島《ぐんないしま》のきれぎれ迄も、世の人拾《ひろひ》もとめて、すへずへの物語の種とぞ思ひける。近付《ちかづき》ならぬ人さへ、忌日忌日にしきみ折《おり》立《たて》、此女をとひけるに、其契を込《こめし》し若衆は、いかにして最後を尋問《たづねとは》ざる事の不思議と、諸人沙汰し侍る

お七の死んだあとの評判に傍線を引いてみた。誰もが同情している。旅人さえ廻向を手向けずに処刑された場所を通り過ぎることはなかった。ところが、当の吉三郎はお七の最期のようすを尋ねようともしないので、人々は不思議なことだと噂している。炎に包まれて死んでいったお七に同情が集まるが、何の関心も示さない吉三郎には不信感がひろがる。だが、理由があった。周りの人が吉三郎が後追いすることを怖れて処刑されたことを知らせなかったのである。

四九日の法事にお七の親たちが寺へやってきた。寺に預けられている吉三郎に面会を求めたが、寺では面会できる状態ではないと断った。それを聞いてお七の「親」（右の引用の傍線部。母親ではあるまい。父親に相違ない。後述）は次のように言った。

石流《さすが》人たる人なれば、此事聞（き）ながら、よもやながらへ給ふまじ、深くつつみて、病気もつつがなき身の、折節お七が申（し）残せし事共をも語りなぐさめて、我子の形見にそれなりとも思ひはらしにと、卒塔婆書《かき》たてて、手向《たむけ》の水も涙にかはかぬ石こそ、なき人の姿かと、跡に残りし親の身、無常の習《ならひ》とて、是逆《さかさま》の世や。

お七の親も、寺の人たちが吉三郎の身を案じていることをもっともなことだと思う。そう思いつつも、吉三郎にお七の遺言を伝え、ともに慰め合いたいというのである。当然の親心だろう。

四　お七母の小語《ささやき》の意味

最終章「様子あつての俄坊主《にはか》」は、吉三郎の死の決意→僧たちの説得→寺の長老の説得→吉三郎の述懐→「お七親」の説得→吉三郎が舌を噛み切ろうとする→お七母親の「小語《ささやき》」→吉三郎の翻意→念友の意見→吉三郎と念友の出家、と展開してゆく。

注目すべきは、自害を押しとどめようと説得する人々に、吉三郎がおのれの思いをまくしたてることだ。お七が静かに逝ったのとは反対に、人々の説得に聞く耳をもとうとしないばかりか、お七を責めておのれを正当化してさえいる。そのときお七の母親が近寄り、耳元でささやくと、吉三郎は突然翻意して、死ぬのを止めた。この急転は何だろう。

ここまでのストーリーをもう一度たどってみる。お七の百か日に、吉三郎は病床から起き上がった。杖を突いて寺内を歩いていると、お七の名前が記された新しい卒塔婆が目に入った。事の真相を初めて知ったのである。「さりとては、しらぬ事ながら、人はそれとはいはじ。おくれたるやうに取沙汰も口惜（し）」。誰も知らせてくれなかったと嘆いている。恋人が処刑されて死んだことより、誰も知らせてくれなかったこと、そして、自分が死に後れたことを嘆いている。

吉三郎は嘆き悲しみ、舌を噛み切って死んでしまおうとする。そこで吉祥寺の僧たち、長老、そして「お七親」が説得を試みる。まず、僧たちが刀に手をかけた吉三郎を押しとどめて、次のように言った。

法師取（り）つき、さまざまとどめて、迚《とて》も死すべき命ならば、年月語りし人に暇乞《いとまごひ》をもして、長老さまにも其断《ことはり》を立（て）、最後を極め給へかし。子細は、①そなたの兄弟契約の御かたより、当寺へ預ケ置《をき》給へば、其御手前への難義、彼是覚しめし合《あはさせ》られ、②此うへながら憂名の立《たた》ざるやうにと、いさめしに、此断《ことはり》至極して、自害おもひとどまりて、兎角《とかく》は世にながらへる心ざしにはあらず。

傍線部①は、吉三郎が寺に預けられた経緯である。吉三郎に念友がいて、その口利きで預かりの身となったのである。傍線部②は、これ以上「憂名」を立てるなという僧の諫めである。「ほんとに死ぬ気ならば、長年、世話になった念友に暇乞いをし、寺の長老にも断り、それからどうにでもせよ」、「この寺に預けられたからには、迷惑をかけるようなことはするな」と語っている。寺の体面を気にした言い方だが、常識的な説得といってよいだろう。だが、吉三郎は「自害」を止めて「世にながらへ」ようと思うわけではない。死ぬほかないと一途に思い込んでいる。

続いて寺の長老が言う。

其後、長老へ角と申せば、おどろかせ給ひて、其身は、念比《ねんごろ》に契約の人、わりなく愚僧をたのまれ、預りおきしに、其人今は松前に罷《まかり》て、此秋の比は必爰《かならずここ》にまかるのよし、くれぐれ此程も申（し）越《こさ》れしに、それよりうちに申（す）事もあらば、さしあたつての迷惑、我ぞかし。兄分《あにぶん》かへられてのうへに、其身はいかやうともなりぬべき事こそあれと、色色異見あそばしければ

長老は「おまえの念友（「兄分」）が松前に行っており、その不在の間、寺に預けられている。今秋もどってくる。それまで面倒なことを起こさないでほしい。念友が帰ってきたら何をしようともかまわない」と言う。長老も、ほかの

僧と同様に、死んではいけない、生きよ、と心を込めて呼びかけているのではない。迷惑をかけるな、自分の責任にならぬようにしてくれ、と述べているのである。

吉三郎は刀を取りあげられ、切腹できなくなった。監禁されて、次のように述懐する。

> さてもさても、わが身ながら世上のそしりも無念なり。いまだ若衆を立（て）し身の、よしなき人のうき情《なさけ》に、もだしがたくて、剰《あまつさへ》其人の難儀、此身のかなしさ、衆道の神も仏も我を見捨《すて》給ひしと、感涙を流し、殊更《ことさら》兄分の人帰られての首尾、身の立《たつ》べきにあらず。それより内に最後急《いそぎ》たし。され共舌喰切《くひきり》、首しめるなど、世の聞へも手ぬるし。情《なさけ》に一腰かし給へ。なにながらへて甲斐なしと、涙にかたるにぞ、座中袖をしほりて、ふかく哀《あはれ》みける。

傍線部を引いたが、吉三郎は「世上のそしり」や「世の聞へ」を気にしている。さらに、お七を「よしなき人」と非難し、あの情愛は「うき情」であり、自分には「難儀」であったと言い放つ。お七のせいでひどい目にあった、自分こそ哀れだ、というのである。しかも長老と同じように「兄分」のことを気にしている。「兄分」が帰ってくる前に死ななければ、「兄分」を裏切り女色に走った汚名はそそげない、ついては、舌を喰い切る・首を絞めるなどの死に方ではかっこうがつかない、切腹しなければならぬ、刀を貸してくれ、と頼んでいる。

吉三郎の頭には、衆道の本分ということしかないようだ。本音は、お七より念友が大切なのである。だから、お七の立場にたつ「お七親」の説得には、まったく心を動かさない。

> 此事お七親より聞《きき》つけて、御歎《なげき》尤《もつとも》とは存《ぞんじ》ながら、最後の時分くれぐれ申（し）置《をき》けるは、吉三郎殿まことの情

ならば、うき世捨《すて》させ給ひ、いかなる出家にもなり給ひて、かくなり行跡《ゆく》をとはせ給ひなば、いかばかり忘れ置《をく》まじき。二世迄の縁は朽《くち》まじと申（し）置しと、様様申せ共、中中吉三郎聞分《ききわけ》ず

先に見たように、僧侶たちは「生きよ」とは言わなかった。ここで「お七親」が初めて、出家してお七の菩提を弔ってあげたらどうか、と言うのである。だが、お七を恨んでいる吉三郎に、お七の後世を弔うために生きよ、と説教しても理解できるはずがない。女色より男色という本音の男に、お七と「二世までの縁がある」と語っても意味がない。傍線部は「吉三郎はなかなか聞き分けなかった」と解されている。▼注(8) ていねいにいえば、吉三郎は少し理解できるような気がしたがやっぱり理解できなかった、ということである。

西鶴は「お七親」と書いている。「お七母」とは書いていない。この説得が父親なのか、母親なのかを明記していないのである。間違いなく、父親であろう。次の場面は母親であるが、それと対比させ際立たせようとしていると思われる。

吉三郎は「いよいよ思ひ極《きはめ》て、舌喰切《くひきる》色め」となる。今まさに舌を噛み切ろうとするとき、母親が近寄った。ごく短く書かれている。

母親耳ちかく寄《より》て、しばし小語《ささやき》申されしは、何事にか有哉《あるや》らん。吉三郎うなづきて、兎も角もといへり

何をささやいたのであろうか。「しばし小語《ささやき》申されし」とあるのみである。その瞬間、吉三郎はうなずいて「兎も角も」と答えて、死ぬのをやめた。なんとも不可思議な、拍子抜けする場面だ。あっさりと母のささやきに従っている。

吉三郎は女色から男色へ転じている。男色の美学と世間体を重んずる立場にもどっている。塩村耕はそこに注目し、

お七母の「小語《ささやき》」は衆道の誠に叶うものであったろうと考えている。▼注(9) 西鶴は「何事にか有哉《あるや》らん」と言うのみで、何ひとつ具体的なことは述べていない。それは、お七の母親が死の決意を覆すために、どんなことを語ったか、ではなく、いったい、どうなっているか、作者にさえわからない、という驚きの表明であるかもしれない。衆道に生きる男の不可解な心理を暗示していると思われるが、男に命を賭け、火あぶりになった娘の母親はその男に何をささやくのだろうか。永遠に不明というほかないだろう。どんな推測も成り立つが、どれも推測の域を出られまい。そう思いつつ、次のように考えてみた。

前節で考察したように、巻一「姿姫路清十郎物語」では、皆川に死に後れた清十郎を母親が説得して、生きようと思い直させている。息子を死なせてはならぬと思う母の力が翻意を促した。白井雅彦は、それと同じく、お七の母に母性の力を読み取っている。▼注(10) ただし、巻一で清十郎の死を止めたのは清十郎の実の母であり、亡くなった皆川の母は登場しない。ここでは吉三郎の母ではなく、亡くなったお七の母が力を発揮しているという点で、巻一とは大きく異なる。この男に恋をして死んでしまった娘の母にしか言えないことが、何ひとつ明記しないテキストの深部、すなわち「小語《ささやき》」に込められているというべきだろう。

お七の母は、お七と吉三郎の両方を知っているただひとりの人物である。出会いに立ち会い、一つ蒲団で寝ている現場にも乗り込んだ。どんなふうに二人の恋が進んでいったかを熟知している。そんな母親が寺で大騒ぎになっていると聞いて駆けつけた。念友との絆や世間体が悪いと言うばかりの吉三郎を見て、母はその心を鋭く見とおしたのではあるまいか。

この章における吉三郎に対する周囲の人のはたらきかけとそれに対する吉三郎の反応を表にまとめた（表1参照）。一連の流れをみると、お七の母親の発言内容だけが隠されていることがわかる。そしてその隠されている母の発言によって、吉三郎は死ぬのを思いとどまる。世間体を心配したり、兄分の立場や、お七の立場について言及したりする

	お七親戚	法師	長老		お七父親	お七母親
周囲の人	四九日に面会に来てお七の卒塔婆を立てる。	兄分・長老に断ってから死んでほしい、これ以上悪い噂が立たないようにしろと説得。	兄分が帰ってきてからならどうなっても良いが、兄分が帰る前に死なれると迷惑と意見。	自害されないように刀を取りあげ、軟禁する。	お七の遺言「出家して弔ってくれれば来世で結ばれる」を伝言。	耳元でしばし、何かをささやく。
吉三郎の反応	卒塔婆を発見。死に遅れたという噂を恐れ、切腹しようとする。	説得され思いとどまる。生きながらえるつもりはない。	日頃の恩義を考え、長老の考えを受け入れる。	兄分が帰る前に死にたい、世間体が悪いと泣く。	聞き入れず、舌を喰い切ろうとする。	「なにはともあれ」と言って、自害を思いとどまる。

表１　吉三郎に対する周囲の人のはたらきかけとそれに対する吉三郎の反応

ことばでは、吉三郎を説得できなかったのである。

逆に、吉三郎は、世間体が悪いから、兄分に申し訳がたたないから死ぬ、と叫んでいる。あんなに愛してくれたお七の死を悲しんではいない。お七がいないと生きている意味がないとは言っていない。裏を返せば、兄分への申し開きができるなら、生きたい、と吉三郎は考えている。生きて、兄分との恋をまっとうしたい、というのが吉三郎の本音なのだ。ならば、生きて兄分との恋をまっとうするほかない。母はそう読み取って、そう言ったに違いない。お七はもういない、兄分との恋に存分に生きてみたらどうか、それがおまえの本音であり本望であろう、と。

長老に刀を取りあげられて監禁されたときも、いつでもその気になれば、死ねたはずだ。だが、お七のせいで「衆道の神も仏も我を見捨《すて》給ひし」と泣き叫ぶ。そこに、兄分とともに生きていきたいという本然の心を聴くことができる。

お七の母親は、美しい娘を監視し、吉三郎との恋を許さず、娘の声にまったく耳を傾けなかった。自分のせいでお七が死んでしまったという後悔と自責の念に苛まれていたであろう。死ぬのは娘だけでたくさんであり、娘のせいで人が死ぬのは筋が立たないと気丈に思っていたのかもしれない。母親の心理も吉三郎と同様に複雑である。

『好色五人女』の中で、母親の存在が強調されているのは本話だけである。本話に限っては、どの章にも母の言動が描写され、一人娘お七に愛情を注ぐ一方で、彼女の行動を常に監視する姿が描かれる。すでに述べたように、第一章では避難所の坊主たちの視線からお七を守り、第二章では吉三郎のところへ忍んで行ったお七を追いかけ、連れ戻し、口封じのための後始末もした。八百屋に戻った第三章ではお七の監視を強めていた。そこには、母性がもつ守り育てる愛の側面と、思い通りにしようと子どもを拘束する側面の両方を読み取ることができる。▼注(11) 西鶴は意図的に母親の姿を描きながら、それを最終章の「小語《ささやき》」に収斂させた。

第五章で、吉三郎は大変饒舌である。周囲の人は声を大にして説得する。だが、興奮状態でわめくばかりで、誰もはっきりと「死ぬな」と言わない。感情が高まり、声が大きくなり、互いに聞く耳がなくなっていく。こんなときは声を潜めて語るほうが効果がある。また、ほかの人には聞こえない「小語《ささやき》」だから、どんなことを言われたにせよ、説得されて死ぬのを思いとどまった、ということになり、その場の体裁も吉三郎の体面も保たれる。

小さな声でささやいたから、死ななければならぬ、という呪縛は解き放たれた。吉三郎は、お七のせいでひどい目にあった、と暴言を吐いた。お七の親としては、吉三郎のせいでお七は死んだ、と大声で言い返すことができた。しかし、お七の母は吉三郎の耳にささやき、生き直す心をよみがえらせた。母親の「小語《ささやき》」は男への許しでもあったはずだ。

恋して死んだ娘を許し、死んだ娘をなじる男を許す。そして、生きたいと思う男の心を読み取って許したのだろう。それはまた母親のみずからの人生に対する希望でもあったのではないか。

何をささやいたかは、それほど重要なことではないかもしれない。▼注(12) どんな立場の、どんな体験をした人（恋して死んだ娘の母親）が、どんなタイミングで（みんなが体面をとられて説得に失敗したあとに）、どんなふうに語ったか（小さな声で、ある種の力のこもったことばを）、それがどんな力を与えたか、を西鶴は描いている。

そして、死で終焉したお七の恋の物語のあとに、松前の兄分との新たな恋に生きる物語が動きだしたともいえる。松前から駆けつけた兄分の「至極の意見」によって吉三郎は出家する。どんな意見を述べたのか、これも書かれていない。以下は作品の結びである。

此前髪のちるあはれ、坊主も剃刀なげ捨《すて》、盛《さかり》なる花に時のまの嵐のごとく、おもひくらぶれば、命は有（り）ながら、お七最後よりはなを哀《あはれ》なり。古今の美僧、是をおしまぬはなし。惣じて恋の出家まことあり。吉三郎兄分なる人も古里松前にかへり、墨染の袖とはなりけるとや。さてもさても、取（り）集《あつめ》たる恋也。哀《あはれ》也、無常也夢なり。現なり。

若衆吉三郎の出家は、お七の最期よりもいっそう哀れであるという。「古今の美僧」は、吉三郎の前髪が散ってしまったことを嘆く。巻四の終章での男色への志向性が、巻五「恋の山源五兵衛物語」冒頭三章の男色話に引き継がれているといわれているとおりである。▼注(13)

しかし、西鶴は最終章に男色話を取り込んで、お七の死をないがしろに描いたのではあるまい。どんな死であっても、死んだものよりも残されたものの方がつらい。吉三郎がお七の後を追っていれば、恋の美学は成就したかもしれない。しかし、吉三郎は醜く生きることを強いられる。兄分は、吉三郎の元ではなく、松前に去って出家する。事件の蚊帳の外にいた兄分までが出家した。お七の死は吉三郎のその後の人生を大きく左右したのである。衆道の美学を前面に出すこの終わり方は、お七の死をよりいっそう哀れなものにする。全部お七が悪い、と公然と死人を鞭打つ男にお七は惚れたのであった。そんな男に会いたくて、火を放ち、火あぶりになった。が、最後の最後で、人々はお七よりも吉三郎がかわいそうだという。二人の恋は「時のまの嵐」のような恋だった。お七と吉三郎、吉三郎と兄分の異質な恋はどちらも激しく純粋である。二つの恋がくっきりと浮かび上がってくるが、その二つを鋭く切り裂いているのは、この作品の深部を流れる、死ぬ恋と生きる恋、女と男、という通奏低音である。

作者（語り手）でさえ、「母親耳ちかく寄《より》て、しばし小語《ささやき》申されしは、何事にか有哉《あるや》らん」と書いている。作者の怠慢のようにもみえるが、これがあることによって読者は何をささやいたのか、合理的な答えをさがしてテキストを読み直し、その答えを考えなければならなくなる。その意味において、この一言は、読者の自立をうながす仕掛けになっている。反対に、作者は、もと恋人の母親とその娘を死なせた男の複雑で情緒的な心理を解剖せず、説明しないで話を閉じることができた。それによって、作者の立場から語るという呪縛から解き放たれ、読者の支配からも逃れ得た。そうすることによって、作品は作者からも読者からも離れて自立することになる。西鶴という傑出した作家の創りだした新しい小説作法といってよいだろう。

【注】

（1）竹野静雄「古典と西鶴――『好色五人女』巻四をめぐって――」（『文学』一九七八年八月）によると、江戸時代一八〇年間に、小説は三三作、芝居は歌舞伎六〇作、浄瑠璃二〇作が作られ、青森から長崎にいたる地方の歌謡・地芝居・舞踊・祭囃子・史跡のお七関連のものは八〇点にのぼるという。それは現代までも続く傾向である。なお、お七の実像と放火事件の真偽については、具体的な史実は明らかになっていない（黒木喬『お七火事の謎を解く』教育出版、二〇〇一年八月）。最近では矢野公和が、お七も放火事件も西鶴の創作であるという仮説を提示した（「『八百屋お七』は実在したのか」『西鶴と浮世草子研究』第4号、笠間書院、二〇一〇年一一月）。

（2）お七の人物像をめぐる従来の読みは清純か好色かという点で二極化している。広嶋進の整理「『好色五人女』の一場面――寺若衆の恋」（『西鶴新解 色恋と武道の世界』ぺりかん社、二〇〇九年三月）を参照されたい。広嶋は、恋に積極的なお七と男色家として逃げ腰の吉三郎と読む。

(3)濱口順一「お七母はなんとささやいたか」(『西鶴が描く江戸のラブストーリー』ぺりかん社、二〇〇六年九月)に従来の説が整理されている。

(4)このくだり及び、第二章の展開、また、第一章と第三章の挿絵が、『首書伊勢物語』と関係することについては、信多純一に指摘がある。「中世小説と西鶴―『角田川物がたり』と『好色五人女』をめぐって―」(『文学』一九七六年九月)、「古典と西鶴―『好色五人女』巻四をめぐって―」(『文学』一九七八年八月)。この両論はのちに『好色一代男の研究』(岩波書店、二〇一〇年九月)に統合された。

(5)前田金五郎『好色五人女全釈』(勉誠社、一九九二年一五月)「語注」指摘。

(6)同右の解説。竹野静雄は、恋するものの「恋ごころの表現として、あえて恋人に同調」したものとする(『江戸の恋の万華鏡―好色五人女』新典社、二〇〇九年一〇月)。

(7)前節で述べたように巻一のおなつの恋においても、桜が象徴的に用いられていた。

(8)新日本古典文学全集(東明雅訳)、対訳西鶴全集(冨士昭雄訳)、好色五人女全釈(大野茂男訳)、好色五人女全注釈(前田金五郎訳)、好色五人女全訳注(江本裕訳)、西鶴が語る江戸のラブストーリー(濱口順一・松村美奈訳)は、いずれも「吉三郎はなかなか納得せず」と訳す。

(9)塩村耕「『好色五人女』八百屋お七の謎」(『国語と国文学』第71巻12号、至文堂、一九九四年一二月)、後に、『近世前期文学研究―伝記・書誌・出版』(若草書房、二〇〇四年三月)に所収。

(10)白井雅彦「『好色五人女』考 一」(『二松学舎大学人文論叢』第57輯、一九九六年一〇月)。森耕一は、「五つの『物語』はひとつの原型的な『物語』が五度反復されていて」、巻一と巻四の間にさまざまなシンメトリーがあると述べている(「『好色五人女』論序説(上)―物語の構造―」(『西鶴論　性愛と金のダイナミズム』おうふう、二〇〇四年九月)。ただし、お七の母のような女性は他の西鶴浮世草子作品に例を見ない。たとえば、『武家義理物語』巻四の第二章「同じ子ながら捨《すて》たり抱《だい》たり」は、自分の姪と夫の甥を養子にした女が、夫と別れて逃走する途中で身びいきしたと言われては名折れだからと、血縁の姪を捨て、義理の甥だけを連れて逃げたという話だが、母性によるものではなく義理による行いで、お七の母とは異なる。

(11)河合隼雄は『家族関係を考える』(講談社、一九八〇年九月。後に、河合隼雄著作集第一四巻『流動する家族』岩波書店、一九九四年一一月)の中で、日本文化には母親像が強く表れており、しばしば母親が娘の存在を飲みこんでしまうような「母・娘結合」をみることができるとする。本話を読み解く上で示唆的な指摘である。

（12）大野茂男は、この場面でも巻一でも、母親のことばの内容が明らかでないことについて、「『一言』に内容を持たせない方が、西鶴の手法として常套的であるように思われる」と指摘する（『好色五人女全釈』笠間書院、一九七九年二月）。大野は、発言内容を明らかにしない書き方は、『好色一代男』巻六の第五章「眺《ながめ》は初姿」にも同じ手法が用いられているという。『男色大鑑』巻一の第五章「墨絵につらき剣菱の紋」には、「兼ての望」の内容が明らかにされないという書き方もみられる。これについては、本書のⅠ第三章1「『男色大鑑』「墨絵につらき剣菱の紋」を解く」で述べる。

（13）最終章が吉三郎の男色話に移行していることについて、藤江峰夫は、お七一家が逃げ込んで吉三郎と出会った寺が「吉祥寺」であることや、兄分と松前との関わりを、松前藩の門昌庵事件にちなむとする（「『恋草からげし八百屋物語』について―西鶴と松前―」『江戸時代文学誌』第5号、一九八七年七月）。最終章は、巻五の冒頭三章が男色話であることへの橋渡し的な要素はあるが、あくまでもお七と吉三郎の恋物語の後日談と考える。

第三章◉冒頭部の仕掛け

1●『男色大鑑』「墨絵につらき剣菱の紋」を解く

一　はじめに

『男色大鑑』八巻一〇冊は、貞享四年（一六八七）正月に刊行された。題簽の角書に「本朝若風俗」とあり、目録題にも「本朝若風俗」と書かれている。男色をテーマにした短編集である。前半四巻は武士の男色を、後半四巻は歌舞伎役者の男色を描く。作品研究に際して、『男色大鑑』に描かれた男色を西鶴の色道観にどう位置づけるかという議論▼注(1)も重要であるが、それは、一話一話の再検証▼注(2)なしには考えられないことである。本節では、その試みの一つとして、巻一の第五章「墨絵につらき剣菱の紋」に描かれた主人公島村大右衛門の言動をめぐるさまざまな謎を足掛かりとして、西鶴の話の組み立て方を分析する。冒頭で紹介される大右衛門とその家族の姿が、作品を読み解く鍵であることに着目し、読者を作品に引き込むための西鶴の工夫を明らかにする。

『男色大鑑』所収の話は、他の西鶴の浮世草子に比べてやや長めの話が多い。男色には複雑な主従関係や敵討がからむことが多いからだろう。目録に各話のタイトルが並んでいるが、それぞれのタイトルには内容を表すサブタイトルが三つ付いている。「墨絵につらき剣菱の紋」の場合は「くろ焼《やき》は命をとる薬の事／女筆《にょひつ》も手すじしるる事／忍び川は矢さきに沈む事」となっている。母や妹との血縁関係、主君との主従関係、同じ家中の同輩同士の関係と男色関係が絡み合った複雑なストーリーを持つ。

話は五つの部分で構成される。

①島村大右衛門一家の蛍見物と毒薬の文箱

二七歳の島村大右衛門は長い浪人生活の果に二百石取りで薩摩藩に取り立てられる。上の妹は河内で出家しており、母と下の妹と三人で暮らしている。ある日家族で蛍狩りにでかけて、侍の小者が意味ありげな文箱を石地蔵の前に置いて立ち去るのを目撃する。怪しく思って小者を捕え野寺に抑留する。奉行所では里人が届けた文箱が開けられ、中に「約束の毒薬を進上する」と書かれていて騒ぎになっている。差出人の名前はなく春田丹之介の紋である剣菱の紋が記されていた。丹之介が呼び出されるが身に覚えがないという。

②大右衛門の機転と龍右衛門の執心

奉行所での騒ぎを知った大右衛門は寺に抑留しておいた小者を丹之介の家の駒寄せに縛りつけ、「この者が子細を知っている」と張り紙をして帰った。小者は舌を噛んで自害してしまうが、彼が岸岡龍右衛門の下人であることが判明する。龍右衛門は詮議を逃れるべく出奔する。丹之介は、奉行所に呼ばれて説明を求められるが、何も知らないと言う。奉行所では龍右衛門が出奔したのはやましいところがあるからだろうと、丹之介はお咎めなしとなった。ほとぼりが冷めたころ、丹之介は、龍右衛門が自分に執心の手紙をよこしたが相手にしなかったので彼が自分を陥れるために毒薬の文箱の仕掛けをしたのだという話を友人にする。恋ゆえの悪事であるから、龍右衛門の世間体をはばかり、奉行所には何も言わなかったと打明ける。

③大右衛門の筆跡

家中一の美少年で一五歳になる丹之介には定まった念友（男色の兄分）が居ない。小者を突きだし張り紙をして自分の窮地を救ってくれた恩人が誰なのか気になっている。あるとき草摘みをする娘が書いた置手紙の筆跡が小者に添えられた張り紙の筆跡と似ていることに気づく。そこへ妹に会うために大右衛門が現れる。丹之介は彼こそが恩人であると悟り、名乗る。張り紙への感謝を述べ、二人はおのづから相思相愛となる。

④大右衛門の河越え

大右衛門は丹之介の家の裏の大河を泳いで丹之介のところへ通い詰める。丹之介は大右衛門が泳いでいる最中に流木に足を取られて溺死してしまう夢を見た。その晩、弓稽古の若侍が河を渡る大右衛門を大鳥と見間違え遠矢を放つ。矢は大右衛門の横腹に刺さってしまった。大右衛門は丹之介との仲が露見するのをおそれ、自宅に帰り、わざと狂乱の態を装い自害。丹之介が駆けつけると遺体に刺さった矢には藤井武左衛門と書かれていた。

⑤丹之介の敵討ち

丹之介は、大右衛門の死後五二日目に大右衛門の墓前に武左衛門を誘い出した。大右衛門の墓の隣に、丹之介と武左衛門の名前が書かれた新しい卒塔婆が立っている。丹之介は武左衛門に果し合いを申し出て、二人は刺し違えて果てた。三人並んで埋葬された。

以下、話の順を追って作品を読み解いてゆこう。

二　「たたみ船」は何を意味するか

浪人だった島村大右衛門は、薩摩藩主に「たたみ船」を見せることで、二百石の知行で取り立てられる。本文を引用してみよう。

> 挟箱《はさみばこ》にたたみ船を仕込《しこみ》、取組《とりくめ》ば三人乗《のり》て、大河《たいが》を越《こす》にためしあり。自然の時は用にも立（ち）ぬべし。其外浮《うき》沓《ぐつ》・棒火矢《ぼうびや》を申（し）立に、御合力分《ごうりよくぶん》、弐百石くだしおかる。長《なが》の浪人なれば先《まづ》相勤め、兼《かね》ての望《のぞみ》は時節と、待《まつ》年もはや二十七歳になりぬ。

「挟箱」は供を連れて外出する場合に、荷物を入れて供にかつがせる箱であるが、ここは、折りたたむと「挟箱」のようなかたちになる組立て式の船を指す。三人乗って大河を渡ることもできるという。たたみ船を乗りこなす技術がいざという時に役に立つかもしれないという理由で仕官がかなった。

「たたみ船」とはいったいどのようなものだろうか。長野の戸隠神社（宝光社・中社・奥社の三社からなる）の奥社にほど近い戸隠《とがくれ》流忍法資料館で「たたみ舟」を見たときに、この一節を思い浮かべて驚いた。資料館には、寿永三年（一一八四）に北安曇出身の仁科大助が興したといわれる戸隠流忍法▼注(3)に使われていた道具の数々が展示されているが、湖沼を渡るための浮き具「水ぐも」と並んで「たたみ舟」が展示されている。ここに書かれている三人乗って大河を渡れるようなものとは違って、人の両足がかろうじてはいるほどの長さ五〇センチに満たない大きさのものだった。これに人が乗って水の上を進むにはよほどの技術が必要だろうと思われた。

ここに書かれた「たたみ船」は戸隠流の忍者たちが使用したものよりも大きなものだろう。いずれにせよ特殊なものでもあり、また修練した人間にしか乗りこなせないものだということがわかる。

また、同資料館には、矢の先に火薬を詰めるための小さな筒を取り付けた簡単な構造の「火矢」も何本か展示されているが、大右衛門が所持していた「棒火矢」は、やはりもっと大がかりなものだろう。『和漢三才図会』巻二一「兵

器　征伐具」では「火箭《ひや》」を次のように説明する。[注(4)]

按ずるに、火箭に数品有り、相伝へて云ふ、寛永年中防州明石内蔵助始めて棒火箭を作る、而して後（播州三木茂太夫、紀州寺島甚助、氏田右衛門、其外諸家、名を得し者多く有り）工夫を以つて改作す、故に異同有り。以つて家伝と為す。凡そ百目玉を大銃に容る可く、火箭を嵌めて打出せば、則ち廿三四町に致す可し。中る所焼けざること無く、消すこと能はざるの攻城の重器なり。但し玉の代りに送りの木を入れ、薬を込めて打つこと常の如し。

この記述を参考にする限り、「棒火矢」は破壊力のある貴重な武器であることがわかる。「近世の水軍の案出による」[注(5)]という「たたみ船」のほかに「浮沓」や「棒火矢」を所持していたことを考えあわせれば、大右衛門は、特殊な武器を所持し、特殊技能をもった人物だったことがわかる。忍術めいた武芸を身に備えていることが評価されて仕官できたのは、士族の人口比率が高く、「死ヲ以テ表トシ唯男子ハ死スルヲ道トス」[注(6)]という風潮が広がっていた鹿児島が、「武張った土地柄」[注(7)]であったことと関連するだろう。しかしそのような特別の道具や技能を有する大右衛門の出自については一切説明されない。

さらに、冒頭部分にはもうひとつ説明のないことばとして「兼《かね》ての望《のぞみ》」がある（傍線部参照）。これも、「たたみ船」同様大右衛門の人物設定を説明するものとして重要なことがらである。「たたみ船」「浮沓」「棒火矢」を持参して仕官し、二百石取となった大右衛門は、「長の浪人なれば先相勤め。兼《かね》ての望《のぞみ》は時節と、待《まつ》年」を過ごすうちに二七歳になったと記される。彼には、「兼ての望」があった。しかしそれがいったいどのような望みなのかは書かれていない。「兼ての望」の内容が具体的に書かれていないことにより、特殊な武具と技能を持っていることと併せて、彼が謎めいた男であることが強調される。そのことについてさらに考えてみよう。

三　「兼ての望」は何を意味するか

冒頭部に続いて大右衛門の妹二人が紹介される。

さしつぎの妹は丹波の笹山にありしが、夫に離れて後世を捨《すて》て、河内の国道明寺に、十九の夏衣を墨に染し以《この》来《かた》、身の取置《とりおき》の便《たより》もなかりしに、過《すぎ》つる五月比《さつきごろ》音信《おとづれ》の文書《かき》て、名物の花粉《はなこ》などを送る、心ざしは万里に届きて、今児島《かごしま》の水に浮《うけ》て、折ふしの暑さをしのぎ、汗は涙に替り、むかしをおもふ振袖の面影、地紅《ぢべに》の帷子《かたびら》を好《すい》て着た物をとなげきぬ。其次の妹は十四歳になりて、いまだ定まる縁もなく、老母と一所《しょ》に引越《ひきこし》て、しらぬ国里の住ゐも、武士の身ほど定めがたきはなし。若年にて父におくれしに、島村大右衛門といはるるも、是皆母人のはたらき、あだにも存ぜず。朝《あした》の嵐をいたはり、夕《ゆふべ》の御寝間もすゐの女の手には懸《かけ》ず、妹とも是を見習ひ、真綿引《ひき》さして御枕などまいらせ、丸絎《まるぐけ》の帯・数珠袋をも、置所《をきところ》をあらため、孝をつくせり。人の親はかく有（る）べき事なり。

上の妹は、丹波笹山に嫁いだものの、何らかの事情で夫と離縁し出家。どういう事情からか、一家とは長い間音信不通のままだったが、「過つる五月比」河内の道明寺から便りがあって一家の心配事がひとつ解消される。彼女も兄同様複雑な事情を持っていることがわかる。しかしやはりその事情については具体的に書かれていない。母と暮らすのは大右衛門と下の妹である。一四歳になって「いまだ定まる縁」もない下の妹と兄は母に孝を尽くしている。母は夫に死に別れて以来、「定めがたき」「武士の身」を保ち一家を支えてきた。

なにか秘密のある家族が、静かに、しかし意志的に肩を寄せ合って暮らしている。ここを読む限り、作品は、島村大右衛門が「兼ての望」をかなえる経緯について語っていくように思える。ところが、本話は最後まで「兼ての望」がなんであったのかを明かさない。

幼少時に父親が亡くなったという記述や、出家して音信不通になっていた妹からの便りを喜ぶくだりなどから、わけありの一家が畿内から鹿児島へ流れてきたことがわかる。大右衛門の望みとは、父の死に関することがらではないか、さらにいえば、敵討ではないかという予想も成り立つ。

ちなみに、本話に続く「形見は弐尺三寸」は敵討の話に衆道の美学が重ねられた話であるが、父の敵を討つ勝也は、一三歳になったときに次のような母親の遺言を読む。

> 父玄蕃《げんば》をうちし竹下新五右衛門、吉村安斎と名を替《かへ》、筑後の国柳川《やながわ》の辺《ほとり》に身をかくし、表向は児薬師《ちごくすし》と見せ懸《かけ》、一家中軍《かちゅうぐん》の指南して渡世すと、委細に聞出し、女の身ながら本望をとげぬべしと、思ひ極めし甲斐もなく、相《あい》果《はつ》るの時の無念さ。哀《あはれ》成人の後、此所存はやくやめさせ、草葉の陰の父母《ちちはは》によろこばせよ。

ここでいう「本望」とはもちろん夫の敵を討つことである。そして、敵の竹下新五右衛門が、自分が狙われていることを意識して、表向きは小児科医を生業としながら、軍の指南をして鍛錬していることが明かされている。当時、武士が命がけで武力を発揮するために鍛錬する目的の一つが敵討である。「たたみ船」を操ることができ、特殊な武器を有する大右衛門にも討つべき父の敵があったのかもしれない。

『武道伝来記』『武家義理物語』では、敵討を意味する語としてしばしば「望」「本望」という語が用いられる。

○本望達する迄は、路金入用次第に、御用人の其やく、増《まし》見勘六方迄、申（し）越（す）べき（『武道伝来記』巻四第三「無分別は見越の木登」）

○此思ひならば、諸共に連立《つれだち》て、本望を達せん物を、甲斐なく跡に残りて、今のうさつらき（同右）

○本望は遂《とげ》ざれ共、我我息災の様子ばかり成（り）共知《しら》すべし（同右）

○朝日に我《わが》古里の氏神を拝《をがみ》奉り、此度本望を遂《とげ》させ給へと祈りける（同右）

○本望は遂《とげ》たれ共、賤しき者の手にかかりて果《はて》しを、かたりつたへてあはれなり（同右）

○小吟、身にのぞみあるゆへに、人の気をとり勤めければ（同巻六第三「女の作れる男文字」）

○虎之助も、かかる所に来合せ、さながら男のにげられもせず、望《のぞみ》有（る）身の、よしなき所にゐるも、難義と思ひしに（同巻八第一「野机の煙くらべ」）

○我も男に生《むま》れなば、今迄かくしてもおらじ。ぜひねらひて、本望達せんと思へば、男子から、成《なる》まじき事に非ず。他人の身の念力うすきより、いつか望《のぞみ》を達せん（同巻八第三「播州の浦浪皆帰り打」）

○父をうつたる者相しるる節、此本望をたつすべし（『武家義理物語』巻六第一「後にぞしるる恋の闇打」）

○いそぎ播磨に御下向あそばし、伝七うち取、御本望達し給へ（同右）

右の「本望」「望」はすべて敵を討つことを意味している。武士が登場する話で「望み」といえば、仕官か敵討だろう。本話では仕官がかなったので本務に専念し、「兼ての望は時節」を待つことにしたとあるから、「兼ての望」が敵討を意味する可能性は高い。とはいえ、前後の文脈には具体的な経緯がまったく書かれていないので、「兼ての望」が父の敵を討つことだとは断定できない。明らかなのは、大右衛門には何か秘密があるということだけであり、そのことが、読者にあれこれ考えさせる書き方になっている。

一般に小説においては、冒頭部分に「謎」や「問題」が用意されている場合、その謎を解き明かしたり問題を解決したりする方向で話が展開する。しかしここではその謎を留保したまま、それとは無関係の新たな局面が展開する。その内実を読者に知らせないという因果を含んだ表現を経て、丹之介毒殺未遂事件が起こり、さらに大右衛門誤射事件が発生する。以下、経緯を確認してみよう。

四　翻弄される読者

続く場面は深沢での蛍狩である。

> 有《ある》時大右衛門深沢といふ所に暮をいそぎて、蛍見に行《ゆく》に、町はづれなる野辺に、一村《むら》の薄《すすき》・花菖蒲《あやめ》の茂り、道ばたよりは見渡し近く、小細《さざれ》水の涌《わき》出る埋《うも》れ井有（り）。其脇に、大師《だいし》の作《さく》といひ伝へたる石地蔵ましまして、人心ざしの日は、此所に参詣《まふ》で水を手向《たむけ》ぬ。爰《ここ》通り合《あわ》す折ふし、侍の小者《こもの》らしき男、新らしき文箱《ふばこ》ひとつ懐より取出し、彼《かの》石仏の前に置《をき》、跡先を見合（はせ）、覚へて忘れゆく風情、①いかさま様子もあるべしと、其男を追懸《おつかけ》、あの箱は何とて態《わざと》は捨置《すておく》ぞと尋ねければ、恐れて返事もせずにげて行（く）。是くせ者ととらへて、里遠き野寺に引込《ひっこみ》、色責《せめ》ても②子細をいはず。重《かさね》てのあやまりはかへり見ず、早縄を懸《かけ》て、迷惑がる住寺《ぢうじ》に預けて、右の文箱を取《とり》に帰るに、はや里人③不思議の僉儀《せんぎ》をして、其まま奉行所にあがりぬ。

いかにも謎めいた印象で登場した大右衛門が、新たな謎にかかわっていく。傍線部①②③は新たに用意された謎に対する登場人物の思いや行動を示した表現である。その謎とは何者かが毒薬の箱を用意したことである。

誰かの使用人らしい男が石地蔵の前に文箱を置く。大右衛門は不審に思いその男を追い詰問するが、男が逃げようとするので男を捕え寺に押し込めておく。そのあいだに文箱は里人によって奉行所に届けられる。文箱の中には「御内談申せし毒薬、進上申候。早早彼者《そうそうかの》どもに御あたへ有（る）べし。此状、御内見《ないけん》あそばして後火中」という文と、「丸の中《うち》に剣菱の紋所」を記した手紙、そして毒薬とが入っていた。誰かが何ものかを毒殺しようとする企みが露見したことになる。手紙に書かれた紋が春田丹之介の常紋だったことから、丹之介はお上に呼び出され詮議を受ける。

次の傍線部は謎の内容を詮索する表現であり、波線部はその謎を解き明かす部分である。

窃《ひそか》に呼《よび》よせ④様子を聞《きけ》ども、聊《いささか》身に覚のなき大事を引請《ひきうけ》、先《まづ》門を閉《とぢ》ける。大右衛門聞付《ききつけ》、彼《かの》男を、夜更《よふけ》て丹之介門外の駒よせに捕付《からめつけ》、此度の⑤文箱の子細は。此者存《ぞんじ》候と、張紙してかへる。既に夜明《よあけ》て見るに、此男舌喰切《くいきり》むなしうなれども、a其形は隠《かくれ》なく、岸岡龍右衛門下人也。さてはと⑥御僉儀ある時、はや龍右衛門、屋敷を立《たち》のき行《ゆき》方《かた》しらず。其後丹之介をめして、⑦思ひ当りたる事も有（る）かと、御尋ねあそばしけるに、何の事も存じ寄《よら》ざるよしを申（し）あぐる。此分《ぶん》にしては不埒《ふらち》におぼしめせども、b龍右衛門国遠《こくえん》、身に誤りのあればなり。重ねて見合（はせ）次第に申（し）付（く）べし。丹之介は別義《べちぎ》なく、御奉公を相勤めける。其時過《すぎ》て、うらなく語る友の尋ねけるに、c隠さず申（す）は、兼て龍右衛門、我に執心の書通《しよつう》千《ち》度《たび》なれども、かかるあさましき心底見極め、取《とり》あげざる恨みに、よしなき事をたくみぬ。されども恋よりの悪事なれば、⑧此上ながら御前・世間をつつむと咄《はな》せば、婀娜《やさしき》心入感じて、d自然と沙汰して、若道《じやくだう》の随一と申（す）も愚《おろか》なり。

丹之介は、事件に関して、後の告白にあるように、身に覚えがあった（波線部c）が、若道に関わることだったために主君への遠慮から世間をはばかり（傍線部⑧）、二度に及ぶ取り調べ（傍線部⑥と⑦）に対して知らないふうを装う。大右衛門は事件の鍵を握る人物として下人を捕らえ、張り紙をして「この男が詳細を知っているはずだ」というメッセージを書き、丹之介に突き出す（傍線部⑤）。毒殺計画のメッセージの謎を解くために大右衛門がメッセージを残したことになる。その結果、下人の主人である岸岡龍右衛門が関係していることが判明する（波線部ａｂ）。しかし、下人が自害し、丹之介も口を閉ざしているため、すでに出奔した龍右衛門に非があるに違いないというところで捜査は打ち切られ、丹之介はお咎めなしとなる。その後丹之介が友人に事実を打ち明け（波線部ｃ）、御前をはばかり、龍右衛門をかばった丹之介の配慮が評判となる（波線部ｄ）。

段階的に事件の真相が明らかになるが、丹之介にとっては、龍右衛門の下人を捕らえた恩人がいったい誰であるのか不明のままである。

丹之介は、「我をかなしみ、此者門前につれて書付《かきつけ》おかれし御かた、色色思案めぐらすれども、しれざる事をなげき、諸神をいのる事大かたならず」、恩人が誰かを知りたいと願う。そのような彼に謎を解くチャンスが巡ってくる。

其秋・冬、心懸りに暮《くれ》て、明《あけ》の春、山山の雪も松を見せて、日影に水かさまりて、常なき滝を谷合《たにあい》に見て、細川のするゑに扇網手毎に、小鮎汲《くむ》も慰みとて行（く）に、片里近き野辺に、色よき娘を母の親の先に立て、はしたまじりに茅華土筆鶏腹摘《つばなつくづくしよめなつむ》など、⑨都めきたる様子者、しばしは見るに、⑩其人もこなたに目は隙なくありしが、⑪何か囁《ささ》やきて、小硯に雫《しづく》をそぎ、⑫懐紙《ふところがみ》に書《かく》よし、草の葉末《はずへ》にむすび捨《すて》て、岩の陰道の奥ふかく入（り）ぬ。

丹之介が鮎を掬いにやってきて、土地の者とは違う雅な島村親子に出会う（傍線部⑨）。傍線部⑩⑪の、娘が丹之介を見てそして母に何か囁き、さらに懐紙に何かを書きつける姿は、思わせぶりで、冒頭部の島村一家の謎めいた雰囲気に呼応する。

丹之介は娘が書付をしばりつけた枝に近づき、書付を読む。書付には「ここも人目が多いので、ここから少し先の藤見寺の南の山原《ばら》に移動します」と大右衛門への伝言が書かれていた。

> 其筆の跡ゆかしく立寄《より》て読《よむ》に、此野も人のしげく、是より藤見寺の南の山原《ばら》に御入候。大ゑもんさまと書《かき》しは、跡より来る人にしらすべきためぞかしと、心を付（け）て見る程、⑬女筆ながら、日外《いつぞや》の手にいき移しなれば、不思議とながむる処へ、大右衛門来《きた》つて、此書付《このかきつけ》をとつて行（く）に、言葉を懸《かけ》

大右衛門が龍右衛門の下人が隠したメッセージを見つけたときと同じような場面である。わけありげなようすの人物を見て、その人物がいなくなった後で、メッセージを見つける、というパターンである。そっくりな謎解き場面が重ねられる。母と妹がなぜ「此野も人のしげく」という理由で大右衛門と落ち合うことになっていた場所を変更したのか、その理由は書かれない。人目を忍ぶ理由があったのか、とすれば、それはどんな理由か、いっさい書かれない。丹之介に妹の筆跡を見せるための仕掛け（傍線部⑬）として妹がメッセージを残したことが明らかである。

文箱の中のメッセージの謎、下男に張り付けられたメッセージの謎、後から来る兄に居場所を伝えるメッセージ、と三つのメッセージが重ねられ、話が進むにしたがって、書付の謎がひとつひとつ解き明かされていく。

そこへ大右衛門がやって来て、丹之介と出会う。ようやく今までの経緯が明らかになり、二人は「互ひに思ひ初《そめ》、何のかためもなく、おのづと念通《ねんつう》のしたしみ」を交わすようになる。毒殺事件は二人の出会いのために仕組まれたものともいえる。

冒頭部を読んだ読者は、「兼ての望」が描かれる話だろうと思う。ところが読者の予想は裏切られ、「兼ての望」は話の舞台から消え去る。続いて読者は、毒殺事件を扱う話かと思いながら読み進める。しかし、それも違うのである。

続いて、「大河を越て」通う大右衛門が、水鳥と間違って誤射される事件が起きる。西鶴は、読者に謎解きをさせながら、読者の意表をついてゆく。誤射事件の経緯をみてみよう。

五　川を渡る大右衛門

大右衛門は、「忍び忍びに、丹之介屋形《やかた》のうらなる大河《だいが》を越《こし》て」丹之介のもとに通うようになる。ある夜、丹之介は「夢野の鹿」の故事の夢を見て、大右衛門の身を案ずる。

> 大右衛門忍び姿、岸のむら芦《あし》の陰に着物ぬぎ捨《すて》、脇差一腰《こし》となつて、思ひ川をこす。浅ひ心にあらねば、瀬のはやき時には情の浪肩をこし、魂しづむ事幾度《いくたび》か。漸《やうやう》石垣に取《とり》つき、約束の細引《ほそびき》をたよりに、是ぞ恋の道しるべにして、切戸《きりと》に立寄《たちより》ば、手懸《がか》り程あけかけ、灯《ともしび》もほのかに物静《しづか》なるは、いつに替りてと、すこし聞合《ききあは》す時、内より丹之介、障子けはしく引（き）あけ、夢にしても今のは悲しやと、独言《ひとりごと》申（し）て涙そぞろなるに、大右衛門と申せばうれしやと、ぬれ身そのまま肌着の下に巻込《まきこめ》られ、是にうき事をわすれ、最前の御悔《くやみ》は何とたづねければ、今宵は待《まつ》も一入《ひとしほ》に久しく、九つの時計を聞《きき》寝入（る）にして間もなく、御身わたらせらるる川中に、流れ木、御足本《あしもと》に横たへ、此難義にて惜《おし》き御命の捨《すつ》ると、はかなき夢はいつの世に、誰見初《そめ》てうたてし。海渡る妻鹿《つましか》の、むかしの事迄も思ひ出さるると、又涙にしづむ

傍線部に明らかなように、川を泳いで渡る大右衛門の姿が、水に関する縁語と掛詞を駆使して修辞的に描写される。恋の思いがつのるようすは古来「淵」「瀬」といった水のイメージで表現されてきた。その伝統をふまえつつ、この

くだりは、実際に川を泳ぐ姿を描写しながら、恋ごころを写実的な水とともに表現しているという点で新しい。大右衛門は会いたさ一心で泳ぐ。川の深さと同じように大右衛門の思いも深い。流れの速い瀬で波が肩を越えていくときの皮膚感覚と恋情が重なる。本当に溺れそうになるようすと恋に溺れているようすとが「魂しづむ」と表現される。

大右衛門が川を渡って丹之介に会いに行き、丹之介が不吉な夢を見て大右衛門の死を予感するという展開は、丹之介自身が「海渡る妻鹿のむかしの事迄思ひ出さる」と述べているとおり『摂津国風土記逸文』にある夢野の鹿の故事▼注(8)を利用したものである。

大右衛門が、丹之介の家の裏の「大河」を渡って会いに行くのは、冒頭部に書かれた自分の「たたみ船」を使ってではなく、泳いでだった。染谷智幸は、男色は、女色と違って世俗的な権力が介入しえない自由な恋愛の展開を可能にすると指摘する▼注(9)が、ここでも二人の恋愛が公権力から切り離されている。秘密の恋には、水の上を船で進みながら通うよりも、水に身を沈めながら波を越えて泳ぎ渡る姿がふさわしい。

逢瀬の帰り、再び川を渡る大右衛門の姿を「弓稽古の若侍」が「大鳥なるぞ」と見て遠矢を放ち、大右衛門は横腹を射ぬかれる。大右衛門は丹之介をかばい「態乱気《わざとらんき》の書置《かきおき》」をして自害する。丹之介は、大右衛門の卒塔婆の隣に、矢を射た藤井武左衛門と自分の名前を書いた卒塔婆を立て、武左衛門を呼び出す。不審がる武左衛門にことの顛末を話して聞かせたうえで、「近比《ちかごろ》おぼしめしの外《ほか》の御仕合《しあわせ》ながら、うちはたしてたまはれ」と言って刀を抜き、武左衛門と刺し違える。丹之介も謎かけのような行動を武左衛門にしてみせている。喧嘩や怨念によるのではなく、ちょっとした偶然が重なったというだけで二人の命が失われた。

しかも、大右衛門は、自害によりせっかくかなった仕官を無にし、家族関係をも断ち切る。夫亡き後女手一つで子ども二人を守り育てた母親に「かく有るべき」孝行を尽くしていたが、母や妹の嘆きを顧みることなく丹之介の身を守ることだけを考えている。ここに、浅野晃が指摘した「男色の無縁性▼注(10)」を読み取ることができる。主従関係から離れ、家族の枠からもはみ出して衆道に生きた大右衛門は、「兼ての望」を叶える機会を永遠に失ってしまった。

謎に満ちた表現が伝える大右衛門親子の息をつめた暮らしに思いがけず訪れた悲劇。浅野晃はそれを「偶然に支配される不安定で、変わり易い人間の運命的な悲喜劇の把握という小説的主題[注(11)]」といった。本話は、謎めいた雰囲気を話のいたるところに散りばめるという方法によって浅野が指摘したような運命悲劇を描く。

六　不透明な表現のもつ意味

大右衛門の「兼ての望」が何であったかということは作品の内容理解にそれほど重要な問題ではないかもしれない。しかし、西鶴は、たとえば『西鶴諸国はなし』巻二の第一章「姿の飛のり物」において、因果関係のまったくわからない飛乗物が出没する怪異譚に対して「因果」という副題を付している。本文には「不思議」「奇異」とあって謎ということが強調されている。原因がまったくわからない出来事を描きながら、そのわからないことがらにも実はわれわれのあずかり知らない因果関係があることを逆説的に示す。

現実の世において他者に関してわれわれが知り得る情報は限られている。西鶴はしばしば、作者でさえあずかりしらぬこととして登場人物の言動を描く。本話における「兼ての望」も大右衛門を知る情報としては不透明である。その典型が『好色五人女』巻四「恋草からげし八百屋物語」の第五章でお七の母親が吉三郎にささやいたことばの内容が示されないことだろう（Ⅰの第二章2「「お七」の母の「小語《ささやき》」」参照）。

本話の「兼ての望」やお七母のささやきの内容などは、不透明であることそのものが意味を持つ表現と考えられないだろうか。「兼ての望」の内容がはっきりしていないことで、大右衛門の人生の不可解で複雑な側面がクローズアップする。そして、次々と不透明な表現を重ね、人物に関する情報量を巧みに調整しながら、読者に登場人物の生き方をあれこれ想像させる。読者はいくつもの疑問を抱えながら、なぜだろうと考え、人物にぴったりと寄り添いながら作品の奥深くに導かれていく。

何か事件が起こったとき、その真相を知ることが難しいのは、いつの時代でも同じだ。また、情報が事実とずれたまま独り歩きすることは、どのような社会や組織においてもありうることだ。尋常ではない事件が起きたとき、人は必ず「なぜそんなことが起きたのか?」「あの人がなぜそんなことをしたのか?」と問う。事件の背景や因果関係を詮索し、わからないということに起因する不安から逃れようとする。しかし、「なぜ」という問いに対する答えは、事件の当事者にさえはっきりとはわからないこともあるし、理解を拒絶しているところに事件の恐ろしさがある。

「墨絵につらき剣菱の紋」では、次々といろいろな謎めいたことがらが起きる。それらはミステリーのように謎が謎を呼ぶという類の連鎖的なものではなく、単発的によくわからない出来事が次々起きるというものである。しかもすべての謎が推理小説的にすっきりと解明されるわけではない。「兼ての望」がいったい何なのかわからないまま、冒頭部の不透明な表現が作品全体を覆い、その不透明感が、一つの出来事や一人の人物を印象的なものにしている。ミステリーはばらばらなパズルのコマが最後に一つの絵を作り上げる手法で創作されることが多いが、本話の場合、ばらばらなピースはばらばらなままである。果たされない「兼ての望」、挟箱に仕組まれた「たたみ船」、毒殺未遂事件、川を渡っていて誤射された大右衛門、狂気を装って自害する大右衛門、大右衛門を誤射した武左衛門と刺し違えた丹之介。不透明で割り切れない出来事の果てに大右衛門の人生は終わった。

西鶴作品に常時付きまとう評価の割れも、このような不透明な話の組み立てに起因する場合が少なくない。それを不整合と捉え、作品の評価が低くなる場合がしばしばある。しかし、原因不明の出来事や、明らかにされない事件の真相などが数多く存在するのは人の世の常である。読者は不透明な部分を明らかにしようとし、作品の奥深くに入り込んでいくが、結局わからないものはわからない。しかしばらばらな出来事の響きは不協和音ではない。作品の静寂《しじま》に耳を澄ますこと自体を楽しんでいると共振するばらばらなピースがいつのまにか倍音となって共鳴し合い、深く豊かな音を響かせる。その中に「兼ての望」を果たせないまま、誤射され自害した大右衛門の姿がくっきりと輪郭を持って立ち現れる。以上、意図的に謎を残す西鶴の小説手法について考えた。

【注】

(1) たとえば、染谷智幸「戦士のロマンス—『男色大鑑』の唯美性と観念性」(『西鶴小説論　対照的構造と〈東アジア〉へ視界』翰林書房、二〇〇五年三月)、同「西鶴と元禄のセクシュアリティ—『好色一代女』と『男色大鑑』の対照性を中心に—」(同前)、森耕一「西鶴作品の男色—『男娼大鑑』と『好色五人女』を中心に—」(『西鶴論　性愛と金のダイナミズム』おうふう、二〇〇四年九月)等。

(2) たとえば、浅野晃「『男色大鑑』の主題」(『西鶴論攷』勉誠社、一九九〇年五月)、井口洋「傘持ってもぬる身—『男色大鑑』試論—」(『西鶴試論』和泉書院、一九九一年五月)、篠原進「『男色大鑑』の〈我〉と方法」(『青山語文』第27号、一九九七年三月)等。

(3) 清水乕三『戸隠の忍者』(銀河書房、一九八二年五月)。

(4) 引用は、『日本庶民生活資料集成』第二十八巻(三一書房、一九八〇年四月)所収の本文に拠る。

(5) 『日本国語大辞典』第二版第七巻(小学館、一九八一年九月)。

(6) 伴信友『人国記』(改定史籍集覧・第十七冊所収。近藤出版部、一八八三年一月)。

(7) 堀章男『西鶴文学の地名に関する研究』第二巻(和泉書院、一九八八年二月)。

(8) 「夢野」(日本古典文学大系2『風土記』岩波書店、一九五八年四月)。刀我野《とがの》の牡鹿が海を渡って淡路の野島の牝鹿(妾の鹿)に会いに通っていた。ある夜牡鹿が自分の背に雪が積もりすすきが生えている夢を見た。そのことを本妻の鹿に話すと、本妻は野島の鹿に会いに行くと射殺される夢に違いないと占う。本妻は、妾の鹿のところに行くなと言うが、牡鹿は野島に渡り、夢占のとおり射殺されてしまう。

(9) 染谷智幸「西鶴と元禄のセクシュアリティ—『好色一代女』と『男色大鑑』の対照性を中心に—」(『西鶴小説論　対照的構造と〈東アジア〉への視界』翰林書房、二〇〇五年三月)。

（10）浅野晃「『男色大鑑』の主題」（『西鶴論攷』勉誠社、一九九〇年五月。初出は『文芸研究』第67集、一九七一年三月）参照。
（11）同右。

2●『日本永代蔵』「浪風静に神通丸」の小さなエピソード群

一　『日本永代蔵』の特徴

『日本永代蔵』六巻六冊は、貞享五年（一六八八）正月に大坂の森田庄太郎、京の金屋長兵衛、江戸の西村梅風軒の三つの版元から出版された。各巻に五話ずつ短い話を収め、全体で三〇話となる短編小説集である。外題は「日本永代蔵　大福新長者教」、目録題は「日本永代蔵《につほんゑいたいくら》」、柱題「大福新長者教」である。巻一にのみ内題がある。内題は「本《ほん》朝永代蔵《てうえいたいぐら》巻之一」である。「大福新長者教」という外題は、寛永四年（一六二七）刊の仮名草子『長者教』を意識したものである。『長者教』が「長者になるための個人的な心得を抽象的に説いたもの」であるのに対し、『日本永代蔵』は「新しい近世の貨幣経済時代を迎えて、町人に望まれる致富道を具体的に物語りとして綴ったもの」といわれる。▼注(1)

『日本永代蔵』と名付けた由来が、最終章「智恵をはかる八十八の升掻《ますかき》」の末尾に記されている。

金銀有（る）所にはある物がたり、聞（き）伝へて、日本大福帳《につほんだいふくちやう》にしるし、すゑ久しく、是を見る人のためにも成（り）ぬべしと、永代蔵におさまる時津《ときつ》御国静《みくにしづか》なり。

「金銀有（る）所」、すなわち金持ちになった人の話を伝え聞いて、書き記してみた。読む人のためになるに違いないので、内蔵に納めて後世に残すことにした。よって、この世は平穏に治まること疑いない、というのである。『日本永代蔵』は、「金銭と格闘しつつさまざまに生きる人間のありよう」を描いたものというのが一般的な見方である。[注(2)]

成立論には二つの見解がある。目録に記された巻数表示の違いや、巻四の最終話が祝言形式であることから、巻一から巻四までと巻五・六との間に、一年ほどの執筆の空白があると考えられている。しかし、その前後関係については見解が分かれ、暉峻康隆、箕輪吉次、広嶋進らは巻一から巻四までが先に書かれたとし、谷脇理史・前田金五郎は巻五・六の方が先に書かれたとみている。[注(3)]

箕輪吉次は、書誌的な事実をふまえて暉峻説を支持し、さらに細かく、巻一→巻二→巻三・四→巻五・六の順に書かれたと考えた。[注(4)]しかし広嶋は、編集時期と執筆時期とを同一視してはならないという。そのうえで、成功譚・没落譚・随想的章段という話の違いに注目し、成功譚が減るにつれて没落譚が増え、随想的な内容の話も多くなることを発見し、執筆の順序と意図をさぐっている。[注(5)]すなわち、巻一・二→巻三・四→巻五・六の順で書かれたとし、巻一・二は「主人公の知恵・才覚による成功譚を、まったくの夢物語として、あるいは過去の栄華話として、読者に提供しようとしたもの」だという。巻三・四は「智恵・才覚による『めでたい』成功譚を語ろうとする意図と、作者の認識する現実の諸要因をそのまま率直に述べ」たもの、巻五・六は「貧富の固定化を前提として、保守的な家職訓や家業継承話や世渡りの諸相が描かれている」というのである。成立論は結論をみていない。

広嶋をはじめ多くの人が指摘するように、『日本永代蔵』の話は、成功譚・没落譚・随想的章段の三つに分けられる。これは疑いない事実である。しかし、三つの内容は各巻に散らばっているから、それを証拠として各巻の執筆時期とその順序を決定することは相当に難しい。巻一から巻四までと巻五・巻六との相違点に着目して、各巻の執筆時期と内容・構成法を解き明かす試みは至難の業のように思われる。

本節では、こうした従来の作品把握を尊重しつつ視点を変えて、〈小さなエピソードを積み重ねる〉創作手法に注目してみたい。この手法はすべての巻に共通して見いだせる。作品を動かす基本的な手法として意識的に実行していたと考えられる。

〈小さなエピソード積み重ねる〉具体例は、あとで提示して詳しく説明する。〈小さなエピソード〉とは、登場人物が体験した出来事や印象的な場面を短く書き記した場面をさす。これらを数えると、全三〇話のうち、①主人公（本人）に関する複数のエピソードを物語るもの八話、②本人および両親・兄弟などに関する複数のエピソードを物語るもの七話、③直接には関係のない人物たちの複数のエピソードを物語るもの一五話を数えることができる。

分類した結果を表に整理してみた（表1参照）。話の舞台を記し、成功譚は○、没落譚は×、どちらでもない話は△をつけた。実在する人物がモデルである場合は（　）に人名を記した。

最も多いのは、③の互いに関係のない者たちのエピソードを語るものである。巻一・二・五に各三、巻三・四・六に各二あり、すでに指摘したが全部で一五、を数える。それに比べ、①の主人公のエピソードを語るものは、巻二・三・六に各二、巻一に一、巻五になく、全部で八、とほぼ半分に減る。同じく、②の主人公と家族の二人に関するエピソードを語るものは、巻四・五に各二、巻一・三・六に各一、巻二になく、全部で七、見いだせる。③が圧倒的に多いのである。

また、話の舞台には、A江戸・京・大坂（三都）、B和泉・大和・大津・紀州・伏見・堺・山崎・山城の京・大坂の近郊地域、C坂田（酒田）・駿河・豊後・筑前・越前・長崎・美作・常陸の遠く離れた地域が選ばれている。

全体についていうと、Aの三都を舞台とする話は全部で一二あり、江戸が六、京が四、大坂は二である。どちらかというと江戸の話が多く、西鶴のお膝元である大坂の話が少ない。Bの京・大坂近郊を舞台とするものは九、Cの遠

	①主人公（本人）に関する複数のエピソードを物語るもの	②本人および両親・兄弟などに関する複数のエピソードを物語るもの	③直接には関係のない人物たちの複数のエピソードを物語るもの
巻一	第一話○　A江戸	第二話×　A京	第三話○　A大坂（唐金屋庄三郎） 第四話○　A江戸（三井八郎右衛門高平） 第五話○　B大和
巻二	第一話○　A京（藤屋市兵衛） 第四話○　B紀州		第二話○　B大津 第三話○　A江戸（伊勢冨山家） 第五話○　C坂田（酒田）○（鎧屋惣左衛門）
巻三	第一話○　A江戸（鎌倉屋甚兵衛） 第二話×　C豊後（守田山弥助氏定）	第五話○　C駿河	第三話×　B伏見 第四話△　A大坂
巻四	第一話○　A京（桔梗屋甚三郎）	第二話○　C筑前 第四話×　C越前	第三話△　A江戸 第五話△　B堺
巻五		第三話×　B大和 第五話×　C美作（蔵合孫左衛門）	第一話△　C長崎 第二話△　B山崎 第四話△　C常陸（日暮玄蕃）
巻六	第一話×　C越前 第三話○　B堺	第四話×　B山城（河村与三右衛門）	第二話△　A江戸（井川善五郎） 第五話△　A京（糸屋十右衛門）

表1　小さなエピソード分類表

方は九、である。A・B・Cが全体にバランスよく配されている。

巻ごとにみると、巻一はA四、B一、Cはない。巻二はA二、B二、C一。巻三・四はA二、B一、C二。巻五はAなし、B二、C三。巻五は地域色が濃いといえよう。最後の巻六はA二、B二、C一、である。後半になると、三都を舞台にした話は減少し、近畿や遠隔地の話が増えてくる。

つまり、話の舞台は、ある種の計算をもって、三都、京・大坂の近郊と周辺、さらに遠隔の地の三つの地域に分けて配されているといえよう。作品の底部に、主人公を含む登場人物たちが地方から都へと上っていく流れが隠されているようだ。西鶴は、浮世草子の第一作『好色一代男』で、前半を一代男の地方遍歴、後半を三都の遊里における豪遊の話で構成した。また、怪異という統一的なテーマをもつ最初の短編集『西鶴諸国はなし』では、五巻三五話の底部に周縁から中心へという大きな流れを組み入れ、三都と近畿地方、さらに地方の話をそれぞれ偏りがないように配置している。「伴山」という男の旅での見聞を集めたという設定の『懐硯』では、都の話にはじまり、江戸の話で終わる短編集において、京都（中心）から周辺部へという流れを見いだすことができる。西鶴は常に、土地ごとの特性やその違いに目配りして話を配列しているのである。『日本永代蔵』にもその意識が働いているとみてよいだろう。

また、成功譚と没落譚についてみてみると、成功譚は巻一に四話、巻二に五話と多いが、没落譚は巻一と巻二にはない。巻三と巻四では各二話と半減し、逆に没落譚は巻三に二話、巻四に一話、みられる。さらに巻五と巻六では、成功譚は巻六に一話だけだが、没落譚は巻五・六に各二話、と増えてくる。そのどちらでもない随想的な話は、巻三以降、大幅に増えることが表でわかる。

総じて成功譚は前半部に多く、後半部は没落譚・随想的章段でほぼ占められ、成功譚はたった一話にまで減少してしまう。

表からわかることをもう少し述べる。前田金五郎などがいうように『日本永代蔵』には実在する人物をモデルにした人間が少なからず登場する。▼注(6) その多くは同時代人である。表中に名前を記したが、各巻に一人ないし三人まで、実在人物のエピソードが盛り込まれている。

このように、話の舞台、内容、登場人物に注目して『日本永代蔵』を見渡すと、特定の巻に特定の話を集めるという構成意識はない。巻から巻へ大きな流れを創り、全体を見渡してさまざまな話をバランスよく配置していると思われる。

しかし、話の組み立て方に注目すると、『日本永代蔵』の全三〇話のすべてにおいて〈小さなエピソードを積み重ねる〉手法が用いられていることがわかる。あとで詳しく説明するが、出来事の原因や顛末が具体的に説明されることがないのである。人物の行動をたどってきても、人物の心の中や心理の変化に言及したりしない。ただ、人物のしたことを書き並べるだけである。また、複数の人物が登場する話では、乾いた筆致で次から次へと出来事を記していく。人物たちの言動が互いにどんな関連があるのか、ないのか、まったく説明しない。このような手法が全六巻全三〇話を通じてみられるのは、意識的・意図的に行っているとみなしてよいだろう。

ここでは、従来の話の内容分析に重きを置く研究の成果をふまえ、それを乗り越えるために『日本永代蔵』の手法について考えてみようと思う。まず巻一の第三章「浪風静《しづか》に神通丸《じんづうまる》」を取りあげ、西鶴が話をどのように作り上げているか、作話方法を明らかにしてみよう。この話の内容を分析する前に、巻一の中で〈小さなエピソードを積み重ねる〉手法がどのように用いられているかを確認しておく。

二　巻一における〈小さなエピソードを積み重ねる〉手法と従来の評価

巻一の目録は次のとおりである。

初午《はつむま》は乗《のつ》て来る仕合《しあはせ》
　江戸にかくれなき俄分限《にはかぶんげん》
泉州水間寺《みづまでら》利生《りしよう》の銭
二代目に破る扇の風
　京にかくれなき始末《しまつ》男《をとこ》
壱歩拾ふて家乱す悴子《せがれ》

浪風静に神通丸
和泉にかくれなき商人《あきんど》
北浜に箒《ははき》の神をまつる女
昔は掛算《かけざん》今は当座銀
江戸にかくれなき出見世
壱寸四方も商売の種
世は欲の入札《いれふだ》に仕合
南都にかくれなき松屋が跡式
後家は女の鑑となる者

右のどの話にも〈小さなエピソードを積み重ねる〉手法が用いられている。たとえば巻頭の「初午は乗て来る仕合」は、泉州水間寺からの借銭を巧みに利用して財をなした男の話である。借金と返済をめぐる男の逸話が何のつながりもなく場面ごとに並べられる。①水間寺の観音にお参りする人々は寺から小銭を借りて一年後に倍にして返すことになっている。②江戸から来た男が寺から一貫目を借りた。③男はそれを元手に船乗りに百文を貸し与え一年後に寺と同じく倍額を返させる金融業を始めた。④毎年これを繰り返して大金持ちになり一三年目に八、一九二貫目の大金を通し馬で寺に返した。これらのエピソードがポツリポツリと場面ごとに書き並べられている。

男は水間寺とどういう関係があるのか、なぜ江戸から来たのか、なぜ一三年間も返済しなかったのか、なぜ費用のかかる通し馬で返しに来たのか、これらの説明はまったくない。出来事をただ即物的に語るだけだ。水間寺の金貸し商法は、観音様から借りた金ゆえ倍額で返さなければ罰が当たる、と人々が思うところで成り立っている。男はそこに目をつけて同じやり方で船乗りに小銭を貸し付ける。危険な海の上で暮らす船乗りの信心深さを巧妙に利用している。だが、最後にとてつもない金額にして寺に返し、世間の賛嘆する存在となった。こうして巨万の富を得た男の話は『日本永代蔵』巻頭にいかにもふさわしい。

第二章「二代目に破る扇の風」は、莫大な財産を放棄することで安心立命を遂げた男とその息子の話である。①京の男が節約によって二千貫目を蓄え米寿のお祝いをした。②遺産を相続した一人息子が親以上に倹約に努めた。③ある日息子は一分金の入った女郎宛ての恋文を拾った。④島原に金と手紙を返しに行き出来心から一分金で遊興をした。⑤遊蕩癖がつき四、五年で無一文になった。こうした出来事が次々と語られる。

しかし、父が息子にどのような教育をし、息子がそれをどう受け止め、どのような姿勢で商売を始めたのか説明がない。遊蕩息子のありさまは描かれるが、息子の心にひそむ抑圧や葛藤には何もふれない。父の死と息子の遊蕩が因果関係として語られていない。無関係であるかのごとく無機的に語られていく。だが、倹約一筋であった親と子の生活が一分金によって簡単に瓦解したことがはっきりと伝わる。あやにくさ、恐ろしさ、悲しさ、おかしさの入り混じる人間のありさまが読み取れる。

続く三つの話は、どれも複数の人間に関する複数の逸話からなる。第三章「浪風静に神通丸」についでは後で述べるのでふれないが、第四章「昔は掛算今は当座銀」は三つの逸話でできている。前半は①衣装法度が出されたが京では相変わらず贅沢な衣装が流行り仕立物屋が繁盛していること、②反対に江戸では幕府の目が光っているので仕立屋・呉服屋が廃れたことを語る。当時は、先に注文を聞いて衣装をあつらえ、あるいは先に高額の衣装を客に渡して後で代金をもらう掛け売りが普通であった。法度が厳しくなれば仕立屋・呉服屋には現金が入ってこなくなる。後半は、③三井九郎右衛門が現金小売に切り替えて大金を稼いだことを物語る。

この話のおもしろさは後半の③である。三井の商売のうまさにある。しかし、それをテーマとしたのであれば、前半の仕立物屋のせがれや江戸の呉服屋の小商いの描写は小説として脇道であって、あまり必要とは思われない。かえって前半と後半が切断しているように感じさせ、ストーリーの展開上、不自然である。

だが、前半があることによって、江戸から遠い京では法度を無視しやすく、反対に江戸では取り締まりの目が光り商売しにくいことが言わずと知れる。三井はそんな江戸で即金払いの小売りを始めたのであった。金額の張らない衣装を多量に小売りし莫大な富を蓄えたのである。不利な状況の中で利益の上がる商売を考案・実行した三井の商才が無言のテキストから力強く響いてくる。①②のエピソードの配置はそういう効果をあげる創作手法である。

巻一の第五章「世は欲の入札に仕合」は、後家の立場をうまく使って男の心をくすぐり、先夫の借財を返し、おまけに蓄財までした女の話である。前半は、①嫁取り時分の息子がいる家の話、②嫁入り前の娘をもつ親の話を並べて書いている。後半は、③夫が借金を残して亡くなり、美貌の後家が男装をして後夫もとらずに商売に励み、④入札によって財産を取り戻した、というエピソードである。①②で子どもの財産を当てにする欲ばりな親を描き、③は商売に失敗して莫大な借金を作る後家の紹介、④はその後家が持ち家を入札にかけ頼母子講を利用して借金を返し、利銀まで得たということを語っている。

前半と後半はやはり関連性が薄い。だがこれも同様に、欲張りの親を先に描くからこそ後半の他人に頼らぬ後家のふんばりがあざやかに浮き立つ。そしてまた、借金を残したまま夫が死んだ後家の苦しみや、一人息子のためにがんばろうとするけなげな気持ちについては何も書かれない。「人のうたがはぬ程に髪切《きっ》て」男まさりの格好をしているとあるにすぎないし、頼母子講の仲間が出資してくれた動機を「人皆あはれみて」と語るだけで済ましている。そういう短い説明の裏に、頼母子講の男たちに四匁ぐらいなら出してやろう、あわよくば美人の後家に取り入ろうという下心があることを読者はありありと感じる。さらに、富裕な男との再婚を夢見ず、女ひとりで商売に励み、子どもを育て男社会を生き抜く後家の、けなげな姿と心情を思い描くのである。

それでは、「浪風静に神通丸」には、どのような工夫があるのだろうか。エピソードは、①唐かね屋の神通丸、②大坂北浜の繁盛、③さし物職人、④筒落米《つつおこめ》拾いをする母子、の四つである。諸家の見解は、活況を呈する大坂の米市を背景に上層から下層にいたるさまざまな町人の姿を描き出している、という点で一致する。各エピソードの登場人物は、互いに接点のない人物たちである。よって構成に一貫性がみられない、[注(7)]随想風でストーリー性に欠ける[注(8)]と評されてきた。

また、重友毅は「作者の連想の動くがままに並べられているだけで、全体を通して太く筋の貫くものがない」と指摘する。しかし「形式的整備を誇る普通の作品に比して、むしろすぐれた芸術的感興を与えるのであり、ある意味では『永代蔵』を代表する一篇である」と評価する。[注(9)]森耕一は、登場人物は「めまぐるしい視点の移動によって次々に焦点をあてられては読者の視界から消えていく」が、「カネや大量に売買される米(=モノ)」が「真の意味で話の主役」となっており、ユニークな作品であると評価する。[注(10)]ともに欠点と長所を指摘している。

矢野公和の捉え方は少し違う。作中の矛盾点や反復表現は「作者の周到な計算」に基づくと捉える。[注(11)]すなわち「浪風静に神通丸」の書き出しが「本文の内容と殆ど関りを持っていない」のは、「細心の注意を払って設定された」からだとする。そして、本話の四つのエピソードは「一見何の脈絡もないかのようでありながら、実はいずれもが非道なもの、はしたないものとして設定されていた」と見て、内容上、共通するゆえに並べられたのだという。

重友と森は、細切れのような描写法を欠点として指摘するものの、最終的に米市の活況描写に注目し魅力を強調している。それに対し矢野は、バラバラのようにみえる四つのエピソードには一貫性があるという。こうした作品分析に導かれつつ、「浪風静に神通丸」における創作方法を考えてみようと思う。

西鶴は、一人の人物を主人公として語る作品を書こうとしたのではあるまい。新しい方法を考え出して創作したのではなかろうか。堀切実は、「西鶴の創作法を考えてみると、余談が少なく、筋が一貫していることを評価するのは、もしかしたら、根本的に見当外れなのかもしれない。雑談的な話の累積こそが西鶴作品のおもしろさだからである」と述べる。▼注(12) この見解は本節で述べることと重なる。

「雑談的な話の累積」は〈小さなエピソードを積み重ねる〉手法にほかならない。西鶴の小説作法の基本であったと思われる。エピソード（逸話・挿話）とは「ある作品の中にはめこまれた、本筋とはあまり関係はないが、それなりにまとまった話」「ある事柄について、そのことを具体的に示す、ちょっとした出来事。また、それを伝える話」である。▼注(13) つまり、具体的で小さな話のことだ。穂村弘は、小さい時に読んだエジソンや豊臣秀吉などの伝記がおもしろかったのは、偉人としての業績よりも、エピソードが印象的だったからだと分析する。そこに書かれた「ひとつひとつのエピソードの生々しさや過剰さだけが、おもしろくて心に残るというのは、その部分が偉人伝における『文学』だったからではないか」という。▼注(14) 西鶴の作品にも同じことがいえるのではないだろうか。

三 「唐かね屋」について

最初に登場する人物は「唐かね屋」である。冒頭を引用する。

> 諸大名には、いかなる種を前生《ぜんじやう》に蒔絵《まき》へる事にぞ有《あり》ける。万事の自由を見し時は、目前の仏といふて又外《ほか》になし。されぱとよ、世に大名の御知行百弐拾万石を、五百石どり、釈迦如来御入滅此かた、今に永永勘定したて見るに、これを取（り）つくさじといへり。大人小人の違ひ格別、世界は広し。近代、泉州に唐《から》かね屋とて、金銀に有徳《うとく》なる人、出来ぬ。世わたる大船《たいせん》をつくりて、其名を神通丸《じんづうまる》とて、三千七百石つみても足かろく、北国の海を自在に乗《のり》て、難波の入湊《いりみなと》に、八木《はちぼく》の商売をして、次第に家栄へけるは、諸事につきて、其身調義《てうぎ》のよきゆへぞかし。

この話は、大名の繁栄ぶりを描くことから始まる。「諸大名には、いかなる種を前生に蒔《まき》給へる事にぞ有ける。万事の自由を見し時は、目前の仏といふて又外になし」。どういう運命の下に生まれたのであろうか。大名たちの「すべてに我儘の利く栄華」（新潮日本古典集成・傍注）を見ると「この世で最も幸せな者」というほかない。「釈迦如来御入滅此かた」、何百年たっても尽きることのない大金をもっている、それは彼らの運命だと礼賛し、「唐かね屋」を出してくる。

「唐かね屋」は、和泉国日根郡佐野村に実在した廻船業を営んだ一族である。『泉佐野市史』によれば、佐野には食《め》野《の》吉左衛門家、唐金衛門左家、矢倉与一郎家という豪商が、互いに縁戚関係を結びながら廻船業を営み、大名貸などをしていた。▼注(15) 岸和田藩は佐野浦を含めて九つの浦を藩領とする。『日本永代蔵』の刊行から一〇年ほどたった元禄一二年（一六九九）の『浦々船数之事』によると、泉州九浦のうち、佐野浦に帰属する廻船数は二百五艘にのぼっており、次に多いのが嘉祥寺浦の一二艘である。▼注(16) 佐野浦は、ほかの浦を圧倒する数多くの船を抱え泉南における海運業の一大拠点であった。

貝原益軒は、元禄二年（一六八九）『南遊紀行』の中で次のように賞賛している。▼注(17)

佐野市場は、貝塚より一里余、民家千家ありと云（ふ）。富商多し。民家皆瓦葺にて、宅せばく町をなさず。只家のみ多し。商人多く船を持て家業とす。其中に船を多く持たる大富商あり。凡和泉の国は、土地肥饒にして、農人等耕作に力を用ひ、五穀菜蔬をうゝるに精《くは》し。故に黍《きび》及菜など他国にまさりて、はなはだうるはし。田圃の内塵芥《ちりあくた》なく、畦《うね》をなすに、工匠のすみ縄を引たるが如し。凡田圃に功を用て精しき事、五畿内は他州にすぐれ、大和河内は尤すぐれたり。和泉は猶それにもまさるべし。諸国のつたなくおこたれる農夫に、此地のつくり物をみせまほし。およそ五穀の美は、土地の肥饒にのみあらず。過半は人力のつとめによれり。力役かろく、民にちから有（り）て、耕作の道をおしえ知らしめば、今の田畠の土貢一倍ならんと、老功の人いへり。

佐野には船持ちの富豪や豪商がたくさんいて繁栄していたという。注目すべきはそのあとだ。和泉の国はそもそも肥沃な土地であるが、農民たちの精励ぶりは特筆すべきものだ。「五穀菜蔬」が豊かに稔り「黍及菜など他国にまさりて、はなはだうるはし」いという。田畑にはゴミひとつなく「工匠のすみ縄を引たる」ように整地されている。益軒は絶賛する。大和・河内は畿内よりも勝っているが和泉国はそれ以上である。諸国の農民にみせたいものだ。「諸国のつたなくおこたれる農夫に、此地のつくり物をみせまほし」。

「和泉国」について述べたものだが、その中の佐野にも及ぶとみてよいだろう。諸国を旅した益軒には、この土地のすばらしさがよくわかった。西鶴も知っていたであろう。湊は繁栄し、農地は美しく、豊かな国である。商人も農民も精励・努力の気風をもつ。そういう評判が広まっていたと思われる。

「浪風静に神通丸」の冒頭に紹介される「唐かね屋」とは、佐野出身の実在人物・唐銅《からかね》屋庄三郎であった。大坂案内記の『古今芦分鶴大全』に一〇名の「廻船年寄」があげられており、「新戎町　唐銅屋庄三郎」と記されている。この案内記は、延宝九年（一六八一）～元禄六年（一六九三）の間に六回以上、改訂を重ねた。▼注(18)「唐銅屋庄三郎」は初刻本ではなく、貞享元年（一六八四）～貞享二年（一六八五）刊行の改刻本にみえる。彼の住んでいた新戎町は、現在の南堀二丁目を流れる道頓堀川の南端に近いところで、木津川が流れるあたりである。延宝九年（一六八一）の本屋六兵衛板「新板大坂之図」にはまだ記載されていない▼注(19)（図1の右下の枠でかこったあたり）。松平土佐守（土佐藩）や伊達遠江守（宇和島藩）の屋敷（枠の北東側の建物）はあるが、それ以外は閑散としたもので区画整理もまだ行われていなかった。大坂の町はずれとはいえ、木津川のほとりに位置し、廻船問屋が店を構えるには好都合であった。新開地ゆえ敷地を広く取ることができたし、将来、発展するはずの地域であった。

唐銅屋庄三郎は、西鶴が『日本永代蔵』を書いていた貞享四年（一六八七）頃、新戎町にあらわれ、たちまち大富豪となり新興町人の地位を築き上げた。この町の整備が進んだのは、店を構えて大坂進出の拠点にしようともくろんだ彼の出資に拠るところが大きいかもしれない。

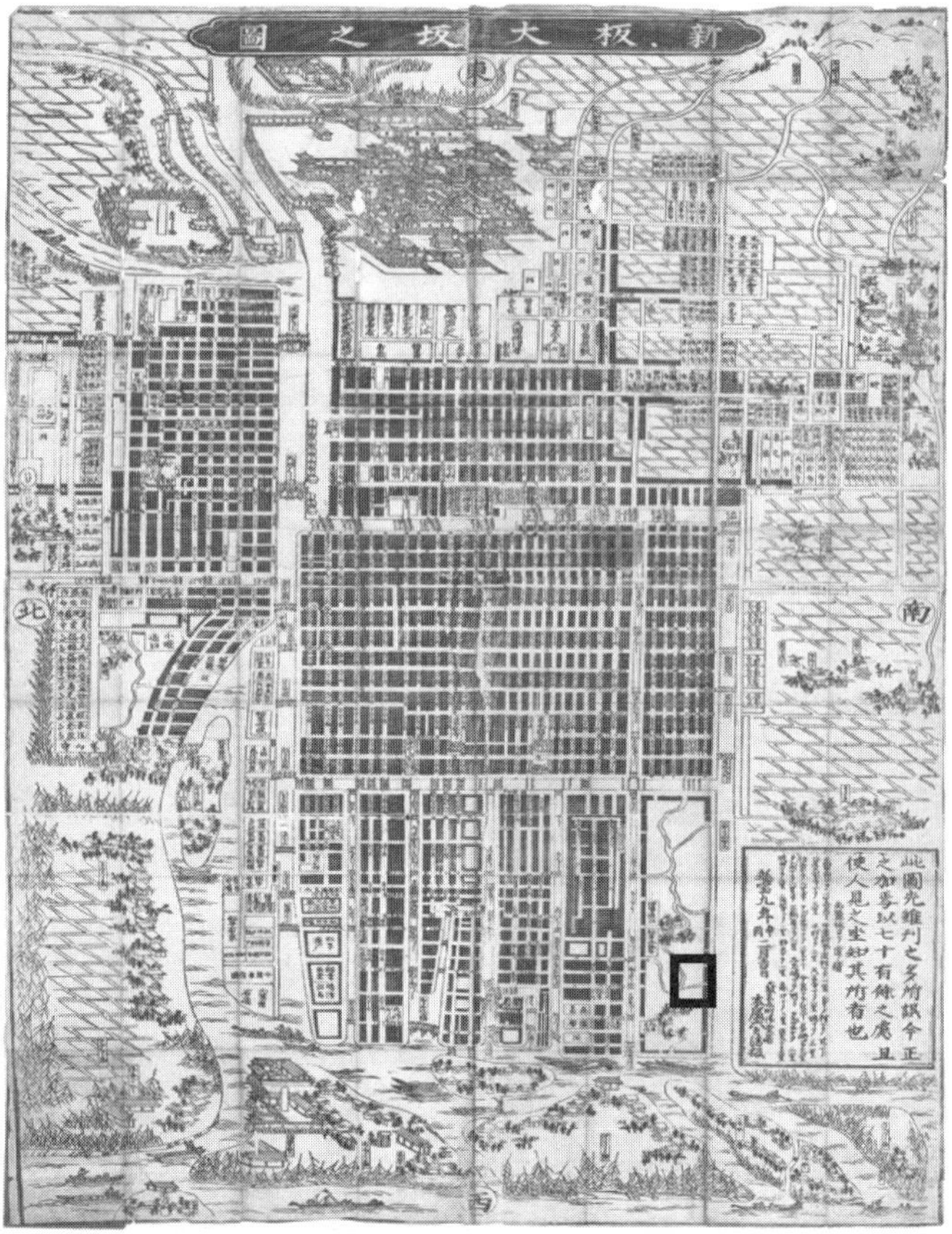

図１　本屋六兵衛板「新板大坂之図」延宝九年（1681）

作品中の「唐かね屋」が出来分限（成り上がりの富豪）であったことは、冒頭の人物紹介に早くも明らかだ。短文を畳みかけ、文末を「なし」「広し」「ぞかし」「まじ」にして、歯切れよく進む行文は「唐かね屋」の勢いを示すかのようで、力強い印象を与える。大名の繁栄は想像を絶するが、それに匹敵するほどの「金銀に有徳なる人」があらわれたと紹介したのである。「泉州に唐かね屋とて、金銀に有徳なる人、出来ぬ」とは、成りあがりであることをいう。泉州で急成長し、大坂に進出し、大きな廻船を持っている。当時の人々の話題を作品の冒頭に置いたのである。

その後、唐金屋はさらに繁栄していく。そのありさまは『日本永代蔵』より約二〇年後、宝永六年（一七〇九）刊行の『子孫大黒柱』（月尋堂）に詳しい。彼の所有する「大通丸」を驚嘆を込めて書いている。▼注(20)

大通丸とは、からかね屋庄三郎手船四千石積なり、これ北こくより帆柱を買登る船なり、同じくいづみ中坂の何がしといへるあり、隣国の太守御遊行の時、御昼やすみに、中通りの衆中千八百人に焼物を引けるに、同じやうなる鰤のあたま、ひとつづ、すゑけるこそ目をおどろかしぬ、折から急雨にて手傘の御用、かしこまって人数三千七百人に、あたらしきからかさ木履までそへてさし出しける、その外豊後には後藤吉左衛門、長崎のはかた屋、鯨の大村、阿波の松葉屋、敦賀の天屋、野代のいせ屋、白子の大森、但馬の鍋屋、姫路の玉屋、池田の満願寺屋、神戸の椙屋、今津の桑名屋、いづれも代々の分限者、その所々にてかくれなしといへども、京江戸大坂の外の金持は、世間にしる人すくなし。


『日本永代蔵』の諸注は、この実在する「大通丸」こそ「神通丸」であるという。四千石を積むことのできる大通丸は、北国で帆柱を買い付ける船であった。帆柱にする巨木を調達して運搬するのである。当時、菱垣廻船・樽廻船に使われた弁才船は三百石積が普通であった。▼注(21) 千石積を超える船はあっても、二千石積を上回る船はなかった。四千石積という「大通丸」は当時の常識をはるかに超えた大規模船である。「京江戸大坂の外の金持は、世間にしる人すくなし」とあるように、「唐かね屋庄三郎」は人々の前に突如として出現したのである。

財力は驚くべきものだった。当時、「いづみ中坂の何がし」は一、八〇〇人の人々に鰤のあたまを一つずつ配った。また、大名が驟雨に降られたときは三、七〇〇人の従者たちに新しい傘と木履をすぐさま配布した。それに劣らぬほどの財力を誇っていたというのである。

天保四年（一八三三）刊行の随筆集『摂陽奇観』巻一七・寛文一三年（一六七三）には「泉州飯ニ大船ヲ造ル」という項目がある。次のように記される。▼注(22)

和泉佐野といへる船着に名高き船持唐金屋与茂三（世上に食《メシ》と異名ス）といふ豪家あり。寛文の頃、大津丸とて、舳まで四拾六間弐尺八寸、日本に類ひ希なる大船を作り、胴の間に畠をしつらひ、野菜の物を作り置きたる程の船にて、殻臼部屋まで有之よし。（中略）四千八百石を積みしは此大津丸也。（中略）其節日本一の大船なりとて大坂の名物なりしが、惜い哉、宝永の大地震の時、つなミの為に打あげ損ぜしかバ、其砌船を解て退転せり。

酒田市　旧鎧屋展示　北前舟模型

時代はかなりあとで、「大通丸」を「大津丸」と記している。「大津（通）丸」は日本一の大船として伝えられていた。津波で破損したとある。宝永四年（一七〇七）一〇月四日、南海・東海地方を震度六の巨大地震が襲った。伊豆、八丈島から九州に至る太平洋岸沿いに五メートルから二〇メートルを超す津波が発生したという。大型船の維持には人手も経費もかかる。破損した大通丸は再建されなかったとある。

「浪風静に神通丸」の本文に目を向けてみよう。「其名を神通丸とて、三千七百石つみても足かろく、北国の海を自在に乗て」とある。三千七百石の大重量を積んで軽々と自在に走るという。『子孫大黒柱』『摂陽奇観』に、四千石積の船と記されているのと合っている。事実をふまえて書いているわけだ。「唐かね屋」は「北国の海を自在に乗て、難波の入湊《いりみなと》に、八木《はちぼく》の商売をして、次第に家栄へ」た。繁栄したのは「諸事につきて、其身調義《てうぎ》のよきゆへ」であった。「調義」とは「なにごとかをもくろむこと。工夫・計画・調理・策略・など。目的にかなうようにあれこれと調整すること。また、その才知・才覚」をいう（小学館『日本国語大辞典』第二版）。ずば抜けた企画力、それを実現させる周到な準備と行動力などをさすが、西鶴の浮世草子にはこれを含めて二例しか出てこない。▼注(23)

佐野という土地で身につけたのは、富を蓄えるだけの能力ではあるまい。益軒が美しいと評した地力のある田園は人々の努力と向上心のたまものにほかならない。「唐かね屋」が「調義のよき」人間に成長したのは、そういう風土で努力と才知の精神を身につけたからだろう。商業大都市の大坂に近いという環境も強く作用したと思われる。四千石積の大通丸の進水式は大きな話題を呼び、大坂中の人々に佐野商人の底力を示したに違いない。

四　北浜米市の描写

「唐かね屋」の成功は、北浜の米市場に活況をもたらした。そこは「唐かね屋」の店が建つ新戎町とは対角線上の大川の北側にある。大坂の北東から西を見渡した風景が次の場面である。天候を見てすばやく対策をとる米商人が描かれている。

惣じて、北浜の米市は、日本第一の津なればこそ、一刻の間に、五万貫目のたてり商も有（る）事なり。その米は、蔵蔵にやまをかさね、夕の嵐朝の雨、日和を見合《あはせ》、雲の立《たち》所をかんがへ、夜《よ》のうちの思ひ入にて、売《うる》人有《あり》、買《かふ》人有《あり》。壱分弐分をあらそひ、人の山をなし、互に面《おもて》を見しりたる人には、千石、万石の米をも売買せしに、両人手打（ち）て後は、少《すこし》も是に相違なかりき。世上に金銀の取《とり》やりには、預り手形に請判慥《うけはんたしか》に、何時《なんどき》なりとも御用次第と、相《あひ》定《さだめ》し事さへ、其約束をのばし、出入《いでいり》になる事なりしに、空さだめなき雲を印の契約をたがへず、其日切《ひぎり》に、損徳をかまはず売買せしは、扶桑第一の大商。人の心も大腹中《ふくちう》にして、それ程の世をわたるなる。

北浜は、土佐堀川にかかる淀屋橋の南詰にあった。難波橋の西側に中之島があり、そこを流れる大川が堂島川と土佐堀川に分かれる。北浜の米市は淀屋个庵《よどやこあん》が開設したといわれ、数件の町人蔵元によって営まれていた。▼注(24) 北浜の米市はまもなく手狭になり、元禄一〇年（一六九七）堂島に移転することになる。右の活況場面は、現実の風景をそのまま描写したものに違いない。

「唐かね屋」の店は、道頓堀の東端、新戎町にあった。それに対して北浜は早くから市場として発達した町である。この場面は、大坂南西部の「唐かね屋」と北東部の商業地区に古くから軒を並べる米問屋とを対置して描かれている。米商人は、空模様の変化を見極めて取引の見通しをすばやく立てた。天候の善し悪しは米を積んで北浜に出入りする船の運行を左右する。船が少なければ米の値段は跳ね上がる。多ければ安くなる。天気しだいで米の値段が瞬時に変わるから、天気の動きを即座に予想して対策を講じる。それも「調義」のひとつである。しかし、損得を気にしすぎて判断を誤ってはならない。天気は一寸先がわからない。商人は大きく構えて「大腹中《おおふくちゅう》（太っ腹）」であるべきだ。そういう気質が「扶桑第一の大商人」と礼賛されるのである。

商人たちは「夕の嵐朝の雨、日和を見合《あはせ》、雲の立所《たち》をかんがへ、夜《よ》のうちの思ひ入（れ）にて、売人有《うるあり》、買人有《かふあり》」であった。「空さだめなき雲を印の契約をたがへず、其日切《ひぎり》に、損徳をかまはず売買」する。その結果、「扶桑第一の大商人」に上り詰めた者は、いかにもそれらしい豊かな生活を送る。

米商人のありさまを、嵐、雨、日和、雲、空さだめなき雲、という天候をあらわす語を繰り返して描いている。それは大海原を走る「神通丸」の姿を連想させる。縁語風の繰り返しは「世をわたるなる」と締めくくられている。やはり「神通丸」の姿を暗示させるといえよう。大商人となって世を渡る「唐かね屋」は、彼の所有する「神通丸」とイメージが重なる。冒頭に「神通丸」は「足かろく、北国の海を自在に」渡る、とあったが、これも「唐かね屋」の商いぶりを思わせる。西鶴は作品の冒頭部でこうした重層的な暗示表現をうまく使って、ひとりの男の成功譚を物語っていくのである。

テキストではわずか数行の短い場面にすぎない。だが、重層的な暗示表現が込められていることに注意したい。

右の場面に続く「難波橋より西、見渡しの百景」はどうであろうか。

難波橋より西、見渡しの百景。数千軒《すせんげん》の問丸《といまる》、甍《いらか》をならべ、白土《しらつち》雪の曙をうばふ。杉ばへの俵物《ひやうもの》、山もさながら動きて、人馬に付《つけ》おくれば、大道轟《だいどうとどろ》き地雷のごとし。上荷《うはに》、茶船《ちやぶね》、かぎりもなく川浪に浮《うか》びしは、秋の柳にことならず。米さしの先をあらそひ、若ひ者の勢《いきほひ》、虎臥《ふす》竹の林と見へ、大帳雲を翻し、十露盤《そろばん》丸雪《あられ》をはしらせ、天秤二六時中の鐘にひびきまさつて、其家の風、暖簾吹《のうれんふき》かへしぬ。商人《あきびと》あまた有（る）が中の嶋に、岡、肥前屋、木屋、深江屋、肥後屋、塩屋、大塚屋、桑名屋、鴻池屋、紙屋、備前屋、宇和嶋屋、塚口屋、淀屋など、此所久しき分《ぶ》限《げん》にして、商売やめて多く人を過《すご》しぬ。

前の場面では縁語風の言葉が使われていた。ここでは直喩を繰り返している。表現手法を変え、描写する場面・内容を転換させたのである。すなわち、難波橋からの眺めを、「白土、雪の曙をうばふ」「山もさながら動きて」「大道の轟き、地雷のごとし」「茶船、かぎりもなく川浪に浮びしは、秋の柳にことならず」と小刻みに直喩を重ねながら進んでいく。また、「若ひ者の勢い、虎臥す竹の林と見へ」「天秤二六時中の鐘に響きまさつて」とAをBになぞらえる形容が使われている。直喩がつなげられるのは「表現の生理にとってごく自然な展開である」▼注(25)という。雪の曙、山、秋の柳、竹の林、雲、丸雪、凪、の秋から冬へ凋落する風景を思わせる言葉の繰り返しであるが、実はそれとは裏腹に、活気にあふれ豪勢な美しさに彩られた北浜の世界の喩えになっている。西鶴は、凋落する季節を表現するかにみせつつ、それとは反対の真実を印象づけようとしている。

わたしたちはともすれば「大きさ」が「小ささ」でもあり、「高さ」が「低さ」でもあることを忘れがちだ。表層と反対の意味を引き出す表現法は実はこの作品においてこの場面ばかりではない。いずれ明らかになるが、繁昌の裏側に張り付いている貧しさをそれとなく表現している場面もある。それはもう少しあとのことだ。

さて、右の場面に戻ると、難波橋から問丸の甍や壁土を遠望するカメラ・アイは街道や水路へ移ってきて、突如、人々が忙しく立ち働く街中を映し出す。そして、店内に見える商売道具の米さし、大帳、十露盤、天秤をズーム・アップする。「難波橋より西、見渡しの百景」と述べたのちに、たちまち米市の人々の働きぶりをあらわにするのである。

続いて分限者の屋号が列挙される。難波橋から問屋の軒先をみて並んでいる順に呼び上げているかのようだ。「肥前屋」「肥後屋」「大塚屋」「桑名屋」「備前屋」「宇和島屋」「淀屋」、「岡」「深江屋」「鴻池屋」「塚口屋」、「木屋」「塩屋」「紙屋」。国名・地名、名字、商品、さまざまな由来の屋号が並んでいる。実にバラエティに富んだ商人町である。

屋号が列挙されるだけで北浜の繁盛が目に浮かぶ。前に指摘した縁語的表現や比喩表現もそうだが、屋号列挙による北浜の描写は「繁盛をことばで表現するには、列挙はうってつけ」といわれるとおりの表現だ。[注(26)]

延宝七年（一六七九）に大坂には七九の蔵屋敷があった。その後、諸藩からの廻米の増大、米市の発展に伴い、元禄一六年（一七〇三）には大坂各地に九五カ所に及ぶ蔵屋敷が林立した。作品に描かれた中之島には四〇の蔵屋敷が集中していた。[注(27)]『日本永代蔵』の執筆当時、難波橋に立つと蔵屋敷が増え続ける北浜の活況風景がまざまざと見えたのである。この作品はそうした現実世界をそのまま掬い上げている。

五　さし物職人の話への流れ

続く場面はまた転換して「さし物細工人」の話に変わる。まず丁稚から手代分になるまでの過程が順を追って説明される。そして、手代から成功する者もいるが、使い込んだ金を返せなくて「荷《にな》ひ商《あきなひ》の身」（行商人）に転落する者がいるという。北浜の繁栄の陰には、目先の利益に目がくらんで失敗する者も多いのである。そのあと「さし物細工人」が登場する。

惣じて、大坂の手前よろしき人、代代つゞきしにはあらず。大かたは、吉蔵《きちぞう》、三助がなりあがり、銀持《かねもち》になり、其時をえて、詩歌《しいか》、鞠《まり》、楊弓《やうきう》、琴、笛、鼓《つづみ》、香会《かうくはい》、茶の湯も、おのづからに覚えてよき人付会《つきあひ》、むかしの片言もうさりぬ。兎角《とかく》に人はならはせ、公家のおとし子作り花して売《うる》まじき物にもあらず。是を思ふに、奉公は主取《しうとり》が第一の仕合《しあはせ》なり。子細は、繁昌の所にはよらず、北浜過書町のほとりにすみけるさし物細工人有（り）しに、此職人にもちいさき弟子二人ありしが、新《あたらし》屋、天王寺屋などの十貫目入《いり》の銀箱《かねばこ》、不断手に懸《かけ》て寸法は覚えて、其銀《かね》はつゐに手に取《とり》たる事なし。此弟子、おとなしくなりて、一分《いちぶん》見せをだしけるに、親方にかはらず、鍋蓋《なべぶた》、火《ひ》燵箱《うちばこ》の仕置《しおき》、是より外を知らず。此者も、同じ所から大所《ををところ》につかはれなば、それぞれの商人《あきびと》になるべき物をと見及び、ふびんなり。

大坂商人の大半が成り上がりだという。趣味・教養はそのあと師匠について身につける。「昔の片言」（なまり）もいつしか消えて、すっかり分限者になりきる。だが、もとをただせば「吉蔵《きちぞう》、三助」の類いであって田舎者・貧乏人であったわけだ。続いて指物細工人を例に「主取《しうとり》が第一の仕合なり」と語り出す。北浜の片隅に指物細工人が住んでいた。弟子二人を抱え両替屋で使う「銀箱《かねばこ》」を作っていた。弟子も修業を積んで出店をもつに至ったが、親方共々、死ぬまで箱に入れる大金には縁がなかった。もしも分限者に仕えたならば、大金を扱う商人になったかもしれぬが、指物職人に仕えたからにはそれ以上にはなれない、とわびしげに語っている。これが世の常というものであった。

西鶴は、成り上がりの正体をあかす一方で、そうはなれなかった者に眼差しを注いでいる。「唐かね屋」や北浜の米問屋という分限者から、中層階級の職人へ視線を切り替えたのである。分限者と職人という関連性のない小さなエピソードを出して、いよいよ主人公というべき「筒落米《つつをこめ》」を拾う極貧の親子を登場させる。巧妙な手法というほかない。

六　「筒落米」を拾う親子

すぎはひは草ばふきの種なるべし。此浜に、西国米水揚の折ふし、こぼれすたれる筒落米《つつをこめ》をはき集《あつめ》て、其日を暮せる老女有（り）けるが、形ふつつかなれば、二十三より後家となりしに、後夫《こうふ》となるべき人もなく、ひとり有《ある》世倅《せがれ》を行《ゆく》すゑの楽《たのし》みに、かなしき年をふりしに、いつの比《ころ》か、諸国改免の世の中すぐれて、八木《ほちぼく》大分此浦に入舟、昼夜に揚《あげ》かね、かり蔵せまりて置《おく》べきかたもなく、沢山に取（り）なをし、捨（た）れる米を塵塚まじりにはき集めけるに、朝夕《てうせき》にくひあまして、壱斗四五升たまりけるに、是より欲心出来《いでき》て、始末をしけるに、はや年中に七石五斗のばして、ひそかに売《うり》、明《あけ》のとしなをまたのばしける程に、毎年かさみて、二十余年に胞《ほぞ》くり金拾弐貫五百目になしぬ。

北浜に、米を計る竹筒からこぼれ落ちた米を拾い集めて、その日暮らしをしている老婆がいた。容貌が醜くく二三歳に後家となってから夫にまみえることはなかった。一人息子の将来だけを楽しみに暮らしていた。ところが「諸国改免」により世の中の情勢が一変する。借金を一定期間なかったことにする改免法が施行され大名家の金回りがよくなった。米相場は活況を呈し、荷揚げの港ではこぼれ落ちる米の量が増えた。老婆の拾う米の量も増えていった。それによって二〇年の間に一二貫目以上も蓄財したという。〈塵も積もれば山となる〉を実践して金持ちになった老婆はまさに「調義」の人である。

老婆は米を拾う一方、遊び盛りの息子には拾った米俵の蓋をほどいた藁で銭通しを作らせ、両替屋や問屋に売らせた。これも大きな蓄財になった。

其後世倅《せがれ》にも、九歳《ここのつ》の時よりあそばせずして、小口俵《さんだはら》のすたるをひろひ集《あつめ》て、銭さしをなはせて、両替屋、問屋に売せけるに、人の思ひよらざる銭まふけして、我手《わがて》よりかせぎ出し、後には、慥成《たしかなる》かたへ日借《ひがし》の小判、当座がしのはした銀《かね》。是より思ひ付て、今橋の片陰に銭見せ出しけるに、田舎人立寄《たちよる》にひまなく、明がたより暮がたまで、わづかの銀子とりひろげて、丁銀《てうぎん》こまがねかへ、小判を大豆板《まめいた》に替《かへ》、秤にひまなくかけ出し、毎日毎日つもりて、十年たたぬうちに、中間商《なかまあきなひ》のうはもりになつて、諸方《しよほう》に借帳《かしちやう》、我《わが》かたへはかる事なく、銀替《かねがへ》の手代、これに腰をかがめ、機嫌をとる程になりぬ。

息子の商売も成功した。「人の思ひよらざる銭まふけ」をして、「今橋の片陰に銭見せ」、つまり両替屋を出し、田舎人を相手にわずかの利息を取って小金を貯めた。やがて大きな金貸しとなると「銀《かね》替（両替商）の手代」も「腰をかがめ、機嫌をとる」ようになった。老婆と同じく〈塵も積もれば山となる〉を実践したのである。拾ったものを集めて売るのだから、元手も何も要らない。息子もまた「調義」の人である。誰も考えつかないやり方で金を貯めたのである。親子の根底にあるのは才覚・辛抱・努力、途中で止めたりしない頑固な信念である。日々蓄財に生きる実践哲学であった。

息子の商売は大成功した。一〇年たたぬうちに「中間商《なかまあきなひ》のうはもり（第一人者）」となり、相場を自在に動かすようになった。人々は「みなみな手をさげて、旦那旦那」とこびへつらう。その一方、先祖の賎しさを噂する者もいたが、大名貸となった今では過去を噂する者はもういない。誰もが敬い、誰もが称える人物になった。男は「歴歴の聟」となり、北浜に「家蔵」を数多く造った。そして、母親が使っていた落ちた米を拾う「筒落《つつを》掃《ははき》、蘂箒木《しべははき》、渋団扇《しぶうちわ》」を「此家の宝物とて、乾《いぬゐ》の隅におさめ」たという。親孝行でしかも人間としての道を全うする心の持ち主であった。

本話は、「諸国をめぐりけるに、今もまだかせいで見るべき所は、大坂北浜、流れありく銀《かね》もありといへり」と結ばれる。「大坂北浜」は「今もまだ」稼ぎどころである。そういわれてみると読者の脳裏に、「甍をならべ、白土、雪の曙をうばふ」活況風景がありありと浮かんでくる。「唐かね屋」の巨大な船神通丸も浮かんでくる。この男は北浜の繁栄を体現する人物なのである。北浜はこうした男たちが作り上げた町なのであった。

西鶴は、成り上がった者とそうでない者とを鋭く対比させて物語っている。対照的なエピソードをただ横に並べたかのように配置しているが、両者の相違がなにゆえに生じたのか、おのずとわかるようにしている。西鶴は饒舌を拒否する。情感を込めず、出来事をぶつ切りのような場面タッチで描いてくだけだ。だからこそ読者はよくわかる。即物的で無機的な場面が深い象徴性を帯びて迫るのである。指物職人の弟子の指物職人になるほかない宿命的な現実（情感的にいえばわびしく悲しい）と、筒落米を拾うことから始まった老婆とその息子による二代にわたる運命創造（情感的にいえば賛嘆すべき才覚と忍耐）――背中合わせのエピソードがただ対置されている。これらを読み進めていくうちに、無言のテキストの内部から成功・貧苦の原因や人間の宿命や本質がくっきりとみえてくる。読者は時間の連続もなく人物どうしのつながりもないエピソードをみずからの想像力でつないで読んでいき、作者に説明されるのではなく、自分の力で理解したような満足感を覚えるのである。作者からすれば、〈小さなエピソードを積み重ねる手法〉は、作者自身をテキストの外へ離脱させるのであり、その分、読む者の想像力に比重がかかる。西鶴の創造した巧みな手法である。

七　そのほかの話の手法

ほかの話では、どうだろうか。大坂を舞台とする巻三の第四章「高野山借銭塚の施主」で確認してみよう。

この話は「浪風静に神通丸」と同じく随想的な作品と評されている。やはりいくつかのエピソードからなる。①難波の今橋通に住むケチな男の前世は頼朝が西行に与えた黄金の猫であった。②大坂で一一貫目の財産をなくした男のもとに債権者たちが集まった。③難波江の小島の伊豆屋が背負った借金を一七年かけて返済し高野山に借銭塚を築いた。こういう三つの場面が並んでいる。

①は、前世が「鏐《こがね》の猫」（黄金の猫）ゆえに金の使い方を知らずケチを通して五七歳で死んだ男のエピソードである。『三世相小鏡』（天和三年〈一六八三〉）に、「辰の年に生まる、人は前世にては黒帝の獅子也」「命は七十五にて死すべし」とあるのを「茶化した」といわれる。▼注(28)それと、頼朝が西行に銀の猫を贈った有名な話（『吾妻鏡』巻六）をふまえている。前にあげた「浪風静に神通丸」の冒頭に「諸大名には、いかなる種を前生《ぜんじやう》に蒔《まき》給へる事にぞ有（り）ける」とあったが、大名は富裕に生まれる運命であったのに対し、この男はケチになる運命だったのである。房事が命を縮めると聞いて一生独身を通し、食事も節約し、元気盛りの年頃は色遊びのひとつもせず、ゆえに大きな遺産を残して死んだ。だが、生前に貯めた金はたちまち人手に渡り泡と消えた。

続いて②の、銀一一貫目の借金を背負った男の家に八六人の借金取りがおしかけたエピソードが短く語られる。男には二貫五百目の遺産があったので、毎日、債権者がおしかけて来た。だが、酒肴・菓子などを食しながら取り立ての相談をしている間に、遺産を半年で使い果たし、結局、一人につき銀四分五厘ずつ支払って精算する羽目になった。

③は、資産家の伊豆屋が大坂で破産して故郷に帰ったが、親類に助けられ、自分も懸命に働いて金をため借金を返しに大坂に出て来たエピソードである。しかし、一七年もかけてさがしたが金を貸してくれた人々はすでに行方が知れず死んだ人もいた。そこで、そのお金で高野山に石塔を建て「借銭塚」と名付けて弔った。

以上、三つのエピソードは、それぞれ関係のない三人の生涯をごく短く書き並べてある。小説としてのストーリーは流れていかない。共通するのは、②と③が借金にまつわる逸話であること、①の終わりに「大笑ひせし」とあり②の終わりに「をかしかりき」とあることだ。しかし③には「笑ひ」「をかし」の評語はない。一応この話だけ賞賛すべき人の逸話になっているが、その中身は貧乏への転落、借金を返せる日が来たとき貸した人はすでにいなかったのだから、わびしく悲しい雰囲気がただよう。

要するに、三つのエピソードは三人別々に扱うが、三つ並ぶことで人の世のあやにくさ、切なさ、苦い悲しさがただよう。関係のない話を並べ、外側から冷徹な目で見つめ、いとおしんでいるというような作家の態度である。

八　御伽草子の方法と比較して

作者の所感を交えることなく〈小さなエピソードを積み重ねる手法〉は、御伽草子のそれと少し類似するかもしれない。しかし、御伽草子ではエピソード間には連続性がみられ、最後の大団円に向かってストーリーがまっすぐ進んでいくから大きく異なる。

『一寸法師』を取りあげてみよう。場面・プロットに分節してストーリーを追うと、①子どものいない老夫婦が住吉大明神に祈ると男子が生まれた。②背が一寸なので追い出そうとした。③男子は針の刀を麦の鞘に納めお椀の舟に乗って住吉湊を出た。④鳥羽湊に着き三条の宰相に仕えた。⑤宰相の姫を見初め自分の食べ物を盗んだと宰相に訴えた。⑥宰相は姫を追い出すことにした。⑦男子は姫を連れ出した。⑧宰相は止めたいと思ったが継母が姫の追放に賛成した。⑨男子は姫を先に立てて鳥羽湊から船出した。⑩「興がる島」に漂着したところ鬼が出てきて襲いかかったが鬼を退治して打出の小槌を手に入れた。⑪小槌の力で背の高い立派な若者となり金銀を得て都に戻った。⑫五条の宿に姫と逗留していると帝が噂を聞きつけて二人を宮中に招いた。⑬由緒正しい男子とわかり少将に任じた。⑮男子は中納言になり両親を呼び寄せ幸せに暮らし三条の宰相も喜んだ。

前の場面が次の場面を引き起こすプロットとして働き、ストーリーが後戻りもせず横道に逸れることもなくレールを進むがごとく次々と展開していく。その展開が心地よいほどだ。

『ものくさ太郎』はどうだろうか。①庭で寝て暮らしていた。②餅を落としたが三日目に左衛門尉に拾ってもらった。③左衛門尉に三年間養われた。④都の大納言の夫役《ぶやく》となり七か月勤めた。⑤清水へ出かけて女を見初めた。⑥女が謎を掛けた。⑦女の家に忍んで行った。⑧太郎の歌にほだされて契りを結んだ。⑩女から礼儀作法を習い帝に拝謁した。⑫深草天皇の直流であることがわかり信濃中将に任ぜられた。⑬信濃で一二〇年暮らして没後、長生の神となった。

周知のことだが、先にみた『一寸法師』とよく似ている。希有な出生・生活環境がまずあり、女への懸想を転機に克服の階段を上り始め、高貴な出自がわかって高位に就き、幸福を獲得する。レールの上をまっすぐ走るように前から後へ順序よくつながって、最後は「めでたしめでたし」の言祝ぎで終結する御伽草子のパターンである。読者はこうした予定調和のごときストーリーに乗って話を安心して楽しんでいく。神仏に守られた話型といえよう。語る者も聞く者と同じ心で一緒に楽しみ合う物語になっている。

しかし、西鶴の浮世草子はエピソード間に因果関係をもたせない。脈絡のないエピソードを横に並べていき、ストーリーは因と果の関係で続いていかない。したがって読者は、前のエピソードから次のエピソードの間に横たわる（むしろ、仕掛けられた、というべきであるが）無言の〈切れ目〉を自分の想像力で解釈し、次へと読み進めていくことになる。

先に述べたように、その分だけ作者はテキストから離れている。少し離れた位置から、作中人物とそれを見ている読者を眺める立場にいるといってよい。御伽草子のように、作中の人物にも読者にも単純に同調していないのである。理由を語らず感情を述べず、出来事を荒々しく即物的に描写する。それが意図的であるゆえに西鶴のテキストの深部から苦みを含んだ悲しさ、笑えないおかしさが響いてくる。

御伽草子はなんと幸福な物語であることか。単純な比較は筆者の無知を示すだけだが、あえて試みれば、西鶴の工夫した手法がどんなものであったか、浮かび上がるのである。

【注】

（1）堀切実訳注『新版日本永代蔵』（角川文庫、二〇〇九年三月）。
（2）谷脇理史『経済小説の原点『日本永代蔵』』（西鶴を楽しむ②、清文堂、二〇〇四年三月）。
（3）成立論については谷脇理史が『『日本永代蔵』成立談義　回想・批判・展望』（西鶴を楽しむ別巻①、清文堂、二〇〇六年四月）で諸説を整理している。
（4）箕輪吉次「『野良立役舞台大鏡』の再吟味―『日本永代蔵』論の前提―」、「『日本永代蔵』板下成立考」上・中・下、「創業期の越後屋―『日本永代蔵』巻一の四執筆時期の上限―」（『学苑』一九八三年一月・五月・六月・九月）。
（5）広嶋進「『日本永代蔵』における「大福」の諸章の変容―成立の問題を巡って」（初出『近世文芸』第63号、一九九六年一月、後に『西鶴探究』ぺりかん社、二〇〇四年七月）。
（6）前田金五郎『新注日本永代蔵』（大修館書店、一九六八年三月）がモデルとなっている人物を何人か特定している。
（7）広末保『元禄文学研究』増補版（小学館、一九七二年四月）。
（8）谷脇理史校注・訳『日本永代蔵』解説（日本古典文学全集40『井原西鶴集』三、小学館、一九七二年四月）頭注。
（9）重友毅「日本永代蔵評論」『西鶴の研究』（文理書院、一九七四年一月）。
（10）森耕一「カネの世界―『日本永代蔵』―」（『西鶴論　性愛と金のダイナミズム』（おうふう、二〇〇四年九月）。

（11）矢野公和「典型的致富論談のテーマ」『虚構としての『日本永代蔵』』（笠間書院、二〇〇二年一二月）。
（12）前掲注（1）に同じ。
（13）『日本国語大辞典』第二版第二巻（小学館、二〇〇一年二月）。
（14）穂村弘「文学と人生」『もうおうちへかえりましょう』（小学館、二〇〇四年六月）。
（15）『新修泉佐野市史』第二巻通史編近世「Ⅵ佐野の豪商食野家」（二〇〇九年三月）。
（16）同右。
（17）引用は『益軒全集』巻之七（国書刊行会、一九七三年四月）所収の本文に拠る。
（18）塩村耕『古版大坂案内記集成　翻刻・校異・解説・索引編』「解説」（重要古典籍叢刊1、和泉書院、一九九二年二月）に拠る。
（19）『西鶴と浮世草子研究』第3号・特集「金銭」（笠間書院、二〇一〇年五月）付録①デジタル古地図。
（20）六の第三「身体の岩おこし」。引用は、『徳川文藝類聚第二　教訓小説』（国書刊行会、一九七〇年八月）所収の本文に拠る。
（21）特別展「江戸時代の泉佐野―うら・みなと・まち―」『図録』（歴史館いずみさの編、一九九八年四月）。
（22）『摂陽奇観』の引用は『浪速叢書』第二（名著出版、一九七七年一二月）所収の本文に拠る。
（23）「調義」はほかに『日本永代蔵』巻六の第四章「身代かたまる淀川の漆」に一例用例があるだけで、他の西鶴作品には使われていない。参考までに町人物三作品における町人に必要な知恵や心がけを表す語の用例数は表2のとおり。『日本永代蔵』には他の二作品よりも「始末」「利発」「正直」「律儀」の用例が多く、他作品に用いられていないような「調義」「調法」「発明」といった創意工夫を意味する語が使用されていることがわかる。

	用例	丁数	1 始末	2 仁義	3 堅固	4 律儀	5 才覚	6 分別	7 調義	8 仕出し	9 知恵	10 利発	11 調法	12 思案	13 発明	14 正直	合計	1丁当頻度
日本永代蔵	6巻30話	116	17	1	3	8	19	11	2	6	11	13	1	7	1	10	110	0.9
世間胸算用	5巻20話	104	9	0	1	0	15	18	0	9	7	5	0	8	0	0	72	0.7
西鶴織留	5巻19話	112	7	0	1	2	12	17	0	7	13	7	0	6	0	6	78	0.7

表2　町人物三作品における町人に必要な知恵や心がけを表す語の用例数

(24)『新修大阪市史』第三巻第三章「水の都」第五節「蔵屋敷」(大阪市、一九八九年三月)に適切な解説がある。「町人蔵元の成立期であった寛永―寛文期から元禄期に入ると、諸藩からの大坂廻米量をはじめ、蔵物の数量は急速に増大し、それに伴って諸藩の蔵元や蔵屋敷の財務を管理する掛屋の体制も整備された」。北浜の繁栄によって大坂は京を凌駕していく。「商業・金融上の圧倒的な地位の確立を基盤として、大名貸も京都を追い抜き大坂が最大となった」のである。

(25)佐々木健一監修『レトリック事典』(大修館書店、二〇〇六年一一月)「直喩」の項。

(26)佐藤信夫『レトリック感覚ことばは新しい視点をひらく』(講談社、一九七八年九月)。

(27)前掲注(24)、及び宮本又郎「蔵屋敷の時代」(『大阪春秋』平成一六年夏号)。

(28)前掲注(1)に同じ。

第Ⅱ部◉語り紡ぐ仕組み

第一章◉『西鶴諸国はなし』における伝承の活用

1●「夢路の風車」における『邯鄲』『松風』の活用

一　典拠論から作品論へ

本節と次節では『西鶴諸国はなし』の二つの話を取りあげる。巻二の第五章「夢路の風車」と巻五の第六章「身を捨《すて》て油壺」である。この二つの話で西鶴は当時一般によく知られていた「松風」と「姥が火」の伝承を用いている。伝承をベースにおきつつ、ささやかに生きて死んでいった女の人生を描いている。本章ではその創作方法を分析する。

天和二年（一六八二）一〇月に『好色一代男』を刊行した直後から貞享二年（一六八五）正月に『西鶴諸国はなし』を出版するまでの二年半の間に、西鶴は、いろいろなことを試みている。貞享元年（一六八四）三月に菱川師宣が挿絵を描いてがらりと雰囲気の変わった『好色一代男』江戸版が刊行される。その年の六月、摂津国住吉神社で、一昼夜二万三千五百句独吟を成し遂げる。翌貞享二年（一六八五）正月に、宇治加賀掾と竹本義太夫の浄瑠璃興行合戦に加賀掾側の台本作者として参戦する。そんな中で『西鶴諸国はなし』五巻五冊は、大坂伏見呉服町の池田屋三良右衛門より刊行された。小説、俳諧、演劇などに挑戦しながら、何かを模索するかのようである。

『西鶴諸国はなし』は、全国津々浦々に話の題材を求める。老若男女、動植金石、さまざまな人物・素材を配し、バラエティに富んだ短い話三五話からなる。

本作については、「小説としての構成や主題の追求というものはほとんど見出すことができない」[注(1)]といわれる一方で、「人間のありかたに関する新しい事実を発見し」「西鶴作品の特質をここに凝集して示したもの」[注(2)]ともいわれてきた。典拠等の調査も進み、西鶴が何をどう作りかえたかということがかなり明らかになり、「高度に複雑な方法による構成が、（中略）縦・横に立体的に、幾層にも積み重ねられた立方体として完成しており、それがまたより大きな立方体のなかに収納されている」作品[注(3)]という見方が定着している。

『西鶴諸国はなし』は、各巻の目録に並べられた七つの話の題の下に話のトピックが一語で示されている。これは他の作品にはみられない特徴である。本節で取りあげる「夢路の風車」が収められている巻二の目録は次のとおりである。

近年諸国《きんねんしよこく》咄《はなし》
大下馬《おおげば》

目録

㊀姿の飛《とび》乗物　因果
津の国の池田にありし事

㊁十弐人の俄《にはか》坊主　遊興
紀伊国あは嶋にありし事

㊂水筋のぬけ道　報
若狭の小浜《おばま》にありし事

㈣残物《のこるもの》とて金の鍋　仙人
　大和の国生駒《いこま》にありし事
㈤夢路の風車《かざぐるま》　隠里
　飛騨の国の奥山にありし事
㈥楽《たのしみ》の男地蔵　現遊
　都の北野の片町にありし事
㈦神鳴《かみなり》の病中　欲心
　信濃の国浅間にありし事

目録の内題に「近年諸国咄　大下馬」とあるように、当初「大下馬」という書名になる予定だったろうといわれている。柱刻は「大」である。出版直前に題名が変更されたらしい。同じ時期に京都の本屋西村市郎右衛門から怪異小説集『宗祇諸国物語』が刊行されていることと関係するというのが定説である。西鶴および池田屋が、作家としての西鶴を強く意識した書名に改変したことになる。目録に付されたキーワードも、読者の興味をぐっとひきつけるはたらきをしている。この目録は短編集としてのおもしろさ、読みやすさを意識した本作りが行われたことを想像させる。

そのような前提で改めて作品を読むと、素材をていねいに加工している西鶴の工夫を読み取ることができる。まず、「夢路の風車」を取りあげ、江戸時代の人びとが大変好んだ能『邯鄲』『松風』の詞章と内容が中国の説話「蘇我」とともに巧みに作品に織り込まれていることを明らかにしたい。

二　西鶴と謡曲

西鶴は談林派の俳諧師でもある。西鶴と謡曲の関係については、談林俳諧における謡曲取りの手法という点から指摘されている。乾裕幸は、西山宗因加点の『大坂独吟集』（延宝三年〈一六七五〉、西鶴の百韻入集）における古典・謡曲取りについて次のように整理している。▼注(4)

①古典や謡曲の詩句をもじって近世風にし、そこに滑稽感を生ぜしめる。
②作中の関係の深い二語を付詞のように用いて、近世的な素材の連絡を図る。
③作品の俤を近世に移し、そこに可笑味を起させる。

①〜③の方法は区別しづらい場合もあるが、いずれも作中の語句の意味を卑俗に転じるものだという。もともと、謡曲には和歌のことばが縦横無尽に織り込まれている。『伊勢物語』、『源氏物語』、『平家物語』などの古典文学作品の人物が多く登場する。また、近世期においては、和歌や物語が謡曲を通して享受されることもあった。謡曲は、ジャンルを超え時代を超えた文学作品を包摂し、死者と生者という異次元の存在を時空を超えて結びつける。このような謡曲の世界は、イメージの連想による心付《こころづけ》をさかんに行った談林俳諧のスタイルにふさわしいものだった。詞章や情趣、各曲の内容やイメージなど、謡曲のさまざまな要素が句作に利用された。

そして、西鶴の浮世草子にも、謡曲由来の表現がふんだんに取り込まれている。謡曲の影響が単に修辞上の問題にとどまらないことは、『懐硯』の伴山の設定が、ワキ僧に擬されているという指摘▼注(5)からも理解できる。

さて、『西鶴諸国はなし』の中で、謡曲との関連がとくに強いと指摘されているのは、巻二の第五章「夢路の風車」と『松風』、巻三の第四章「紫女」と『定家』『殺生石』である。▼注(6) 本節では、「夢路の風車」を取りあげる。なお、この話には『松風』のほかに『邯鄲』の詞章を引用したところがあるとされるが、単に詞章を用いているだけではない。二つの謡曲の筋立てや人物像、イメージといった要素も作品に取り込まれている。

この話は、隠れ里伝説にみられる異郷訪問説話の型をふまえた作品として読まれてきた。その解釈に間違いはない。また、近藤忠義が早くに「蘇我」を原拠としていることを指摘しており、▼注(7) 井上敏幸はそれを受けて、「蘇我」に御伽草子『かくれ里』の要素を加え、人物は謡曲『松風』あるいは御伽草子『松風村雨』で周知の松風・村雨を彷彿とさせるように描いたものと解析した。▼注(8) 本話と謡曲『松風』の関係については、「跡やまくらに立寄」という表現とその部分を表現した挿絵、二人の女を残して男が死ぬという設定、「二またの玉柳」と「松の木」の対応という共通点があると井上が指摘するとおりである。

ところで本文のことば、とりわけ奉行の夢の中での女たちの訴えによくよく耳を傾けてみると、プライドを傷つけられた女の恨み節が聞こえてくる。その背景に謡曲『松風』に取り入れられた都の貴公子と海女の悲恋の物語の伝承を垣間見ることができる。西鶴は、伝承を取り込んだ『松風』と異国の小話「蘇我」と、もうひとつ、異国を舞台にした謡曲『邯鄲』を組み合わせることによって、女の恨みの「つぶやき」を描いている。本節では典拠の利用の仕方を本文に即して考察する。

三　「夢路の風車」と『邯鄲』

「夢路の風車」の内容を簡単に説明しておこう。冬枯れの飛騨の国の山奥の隠れ里に入り込んだ奉行は、季節外れの春景を眺めているうちに眠ってしまう。その夢に二人の女商人が現れる。彼女たちは谷鉄という盗人に殺されたのだと訴える。そして、まだ捕まっていない谷鉄を捕まえて処刑し恨みを晴らしてほしいと言い、自分たちの話が事実である証拠を示して消える。夢から目ざめた奉行は事実を確かめたうえで国守に報告、谷鉄は捕えられる。奉行は褒美をもらって「くれなゐの風車《かざぐるま》」に乗って国へ帰る。

本話の骨格に用いられた「蘇我」は『太平広記』第一二七巻の「報恩」二六の巻頭に収められている。▼注(9)

漢の何敞は交趾刺史為り。部蒼梧郡高要県に行き、暮れて、鵠奔亭に宿す。夜猶未だ半ばならず。一女有りて楼の下より出る。自ら云はく「妾姓は蘇、名は娥。字は始珠。本、広信県修里の人なり。早くに父母を失い、又、兄弟もなし。夫もまた久しく亡し。繒帛《しょうはく》百二十疋有り、及び婢一人、名は致富。孤窮羸弱《るいじゃく》にして、自ら振ふことあたはず、傍の県に往き繒を売らんと欲す。同県の人王伯より牛車一乗を賃す。直銭万二千。妾幷に繒を載せ、致富をして轡《くつわ》を執らしむ。以て前年四月十日、此の亭の外に到る。時に已に暮る。行く人既に絶え、敢て前行せず。因りて即に留止す。致富暴《にわか》に腹痛を得る。妾、亭長の舎に行き漿を乞ひ、火を取る。亭長龔寿《きょうじゅ》、刀を操り戟を持ち、来りて車の傍に至り、妾に問ひて曰く、「夫人は何所より来るか。車の上に何が載るか。丈夫は安に在るや。何故に独り行くか」と。妾之に応えて曰く、「何の労に是を問ふか」と。「寿因りて肘を捉へ妾を汙《けが》さんと欲す。従はざれば、寿即ち刀を以て脇を刺し、妾立ちながら死す。又致富も殺す。寿楼下を掘りて、妾幷びに婢を埋め、財物を取りて去り、牛を殺し車を焼き、杠及牛骨は亭の東の空の井中に投ず。妾死して痛酷するも、告訴する所なく、故に来りて明使君に告ぐ。」と。敞曰く、「今汝の死骸を発《みつ》けんと欲す。何を以て験となすや」と。女子曰く、「妾は上下に皆白衣を着し、青絲履き、猶未だ朽ちざる也」と。之を掘れば果して然り。敞乃ち吏を遣して寿を捉え、拷問し具に服す。広信県に下り験問す。娥の語と同じ。寿を収し、父母兄弟皆獄につなぐ。敞寿の殺人を表す。常に律族誅に至らず。但し寿悪を為し、隠密にすること年を経、王法得ることをあたはず。鬼神自ら訴え、千載に一無し。請ひて皆之を斬る。以て隠誅を助け、上報之を聴く。

絹商人の未亡人蘇我の霊が何敞に自分を殺した犯人を捕まえてほしいと訴える大筋が一致する。遺体が腐ってないという点も同じである。事件の経緯において異なるのは次の点である。

①蘇我と奴婢致富が登場する。「夢路の風車」では女商人二人という設定。
②絹を売りに行く途中に泊まった宿で致富が腹痛に襲われ、薬を貰いに行って宿の主人龔寿に犯されそうになり、抵抗したために殺された。「夢路の風車」では犯人は絹織物を盗むために殺害した。
③遺体の目印が白衣の上下と青い靴である。「夢路の風車」では二またの柳の木である。

これらの相違点は、あとで述べるように西鶴が謡曲『松風』の要素を取り込んで話を組み立てたことと関係する。また、「蘇我」という異境での事件を夢の中に封じ込んで描いた点に西鶴の工夫がある。それは『邯鄲』における夢の設定を取り入れたことによる。

まず、『邯鄲』との関係を考えてみよう。

隠れ里に紛れ込んだ奉行が見た景色は次のように描写される。

有時《ある》山人の道もなき草木をわけ入（る）を、奉行見付《つけ》て跡をしたひ行《ゆく》に、鳥もかよはぬ峯を越《こし》、谷あい三里程もすぎて、おそろしき岩穴あり。彼《かの》山人是に入ける。のぞけば只くろふして、下には清水の流れ青し。目馴《なれ》し金魚多し。我是迄来て、此中《うち》見届《とどけ》ずにかへるも、侍の道にはあらずとおもひ定め、四五丁くぐるとおもひしが、唐《から》門《もん》、階《きざはし》、五色《しき》の玉をまきすて、喜見城《きけんじょう》のとは今こそ見れ、是《これ》なるべし。折ふしは冬山を分《わけ》のぼり、落葉の霜をふみてきたりしに、爰《ここ》の気色《けしき》ははるなれや。鶯、雲雀の囀《さへづ》りて、生烏賊《なまいか》、さはら売声《うるこへ》、おのづからのどやかに、しばし詠めけるうちに、眠り出て、是なる草枕して前後もしらず、かり寝する。

飛騨の山奥で奉行が「山人」を見かけ、不審に思って後をつける。鳥も通わないような険しい山道を進んで岩穴に入ってみると清水が流れていて金魚が泳いでいる。さらに進むと目の前に「五色の玉」で装飾した「唐門、階」が出現する。さながら「喜見城」のようだと書かれている。「喜見城」とは須弥山にあるとされる帝釈天の居城である。理想郷をいうときにしばしば用いられる表現で、能『邯鄲』の詞章にもみられる。

『邯鄲』は、人生に迷う楚の国の青年盧生が、邯鄲の里の宿で雨宿りをする間に見た夢によって、悟りを開くという能である。夢の中で流れた五〇年の歳月が、粟の飯が炊ける間のわずかな時間の出来事であったとわかり盧生は人生の無常を悟る。

奉行が「鳥もかよはぬ峰を越《こし》」「冬山を分のぼり」隠れ里にたどりついたように、盧生は「国を雲路の跡に見て、山又山をこえ」て邯鄲の里にたどりつく。雨宿り先の女主人が勧めるままに仮寝をした盧生が夢の中で見た景色は次のように描写される。▼注(10)

有難の気色《けしき》やな。有難の気色やな。本より高き雲の上、月も光は明らけき、雲龍閣や阿房殿《あぼうでん》、光も充ち満ちて、実《げに》も妙《たえ》なる有様の、庭には、金銀の砂《いさご》を敷き、四方《よも》の門辺《かどべ》の玉の戸を、出入《いでいる》人までも、光を飾る粧《よそほひ》は、まことや名に聞《きき》し、寂光の都喜見城《きけんじやう》の、楽しみもかくやと、思ふばかりの気色かな。千貨万貨《せんかばんか》の御《み》宝の、数を連ねて捧げ物、千戸万戸《せんこばんこ》の旗の足、天に色めき地に響く、籟《らい》の声も夥《おびただ》し、籟の声も夥し。

奉行も盧生も目の前の玉で彩られた建物を「喜見城」になぞらえている点が共通するが、奉行は喜見城のような景色を起きて見ており、盧生は夢で見ている。また、奉行は鶯や雲雀のさえずりのほかに、「生烏賊、さはら売声」を耳にしている。盧生は百官が捧げ持つ旗の音を聞いている。百官の旗音という王城のサウンドスケープを、のどかな自然の音や庶民的な行商の売り声に転化していることがわかる。『邯鄲』の詞章の運びを意識しつつ、それを少しずらしながら用いている。

また、西鶴は『邯鄲』の詞章や風景を利用しているだけではなく、能の演出における横たわる盧生という動作を作品に取り込んでいる。挿絵を見てみよう（図1）。

図１『西鶴諸国はなし』巻２の５「夢路の風車」

『西鶴諸国はなし』の挿絵は西鶴が描いたものとされる。奉行が画面の下方で横たわっており、彼が夢で見た殺害された女商人二人の姿が描かれる。現実の世界と夢の世界を同時に表現している。女商人の切られた首が寝ている奉行に訴える絵柄になっている。首から下の胴体は反物を振り売りしている姿である。生きているときのようすと死んでからのようすを同時に表現した絵にもなっている。

この画面の下中央で寝ている奉行の姿は、『邯鄲』を演ずる際に、シテが舞台に据えられた一帖畳の上で実際に横になる姿を連想させる。夢の場面であることを一目瞭然に観客に示し、夢見る主体が寝ている現実世界と、夢の中の世界とを同時に表現する視覚的方法である。西鶴の挿絵は、『邯鄲』の演出法を意識したものだろう。

夢は実人生とはまったく別の世界であるが、それが経験的なリアリティを伴うという点で、強い説得力をもって覚醒後の夢見る主体の人生に強くはたらきかけることがある。栄華の夢によって逆説的に人生のはかなさを認識した『邯鄲』の盧生の場合がその典型である。もともと複式夢幻能形式は、死者との交信の場として夢という時空を設定しているが、その夢はワキの夢であり、舞台の上で夢見る主体であるワキは、シテが演技している間は、脇座に着座して動かない。夢の場面で、夢見る主体の存在はかき消されている。ところが『邯鄲』の場合は、シテ自身が舞台の上で実際に横になり夢を見る。そして、その内容は、盧生が国王になっているというまったく別次元の話だ。

『邯鄲』は日常生活→邯鄲の里→一炊の夢という入れ子型の構造をもつ。本話における隠れ里と夢の関係も、それと同じで、奉行の日常→隠れ里→夢という二重の入れ子型構造になっている。『邯鄲』において人生の問題を解決するヒントを夢で得たのと同じように、本話では殺人事件を解決するヒントを夢で得る。「中世小説以来の、夢もしくは夢想に対する素朴な信仰」▼注(11)という指摘もあるが、西鶴は、時空を超えたメッセージを伝えるための回路として、夢という方法を積極的に利用している。『邯鄲』では、盧生が寝て見た夢によって、盧生自身の人生の悩みが解決した。それに対して、本話では、奉行の夢によって、死んだ女商人の悩みが解決したことになる。

四　「夢路の風車」と『松風』

ところで、横たわっている奉行の枕元と背中に女商人の首が迫っている挿絵図柄は、謡曲『松風』の詞章「起臥《おきふし》わかで枕より、跡より恋の責《せめ》来《く》れば」をふまえる。寝ている枕元と足元を恋の思いが襲うという比喩表現を用いて、女商人の頭が寝ている奉行の頭と足の両方向に迫って殺された恨みを訴える姿を描く。

本話と『松風』は、井上敏幸が指摘する▼注(12)とおり、「跡やまくらに立寄《たちより》」という表現と挿絵、二人の女を残して男が死ぬという設定、「二またの玉柳」と「松の木」という対応という共通点をもつ。しかし、それ以上に〈色好み〉の系譜という点で響き合うものがある。

「夢路の風車」の本文では、奉行が眠りにつくと、「其夢こころに、女の商人ふたり来て、跡やまくらに立寄《たちより》、我を頼《たのみ》て申（す）は」と書かれ、『松風』の次の詞章がそのまま用いられている。この詞章は、松風が思いを募らせ行平の幻影を見る直前に登場する。

宵々に、脱ぎて我が寝《ね》る狩衣《かりごろも》かけてぞ頼む同じ世に、住むかひあらばこそ、忘れ形見も由なしと、捨《す》てても置かれず、取れば面影に立ちまさり、起臥《おきふし》わかで枕より、跡より恋の責《せめ》来れば、せむ方涙に、伏し沈む事ぞ悲しき。

『松風』では、起きているときも寝ているときも、現でも夢でも、行平への恋しさが募って仕方がないということを「起臥わかで枕より、跡より恋の責来れば」と説明している。松風自身の恋の思いが自分を責めたてるという。それに対して、「夢路の風車」の表現と挿絵は、奉行の夢の中で女商人が訴えるようすを描写したものである。夢の中で、女商人の幽霊が奉行を責めたてているのである。挿絵は、女商人を、胴体から切り離された首で表わし、二人の首が、寝ている奉行の枕元と足元の両方向に取りついている絵となっている。松風の恋の苦悩の表現が援用されることで、問題解決のために霊体としての女商人が奉行に訴えかけるという行動を写実的に表現しつつ、そこに恋のニュアンスがただようことになる。

夢の訴えの内容を詳しく確認してみよう。

いまだ一年《とし》も立（た）ざりしに、我に執心の文《ふみ》を遣《つかは》しける。おもひもよらぬ事也。其男は谷鉄《やてつ》と申（し）て、此国に住し大力《だいりき》也。其後《のち》ふみのかへしを、せぬ事をうらみ、ある夜しのび入（り）、ふたりのものを、切《きり》ころし、たくはへ置《おき》し、きぬ紬をとりてかへり、しがひは野末（に）埋《うづ》みける。此事せんさくあそばしけるにしれずして、今に谷鉄をば、浮世に置《おく》事の口惜《くちをし》や。ことに執心と申せしはいつはり也。只きぬを取《とる》べきはかり事なり。あはれ国王へ申（し）あげられ、かたきをとつてたまはれ

夫を亡くした女商人は、夫が残した絹織物を売って渡世する。夫が亡くなって一年もしないのに、谷鉄という「大力」が執心の文をよこしたという。「ふたりのもの」とあるので、女商人が二人で暮らしていたことがわかる。谷鉄がある夜押し入って女二人を殺し、絹織物を盗んで死骸を野末に埋めて行方知れずとなる。

前に述べたように「蘇我」では、宿の主が蘇我を犯そうとして抵抗されたために殺害に及んでいる。それに対して、本話の経緯は異なる。女たちはてっきり「ふみのかへしを、せぬ事をうらみ」殺されたのだと思っていたが、彼の恋文はいつわりで、はじめから絹織物目当てだった。そのことが、死んだ後に明らかになる。「執心と申せしはいつはり」であったことが、とりわけ口惜しいというのが女商人たちの訴えである。未亡人であることにつけこんで、女心をもてあそんだそのやり方が許せない、ということなのだ。女商人のことばの裏に自分を好きだといったのが嘘であること、そしてそのことを真に受けてしまった自分への腹立たしさを読み取ることができる。

また、殺害された女性二人が、「蘇娥」では女主人と奴婢という主従関係にあったが、ここでは女商人二人となっている。二人がどういう関係なのか、本文には説明がない。谷鉄がどちらの女に偽りの執心をしたのかわからない。一人の男性に妻が二人という設定になっていることについては、「二人の女が殺されるのは不自然（少なくも説明不足）。典拠の、女主人と婢《つかいめ》の二人が殺されるのにひきずられたか▼注(13)」といわれたり、「異国の習俗を示している▼注(14)」と指摘されたりしている。

この女商人二人という設定は、『松風』の「松風村雨」二人の姉妹によっていると考えることができる。『松風』は、行平中納言が須磨流謫の間に松風と村雨という姉妹を寵愛するが三年後に帰京し病没、姉妹も失意のまま亡くなる。姉妹は死後も行平への恋情断ち難く、旅僧に回向を願うという曲である。『松風』では、都に帰ってしまった貴公子行平を松風・村雨姉妹が待ち続ける。田代慶一郎は、世阿弥が二人の姉妹と一人の男性という設定を利用し、「姉妹を一体化させたり、分離させたり」している流れを次のように分析する。▼注(15)

（1）汐汲みの段……一心同体
（2）塩屋の段……松風＝女主人、村雨＝侍女的存在として分化
（3）行平への恋慕を語る段……一体化する松風・村雨→松風＝狂気、村雨＝理性に分化→狂気に同一化、ともに行平の幻影を懐かしむ

舞台の上に一人ではなく二人の美しい女性が汐汲み車を携えて登場し、巡る時間の中で繰り返される労働と反復する思いをワキ僧に伝える。ワキ僧が宿を借りると、姉が女主人として登場しワキ僧を室内に案内する。ワキ僧が「松風村雨二人の蜑の旧跡」を問うとシテである松風が三年間待っている苦しみを告白する。そして、行平の烏帽子と狩衣を松の木に掛けた松風は、松の木を行平と思い込み制止する村雨をふりきって狂乱の舞を舞う。狂気の中で行平と再会し、松風と村雨は同化する。舞い納めると夢から覚めたようになり、二人はワキ僧に供養を頼んで静かに消えてゆく。松風が狂気から覚めると同時に分化していた二人は再び一心同体となる。

姉と妹は、血を分けた二人という点で、人格的な一体化が容易だったり、生まれた順序によって優先順位がついたり、時には、ドラマティックな葛藤を生んだりする。『松風』では、そういった姉妹の特徴が一曲の中に圧縮されている。

「夢路の風車」では、「蘇我」にある主従という関係が捨象され、区別されることのない一組の女二人という設定になっている。松風・村雨が旅僧に待つことのつらさを訴えたのと同じように、女商人二人は、奉行の「跡やまくらに立寄《たちより》」谷鉄捕縛を訴える。

また、「蘇我」と「夢路の風車」で違う点がもう一点ある。遺体のようすである。本話では、女商人は、「玉柳」の根元を掘ると腐ってない遺体があるからそれが自分たちだと言っている。それに対して「蘇我」では、白い上下の服と青い靴を履いた腐っていない遺体が自分たちであると言う。「夢路の風車」で柳の木が目印に用いられているのは、『松風』の松の木に対応する。

待つ苦しみから狂乱の態に陥った松風は行平の形見の小袖を松にかける。松の木を行平と見間違え、再会を喜ぶ。そうして待つ時間から解放される。行平に見立てられて〈待つ女〉の執着を解き放った松の木と、女商人二人が埋められた場所から生えて二人の解放の印となった「二またの玉柳」の木は、単に木であるという以上に、問題解決の鍵となっているという点で通じ合う。

さらに「蘇我」とは関係ないが、本話と『松風』には「車」という小道具が用いられているという共通点がある。奉行の活躍により悪人谷鉄は処刑され、褒美の品をもらった奉行は「汝此国にては．命みじかし。いそひで古里にかへれと」言われ、「くれなゐの風車に乗られ、浮雲とりまきて、目ふる間に、すみなれし国にかへ」る。▼注(16) 異郷においては命が短い奉行が、赤い風車に乗って現実の世界に戻ってきた。『松風』では、冒頭シテとシテツレが汐汲み車を引いて登場する。

車は輪廻転生のメタファーとして能においてしばしば用いられる作り物である。『松風』における汐汲み車は、汐汲みという苦役の繰り返し、行平を待ち続ける恋慕の情の持続性を象徴する。「くれなゐの風車」は、このような謡曲における車のイメージを風に乗って飛ぶ車に横滑りさせたものといえる。その色が紅であるということは、大変印象的だ。赤＝血の色＝生命[注17]、と考えるならば、人間が生きる時間に奉行が戻っていくための乗り物として生命エネルギー回復装置のような働きをしている。山中→隠れ里→夢→隠れ里→地上という奉行の時空移動において、隠れ里から一気に現実世界に奉行を引き戻す装置として紅の風車が見事に機能している。『松風』における「汐汲み車」を大きく変容させたのが「くれなゐの風車」といえる。空間を移動する手段である車が、次元を超えて時空を動き回り、奉行の帰還を可能にする。

以上のように「夢路の風車」は、異国の小話に『邯鄲』の設定にならって夢という時空を用意し、『松風』に取り込まれた流謫の貴人と海女の恋の伝承を加味した作品として読むことができる。「蘇我」の女主人と奴婢を「女商人ふたり」に改変することで、『松風』に登場する姉妹のイメージを重ねる。その上で〈待つ女〉の悲しみを殺された未亡人の恨みに置き換える。商人の未亡人という以外なにもわからない女商人だが、言い寄られたと思っていたのに、そうではなく金目当てだとわかり、男に殺されて終わってしまった人生というのはいかにも空しい。女だてらに商売をする難しさや美しい未亡人に下心をもって近寄る男たちが多いこともうかがわせる。女商人の悔しさを、異国からやってきた奉行が夢で受け止める。ささいなことで殺された女商人の思いを、時空の隙間から入り込んできた異人が解決する話である。

【注】

（1）浅野晃「『椀久一世の物語』と『西鶴諸国はなし』―方法と主題―」（『西鶴論攷』勉誠社、一九九四年五月。初出は『国語国文』第37巻第11号）。

（2）重友毅「『西鶴諸国咄』二題」（重友毅著作集・第一巻『西鶴の研究』文理書院、一九七四年一〇月）。

（3）石破洋「西鶴説話の方法と表現―諸国はなしと奇談という枠組―」（鹿児島女子大学『研究紀要』第6巻第1号、一九八五年二月。後に『説話と説話文学―古代から現代まで』近代文藝社、一九九一年一〇月)。
(4)乾裕幸「談林初期の西鶴―『大坂独吟集』における鶴永について―」(『国語国文』第32巻第8号、一九六三年八月)参照。
(5)冨士昭雄「西鶴の構造」(野間光辰編『西鶴論叢』中央公論社、一九七五年九月)。浮橋康彦「西鶴『懐硯』の「道行型」と謡曲」(『論集近世文学3『西鶴とその周辺』勉誠社、一九九一年一一月)。
(6)「夢に京より戻る」と内容が類似する謡曲『藤』は南部信恩《のぶおき》(一六七八―一七〇六)作であるから一六八五年成立の『西鶴諸国はなし』以降の成立であろう。
(7)近藤忠義・日本古典読本Ⅸ『西鶴』(日本評論社、一九三九年五月)。
(8)井上敏幸「『西鶴諸国はなし』攷―仙郷譚と武家物―」(『国語国文』第45章第10号、一九七六年一〇月)参照。
(9)『太平公記』第一二七巻「報応二十六」の冒頭話が「蘇我」である。引用は、『校補本太平廣記』(中華書院、一九七二・七)所収の本文を私に訓み下したものによる。
(10)『松風』『邯鄲』他の謡曲詞章の引用は、すべて西野春雄校注『謡曲百番』(新日本古典文学大系57、岩波書店、一九九八年三月)に拠る。
(11)野間光辰「西鶴五つの方法」(『西鶴新新攷』岩波書店、一九八一年八月)。
(12)前掲注(8)に同じ。
(13)江本裕編『西鶴諸国はなし　翻刻』(西鶴選集、おうふう、二〇〇三年一一月)頭注。
(14)宗政五十緒訳注『井原西鶴集』二(日本古典文学全集39、小学館、一九七三年一月)頭注。
(15)田代慶一郎「謡曲『松風』について(上)」(『比較文学研究』第48号、一九八五年一〇月)。
(16)篠原進は、奉行の断罪に飛騨統治者金森出雲守頼旹の投影を読み取り、本話に「現実への異議申し立て」の側面を読み取る(「マルチストーリーとしての浮世草子」『青山学院大学総合研究所人文学系研究叢』第9号、一九九七年三月)。
(17)アト・ド・フリース『イメージ・シンボル事典』には、赤には「火・光・稲妻・熱」に関連するイメージを筆頭に、「能動的創造性、男性、肉体的活力、豊饒」に関連するイメージがあげられている。諏訪春雄は、古代から近世まで赤色に「辟除や再生の呪力を認める」シンボリズムがあるという(「色彩のシンボリズム」『歌舞伎の方法』勉誠社、一九九一年九月。初出は『文学』一九八八年七月)。

2●「身を捨《すて》て油壺」と「姥が火」の伝説

一　人はばけもの

『西鶴諸国はなし』の序文は、「世間の広き事、国国を見めぐりて、はなしの種をもとめぬ」という冒頭の一文に続いて、熊野の「湯の中にひれふる魚」に始まり、都の嵯峨の「四十一迄大振袖の女」で終わる一二種に及ぶ諸国の珍奇なものを列挙する。その全文を掲げる。

世間の広き事、国国を見めぐりて、はなしの種をもとめぬ。熊野の奥には、湯の中にひれふる魚《うを》有（り）。筑前の国には、ひとつをさし荷《にな》ひの大蕪《あふかぶら》有（り）。豊後の大竹は手桶となり、わかさの国に弐百余歳のしろびくにのすめり。近江の国堅田に、七尺五寸の大女房も有（り）。丹波に一丈弐尺のから鮭の宮あり。松前に百間つづきの荒《あ》和布《らめ》有（り）。阿波の鳴戸に竜女《りうにょ》のかけ硯あり。加賀のしら山にゑんまわうの巾着《きんちゃく》もあり。信濃の寝覚《ねざめ》の床に浦嶋が火うち筥《ばこ》あり。かまくらに頼朝のこづかひ帳有（り）。都の嵯峨に四十一迄大振袖の女あり。是をおもふに人はばけもの、世にない物はなし。

熊野にはじまり、北は松前から南は豊後にいたる国々を並べ、最後は都にもどっている。湯の中で泳ぐ魚や大きな蕪や太い竹といった動植物、大きな人や長生きの人などの人間、竜女や閻魔といった架空の存在。そして、頼朝という歴史上の人物を経て都に住む四一歳の女を導きだし、「是をおもふに、人はばけもの、世にない物はなし」と締めくくる。列挙部分と末文とを結ぶ「是」とは何を指すのだろうか。単に、直前に挙げられた「四十一まで大振袖の女」を受けただけの語ではなく、数々の「はなしの種」を見聞し収集した過程全体を念頭に置いた包括的な語といえる。「人はばけもの」という言葉は、広く諸国に「はなしの種」を求めた西鶴の実感だろう。

この序文が列挙している地名や事物は、諸国に伝播する事物を端緒として西鶴がどのように想像の翼を羽ばたかせ、「人はばけもの、世にない物はなし」という結論に至ったのかを楽しく想像させる。絶妙な間《ま》による列挙法が、強いイメージ喚起力をもたらす。

西鶴が「はなしの種」をどのように変容させて作品を形成しているかを示すために、本節では巻五の第六章「身を捨て油壺（目録では「身捨《みをすつ》る油壺」）」を検討する。この話は、火の玉の伝説を「はなしの種」としつつ、一人の女が「ばけもの」として扱われる作品である。作品世界の形成の仕方を明らかにしてみたい。

二 「姥が火」について

目録によると、本話の副題は「河内の国平岡にありし事」で、小見出しは「後家」である。わずか三丁ほどの長さで、字数は八百字にも満たない。

話の内容をまとめてみよう。河内国に美人の誉れ高い女がいたが、結婚するたびに男が死に、一一人もの夫と死別

図１「身を捨て油壺」挿絵

する。八八歳まで木綿を紡いで一人暮らしをしていたが、灯明の油も買えず、平岡明神の神殿の油を盗むようになっていた。神官たちはばけものの仕業によって灯明の油が消えると勘違いし、老婆を山姥と誤認して射殺する。その後、あたりに火を吹く老婆の首が出現するようになり、火に肩を越された人は三年以内に死んでしまうが、「油さし」というと老婆の首は消えてしまう。

本話の素材は、河内国の「姥が火」伝説である。▼注(1) 三田《さんだ》浄久《じょうきゅう》『河内国名所鑑（記）』（延宝七年〈一六七九〉）巻五には次のような記載があり、▼注(2) 狂歌三首、発句一句が載る。

> ○姥が火、此因縁を尋ぬるに、夜る〳〵平岡の明神の灯明の油を盗（み）侍る姥有しに、明神の冥罰にや当りし彼姥なくなりて後、山のこしをとびありく光物いできて、折々人の目をおどろかしけるに、彼《かの》火炎の体は、死しける姥が首よりしてふきいだせる火のごとく見へ侍る故に、かの姥が妄執の火にやとて、則世俗に姥が火とこそつたへけれ、高安恩知迄も飛行、雨けなどには今も出ると也、

この記事は、「姥が火」を、灯明の油を盗んだ姥の「妄執の火」であると伝える。▼注(3)「姥が火」伝説は当時人口に膾炙していたようで、しばしば談林俳諧の題材にもなっている。『生玉万句』（寛文一三年〈一六七三〉）には不学の「ちらちら姥か火桜のつぼみ哉」という発句がある。また、『続境海草《さかいぐさ》』（明暦二年〈一六五六〉）には、「姥が火か星か河内にとぶほたる」

（素玄）、『大坂独吟集』（延宝三年〈一六七五〉）には「ひら岡へくる姥玉のまる月」（素玄）などがある。

西鶴自身も『俳諧大句数』（延宝五年〈一六七七〉）第七に次のような付合を見せている。

夜前のちぎりしれて首代
姥か火も思ひに燃る花の陰
夢の春とよ平岡の月

図２「年わすれの糸鬢」挿絵

「妄執の火」といった暗く重いイメージではなく、どちらかというと軽やかなおかしみのある付合である。月や花という雅な風物と取り合わせて、イメージの落差に俳諧味をだしている。

『西鶴名残の友』（元禄一二年〈一六九九〉）巻五の第五章「年わすれの糸鬢《いとびん》」に登場する「姥が火」も明るいトーンで描かれる。師走の道頓堀で芝居を観終わった仲間たちの中に坊主百兵衛がおり、糸鬢にしているのを仲間たちにからわれる場面の後、連れだって遠船《ゑんしう》の楽庵での年忘れの句会に一座する。

玉造《たまつくり》の和気《わけ》遠船《ゑんしう》の楽庵へ、年わすれの俳諧にまかりて、師走の月見る人もありと、おのおの連立《つれ》（ち）て、観音堂の舞台にて、酒事にあそぶは、すこし物好《すき》過たり。東にかづらき山、あきしのの里、高安につづきて、くらがり峠、平岡明神も手ちかふ見えわたりぬ。亭主山山を案内《あない》して、扨《さて》、あれなる森より、世に沙汰いたす姥が火を、御地走に御目に懸《かく》べし。もはや、八つの鐘も突《つき》たれば、出る時分、といひもはてぬに、雲にひかり移りて、子どものもてあそぶ程成、鬼灯《ほおづき》ちやうちん程成火に、数《す》百筋《すぢ》の糸を引て、きりきりと舞あがるは、おそろしく、おもしろし。ままならば、あの火を爰に取よせ、たばこ呑《のみ》たし、といふ。火鉢へ入（れ）てあたりたし、といふ。伽《きや》羅《ら》を焼《たき》たしと、心心にてんがう口をいひ捨《すて》る。あれは、手をたたけば是へくる、といふ。皆皆立ならひて手をうてども、此火きもせず、へんじもせず。扨は、此なかに本客《ほんきやく》がないと、姥が火も見立て、ぶあしらいにするかと見えたり。是非ともによびよせ、といへば、こんがうども気勢《きせい》にまかせ、ほいほいとまねけば、此声に付て飛（び）きたり。いづれもかしらの上に火をふけば、気を取うしないておそれをなし、やうやう魂《たまし》ひすへて、こんがうども我身を見れば、やけどにあふて髪の毛のこげぬはなし。百兵衛ばかり、何の子細もなきは、糸鬢《いとびん》の徳此時見せたり。

「世に沙汰いたす姥が火」とその存在が周知のこととして話題にのぼり、恐がりながらもおもしろがっている。それで煙草に火を点けたり、火鉢を熾したり、伽羅を焚いたりしたいという戯言が飛び交う。俳諧化された姥が火には因縁めいた妄執という要素はまったくない。わずかに、草履取りである「こんがう（金剛）」たちに襲い掛かり、彼らが「気を取うしなひておそれをなし」た瞬間に緊張がはしる。しかしそれも一瞬のことで、「こんがう」たちの髪の毛は焦げてしまったのに、百兵衛は糸鬢だったので燃える毛がなくて何ともなかったというオチがついて、話は再び笑いに包まれる。

このような笑い中心の姥が火伝説の即物的な扱いに対して、「身を捨て油壺」では、「姥が火」となった姥の生前に焦点を当てるところに特徴がある。

三　「身を捨《すて》て油壺」と姥が火伝説

「身を捨《すて》て油壺」は『西鶴諸国はなし』の中で最も短い作品である。以下に全文を掲載する。

ひとりすぎ程、世にかなしき物はなし。河内のくに、平岡の里に、むかしはよしある人の娘、かたちも人にすぐれて、山家《やまが》の花と、所の小歌にうとふ程の女也。いかなる因果にや、あいなれし男、十一人迄、あは雪の消《きゆ》るごとくむなしくなれば、はじめ恋《こが》れたる里人も、後《のち》はおそれて言葉もかはさず。十八の冬より、おのづから後家立《たて》て、八十八になりぬ。さても長生《ながいき》は、つれなし。以前の姿に引替《ひきかへ》、かしらに霜をいただき、見るもおそろしげなれども、死《しな》れぬ命なれば、世をわたるかせぎに、檰《もめん》の糸をつむぎしに、松火《び》もとけしなく、ともし油にことをかき、夜更て明神の灯明を盗みてたよりとする。神主集まり、毎夜毎夜、御ともし火の消《きゆ》る事を、不思儀におもひつるに、油のなき事、いかなる犬けだもののしはざぞかし。かたじけなくも、御社の御灯《ごとう》は、河州一国照《てら》させたまふに、宮守《みやもり》どものぶさたにもなる事也。是非に今宵は付《つけ》出し申（す）べしと、内談かため、弓、長刀《なぎなた》をひらめかし、思ひ思ひの出立にて、ないじんに忍び込《こみ》、ことの様子を見るに、世間の人しづまつて、夜半の鐘のなる時、おそろしげなる山姥《うば》、御神前にあがれば、いづれも気を取《とり》うしなひける。中にも弓の上手あつて、かりまたをひつくはへ、ねらひすましてはなちければ、彼姥《かのうば》が細首おとしけるに、そのまま火を吹《ふき》出し、天にあがりぬ。夜あけてよくよく見れば、此里の名立《なたち》姥也。是を見て、ひとりもふびんといふ人なし。それよりもよなよな出《いで》て、往来《ゆき》の人の心玉《こころだま》をうしなはしける。かならず此火にかたをこされて、三年といきのびし者はなし。今五里三里の野に出《いで》けるが、一里を飛《とび》くる事、目ふる間もなし。ちかく寄《よる》時に、油さしといふと、たちまちに消《きへ》る事のおかし。

冒頭の一文、「ひとりすぎ程、世にかなしき物はなし」は、西鶴が作品の冒頭にしばしば使う強い調子の断定表現である。読者は「ひとりすぎ」の誰かを想像して、作品世界へぐっと引き込まれていく。女性が何らかの事情によりひとりで生計を立てる「ひとりすぎ」が、物心両面において辛いものであることは想像に難くない。読者は、続く「むかしはよしあるひとの娘」の行く末も「ひとりすぎ」であることを予想する。

旧家の娘で、「山家の花」と歌に歌われるまでの美貌の持ち主だったという設定は、没落の悲運と「ひとりすぎ」の悲しさをいっそう強調する。「いかなる因果にや、あひなれし男、十一人まで、あは雪の消ゆるごとく、むなしく」なるという悲劇に見舞われた彼女は、最初は多くの男たちの求愛の対象だったにも関わらず、「後はおそれて、言葉もかはさず」と疎外される。その結果、「十八の冬より、おのづから後家立てて」八八歳となる。

「いかなる因果にや」「あは雪の消ゆるごとく」といった語り物の常套句によって、ありがちな悲劇であるかのようにさらりと語られているが、よくよく考えて見ると、一八歳になるまでに一一人の夫を失ったというのは、尋常ではない。仮に初めて嫁いだ年齢が当時の適齢期である一三歳ぐらいと仮定しよう。一八歳までに一一人の夫を失ったということは、およそ五年の間に一一回結婚を繰り返しそのたびに夫と死別したということになる。半年に一回以上のペースで未亡人となった彼女に次々と求婚者が現れる。それほど魅力的な「ところの花」だったのだろう。さすがに一二回目の結婚はなく、里人は彼女に恐れをなす。彼女は誰からも声をかけられることもなくなり、「十八の冬」から七〇年間の後家生活が続く。社会から隔絶した長い孤独な生活である。

そして、彼女は「以前の姿に引替、かしらに霜をいたき、見るもおそろしげ」な老女となってしまった。ここは、後に人々が彼女を「おそろしげなる山姥」と誤認する伏線である。そのように醜く老いてなお、「死なれぬ命」を生きていかなければならない。

「死なれぬ命」を抱え、「世をわたるかせぎに、木綿の糸をつむぎ」生活の支えとしていた彼女は、灯に使う油に事欠き、平岡明神の灯明の油を盗むようになる。油を盗むという点では、『河内国名所鑑』に描かれる姥が火伝説と一致する。しかし地誌である『河内国名所鑑』には、油を盗んだという事実だけが記録される。彼女はなぜ油を盗んだのか、そこに七〇年間の孤独な人生ドラマがある。

平岡明神の神主たちは老婆が神社の灯明の油を盗んでいることを知らない。毎晩灯明が消えることに疑念を抱き、「犬けだものの仕業」ではないかと考える。由緒ある神社の宮守としての沽券にかかわると、問題解決に乗り出す。「犬けだもの」が油をなめるという神主らの発想に加えて、「弓、長刀をひらめかし、思ひ思ひの出立」という大仰で芝居がかった対応は、世俗に疎い神主らが浮足立っているようすを伝える。そして、得体の知れない化け物に怯える神主たちは、今か今かとどきどきしながら怪物を待ち受ける。折しも、「夜半の鐘」の音が鳴り響く。張り詰めた空気を破る大音量に彼らは騒然となる。そんなパニックの中で、老婆の姿が「おそろしげなる山姥」に見えた。「いかなる犬けだものの仕業ぞかし」という疑念が的中したと思い込む。彼らは「いづれも気を取失ひける」。

図3　浅井了意『孝行物語』巻二「黄瓊《おうけい》」挿絵
雁股で猿を射る黄瓊

いわば集団ヒステリーともいうべき状況のもとで、弓の上手が、「かりまたをひつくはへ、ねらひすましてはなち」老婆の首を射落とす。すると老婆の首は火を吹いて飛び上がる。事件は最高潮に達する。

ところで、「かりまた」(雁股)とは、先が二股に別れた矢のことで、「飛ぶ鳥や走っている獣の脚を射切るのに用いる」「主として狩猟用」のものである。▼注(4) 遠くから射抜いた程度で、いくら年を取っているとはいえ、人間の首を射切ることができるとは思えない。

枚岡《ひらおか》神社（大阪府東大阪市）

「夜あけてよくよく見れば、この里の名立姥なり」と山姥の正体がひとりすぎの老婆であることがわかる。首が残っていたからこそ、遺体が「名立ち姥」だと確認できたのだろう。首が火を吹いて天に上ったというのも、誇張された表現であり、暗がりの中でパニックになった神主たちの思い込みによるものだろう。火を吹いたというのは噴出した動脈血かもしれない。恐怖心でがちがちになっている神主たちの前に老婆が現れ、その瞬間に鐘の音が響き、視覚的聴覚的に驚愕した神主らは「いづれも気を取り失ひ」茫然自失状態にあった。山姥と誤認した彼らにとっては、その首が火を吹いて天に上ったように見えた、ということだろう。恐怖心と集団心理との相乗作用によって怪異現象が創り出された。山姥と思い込んでいる彼らにとっては、首が火を吹いて天に昇るという現象の方がより自然なものであり、違和感がない。人間の思い込みによって事実が簡単に書き換えられるのはよくあることだ。

さて、神主らによって山姥と誤認され、老女の薄幸の生涯は強制終了となる。彼女は異形のものとして退治されてしまった。夜明けとともに山姥退治のドラマは誤射による殺害であったことが明らかになる。ドラマの興奮は鎮静化する。「名立《なたち》姥」の最期が確認されるが、「これを見て、ひとりもふびんといふ人なし」と言い捨てられる。彼女がいかに疎外された存在であったかがわかる。神主たちは自分たちの殺人を暗黙のうちに隠蔽してしまった。

話の末尾で、そのことにはまるで無頓着に、火の玉への言及がある。火の玉に肩を飛びこされた人は三年以内に死んでしまうが、「油さし」というと火の玉が消えてしまうという。この部分は「姥が火」伝説に通じるもので、重苦しい後家の生涯とは無関係な淡々とした描写である。ひとりすぎの老女のみじめな死に対する感慨はいっさい記さずに、火の玉の怪異の記述に切り替える。

「油さし」というと消えるというのは五字陀羅尼の呪文「阿毘羅吽欠《あびらうんけん》」の語感を模したもので、この呪文によって一切万法成就するという効力のもじりであるという。▼注(5)この行は、一九八〇年代にラジオの深夜番組のリスナーのネットワークによって日本中に伝播した「口裂け女」の都市伝説を思わせる。橋の袂や道端にマスクをして表れ、行き来の人に声をかけ、マスクを外すと口が耳まで裂けているが、なぜか「ポマード」と言うと口裂け女は消えてしまうという話が、まことしやかに若者の間に伝えられていた。このような都市伝説はいつの時代も枚挙にいとまがない。

きわめて短い作品であるが、「姥が火」といういわば当時の河内国の都市伝説を背景として、西鶴はひとりの女のかなしい一生の物語を創り出した。

四　山姥の表象

ここで老女が擬せられた山姥がどのような文化的な表象であるかについて考えてみよう。

千利休が所持していたとして表千家に伝えられる「山姥文庫」の蓋には、実に不思議な絵が描かれている（図4）。『千利休展』の図録の解説には次のようにある。▼注(6)

利休所持として不審菴に伝えられてきた黒漆塗の箱である。しかも蓋裏には山姥に見立てられる頭に飾バンドをかぶった裸婦と有翼の童子を叢林のなかに金泥で描いている。（中略）図は補筆が多く、かなり損傷しているが、頭に蛇を巻いたエヴァが禁断の木実、林檎をキューピットに手渡す失楽園の一場面と見る説もある。

また、『茶道大事典』の「山姥文庫」の項の解説は以下のとおりである。▼注(7)

> 利休所持の手文庫。不審庵伝来、桐の材に黒漆を塗った長方形の箱で、蓋裏に金泥で裸婦と小児と草木の絵が描かれ、裸婦の頭部には角と思われるようなものがあり、子供を伴っていることから「山姥」の図とされ、「山姥文庫」といわれるに至ったと思われる。しかしながら子供の背には羽らしきものが付いており、その画題はキリスト教的な内容があるようにも思われ、したがって中国で作られたものか日本で作られたものかは不明である。

図４　利休所持の手文庫「山姥文庫」。『特別展覧会 四百年忌千利休展図録』（京都国立博物館 1990 年）より。

どちらもキリスト教的要素をみることが可能であることを控えめに述べている。

千利休はキリシタンだったという説が早くからあり、また、現在でもそのような説が根強く行われているようであるが、▼注(8)その真偽はさておき、われわれは、この文庫を前にしたとき、即座に、蛇と林檎と裸婦と天使を描いたエデンの園の図柄だと考えるだろう。利休の周辺には高山右近らキリシタン大名をはじめとしてキリシタン関係者が多かったという史実もあり、聖書の物語は意外と利休にとって身近なものだったのかもしれない。

キリシタン禁令が徹底されていった利休没後の時代の流れを考えると、利休賜死事件を経て、いったん断絶した千家の人々が、利休の信仰如何によらず、この文庫を伝承していく過程で「山姥文庫」と銘打ち、キリスト教の痕跡を消していったのも納得できる話である。

ことに興味深いのは、千家の人々がエヴァを山姥に見立てていることである。日本の民話や伝説には「山姥ともまた山母、山女、山姫などとも呼ばれる、山に住む不気味な女性の妖怪」▼注(9)が数多く出てくる。キリスト教のことを知らない日本人が、裸体で伸び放題の捌き髪の女性を見たら、間違いなく山姥の姿だと考えるだろう。『茶道大事典』の解説にあるように、子どもを伴う捌き髪の裸婦から「山姥」を連想しているのである。山姥は、多産の象徴でもあり、人に福をもたらす山の神でもあり、また、火の浄化力をもつ竈神《かまどかみ》とも結びついたいわば母性の体現者であるといえよう。

エヴァと同じく創世神話の担い手であるイザナミも山姥と地続きの表象である。吉田敦彦によると、火の神を産んで局所を焼いて死ぬ姿、多産であることなどの点で伝承における山姥の性質は、イザナミの特徴と合致する▼注(10)という。黄泉の国に下りヨモツシコメとなったあとのイザナミは、イザナギに「見るなの禁」を課したり、恐ろしいいでたちでヨモツヒラサカを行くイザナギを追ったりしており、まさに伝説の中の山姥の姿そのものに転じているといってよい。

母性が慈悲心にあふれすべてを許し包み込んでくれる聖なる女性像と結びついて信仰される一方で、生み育てる側面が過剰になって多産で束縛するものとして鬼子母神化し、人を食らう恐ろしい山姥のイメージが喚起されるのはきわめて自然な表象であるといえる。極論すれば、エヴァであろうとイザナギであろうと、すべての女性が山姥に通じるということになる。

一方、平安時代以降、仏教の無常思想が人々の間に広まってくると、一人の女性としての存在のあり方が山姥に擬せられていく。たとえば、御伽草子の挿絵などにみられる小野小町が老いさらばえて胸をはだけて市中をさまよう姿は、山姥そのものだ。人間の死後肉体が腐乱する過程を仏教的な無常思想で歌い上げた『九相詩』やそれを元にした『玉造小町子壮衰書』が流布する中で、美女がいずれは山姥的な存在へ移行するという図式ができあがった。美女落魄伝説である。

　謡曲には小町物といわれるものがあり、『雨乞小町』『草子洗小町』『鸚鵡小町』『通小町』『清水小町』『卒塔婆小町』『関寺小町』を七小町と称する。そこには、交野《かたの》の少将の求愛を拒んだ絶世の美女であった若き姿（「通小町」）から、百歳を越えた小町が藁座に座ったままで時に哀れげに時に陽気に若き日を追懐する姿（「関寺小町」）にいたるまで、伝説化された美女小野小町の半生が形象化されている。

　また、世阿弥時代にすでにできあがっていたとされる能の『山姥』も興味深い作品である。これは、ワキである「百ま山姥」と呼ばれる都の遊女が、善光寺参詣に向かう途中、越中と越後の国境で山姥の化身である山の女（前シテ）に出会うという設定の曲である。百ま山姥は山姥の山めぐりという曲舞を創作し、得意としていた。上路の山の庵で一夜を明かそうとしているところへやってきた里の女が、百ま山姥に山廻りの曲舞を所望し、その歌舞によって、山姥と同じ山の女である自分も輪廻を逃れ極楽浄土へ導かれたいと訴える。

　山姥が向かう善光寺は「女人救済」の聖地である。▼注(11) 善光寺の阿弥陀如来との結縁が極楽浄土への道を約束するという善光寺信仰は、早くから全国に普及していた。『善光寺縁起』は、一光三尊の阿弥陀如来像がインド、朝鮮を経て奈良時代に本田善光によって信濃にもたらされた由来を語る。この由来譚には、女人救済のテーマが通底している。本田善光は、古代インド毘舎離国《びしゃりこく》の月蓋《がっかい》長者、百済の聖明王と転生を繰り返しながら、仏縁を深めていくのだが、強欲だった月蓋長者が仏道に入るきっかけとなったのが、一人娘如是姫《にょぜひめ》の病である。また、聖明王のもとにあった阿弥陀如来像が自らの意志で日本に渡ろうとしたとき、聖明王妃や彼女に使える女官たちが阿弥陀如来との別れを惜しんで船に追いすがり、海の藻屑と消えている。そして、本田善光のもとに阿弥陀像がやってきたのち、病により亡くなった一子善佐《よしすけ》は、善光の功徳により地獄で阿弥陀如来に救われ蘇生を約束される。しかし地獄で出会った女性を哀れみ、

図５　山姥座像（山姥神社）

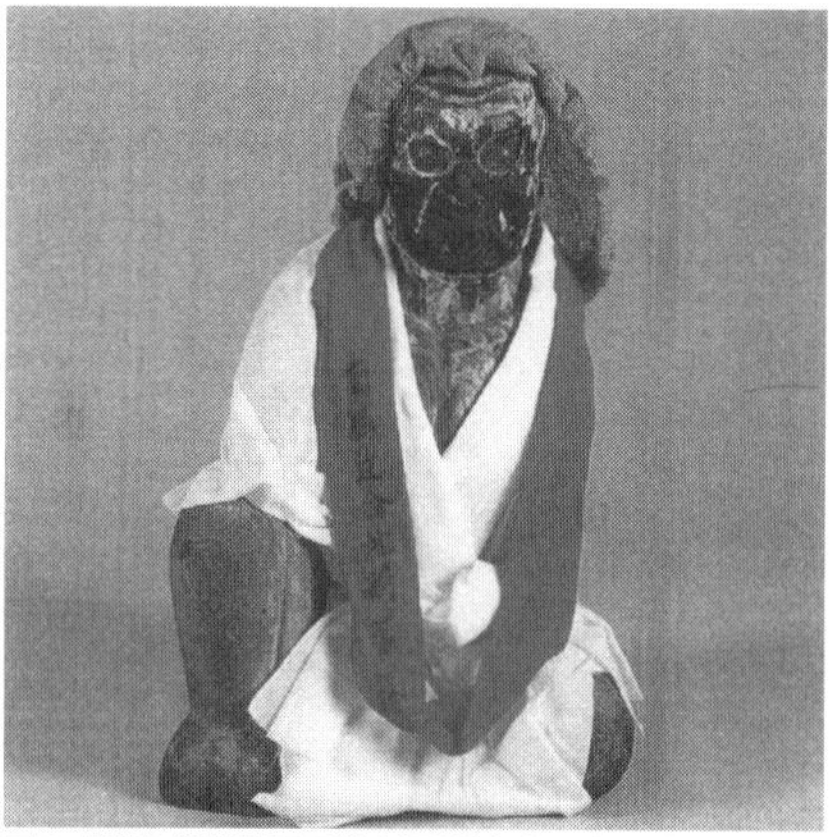

図６　媼尊像（『常設展示総合解説』富山県立山博物館より）

自分の代わりに彼女を蘇生させて欲しいと申し出る。その心に感じ入った阿弥陀如来により、善佐も女性もともに蘇生する。彼女は皇極天皇だった。蘇生後、天皇は阿弥陀如来を安置する善光寺建立の勅命を出した。如是姫の病救済、聖明王妃らの入水救済、皇極天皇の地獄からの生還という女性救済のプロットを縁起は内包している。檀家を持たず、千四百年にわたって天台宗大勧進、浄土真宗大本願（尼寺）によって法灯が守られてきた善光寺には古くから女性参詣者が多かった。境内には大奥供養塔もある。

能『山姥』では自らの歌舞を人に提供することを生業とする家族を持ちえない遊女百ま山姥と不死の肉体を持ち老いさらばえてなお山めぐりして生き続けるしかない山姥とが善光寺を媒介として邂逅する。

一曲の最後は、

山廻《めぐ》り、廻《めぐ》り廻りて、輪廻を離れぬ、妄執の雲の、塵積もつて、山姥《うば》となれる、鬼女が有様、見るや見るやと、嶺に翔り、谷に響きて、今迄爰に、あるよと見えしが、山又山に、山廻《めぐ》り、山又山に、山廻《めぐ》りして、行ゑも知らず、成にけり。▼注(12)

というもので、山姥の果てのない山めぐりが暗示されている。それは、遊女百ま山姥が生きるために行う山めぐりの曲舞とオーバーラップする。「京都にあるあまたの寺でも救われることのない罪をはらしてくれる寺としての善光寺の力」によって、「女たちは現世の縁を切り、如来の前で束の間の来世の至福に身を委ね」る。▼注(13) 百ま山姥が山姥に遭遇した地と言われる新潟県西頚城郡青海町上路の山姥神社には山姥像が祀られているが、それは恐ろしげな姿ではなく、どこか温かみのあるこじんまりとした座像である（図5）。

　近世において浄土への願いを込めた善光寺信仰と並んで、人々は立山信仰にもすがっていた。女人禁制の立山において毎年秋の彼岸の中日に立山山麓の足峅寺《あしくらじ》で行われる布橋灌頂会に、多くの女性が極楽往生を願って参加してきた。その中で力を発揮するのが媼堂《うばどう》にいるお媼《うば》様である。このお媼様の小さな座像も、ユーモラスな面持ちである（図6）。

　山姥に置き換えられた利休文箱のエヴァ、山姥神社の山姥座像、布橋灌頂の媼像、そして、山姥に見間違えられた「身を捨て油壺」の老女の間には、イメージのつながりがあるように思う。文箱のエヴァはサタンの誘惑に負け禁断の木の実を食べ原罪を背負う。百ま山姥もまた生前の罪によって山めぐりをし続ける。「身を捨《すて》て油壺」の女も、意図せずして配偶者の生命エネルギーを奪ってしまうというまさに原罪としかいいようのない宿命を負う。そんな彼女は、「姥が火」となった死後も、人々の肩を越しながらその命の灯火を消してしまう。文箱のエヴァは「山姥」というかたちでその本性を封印され、老女は山姥として共同体から排斥され、「姥が火」となったあとは「油さし」と言われると消失する。かなしさとおかしさないまぜの老女のイメージである。

五　西鶴の創作意図

「姥が火」伝説という当時の都市伝説をもとに、西鶴はその伝説に登場する老女の生前のストーリーを短編に仕立てた。都市伝説は、社会の深奥が抱え込んでいる負の感情を象徴する。「姥が火」が象徴するものは、繰り返される愛の喪失と疎外されることへの恐怖であろう。若くして一一人もの夫に死別し、それ以後八八歳になるまで誰とも口をきくこともなく貧しく老いさらばえ、山姥と誤認され射殺されてしまい、しかも、その死を悼むものが一人もいない女性。まさに冒頭文にある「かなしきひとりすぎ」以外の何ものでもない。

しかし、最後に「油さしといふと、たちまちに消える事のをかし」という一文が付せられていることで、暗い彼女の生涯が軽妙な滑稽味の中に解消してしまう。冒頭の「かなしき」が末文の「をかし」に転化しているともいえる。疎外された彼女にとって、灯明の油を盗んだことが最初で最後の社会との接点であった。そして、死後、魂だけの存在となって、あちこちを浮遊し、誰かを取り殺そうとして、「油さし」と言われると、生前の罪を思いだし恥じ入るかのように消えてしまうという。生前には見向きもされず、そして、「油さし」の油が欲しかった彼女が、死後、人々からさんざん「油さし」と言われるという皮肉でかわいた笑いとともに作品は幕を下ろす。

Ⅰ第二章1「「おなつ」をとりまく滑稽」で述べたように、西鶴は時に「かなしき中にもおかしくなつて」と書く（94ページ参照）。笑いは、一つの出来事を一方的一面的な観点で平板に固定化して捉えるのではなく、多元的にあらゆる観点から考える柔軟な発想によってもたらされる。本話でもまさに悲しくもおかしいものとして老女の人生が象《かたど》られている。彼女の生涯をきっかけとして、村社会の集団ヒステリーのような神主たちの言動が浮き彫りになる。人間も、その思いも、罪も、名誉も、美貌も、財産も、すべては「油さし」というと忽ちに消えてしまうほどのはかないものなのかもしれない。

【注】

（1）近藤忠義『西鶴』（日本古典読本Ⅸ、日本評論社、一九三九年五月）。

（2）本文の引用は、『近世文芸叢書』名所記二（国書刊行会、一九一〇年九月）に拠る。

（3）江本裕によって、『新御伽婢子』（天和三年〈一六八三〉）巻三「野叢火」、『百物語評判』（貞享三年〈一六八六〉）巻三第七「叡山中堂油盗人と云ばけ物付言青鷺の事」が類話として指摘されている。前者は灯明の油を盗売するなどしていた悪僧の顔がその死後火の玉の中に出現したという話で、後者は没落したかつての油料役の顔が火炎を吹いて出現するという話である。両者共に話の末尾に合理的な根拠によって火の玉への疑義が示されている。

（4）『日本国語大辞典』第二版第三巻（小学館、一九八〇年二月）。

（5）宗政五十緒訳注『井原西鶴集』二「頭注」（日本古典文学全集39、小学館、一九七三年一月）。

（6）京都国立博物館他編『特別展覧会四百年忌千利休展』図録（一九九〇年三月）。

（7）林屋辰三郎他編『茶道大事典』（角川書店、一九九二年九月）。高さ一六・一、縦二八・九、横三七・五センチと記される。

（8）山田無庵『キリシタン千利休』（河出書房新社、一九九五年一月）。

（9）吉田敦彦『妖怪と美女の神話学』（名著刊行会、一九八九年一月）。

（10）吉田敦彦『昔話の考古学』（中央公論社、一九九二年四月）参照。

（11）石川利江「長野学第一回報告書―長野の味・道・信仰―」（長野商工会議所・（財）八十二文化財団、一九九七年一一月）。

（12）詞章の引用は、西野春雄校注新日本古典文学大系57『謡曲百番』（岩波書店一九九八年三月）に拠る。

（13）前掲注（11）に同じ。

第二章◉『懐硯』における語り紡ぐ仕組み

1 ● 積層構造——「伴山」の役割——

一　積層構造について

谷脇理史が西鶴における自主規制という意味でカムフラージュ論を提示して以来、[注(1)] あらゆる西鶴の浮世草子をカムフラージュ論で分析する読みが増えている。谷脇によると、当局は、「被治者の側が、一応従順、恭順の意を表に出せば、それがカムフラージュであることが歴然としていても、目こぼしをするおおらかさを備えている」[注(2)] という。その上で書肆や作者は、「クレームをつけられることを避けるための防御の姿勢」[注(3)] としてカムフラージュを行っているとする。西鶴も「カムフラージュを行うことで自在に虚構を作っていく」[注(4)] という方法を選択し、読者もそこを味読していると主張する。谷脇のカムフラージュ論を発展的に継承する篠原進は西鶴の「たくらみ」（「毒」）の仕掛けを丹念に解き明かし続けている。[注(5)]

また、杉本好伸は、西鶴の創作活動のピーク貞享四年（一六八七）三月に刊行された浮世草子第九作『懐硯』大本五巻五冊について、社会批判的な姿勢を読み取っている。[注(6)] 有働裕は、『懐硯』の研究史を丹念にまとめた上で[注(7)]「欺瞞的な『仁政』とその闇を凝視しようとする」という読みを提示している。[注(8)]

しかし、一話一話取り出して、カムフラージュ論を展開してしまうと、『西鶴諸国はなし』と『懐硯』、『本朝二十不孝』と『本朝桜陰比事』、あるいは、『武家義理物語』と『新可笑記』、それぞれどこに違いがあるのかがわかりにくくなる。また、為政者に対する作者の意識のありようを考えなければ作品には魅力がないかというとそうではないだろう。『懐硯』がほかの西鶴の浮世草子と大きく異なるのは、伴山《ばんざん》という架空の書き手を設定していることである。本節では、半俗半僧の伴山の諸国遍歴における見聞録を集めたものという体裁は何のための工夫なのか明らかにしたい。『懐硯』は伴山を抜きにして語ることはできないという大前提を説明するために、「積層構造」という観点が有効であると気づいた。

この「積層構造」という語は能及びその台本である謡曲に関して横道萬里雄が使っているものである。横道は、「積層構造」について次のように説明している。▼注(9)

能本は積層構造を取る。すなわち、大小いくつかの単位の積み重ねで全体が構築されているのが、その特色である。小さな単位がいくつか集まって大きな単位を形作り、それが集まってさらに大きな単位を形作るというようにして、能一番が出来上がっている。

横道によると、全体を作りあげる大小の単位として、謡曲の場合には、最も大きいものが「場」、次が「段」、続いて、「小段」、「節」、「句・半句・小句」と小さくなっていき、最小の構成単位が「字」であるという。そして、それらの単位が、滑らかに連続している。ブロックごとの連続性はもとより、候体の詞章とナリ体の詞章、独白と対話の文体や、自己紹介、日常会話、問答、物語、独白、歌謡、文書といった内容など、異なるものの集合体である謡曲の詞章の連続性が保たれている。そのために重要なのが修辞法であるという。▼注(10)

能は連続感を大切にする。一つの小段が終わりかけたところへかぶせて、次の小段の囃子が始まるとか、一つの動きが終わったときに、その呼吸を切らずに次の所作に移行するとかいう扱いが、いたるところでみられる。詞章の上でも、核心となるナリ体韻文では、なるべく終止形を用いないなどの配慮がある。掛言葉は、文章のそうした連続感を保持する機能を果たしているのであり、他の修辞も、掛言葉との関連で用いられることが多い。

小さな単位が積み重ねられているという点でいえば、文字の重なりから一つの作品に至る他の文学も同じであるが、テキストの重なりだけでなく、能本においては、文体や内容も次々と変化しつつ重ね合わされて一曲が成り立っているという点で他のジャンルの作品とは異なる。そして「掛言葉」に代表される修辞法が、重ね合わされているさまざまな部分を滑らかにつなぐよう工夫されている。

有働裕は、「傍観的で、求心力の乏しい語り手」である伴山による「複眼的な視座」によって「重層的な作品世界」が成立していると指摘する。▼注(1)「重層構造」は、同じ質と量のことがらが重なり合って万華鏡のようにいろいろな見え方をする、あるいは、逆に、一つのことがらがさまざまな見え方をするという性質のものである。「積層構造」とは、小さな単位が積み重ねられてより大きな単位が生まれ、それがさらに重ね合わさって全体が構成されるという性質である。積層構造の場合、重なり合うものは同質であったり、異質であったりする。

以下、作品の内容に即して、『懐硯』における積層構造について考察してみたい。

二　序における伴山

伴山の個性を印象づけるのは、本書の序文とそれに続く巻一の第一章「二王門の綱」の冒頭部分である。まず、序について考えてみよう。

以下は、序の全文である。

> 雨の夜《よ》、草庵の中《うち》の楽しみも、旅しらぬ人の詞にや。亦人のいへるあり、しらぬ山しらぬ海も、旅こそ師匠なれと。我、朝朝《あさな》わらんぢのあたらしきをたのみ、夕夕《ゆふべ》ゆたんのあかなるるをわざにて、おくはそとの浜風を身にふれ、こさふく夷《えびす》がほこりにもまぶれにしは、親にもつげよといひし島守とも身をなし、生《いき》の松原・箱崎の並木のかずもよみおぼゆるに、或《ある》はおそろしく、或はおかしく、或は心にとまる人の咄《はな》しを、くきみじかき筆して、旅せぬ人にと如左《さのごとし》。

冒頭「雨の夜草庵の楽しみも、旅しらぬ人の詞にや」の部分は、有名な『和漢朗詠集』所載「蘭省花時錦張下　廬山雨夜草庵中」▼注(12)の詩句に、『徒然草』第一三段の「ひとり灯《ともしび》の下《もと》にて文をひろげて、見ぬ世の人を友とする、こよなう慰むわざなり」▼注(13)というくだりを絡ませたものである。

『徒然草』は、雨の夜の草庵の中という否定的な状況を積極的に賞美し、固定された時空間の中にかえって自由な精神の広がりを見いだす。逆説的な発想である。『懐硯』序文は、それを「旅知らぬ人」の言葉であるとする。世俗の中にどっぷり身を置くのではなく、世の中を離れたところから眺めるというあり方は兼好と共通する。しかし、伴山は草庵の中にではなく、外の世界に出かけて行って人にさまざまな話を聞くというスタイルをとる。この点が兼好とは大きく異なる。むしろ、西行、心敬、宗祇、芭蕉のような移動型の隠士の系譜に位置づけられる。

続いて、伴山は、「おくはそとの浜風」「こさふく夷がほこりにまふれ」、蝦夷地から「生《いき》の松原・箱崎の並木」の西国の果に及ぶ日本列島全体を歩き回る。そのようすが、「そとの浜」「生の松原」「箱崎」という歌枕の列挙によって表される。「親にもつげよといひし島守とも身をなし」というのは、平康頼が鬼界ヶ島で詠んだ「薩摩がた沖の小島に我はありと親には告げよ八重の潮風」を引き歌としている。「そとの浜」は、猟師の殺生滅罪を物語る善知鳥《うとう》伝説の地「外の浜」である。「生の松原」は、「神功皇后が三韓征伐の際、松の枝を挿した地」▼注(14)である。元寇に際して霊験があって以来多くの武将に信奉された。また、「生の松原」は、弟甘美内宿祢《うましうちのすくね》の讒訴により天皇への忠誠を疑われて殺されそうになった武内宿祢をかばって亡くなった壱岐直《いきのあたい》・真根子《まねこ》父子を祀る壱岐神社がある場所でもある。「箱崎の並木」は、蒙古襲来の折に勧請されて以来軍神として尊崇される箱崎八幡宮あたりの松原をさす。古歌や古事と結びついた地名を並べることで、さまざまな人間ドラマを連想させる。

ところで、西鶴は亡くなる直前、元禄三年（一六九〇）に地誌『一目玉鉾《ひとめたまぼこ》』を刊行するが、「外の浜」「生の松原」を取りあげ、次の古歌を掲出する。

外の浜

紅ゐの涙の雨にぬれし沖簑を着て取（る）うとうやすかた
陸奥の外の浜なるうとふ鳥子はやすかたの音をのみぞ鳴（く）
子を思ふ涙の雨のみの上にかかるもつらしやすかたの鳥

生の松原

祈りつつ千代（を）かけたる藤浪に生の松こそ思ひやらるれ

涼しさは生の松原増るともそふる扇の風な忘れそ

「外の浜」では、猟師に子を撃たれた親が血の涙を流すという善知鳥伝説を強く意識していることがわかる。また、「生の松原」の「祈りつつ」の歌は、藤原為正が筑後守に赴任するときの歌（『後拾遺集』）、「涼しさは」の歌は、「大宰帥隆家下りけるに、扇賜ふとて」という詞書をもつ枇杷皇太后宮の歌（『新古今集』）であり、「生きて帰る」「生きて帰りを待つ」というメッセージを表現する。

つまり西鶴は『懐硯』の序文では、歌枕として、遠隔地、それも生死にまつわる伝説の地を選んでいるのである。伴山の興味の対象が、美しい景物にではなく、「或はおそろしく或はおかしく或は心にとまる」話にあることがわかる。「見ぬ世の人」ではなく、その土地で実際に生きた人、あるいは、現に生きている人に興味を持つような人物として伴山が造型されている。

また、「生の松原」は「行」「生き」「待つ」を掛けて使われることが多い。『懐硯』の序文には「生の松原、箱崎の並木」と隣接する松原が重ねられてもいる。西鶴は、見た話、聞いた話を今語り伝えなければ、松は変わらないけれども人の世は移り変わってしまう、という老いを生きる伴山の思いを創り出した。

一人称で語られる序文は、伴山が旅での見聞を書き終えた時点で書かれたという設定になっている。これは伴山の創作活動の発端である旅立ちについて語る巻一の第一章「二王門の綱」に連続する。序文の一人称「我」＝伴山であることが、続く巻一の第一章の冒頭を読んではじめて理解できる。

『懐硯』の序文は虚構の一部である。その結果、作品の中で、伴山が旅する時間と、伴山が見聞した各地の人々の生きる時間と、さらに、旅を終えた伴山が見聞を読者に伝える時間が重なっていく。主体的に旅をする伴山と、旅先のようすを見聞きする傍観者の伴山と、それを伝える語り手としての伴山が重ね合わされて、伴山という人物が造形されているといえる。序文はその土地の時空に伴山の旅の時空と語りの時空とを重ね合わせて読むことを読者に促している。そのことは作品の積層構造と深くかかわっている。

三　「二王門の綱」について

序に続く作品の冒頭話「二王門の綱」について考えてみよう。

「二王門の綱」は、伴山の暮らしぶりが一人称主語と三人称主語を交えながら記述される。人称を変えることは、視点の変化を意味する。引用が長くなるが、以下は、冒頭部分全文である。

朝顔の昼におどろき、我八つにさがりぬ。日暮《くれ》て道をいそぎ、何国を宿とさだめがたきは、身の果墓なやとおもひ篭《こみ》しより、修行に出給ひ、世の人ごころ、銘銘木木の花の都にさへ、人同じからず。まして遠国には、かわれる事どもありのままに、物がたりの種にもやと、旅硯の海ひろく、言葉の山たかく、月ばかりはそれよ、見る人こそたがへと、おもしろおかしき法師の住所《すみ》は、北山等持院のほとりに閑居を極め、ひとりはむすばぬ笹の庵《いほ》、各別にかまへて、頭《かしら》は霜を梳《けづ》りて残切《ざんぎり》となし、居士衣《こじころも》の袖を子細らしく、名は伴山とよべど、僧にもあらず俗ともみへず。朝暮木魚鳴《なら》して、唐音《とういん》の経読《よみ》など、菩提心《しん》の発《おこ》し、釈迦や達磨の口まねするうちにはあらず、唯謡のかわりに声をたつるのみ。不断は、精進鱠《なます》あるにまかせて、魚鳥もあまさず。座禅の夢覚《さめ》ては、美妾《びしやう》あまたにいざなはれ、鹿子《かのこ》の袖ふきかへし、とめ木のかほりきく間《ま》も、紙袋の抹香《まつかう》のにほひうつるも、煙は皆無常のたね。はじめて、かり衣のすそみぢかく、草鞋《わらんじ》に石高《だか》なる京の道をふみ出しに、更に張笠《はりがさ》のうへに音なして、ふりつづきたる五月雨、黒《くろ》木売《うり》のわたり絶《たへ》て、白川の棚橋埋《うづ》み、爰に目なれぬ家程の浪かさなりて、岸根の崩るるをなげくに、水かさまさりて堤《つつみ》の切れかかり、里人太鼓うちつづき、すゑずゑ枝川諸木も葉付《はつき》の筏《いかだ》を流し、三条縄手《なはて》すさまじく、頂妙寺の惣門につきて、仏壇おのづからのながれ題目となれり。

一読してわかるとおり、旅を終えた伴山による序文に対応する内容で、旅立ち前の伴山の姿を描く。

ところで、伴山は能のワキ僧を模して形象化されたものといわれているが、▼注(15)右の引用の傍線部は謡曲由来の表現である。▼注(16)謡曲の表現を取り出してみよう。

①なうはや日の暮れて候道を急がうずるにて候（『卒塔婆小町』）

②世は空蝉《うつせみ》の唐衣。うすき契は親と子の。一世《ひとよ》に限る夢の中《うち》を。思へたゞ朝顔の日影待つ間の花盛《はなざかり》。いつまでか長柄《ながら》の橋のながらへて。かかる憂世を渡らんと。思ふにつけても。恨めしきは命なり。（『籠祇王』）

③われ世に在りしいにしへは。雲上《うんじやう》の花の宴。春の朝《あした》の御遊《ぎよいう》に馴れ。仙洞の紅葉の秋の夜は。月に戯《たはぶ》れ色香に染みはなやかなりし身なれども。衰へぬれば。朝顔の。日影待つ間の。有様なり。（『葵上』）

④世語《よかだり》を語ればいとゞ古《いにしへ》に。又立ち帰る袖の浪の。あはれはかなき身の果能々《よくよく》弔ひてたび給へ。（『落葉』）

⑤出家と申し旅といひ。泊りはつべき身ならねば。何《いづ》くを宿と定むべき。（『松風』）

⑥かくて小野には来れども。いづくを宿と定むべき。処の名さへ小野なれば。〳〵。草の枕は理《ことわり》や。今宵はこゝに経を読み。かの御跡《おんあと》を。弔《と》ふとかや（『浮舟』）

⑦月ばかりこそ昔なれ。こさんの松の間には。よそ〳〵白毫《びやくがう》の秋の月を礼《らい》すとか。（『舎利』）

①、③、④は和歌や物語にもみられるが、旅僧の姿と重ね合わされ謡曲独自のものとなる。「朝顔の昼におどろき、我八つにさがりぬ。日暮て道をいそき、何国を宿とさだめがたきは、身の果墓なや」という『懐硯』の書き出しは、ワキの名乗りさながらの行文である。

謡曲の詞章を練りこんだ書き出しは、一人称主語で書かれているので旅する伴山がワキのようなシテの嗟嘆の聞き役（傍観者）であると思わせる。ところが、一転、「修行に出給ひ」と敬語表現を伴う三人称記述となり、伴山は行為者に転ずる。

「朝→昼→八つ→日暮」と一日の時間の推移に即した表現は、時間の迅速な流れを表し、伴山の人生における黄昏の時間を表現している。と同時にそれは伴山の旅の時間でもある。「さだまる宿」もなく「墓なや」と嘆く身ではあるけれども、修行の旅に出て、行く先々で千差万別の「人ごころ」に出会う。つまり、傍観者的な伴山がいつのまにか主体的な行動者として物語のステージの主役になっている。ワキからシテへの転換である。

⑦にあるように謡曲において、月は、変わることない循環する自然の時間とは対照的な、千変万化する移ろいやすい人生の時間を嘆くために使われる。しかしここでは月は同じでも見る人によって違って見えておもしろいという相対的で楽天的な表現に置き換えられる。また朝顔の比喩（②、③）は、謡曲では、人生の栄華と滅びの美学を表すが、ここでは、人生の終わりを予感させ、「今しかない」と積極的に旅立ちを促す。伴山は、新たな出会いへの期待に満ちて旅立つのである。

序文で見聞者・記録者として設定されていた伴山が、ここでは旅物語の主人公の顔をしている。檜谷昭彦は、作品全体を見渡したときに、伴山には、「行為者的な面と役割的な面との両面が見られる」▼注(17)という。作品の冒頭において、伴山が行為者と見聞者という異なる立場で、作中に存在することが暗示される。

伴山の人称記述は次のように変化する。

①我朝朝わらんぢのあたらしきをたのみ　一人称（序文）
②我八つにさがりぬ　一人称（二王門の綱）
③とおもひ篭しより修行に出給ひ　三人称（同右）
④おもしろおかしき法師の住所は　三人称（同右）
⑤草鞋に石高なる京の道をふみ出しに　一人称（同右）

序文に続けて「二王門の綱」の冒頭を読んだとき、①の「我」＝②の「我」と理解し、それが修行に出た（③）おもしろおかしき法師（④）であると理解を重ねて行くことになる。これは、シテの語り、ワキの問い掛け、謡による語り、と文体が次々と交替していく謡曲の詞章の積層構造と類似する。謡曲と異なるのは、シテとワキが別の人物ではなく、伴山がシテとワキの両方を演じている点である。

文法的な整合性から人称表現の乱れを指摘するのは近代の表現意識だろう。ここで重要なのは、文法的な辻褄ではない。旅について共感的主観的に語る文体として一人称主語の記述が選び取られているということである。旅のすばらしさを語る序が、旅に出た高揚感を語る「二王門の綱」の冒頭と一対になって伴山の旅の臨場感を強調する。一方、三人称記述による半僧半俗の伴山像は、役割的な傍観者の枠を超えて個性が際立つ主人公的な姿を見せる。旅立ち前の伴山の暮らしぶりが、時間を遡って示され、読経は謡がわり、殺生戒も気にしない、多くの美妾に囲まれた放埓な伴山の姿がくっきりと読者の前に立ち現れる。

遊興三昧の日々の中でふと旅に出ることを思い立った伴山は、次の瞬間には、すべてを捨てて、大雨だろうが洪水だろうがおかまいなしに旅立って行く。『徒然草』でいうところの「雨の夜の草庵の楽しみ」はあっさりと否定される。普通ならば旅立ちの日としてはふさわしくない豪雨の日の旅立ちという設定に、伴山の情動の強さ、変わり身の早さ、思い切りの良さ、異常気象下における神経の昂ぶり、非日常的な時空における事件への興味などさまざまなことを読み取ることができる。隠遁や僧籍という形式にとらわれず、食べたいものを食べて、したいことをする一見無節操な暮らしぶりが、むしろ、融通無碍な心身のありようを物語る。急ぐ旅でもないのに洪水が起きるほどの集中豪雨の中を旅立つ不自然な行為は、伴山の個性を表すものである。杉本好伸は、本書のところどころに差し挟まれた伴山についての記述が、北山の草庵で面白おかしく暮らす伴山像に合致するという。[▼注(18)] わずかな紙幅ではあるが、伴山を強烈に印象づける。あわせて、杉本は、巻一の第二章「照《てら》を取《とる》昼舟の中」、巻三の第三章「比丘尼に無用の長刀《なぎなた》」、巻三の第四章「枕は残るあけぼのの縁」、巻四の第三章「文字すわる松江《ずんこう》の鱸《すずき》」の各話における「我」という一人称主語の記述について、「旅をしている本人の側から生の声」によって「いかにも旅をしているという実感をもり立てる効果」をもたらすと指摘する。[▼注(19)] 首肯すべき見解である。

さて、旅立ち後は一人称主語の記述に戻され、伴山の動作に付いていた敬語がはずれる。続いて、「岸根の崩るるをなげくに」「頂妙寺の惣門につきて」と、京の町を見て歩く伴山の姿が、主語を省略したかたちで記述される。「我」という一人称主語が後退することによって、舞台は樵木屋甚太夫をめぐる話へと移行する。伴山は仮構された書き手として物語の背後に身を潜め、作品の時空は、徐々に伴山の生きる時間から甚太夫の生きる時間へと切り替わる。

旅立ちはしたものの京の町は洪水による大混乱の様相を呈している。頂妙寺までなんとかたどり着くが、目の前で南門が倒壊、仁王像が押し流される。日常の時空の破壊、権威と防護の倒壊である。人々が右往左往する大混乱の京の町で行き暮れる伴山の前に、今が書き入れ時とばかりに色めき立つ男が出現する。樵木屋甚太夫である。洪水で押し流された住宅建材や家財道具も含まれる流木を拾い集めて薪として売ろうとする甚太夫にとっては、人気がなく姿が見えにくい夕暮れ時こそがうってつけであった。そして、薄暗がりの中での後ろめたい行為であったからこそ、焦りと不安から、仁王像の片腕を、鬼のかいなと誤認した。「日暮」は、作品後半のエピソードにおいて鍵となる時間設定だった。旅する伴山の立場でいうと、日が暮れても宿に身を寄せられなかったことが樵木屋甚太夫の鬼のかいな事件目撃につながる。

「二王門の綱」は、『懐硯』の語り手である回国僧としての「我」を前面に押し出した一人称主語の文体から、行為者として北山で暮らす伴山を客観的に描く三人称主語の文体へ移行し、さらに、伴山を表面に出さない物語記述の文体に移っていくという自在な表現スタイルをもつといえる。

外山滋比古は、「日本語は、平然と飛躍し、泰然と超論理的になり得る。このおおらかな言語的自由こそ創造への跳躍台となり得る」と指摘する。[注(20)]とすれば、『懐硯』に出現する断片的な伴山の描写は、作品の奥深いところで融合、共鳴し、ひとつの人物像を創造することを可能にする。その結果表面的には頻繁に登場しない伴山のイメージが揺るがぬものとなる。能の積層構造と同じように、異なる文体をスムーズに入れ替えながら、伴山を自在に舞台の中央や袖、時には舞台裏へと動き回らせているといえる。

次に、第二章以降について考えてみよう。

四　「照《てら》を取《とる》昼舟の中」について

京を舞台とする冒頭話に続く「照を取昼舟の中」では、伏見から大坂へ下る淀の便船上での出来事を扱う。地理的な連続性に加えて時間的にも前章と連続する内容になっている。船が大坂に近づいたあたりで、「舟はいそぎもやらず下しけるに、雨あがりにして水はやく程なふ長柄川に来て」と、大雨のために淀川が増水していることを示す記述がある。大雨後の河川の増水は一両日中に起きる。大雨による洪水を扱う前話と時間的にも連続している。このように連続する二話に時間的空間的連続性を見いだせるのは作品全体の中でこの二話だけである。序に続く二話を読み進めながら、読者は伴山の旅の始まりを強く意識することになる。

冒頭部を見てみよう。

> ①人の身は、つながぬ舟のごとし。伏見の浜の浪まくら、爰に一夜をあかして、昼の下り舟あらば、大坂までのたよりと、ながめわたれば、きのふ夕べ大かたは出舟の跡淋しく、京橋の旅籠屋には畳扣立《たたきたて》、茶筅売《ちやせんうり》は衣かたしきてうたたね、蕎《そば》切ぶね牛房も焼絶《たきたへ》て、床髪結《とこかみゆひ》さへ、所のわかひ者の角《かど》ぬいて居《ゐる》など、此里も日のうちの隙《ひま》おかしく、問屋の門鞠《かどまり》を見てゐし時、番所より改めて、かぎりの舟下るといへば、②法師といひ、旅と申（し）、夢もむすばぬしばしが程、便船のことはり聞（き）て、情ある人々は、胴の間に乗《のり》うつりければ、我は火床の前に身をすすめて、人の菅笠《すげがさ》にもさはらず、船頭にもよい天気と機嫌とり、豊後橋をさし下し、楊枝が島を過（ぎ）て、淀小橋を越て、男山の姿も、最《いと》殊勝に、すみ濁るをもかまはず、素人謡《しろとうたひ》、又は山崎かよひの小歌、波に声せわしく、十里が間のなぐさみ。摂河両国南北の川岸、柳に烏もおもしろく、一村の祖母《ばば》五十人程、小舟に乗《のり》ゆくは、六条殿まいりとて、ありがたくおかしく

傍線部①「人の身は、つながぬ舟のごとし」は仏教的な人生観照の暗喩である。と同時に、本話の内容を言い表したものである。主人公清兵衛は、色遊びがすぎて勘当され、大坂から江戸を経て越前に移り住み、一転勤勉に暮らしていた。勘当が解けたので親元へ帰省する折、淀川の便船上で、蓄えた金銭すべてを賭博で失う。「つながぬ舟」とは急転直下の清兵衛の人生を暗示する。これは前話の冒頭で、面白おかしく暮していた伴山が、突然嵐の日に旅立ったこととも響き合う。舟に乗って京から大坂へ下る伴山の旅の時間と清兵衛の人生の時間とが重ねられている。

また、人生の無常を「つながぬ舟」に喩える表現は謡曲にしばしば登場するものでもある。

それ身を観ずれば岸の額《ひたひ》に根を。離れたる草。命を論ずれば、江のほとりに繋《つな》がざる舟。（『大原御幸』）

それ身を観ずる時は岸上の草。命を知れば、江のほとりに繋がざる舟（『碇潜』）

そのほか、傍線部②にも「出家と申し旅といひ。泊まりはつべき身ならねば。何くを宿と定むべき。（『松風』）」という謡曲の詞章が響いている。

これらの謡曲の詞章は、人の世に対する感傷的な気分を表現したものだ。伴山の旅が日常的な時空から非日常的な時空へ踏み出したどこか身の置きどころのないような気分を伴って表現されている。

あいにく出舟がなく旅の中断を余儀なくされそこで一夜をあかすという展開は、謡曲のワキの旅においてもしばしばみられる。さらに、「かぎりの舟」に伴山が「旅と申（し）夢もむすばぬしばしが程、便船のことはり」と名乗りをしながら舟に乗り込んでいく姿も、ワキの名乗りを彷彿させる。

とはいえ、感傷的な気分が喚起されるのはほんの一瞬のことである。夢も結ばぬうちに「かぎりの舟」に乗船した伴山は、旅を続ける。そして、ワキの一夜の夢の時間にシテの過去の時空が入り込む夢幻的な謡曲の世界とは異なり、「夢もむすばぬ」現実の時間の中で頗る世俗的で生々しい事件が展開する。

ところで、『懐硯』では、ほかの話でも、伴山が夢も結ばず起きていたり、寝ているところを起されたりしたときに事件が起きることがある。

①いづこも一夜《よ》の仮まくら、旅の寝覚の淋しく、明日の夕の里までの事、命はしれぬ行末、おもひつづけてあかし

かねたるに、あるじの物がたるをきけば、（巻二第一章「後家に成《なり》ぞこなひ」）

②行（け）ば筑後の国、ここも仮寝の一夜川をわたるや、何の夢路なるらん。（巻二第三章「比丘尼に無用の長刀《なぎなた》」）

③清見潟、心を関にとどめかねて、未明《あけぼの》いそぐ鐘の声、旅宿の夢を、松寒ふして、風におどろく三保が崎、（巻二第四章「皷《つづみ》の色にまよふ人」）

④木の葉夏ながら紅葉に、枕に夢もむすばず。かかる時こそ世の憂《うき》もしらるれ。（巻二第五章「椿は生木《いき》の手足」）

⑤五十鈴川の小石を拾ひ、恋の夜に入《よ》（り）、人の門口・蔀《しとみ》にうちつけ、天の岩戸も破るるばかりにひびきわたり、伊勢の山田《よふだ》に旅寝せし夢を、おどろかしぬる。（巻三第一章「水浴《みずあびせ》は涙川」）

⑥纔《わづか》なる村雨も、旅のならひとてうたてく、漸漸《ようよう》にたどり来て、近づきにはあらぬかたに、子細をかたつて、一夜の仮寝に、夢みる隙《ひま》もなかりき。（巻三第三章「気色《けしき》の森の倒《ころび》石塔」）

⑦賎《しづ》の手業《てわざ》にはやさしく、上機《はた》の筬《おさ》のをと、まくらにひびきわたり、夢もむすばぬ旅宿のあるじ、取まぜての物がたりの次《つい》でに、ふしぎなる事をこそ申（し）侍れ。（巻五第四章「織物屋の今中将姫」）

複式夢幻能において、ワキの夢は、夢見る主体が覚醒していないからこそ、シテの顕現の場として「人間の内面世界を表出」させ、「虚構の枠組にリアリティを付与」する「必然の技巧」となる。▼注(21) ところが、伴山は、ワキとは違い、作中に生きる時間を獲得している。主体的に旅をする伴山が、覚醒しているときに見聞した内容が語られる。繰り返し、伴山が目覚めてしまった、眠れなかった、だから、話を聞き、事件を目撃した、と記述されることによって、各地の出来事の背後に、旅人としての伴山、見聞者としての伴山が見え隠れすることになる。そのことが作品に流れる時間を二極化する。覚醒する伴山が、『懐硯』の積層構造の担い手となっている。

さて、前の話と連続する意識の強い本話では、「法師」という呼称を自ら用いて自己の存在を強調する。また、先に乗船した人の中に無理やり乗り込む姿を強調することによって、積極的に旅を進める伴山の姿を描く。

続いて、「豊後橋」「楊枝が島」「淀小橋」「男山」「すみ濁る」「波に声せわしく」「南北の川岸」「柳に烏」と流れに乗る船上からの移り変わる景色が、伴山の目線に沿って文字通り流れるように描写される。そして、カメラワークのようにフレームが外の景色から船中でカルタをする四人に切り替えられる。伴山の旅から伴山によって観察される人間へ移行する描写の変化は、「二王門の綱」で伴山の時空から樵木屋甚太夫の時空へと描写が移っていった時と同じ時空の転換の仕方である。

清兵衛は越中で財をなし故郷に錦をかざるつもりだった。ところが、ついつい船中博打に手を出し大坂に船が着くまでの間に全財産を失い、徒歩で越中に帰って行く。この内容は、増水した河川のイメージと連動し、清兵衛の人生における急転直下を暗示する。五年かけて貯めた三百両を伏見から大坂までの「夢も結ばぬしばしが程」になくしてしまった清兵衛の「つながぬ舟」のごとき運命の暗転である。

船頭と浄土坊主、近江の布屋、長崎の町人はぐるになってイカサマを働き、最初から清兵衛の金を巻き上げる算段をしていたともいわれる。[注(22)] 仕組まれたこととするならば、上ったり下ったりする船の中で繰り返されるイカサマ賭博という第三の現実がみえてくる。更正したはずの男が博奕で持ち金を失ってしまった話に加えて、便船はさまざまな思いを乗せたいっそう密度のある時空となる。

乗客ひとりひとりの人生、清兵衛の人生、伴山の人生、イカサマ賭博をする人、便船が移動する時間、舟の中の博奕の時間、成功者清兵衛から蹉跌者清兵衛へ、騙すものと騙されるもの、そして傍観するもの。細切れのパーツが折り重なり響きあってひとつの話が形成されている。『懐硯』の積層構造の一端である。

五　「長持には時ならぬ太鼓」について

では、続く巻一の第三章「長持には時ならぬ太鼓」はどうだろう。

伴山は常に聞き手の位置に終始してはいない。時には、実際に事件を目撃したり、自ら不思議な体験をしたりする。冒頭の二話はそのような話として展開したものだった。それに対してこの話は見ていた伴山がいつのまにか消えてしまうというスタイルで書かれる。

これは、①娘が機転を利かして浪人を逃がす、②貧しい一家のために娘は遊郭に身売りする、③父が娘を連れ戻し一家心中しようとする、④逃がした浪人が士官して現れ娘と結婚する、という話である。

冒頭「都であひ見し近付とては、ひとりもなし」と、一人称主語の文体によって伴山の動静が書かれている。話の内容が伴山の目撃談であることが明示される。ところが、いつのまにか伴山は表舞台から退場する。はじめに描かれる芝居町での喧嘩を伴山が見ていたことは、挿絵に僧形の人物が描かれていることからも理解できる。しかしそれ以後展開する話は喧嘩のあと数ヶ月が経過する出来事で、行きずりの伴山が見聞できるはずがない。ましてや浪人杉戸一馬が豊田長左衛門の家に逃げ込み娘と二人きりになる場面などは、本人たち以外知るはずもない。また、その後辻番がこっそり木戸を開けて一馬を通したという秘密も書かれている。「世を忍ぶあり様」で登場する一馬といい、かつての栄華がほのめかされる長左衛門の貧しい浪人生活といい、話全体に余人の預かり知らぬ事情が散りばめられている。

娘がのちに一馬を逃した経緯を父に打ち明けたこと、娘が親に内緒で遊女となりそれが神託で露見したこと、一家心中を決行しようとした時、一馬が現れその素性が明らかになったこと、以上三回にわたって秘密とその露見というモチーフが繰り返される。

伴山が見聞きできないことを記述しているから、本話は伴山の見聞談としては破綻しているといわれている。しかし、『懐硯』は伴山の旅の秩序を越えた作品であり、話の時間は、伴山の旅の時間と話に登場する人物の生きる時間との間を行ったり来たりしている。とすれば、伴山の時空と登場人物の時空とに整合性は不要である。能において登場人物の詞（台詞）と地謡がひと続きに表現されるように、伴山の旅を語る部分と、登場人物の言動を語る部分とはスムーズにつながっており、そこに何の違和感もない。冒頭の堺町にだけ登場した伴山はいつのまにか話の表舞台から消えて、「たのもしき」武士の話として完結する。

話全体を覆う謎めいた雰囲気と緊張感が、最後にすっきりと解消される。伴山が見聞不可能なことがらの記述は、作品の不備ではなく、伴山の人生の時間から、作品の登場人物の人生の時間へと作品の時間軸がいつのまにかシフトしていることによるものだ。時空の明け渡しとでもいう手法は登場人物にしか知り得ぬことを違和感なく描写するために有効である。言い換えれば、それは伴山の世界と登場人物の世界が重ね合わされる積層構造を構築するための一つの手法ということになる。

六　「案内しつてむかしの寝所《ねどころ》」について

続く巻一の第四章「案内しつてむかしの寝所」では、伴山が実際に見たり経験したりした事件ではなく、ところの人から聞いた話であることが前もって断られている。聞き書きという設定は本話がはじめてである。伴山がさまざまなスタイルで話を収集しているようすにリアリティを持たせる西鶴の工夫だろう。話を追うごとに、ひとつひとつの話における伴山の立ち位置がいろいろに変化している。これもまた、『懐硯』の積層構造の一端である。

冒頭部分には伴山がたどりついた家島のようすを「さりとてはおもしろからぬ所なり」と評している。旅人でもあり、見聞者でもある伴山の立場が確認できる。ここまでくると、旅にあることが、伴山にとってあたりまえのことになっている。

伴山が聞いた話は、行方不明の夫の帰還と残された妻の再婚というすれ違いのモチーフである。これは古今東西の文学にしばしばみられるドラマチックなモチーフである。当初、「おもしろからぬ所」と伴山の目に映った家島の港で、伴山は、「鄙びたるおとこの仕業《しわざ》には、神妙なる取置《おき》ぞかし」と感心するような事件を聞いたのである。

つとに指摘されているように、この話は『伊勢物語』「梓弓」の世界と響きあう。妻の再婚相手である木工兵衛が、帰宅した夫久六にとって「年月遺恨のやまざるもの」であったという点が、さらなるドラマのきっかけとなる。「梓弓」は、「梓弓真弓槻弓年を経てわがせしがごとうるはしみせよ」[注23]と言い残して立ち去った元の夫を追いかけた妻が、転倒し、指から流れる血で「こころは君によりにしものを」と岩に書き残して亡くなるという結末であるが、本話では、久六が木工兵衛と妻を殺害し、自らも命を絶つ。凄烈なこの結末は、行き場のない澱《おり》のようなものを残す。西鶴は、「梓弓」における疾駆する女の悲嘆を、久六の刃《やいば》に託した。回国する伴山とともに読者は息をのむ。心臓をわしづかみにされた読者は、隣に居る伴山の気配を感じて少しほっとすることができる。

篠原進は、「伴山というフィルター」という。言い得て妙である。[注24]

人生の黄昏が近い、伴山。「僧にもあらず俗ともみへ」ない「おもしろおかしき法師」（巻一「二王門の綱」）の彼は、既に自在で矛盾をはらんだ存在だった。作者は諸国咄に「日暮れて道をいそ」ぐ、伴山というフィルターをかけた。そうした「たくらみ」によって、そこを透過する光（咄）の束は、彼の年齢にふさわしい屈折を見せるのである。

単なる諸国話集ではなく、北山草庵でののんきな生活を脱し旅に出た伴山の目と耳を通して悲喜こもごもの出来事がひとつひとつ重ねられていくところに、本書の奥行きがあるといえる。読者は伴山の旅を通して人の世の現実を知る。

七　「人の花散《ちる》疱瘡の山」について

巻一の最終話「人の花散疱瘡の山」について考えてみよう。本話は専九郎と左馬之丞の男色（衆道）物語である。疱瘡により醜貌となった左馬之丞が、恋人専九郎に会うことを拒み、自分にそっくりの美少年を遣わすが、専九郎は自分の顔に傷をつけて、思いを貫いた、という話である。冒頭部は次のとおりである。

懸崕嶮処捨生涯《けんがいけはしきところしやうがいをすつ》、暮鐘為孰促帰家《ぼしやうたれがためにきかをもよふさん》。扇子《あふぎ》に空《むなし》く留《とど》む二首の歌、白菊としのぶの里の人とはば思ひ入江の島とこたへよ、ときこえし鎌倉山、明《あけ》もやすらんと道急旅《いそぐりよ》人も、爰の気色《けしき》に立（ち）どまり、其墓《つか》に哀れを催ふしぬ。都《すべ》て世の常なき様は、よしあるものの名のみ残りて、幾人《いくたり》か消《きへ》、如水沫泡焔《によすいまつはうゑん》と御経には説《とき》給ふことわり、思ひつづけて行（け）ば、日蓮上人の土の籠《ろう》、今は妙久寺の庭に形ありて、星降《ほしくだり》の梅枝、経《ふ》りながらいと殊勝に、匂ひ殊更に異なる花のながめ、桜にまさりて、人の山を崩しぬ。

前話の悲惨な結末の印象を揺曳するかのように、建長寺の自体と白菊の悲話が、本話の衆道物語の枕として使われている。白菊の墓に憐情を抑えきれない「道急《いそぐ》旅人」とは、伴山を含めた旅人一般を広く指す。たとえ、先を急いでいたとしても思わず立ち止まってしまうほどの絶景であり、心ある旅人すべてが哀れを催さずにはいられない白菊伝説なのである。ましてや、殊更先を急ぐわけでもなく、あちこちで悲喜こもごもの見聞を続けている伴山にとっては、感慨もひとしおであったことが推し量られる。ここには、伴山個人の動向は記されていないが、すでに伴山の回国記という型はできあがっている。読者が旅人全体と伴山とを重ね合わせることはごく自然なことである。

そして、「如水沫泡焔と御経には説給ふことわり、思ひつづけて行（け）ば」と、伴山を主語とする文が連続し、伴山個人の内面的な感情の高まりに響きあうようにして、妙久寺の庭にある日蓮上人の土の籠と、星降の梅が描写される。それに伴い、話の時空が伴山の旅から衆道物語の世界に取って代わる。

梅を見物する人々が大勢いる中で、美少年が、若党（家来）を二、三人召し連れている。「嬋娟《せんけん》たる容色、見る者、仮初《かりそめ》にも悩《なづま》ざるはなかりき」と、誰もがその美しさに悩殺される。そこに来合せていた専九郎が左馬之丞に一目ぼれをする。あたかも、伴山もそこにいて、二人のようすを目撃していたかのように話が進行していく。ところが、その後の話は、二人の出会いから約半年にわたる恋の経緯を語ったものである。伴山がここに立ち寄ったときには、左馬之丞の美しさは疱瘡によってすでに失われてしまっている。前話同様この話も、行きずりの旅人の見聞録としては破綻しているといわれてきた。確かに梅見の人出の中で伴山が左馬之丞らの姿を見かけたと考えると時間的に矛盾することになるが、星降の梅をとりまく時空を次のように考えられないだろうか。

伴山の目の前の「匂ひ殊更に異なる」星降の梅に、「過ぎし年」の星降の梅がオーバー・ラップし、花見の群衆の中からひときわ美しい左馬之丞がクローズアップする。梅見の情景が、一年前の情景に切り返され、左馬之丞と専九郎の出会いの場面へと転じる。匂いやかな梅は「嬋娟たる容色」の左馬之丞のメタファーとしていかにもふさわしい。星降の梅が咲き誇る妙久寺の庭という空間が固定されたまま、時間だけが一年前に遡る。これは、映画やドラマではよく使われる手法である。最後に「扇が谷《やつ》の竹下折右衛門《したおり》といへる男の、つぶさにかたるを聞捨《ききすて》にして出ぬ」と記される。この一文はとってつけたものであるかのようにいわれている。よくよく読んでみると、冒頭の梅見で左馬之丞と専九郎が出会った場面に伴山はいなかったことがわかる。伴山は二人に会ってもいない。しかし、話を聞く伴山の脳裏には、満開の梅の花に重なるように左馬之丞の美しさが思い描かれていたはずである。

「扇が谷の竹下折右衛門といへる男の、つぶさにかたるを聞捨（て）にして出ぬ」という末文によって伴山の旅の時間が再び作中に呼び戻される。それは、夢幻能において、いつのまにか夜が明けて、ワキの夢の時間が終わっている構造と同じである。左馬之丞と専九郎の恋の時空、折右衛門の語りの時空、そして、伴山の旅の時空という小さな単位が連続し重なり合って本話の世界が形作られている。それと同時に、本話の末文は巻一の末尾でもあり、旅立ち以来、旅を続けてきた伴山が、さらに旅をし続ける姿を捉えたものとなっている。巻一の各話の積み重ねがいわば雛形となって、伴山の回国記という作品の形式が定まる。

八　『懐硯』の創作方法

以上みてきたように、巻一各話には伴山をめぐる描写が挿入されているが、話が進むにしたがって、伴山に関する記述量が徐々に減っている。毎回毎回話の冒頭に伴山の動静を記述するわけではない。第一話には北山の暮らしぶりが丁寧に描かれていたが、最終話では、最後に伴山が話を聞いているということが短く書かれるだけである。五話のすべてにどれひとつとして同じパターンはない。

巻一冒頭「二王門の綱」と続く「照を取昼舟の中」は、伴山の旅程が時間的地理的に連続している唯一の箇所であり、伴山の旅物語としての『懐硯』の性格を保証するものになっていた。伴山の旅の始まりに対する配慮だろう。それに対して、第二章と第三章との間には、もはや旅路における空間的時間的整合性はない。第三章の舞台は江戸の堺町であるが、それが摂津の堺でないことは、芝居見物の人の描写が進む過程で認識される書き方になっており、いつのまにか伴山が上方から東国に移動していたことがわかる。東西の堺の街のイメージが重複し、「世界の広きこと」（序文）を暗示する一助となっている。そして、「都であひ見し近付とてはひとりもなし」「京で聞たる声にかはらず」という表現によって、北山草庵にいた伴山を彷彿させる。すでに読者の脳裏に固定されている伴山の旅物語という作品の特徴が強化される。第四章になると、伴山の旅については、「淡路島かよふ鵆のなく声に、世のあわれ見る事あり。家島といふみなとに舟がかりして、一夜をあかすに、さりとてはおもしろからぬ所なり」と記されるのみである。しかし、すでに述べたとおり、「鄙びたるおとこの仕業には神妙なる取置」と評される。伴山の旅の経験の一つがずっしりと重たいものとして印象づけられる。時間的空間的のみならず心理的にも伴山の旅が広がりを見せていることが理解できる。最後の章では冒頭部分から多くの旅人の一人、多くの花見客の一人として伴山は遠景にたたずむだけである。線状的な時間の流れと文の運びは整合しないが、これまでの話の積み重ねと、伴山が作品の表面に出てきたり引っ込んだりする描写スタイルにつなげて読んでいくならば、何の不自然も感じさせない。

旅程の連続性もなく、表面的には伴山に関する記述量は減っているが、ところどころ伴山の旅の時間が作品の中に織り込まれ、さまざまな土地でさまざまな姿で生きる人々の中に、半僧半俗の都からやってきた旅人の姿が確かに見え隠れする。

『懐硯』はあくまでも虚構としての旅行記である。旅そのものではなく、一人の人間が旅で得た興味深い話を書き記すという現実を創出したものである。しかも、諸国話集としての面目も保つ必要がある。各話の独立性と面白味を損なわないかたちで、伴山の旅を表現しなければならない。そういう意味で、作品全体の雛形ともなる巻一において、伴山の描写に費やす紙幅を量的に加減する方法は、伴山の旅行記という側面を補強するものである。

また、伴山が出来事に直接かかわる場合、出来事を傍観している場合、当事者しか知りえない話、第三者からの聞き書きと、伴山の話の採取の仕方をさまざまに変化させている点にも、虚構された旅行記という体裁への工夫がある。本書における聞き書き形式や体験談形式の混在は、旅行記としての不完全・不統一を表すのではない。むしろ、意識的に変化をつけたものであり、「ものがたりの種」（「二王門の綱」）の採取方法が、時には土地の人からの聞き書きであったり、自分が直接見聞きしたものであったりするという現実を、きわめて写実的に伝えている。

巻一の第二章「照を取昼舟の中」について少し補足しよう。人生の黄昏時にある伴山と比べて清兵衛の未来はいかようにも開かれている。伴山の生きる時間が登場人物の生きる時間を照射することで、作品は直接書かれていない部分についても雄弁に物語る。そこには独立した短編としてのおもしろさに加えて、伴山対清兵衛のように異なる人生がオーバーラップするおもしろさがある。

『懐硯』は、伴山の描写とそれ以外の描写をうまく重ね合わせ、伴山の旅の時間、伴山の人生の時間、土地の人々の人生の時間、そして、伴山を終えた伴山が聞き書きをまとめている時間、いくつもの時間を重ね合わせている。人間の生きる時間の重なりは、さまざまな空間の重なりを伴う。また、夢の時間という非日常的なものや、過去に遡及する可逆的なものも含まれていく。そして、作品の可塑的な骨組みが保たれている。以上、連続しているようで断絶しており、断絶しているかのようで連続することばのつながりによる積層構造の一端を明らかにした。

【注】

（1）①「『武道伝来記』論序説」（『文学』一九八三年八月号初出。のちに、日本の作家25『浮世の認識者西鶴』新典社、一九八七年一月に採録）。以来さまざまなかたちで発表されているが、この論考以後のものは、『西鶴研究と批評』（若草書房、一九九五年五月）の二章②「一　自主規制・出版取締まり・カムフラージュ」、③「二　揶揄と諷刺」にまとめられている。また、④「仮名草子・浮世草子の方法の一側面―自主規制・出版取締り・カムフラージュ」（『説話論集』4、清文堂出版、一九九五年一月）も同趣旨である。

（2）前掲注（1）の②の「1出版取締り令と文芸のあり方―十七世紀の場合―」。

（3）前掲注（1）の④。

（4）前掲注（1）の③の「4『武道伝来記』における諷刺の方法―その一側面―」。

（5）「〈天下にさはり申候句〉考」（西鶴三百年祭顕彰会編『西鶴文学の魅力』勉誠社、一九九四年九月）、「『本朝桜陰比事』の〈ぬけ〉」（『青山学院大学文学部紀要』31号、一九九〇年二月）、「西鶴というメディア─『大下馬』の毒」（『日本文学』第43巻10号、一九九四年一〇月）、「西鶴のたくらみ─後味のわるい小説」（『江戸文学』36号、二〇〇七年六月）、「二つの笑い─『新可笑記』と寓言」（『国語と国文学』85巻6号、二〇〇八年六月）等。

（6）杉本好伸「『懐硯』の構成をめぐって」（『国語国文学論集』第18集、一九八八年六月）。

（7）有働裕「『懐硯』研究史ノート」（1）、（2）、（3）（それぞれ、『国語国文学報』第59号、二〇〇一年三月。『愛知教育大学研究報告』第51号、二〇〇二年三月。『国語国文学報』第60号、二〇〇二年三月）。後に『西鶴　闇への凝視　綱吉政権下のリアリティー』（三弥井書店、二〇一五年四月）。

（8）前掲注（7）の著書。

（9）横道萬里雄「能本の概観」（岩波講座　能・狂言Ⅲ『能の作者と作品』岩波書店、一九八七年一月）。

（10）同右。

（11）有働裕「「見て帰る地獄極楽」試論─『懐硯』巻四の五の素材と伴山の役割─」（『国語国文学報』第58号、二〇〇〇年三月）後に注（7）著書収載。

（12）本文の引用は、日本古典文学大系73・川口久雄・志田延義校注『和漢朗詠集 梁塵秘抄』（岩波書店、一九六五年一月）所収の本文に拠る。

（13）本文の引用は、新日本古典文学大系39・佐竹昭広・久保田淳校注『方丈記 徒然草』（岩波書店、一九八九年一月）所収の本文に拠る。

（14）堀章男『西鶴文学の地名に関する研究』第一巻（ひたく書房、一九八五年二月）。

（15）檜谷昭彦「『懐硯』の行方──諸国はなしの終焉──」（『井原西鶴研究』三弥井書店、一九八四年一一月）。

（16）謡曲の詞章の引用はすべて野々村戒三編『謡曲二百五十番集』（赤尾照文堂、一九七八年七月）に拠る。

（17）前掲注（15）に同じ。

（18）前掲注（6）に同じ。

（19）同右。

（20）外山滋比古『日本語の論理』（中央公論社、一九七三年一月）。

(21)原田香織「夢幻能の本質—夢の手法に関する一考察—」(『文化』第51巻第1・2号、一九九四年五月)。
(22)宮澤照恵「奈落の底に誘う昼舟」(『西鶴が語る江戸のミステリー』ぺりかん社、二〇〇四年四月)。
(23)本文の引用は、新日本古典文学大系17『竹取物語 伊勢物語』(岩波書店、一九九七年一月)に拠る。
(24)篠原進「午後の懐硯」(『武蔵野文学』第43号、一九九六年三月)。

2 ● 旅物語――『東海道名所記』と比較して――

一　紀行文学と旅物語

伴山なる人物の旅物語形式をとる『懐硯』であるが、伴山の旅の行程が無秩序であることや伴山の旅そのものを記述する量が話ごとにまちまちで、伴山不在の話もあることから旅の文学として読まれることは少ない。橘南谿『東西遊記』（寛政七年〈一七九五〉）は、その記述が旅の日程や順路に即していなくても、紀行として読まれてきた。紀行文学においてさえ旅の時間の物理的な整合性は必要条件ではないといえる。ましてや『懐硯』の主眼は旅そのものを記述することではない。伴山の旅は、伴山旅の現実を創り上げて諸国話としての多様性を保証するものだった。むしろ、きっちりと伴山の旅の秩序を保たないことで、諸国話としての作品のダイナミズムを維持している。前節で検討したように伴山の旅という文学的現実は、さまざまな切り口で作品を味わうことを可能にした。

ここでは、先行の紀行文学である浅井了意『東海道名所記』（万治末年〈一六六一〉頃）との相違点を検討しながら、旅物語として『懐硯』を読み直してみたい。

『東海道名所記』の冒頭部分と、『懐硯』巻一は類似点が多い。したがって両者の違いも際立つ。そこで巻一を中心に『東海道名所記』との比較を試みる。

二 『懐硯』と『東海道名所記』の序と冒頭話の比較

まずは、『懐硯』の序文は前節でも引用したが、『東海道名所記』の序文と比較するために再度引用する。なお、以後、『懐硯』のテキストをA、『東海道名所記』のテキストをBとして引用することとする。

A雨の夜《よ》、草庵の中《うち》の楽しみも、旅しらぬ人の詞にや。亦人のいへるあり、①しらぬ山しらぬ海も、旅こそ師匠なれと。我、朝朝《あさな》わらんぢのあたらしきをたのみ、夕夕《ゆふべ》ゆたんのあかなるるをわざにて、おくはそとの浜風を身にふれ、こさふく夷《えびす》がほこりにもまぶれにしは、親にもつげよといひし島守とも身をなし、生《いき》の松原・箱崎の並木のかずもよみおぼゆるに、②或《ある》はおそろしく、或はおかしく、或は心にとまる人の咄《はな》しを、くきみじかき筆して、旅せぬ人にと如左《さのごとし》。

傍線部①にみられるような旅を人生の師と考える認識は、『東海道名所記』冒頭部分にもみられる。

Bいとおしき子には旅をさせよ、といふ事あり。③万事思ひしるものハ、旅にまさる事なし。④鄙の永路《ながぢ》を行（き）過るにハ。物うき事。うれしき事。はらのたつこと、おもしろき事。あはれなること、おそろしき事。あぶなき事。をかしきこと。とり〴〵さま〴〵也。人の心も、こと葉つきも。国により所により。をのれ〳〵生れつき。花車《きやしや》なもあり。いやしきもあり。

傍線部③は、後の道中記にもしばしば援用される。旅を通してさまざまな学びを得られるという考え方は、『懐硯』傍線部①と同じものである。

一方、②と④を比べてみると。『懐硯』が旅先で見聞した「人の咄《はな》し」がさまざまであると記すのに対して、『東海道名所記』は旅先での経験がさまざまであると指摘する。つまり、前者は出来事がどのように伝えられるかということに主眼があり、後者は出来事そのものに主眼を置く。旅をする側が、客観的な傍観者であるか、主観的な当事者であるかの違いともいえる。このような旅意識の違いは、『懐硯』における伴山が、語り手として作者に近い立場であるのに対して、『東海道名所記』における楽阿弥が、物語の登場人物として設定されているという違いに拠る。

では、伴山と楽阿弥とはそれぞれどのような人物として造形されているだろうか。やはり前節と重複するが「二王門の綱」の冒頭部分の伴山紹介記事と『東海道名所記』の楽阿弥紹介記事を引いてみよう。

A朝顔の昼におどろき、⑤我八つにさがりぬ。日暮《くれ》て道をいそぎ、何国を宿とさだめがたきは、身の果墓なやとおもひ篭《こみ》しより、修行に出給ひ、世の人こころ、銘銘木木の花の都にさへ、人同じからず。まして遠国には、かわれる事どもありのままに、物がたりの種にもやと、旅硯の海ひろく、言葉の山たかく、月ばかりはそれよ、見る人こそたがへと、⑥おもしろおかしき法師の住《すみ》所は、北山等持院のほとりに閑居を極め、ひとりはむすばぬ笹の庵《いほ》、各別にかまへて、頭《かしら》は霜を梳《けづ》りて残切《さんぎり》となし、⑧居士衣《こじころも》の袖を子細らしく、⑦名は伴山とよべと、僧にもあらず俗ともみへず。朝暮木魚鳴《なら》して、唐音《とういん》の経読《よみ》など、菩提心《しん》の発《おこ》し、釈迦や達磨の口まねするうちにはあらず、唯謡のかはりに声をたつるのみ。不断は、精進鱠《なます》あるにまかせて、魚鳥もあまさず。座禅の夢覚ては、美妾《びしやう》あまたにいざなはれ、鹿子《かのこ》の袖ふきかへし、とめ木のかほりきく間《ま》も、紙袋の抹香《まつかう》のにほひうつるも、煙は皆無常のたね。

Bさても、⑨世になし者のはて。青道心をおこして。楽阿弥陀仏とかや、名をつきて。国々をめぐり。⑩後生はしらず、まづ、今生《こんじやう》の身過《みすぎ》に、四国遍路・伊勢・熊野めぐり。熊野浦より、大まハしのふねに便船して。浦々の名所〳〵を尋ねとひ。波風あらき折からハ。あはや、此舟只今うちわれてのくるよなど。むねをひやし侍り。されバ舟にのりてハ。一寸の板一枚をへだて、、外は大海なり。内ハ舟なり。あぶないことぢやとおもへば、睾丸《きんだま》もちゞミあがる。これをこそ、古き詩には。一寸の光陰ハ沙裏《しやり》の金とつくられたれといへば。尤《もつとも》きこえたと、いふ人もあり。⑪文盲な坊主が、わけもない事をいふとて、ころびをうちて、わらひける人も、有(り)けり。

Aの傍線部⑥や⑦にあるような「おもしろおかしき」「僧にもあらず俗とも見へ」ぬ伴山が旅に出る姿は、Bの傍線部⑨にあるような「世になし者（無用者）」が「青道心（いい加減な信心）」から全国を行脚するという楽阿弥の姿に重なる。傍線部⑧にあるように伴山の修行もいい加減なものであった。楽阿弥は傍線部⑪「文盲な（無学な）坊主」として人々の嘲笑の対象になっている。二人とも僧としては中途半端な人物であるという共通点を持つ。楽阿弥は、「二十四五なる男」に京までの同行を誘いかける際に次のように自己紹介している。

Bそれがし諸国をめぐりて、うきもつらきも、塩をふミてかけまハりけれども。一升入のへうたんにて。大海にても一升なり。⑫年ハよる、身過《ミすぎ》はなし。髪をそりて、修行者と成(り)侍べり。

傍線部⑩・⑫にあるように、老年に達した独り身の無用者が修行としての旅に出るという楽阿弥の旅意識は、Aの傍線部⑤「八つにさがりぬ」「修行に出給ひ」という伴山の人生の黄昏時の修行の旅という意識と重なる。

伴山と楽阿弥は、僧侶としては不真面目な態度で身寄りがない老年の男が、修行としての旅に出たという共通点を持つ。すでに述べたように大きく異なるのは、『懐硯』が書き手としての伴山を想定している点である。『懐硯』巻一の第一章冒頭部には、「遠国にはかわれる事どもありのままに、物がたりの種にもやと、旅硯の海ひろく、言葉の山たかく」とあり、序文に続いて、作品の書き手としての伴山が存在している。序文の署名・印記が削られているのはそこに西鶴の名前があったからだと思われる。

一方、『東海道名所記』の場合は、末文に次のように記されている。

Bもろこしの于宝《うほう》ハ、一夜のうちに、十洲三島を見てかへりし。捜神記《さうしんき》の筆の跡を。思ひ寝にやしたりけん。汗水になりて。目をさまし。書とゞめぬ。そもく、楽阿弥陀仏とハ、何者にてありけるやらん。顔も見しらず、行がたもしらず

楽阿弥はあくまでも作者とは別の人物であり、最後は行方知れずになったとある。これは、『懐硯』と『東海道名所記』の大きな違いである。東海道を下ることで旅が完結する『東海道名所記』においては、京へ到着して楽阿弥の役割は終わる。しかし、『懐硯』には全国を一宿して歩き回る伴山と、旅を終えて『懐硯』を執筆している伴山とがいる。

ところで、『東海道名所記』において旅の始まりは海路による江戸入りである。独自の設定といえる。前頁の引用部分に明らかなように楽阿弥の船旅への恐怖心が、情けない憶病な姿でユーモラスに語られる。このような楽阿弥の恐怖心は、水に対する危機意識という点で、伴山の旅が大雨の降り続くときにスタートすることと通じ合う。両者の冒頭の話には、平穏な生活を脅かす水のエネルギーが関係しているという共通点がある。

しかし、楽阿弥が「荒れる水」を恐れているのに対し、伴山は、あえて豪雨の中、洪水で混乱する京の市中へ足を

踏み出している。▼注(3) 伴山は、思い立ったそのときにすべてを投げ出して旅立つという思い切りの良さと、非常時だからこそ何かおもしろいことがあるかもしれないという期待感を持っていた。同じように無用者の系譜に位置しながら、船の中で震えている楽阿弥と、あえて危険な状況を選ぶ伴山。そこには、危険を回避したい旅人楽阿弥と、危険の中に人間の真実を見いだそうとする作家伴山の違いがある。

三　冒頭話に続く話の比較

続いて巻一の第二章「照を取昼舟の中」について考える。前節でも取りあげた話である。色の道に迷い勘当された清兵衛は、改心の末、越中の地で商売に成功する。しかし、故郷大坂への帰途、淀川の下り船で博奕に手をだし無一文になり、むなしく徒歩で越中に戻っていく。伴山は、同じ便船に乗り合わせて一部始終を目の当たりにする。前に述べたように、この話は空間的にも時間的にも前話に連続するものであり、連続する二話の時空がつながっている唯一の箇所である。

旅のはじまりが船旅であるというのは『東海道名所記』も同じである。また、「船賃もいださぬとびのりなれば、物いふ人もな」い楽阿弥と「かぎりの舟」に無理やり割り込んで乗船した伴山は、どちらも無理を通して乗船した引け目を感じているという共通点を持つ。

『東海道名所記』の船旅は楽阿弥の心配をよそに安全な航路であった。『懐硯』の場合は、「人の身はつながぬ舟のごとし」と冒頭文に書かれ、舟が人生の危うさを暗示する。清兵衛にとっては危険な船旅となった。乗り物である舟が人生のメタファーの意味も担っている点に『懐硯』の特徴がある。

江戸に着き、鉄砲洲で下船させられた楽阿弥は、「こびき町」を経て「さかひ町」へと入るが、これは『懐硯』巻一の第三章「長持には時ならぬ太鼓」の舞台が堺町であるのと同じである。

A①老若しばしの気を移して、生死の堺町を見物人は、今もしれず、息引取は、墓なき。借樒《かしきせる》を片手にして、円座処せきなく、数《す》千人の顔つき、都であひ見し近付とては、ひとりもなし。世界の広き事のおもはれける。大かたは侍のつきあひなりしに、鞘《さや》とがめ・詞論《ことばろん》も絶《たへ》て、静《しつか》なる時津波《ときつなみ》、笛・皷《つづみ》うちおさまりて、②是が今日の猿若勘三郎か出て、三拍子そろひ袴の座付、玉川千之丞が狂言とて、人みなしはぶきをもやめて、是一番と待《まち》見しに、京で聞たる声にかはらず、面影のかよひ小町、むかしを今に見なし、果の太皷に立出しに、小芝居に播磨が六道の紲《からくり》り閻魔鳥《えんまてう》は是じや、と簡板《かんばん》たたき立る中に、③西国風の勝手を爰に出し、町人を白眼《ねめ》まはせど、すこしも恐るる人なく、かへりくらはして当言《あてこと》いはれ、無念かさなる折ふし

B④それより又、さかひ町のかたへ、人あまたゆくほどに。あとに付(き)て、行(き)て見れば。こゝハ猶をびたゞしく、大薩摩・小ざつまなどゝて。鼠戸をならべて、太鼓をうつ。又、⑤勘三郎とかや聞えし、だうけものが、女形《をんなかた》とやらん、こと〲しき、しばゐ、さんじきをかまへて、哥舞妓がましきことをいたせり。鼠戸に立よりてミれバ。ねこぜなかになりて。はい入者もあり。うはひげを、松虫のこゑにひねりあげて。面《おもて》のかゝり、かまきりのごとくに。やせたるおとこ。⑥なげづきんを、鑓《やり》をとがひまで引(き)かぶりて。けんくわを買(い)に来れる、やつこもあり。老たる、若き、男女、伊勢あミがさ。あふミすげがさを、きたるもあり。かづきわたぼうし。おくじまのはをり。⑦さま〲なる人〲、あつまりたてり。

伴山も楽阿弥もともに旅立ちに続く部分で同じ町、江戸の堺町を訪れている。傍線部①、④、⑦にあるように、見

世物小屋がひしめき、大勢の人が行きかう堺町は、広い世界を実感するには格好の場所である。また、傍線部②、⑤にあるように、それぞれ、初代、二代目の違いはあるものの勘三郎という実在の同名の役者を紹介する。さらに、傍線部③と⑥では、ともに喧嘩をふっかける怪しげな男が芝居小屋付近に出没するようすを生き生きと描く。

『東海道名所記』では、このあと、歌舞伎成立のいきさつが記され、「うつくしき若衆歌舞妓をんながたこれハ世界のまんなかぞかし」という狂歌が添えられる。楽阿弥はあくまでも「世界のまんなか」に身をおいて堺町の賑わいを堪能し、情報提供する。一方『懐硯』では、「八丁堀稲荷橋」を経て、「築地の末小屋掛町」へと場面が移る。堺町の賑わいとはほど遠い暮らしをする豊田五左衛門宅で、機転を利かせて浪人を助けた娘の話が展開し、伴山は表舞台から消える。

さて、『東海道名所記』では、楽阿弥の足跡は、鉄砲洲で下船した後、「こびき町」「さかひ町」を経て、「れいがん島」に向かっている。

Bそれより、れいがん嶋も。江戸の地を離《はなれ》て。ひがしの海中へ、つきいだしたる嶋なり。そのむかひ、東の方一町半ばかりの海の中に。うし嶋新田あり。若宮の八幡のやしろある故に。八幡新田と申すなり。新田の北をば、深川といふ。この内に、あたけ丸とて。日本一の御舟を、つながれたり。深川の北は、浅草川のすそなり。この川の鯉ハ、名物なりといふ。

浅草にハ、観音おはします。きせんくんじゆして、あゆミをはこぶ。昔、此所より、牛鬼が出て、かけまハりけりといふ。この観音ハ、浅草の浜成《はまなり》・竹成《たけなり》とて。兄弟二人の猟師が網にかゝりて、海よりあがらせ給ふ霊仏也

浅草より丑寅のかた、半里計ゆきて、角田《すみた》川あり。この川に都鳥あり。

『江戸名所記』や『丙辰紀行』に拠っているといわれるこのあたりの記述は、海浜都市江戸における主要河川河口部を描写したものである。「ひがしの海中へ、つきいだしたる」「れいがん島」、「海の中」の「うし島新田」、「深川」「浅草川」、海からあがった霊仏としての浅草観音、「角田川」と水辺の風景が次々に列挙される。

一方、『懐硯』では、堺町から築地、品川、鉄砲洲と、『東海道名所記』とは逆のルートで場面が変化していく。後半、貧窮した長五左衛門が、「品川おもての海」の遊山舟をよそに磯辺で自害を謀る。そして、「此島つき」の「隠し遊女」の地である「鉄砲洲」に娘は身売りをする。「身をしづめる」という表現は、「一生うき流れの女となる」と覚悟の娘のありさまを、水の縁語によって表したものである。『懐硯』と『東海道名所記』の内容はまったく異なるが、どちらも江戸の水辺エリアを舞台とする。明るさと暗さ、賑やかさと寂しさという点で対照的である。

旅行記としての『東海道名所記』では水辺の風景は、美しく、魅力的な場所として描かれている。一方、『懐硯』では、流れ動く水のイメージに即して、人々のようすを情緒的に描いていく。同じように旅の文学でありながら、その土地その土地の珍しさを描く『東海道名所記』と、場所は違っても人間の営みは同じであるという『懐硯』との視点の違いは顕著だ。

四 『鎌倉物語』の援用

さて、巻一の最終話「人の花散疱瘡の山」は、鎌倉を舞台とする。これも前節と重なるが冒頭文を引用する。

A懸崖嶮処捨生涯《けんがいけはしきところしやうがいをすつ》、暮鐘為孰促帰家《ぼしやうたれがためにきかをもよふさん》。扇子《あふぎ》に空《むなし》く留む二首の歌、白菊としのぶの里の人とはば思ひ入江の島とこたへよ、ときこえし鎌倉山、明《あけ》もやすらんと道急旅《いそぐりよ》人も、爰の気色《けしき》に立（ち）どまり、其墓《つか》に哀れを催ふしぬ。都《すべ》て世の常なき様は、よしあるものの名のみ残りて、幾人《いくたり》か消《きへ》、如水沫泡焔《によすいまつはうゑん》と御経には説《とき》給ふことわり、思ひつづけて行（け）ば、日蓮上人の土の籠《ろう》、今は妙久寺の庭に形ありて、星降《ほしくだり》の梅枝、経《ふ》りながらいと殊勝に、匂ひ殊更に異なる花のながめ、桜にまさりて人の山を崩しぬ。

冒頭の白菊をめぐる話は江の島稚児が淵の白菊伝説の内容である。▼注(5) それに対して『東海道名所記』では、鎌倉に行こうとして、「是よりゆきてミんも、末いそがハし」ということで、鎌倉へ行くことはしていない。しかし、楽阿弥は過去に鎌倉を訪ねたことがあり、同道の男に次のように鎌倉のことを語って聞かせる。

B鎌くらの谷《やつ》七郷、すべて三里四方あり。入口あまたあり、中にも、江嶋口より腰越に出てゆけば。右の方ハ大海《だいかい》なり。海の中に嶋あり。江嶋といふ、嶋のあなた。岸の下に、大いなる岩あなあり。続松《ついまつ》をともして、おくふかく入（り）てミれバ。一町半バかりにして。おくハとまりぬ。いにしへ、龍神のすみける跡なりと、いひつたへたり。（中略）道の左には。かたせ、うばがふところ、音なしの滝あり。行合川《ゆきあひがハ》を渡り。極楽寺、新宮が谷《やつ》、火うちが峠を左にミて。西谷よりながるゝ川を渡り。西方寺《さいほうじ》が谷《やつ》、星月の井、権五郎景政がすミける跡。はせの観音、日蓮上人の籠《ろう》やの跡を左にミて。かな山が谷《やつ》、かねあらひ沢。ひでの浦を、右の方にミなし。

ともに日蓮上人の牢屋の跡について言及している。Bでは江の島弁財天への言及はあるが、白菊伝説への言及はない。

『懐硯』は淡路島から江の島という島つながりで巻一の第四章「案内しってむかしの寝所」と巻一の第五章「人の花散疱瘡の山」を並べている。『東海道名所記』では、道中記として鎌倉に言及しないわけにはいかないという意図で鎌倉に言及したのだろうか。いずれにせよ、両者とも、堺町に続いて鎌倉が共通して話の俎上にあがっているのは興味深い事実である。

さらに、『懐硯』は、顔に残る疱瘡の傷跡を苦にして念友である専九郎に会おうとしない左馬之丞に対して、専九郎がみずからの顔に傷をつけて愛の証とする話だが、『東海道名所記』で楽阿弥が紹介する「かまくらの町のつぼね」の話もまた、顔の傷をめぐるエピソードを語る。

B東のかたに、あかしが谷《やつ》。光沢寺、この寺のうちにハ、むかし、かまくらの町《ちやう》のつぼねといふ女房、思ひの外のとがに落され。そのかほに、銭をやきてあてたりしに、つぼね、ふかく弥陀如来にいのりしかば。身がハりに立給ひて。仏の御かほに、銭の焼痕《やけあと》つかせ給ひ、膿血《うみち》のながれ給ひしと也。この阿弥陀を、ほうやけの弥陀と名づけて、此寺におハします。

仏が自分の顔に傷を受けて女房の身代わりとなった話である。仏の慈悲心は、慈しみの心の証としての顔の傷という点で、専九郎が顔に傷をつけたことと同じである。また、左馬之丞は自分の身代わりとする若衆を専九郎のもとに遣わす。『東海道名所記』では阿弥陀如来が「つぼね」の身代わりとなるが、専九郎は若衆が身代わりであることを見破り、その結果、左馬之丞の心を思いやって二人の絆が揺るぎないものとなる。「身代わり」というモチーフも一致する。鎌倉という中世の武士の都から発想される健気な話が取りあげられているという共通点がある。

五　『懐硯』と『東海道名所記』

以上みてきたように、『懐硯』巻一と『東海道名所記』のはじまりの部分を並置してみると、類似の場所やエピソードが数か所みられることに気づく。伴山の旅をリアルなものとするために、あるいは、西鶴の脳裏に『東海道名所記』の旅の記述があったかもしれない。すでに述べたように、『懐硯』と『東海道名所記』はまったく性質の異なる作品であり、伴山と楽阿弥は似て非なる存在である。西鶴が伴山を造型する際に楽阿弥を意識していたかどうかは想像の域を出ない。

ここでは、楽阿弥という先行する旅人のイメージや、『東海道名所記』というフィクションとしての旅行記を通して、旅人伴山の姿や、旅の文学としての『懐硯』のありようが逆照射されることを確認しておきたい。『東海道名所記』を脇に置いて、『懐硯』を読んでいくならば、旅を自己修練の場としながら、その反面、物語作者の目という超越的なまなざしで「物がたりの種」を収集し、一書をなした伴山の姿がリアリティのあるものにみえてくる。老境にさしかかった一人の男が、自己の生の証として成した一書という体裁の『懐硯』は、虚構の書き手を持つ旅の文学として独自性を放っている。

『東海道名所記』を読むことによって、読者は楽阿弥とともに旅の行程を楽しむことができる。『東海道名所記』は道中記たりうる。しかし、『懐硯』はそうではない。伴山が何を見たのか、伴山が何を聞いたのかを読み取っていく作品なのである。『東海道名所記』を読んで、旅に出たくなるということがあったかもしれない。しかし、『懐硯』は「旅せぬ人」（序文）に満足感を与える作品なのである。

【注】

（1）江本裕・谷脇理史編『西鶴事典』（おうふう、一九九六年一二月）、「三　周辺資料　4社会と生活」の「旅」の項参照。

（2）『東海道名所記』本文の引用はすべて平凡社の東洋文庫所収の本文に拠る。

（3）アト・ド・フリース『イメージ・シンボル事典』（大修館書店、一九八四年三月）によると、水には、1混沌の水、2洗礼の水、3推移、過渡的段階、4水に溶けること（死）、5浄化、6審判、7不安定、8苦しみ、といったイメージがあるという。「洪水」や「嵐」に伴う「荒れる水」により、変化や死が訪れることを不安に思うか、浄化や再生のチャンスと捉えるかの違いといえる。

（4）前掲注（2）の注記。

（5）井上敏幸によると直接の典拠は、『新編鎌倉志』（貞享元年〈一六八四〉）であるという（「西鶴文学の世界―中国文学とのかかわり」解釈と鑑賞別冊　講座　日本文学『西鶴』上、至文堂、一九七八年一月）。白菊伝説は建長寺の僧と稚児白菊の悲恋を伝える。二人はともに稚児ヶ淵から身を投げている。なお、疱瘡による容貌の変化という問題については、本書第Ⅲ部「〈こころ〉と〈からだ〉」第一章2「顔の変貌―『武家義理物語』「瘊子はむかしの面影」の姉と妹―」で考える。

第三章◉

『新可笑記』巻一における反転の仕掛け

1●「理非の命勝負」の理と非

一　『新可笑記』の評価

作品の評価は時代とともに変化する。研究の進展によって作品の評価が高まるということもある。元禄元年（一六八八）一一月の井原西鶴浮世草子第一一作『新可笑記』（五巻五冊、二六話）は、西鶴作品の中でそういう作品だ。研究史上、長編か短編集か、悲劇か喜劇か、政策肯定か政策否定か、礼賛か皮肉かなどと、作品の読みが対照的になりがちな西鶴浮世草子であるが、『新可笑記』に関しては、作品そのものの評価が否定的なものから肯定的なものへと変化しつつある。

大正期の片岡良一[注(1)]以来、暉峻康隆らによって長年低い評価が与えられてきた[注(2)]『新可笑記』は、西鶴存疑作の筆頭に挙げられることもしばしばあった[注(3)]。

金井寅之助も、本書版下に西鶴筆とそうでないものがあるとし、「期日に迫っての慌しい出版」物であると判断する[注(4)]。その上で、章題の上につけられた数字を囲む枠のデザインの違いに西鶴が作品を編集した過程の痕跡を認め、すべての話を枠のデザインごとに四種類に分類する。巻一の第一章「理非の命勝負」をはじめとする四話を含む第一のグループの話は「それ〴〵まとまりのある章で、新しい見解も見られ、本書のうちでは出色のもの」として、低調な作品でありながら一部にはすぐれた話もみられることを認めている。▼注(5) 同様に森田雅也も、「構成における、不統一性、甘さが指摘できることは否めない」としつつ、「身分を超克した西鶴の創作視点」が「『新可笑記』の世界に貫徹して潜む」として、本書を部分的に評価する。▼注(6)

ところで、書誌的な問題点と内容的な不備とは必ずしも一致するものではない。加えて、いくつかのはなしが実際の大名家に起きた事件をもとにしていることが判明したり、中国や日本の古典作品の中に新たな本作の素材が発見されたりすることよって、本書一話一話の構成やテーマが、従来とは違った角度で論じられるようになり、本書の評価が高まりつつある。

その推進力となったのが杉本好伸の精力的な作品解析と新典拠提示による『新可笑記』再評価の試みである。▼注(7) また、広嶋進は詳細な注釈によって新たに作品の全訳注を行うとともに、▼注(8)「隠れた西鶴武家物の傑作として賞揚されるべき作品である」と、本書を高く評価する。▼注(9) 橋本智子も、一見したところ分裂しているような印象を与える構成や表現は、「作者の創意」を潜ませる「趣向」であるとして、評価の見直しに取り組んでいる。▼注(10) 藤原英城は、従来指摘されてきた版下や体裁の上での不備・不体裁について、「出版に際して修正を施した痕跡の窺えるものとそうでないものとの区別があること」を指摘し、不備は必ずしも不備ではなく、その中には「西鶴自身の意図・作品解釈を最大限具現化したもの」もあり、本文自体に解釈の割れを導き出す「西鶴の巧妙な仕掛け」の可能性があることを示唆する。▼注(11) 松村美奈は、〈裁き〉というキーワードに着目し、本書における親子関係を扱った裁判の話が、「単に名裁判や推理趣味を描き出そう」としたものではなく、「親子という親密な関係にひそむ危うさを描き出す」ものであると評価する。▼注(12) そして、篠原進は、本書が『荘子』の「寓言論」を方法論とした作品であるとし、西鶴が「〈今〉を撃つための、寓言化されたレトリックとしての笑い」を描こうとしたものであるという。「一見、雑然とした各話」の「混沌の奥に朧げながら見えてくるもの」として、鶴字法度への発憤を読み取る。[注13] 作品理解の深まりが、研究の熱さを物語る。

二 『新可笑記』の魅力

『新可笑記』は、不思議な魅力のある作品だと思う。

一般には、『新可笑記』は、武家物の第三作とされている。しかし、山口剛が早くから「話の重心は必ずしも武士生活、武士精神にはない」と指摘し、[注14] 野間光辰が「『可笑記』踏襲を標榜し、武士道教訓書の如き外観を呈してゐる」が、「実は教訓的といふよりも説話的興味に多く傾いてゐる。（中略）本質的には『西鶴諸国はなし』『懐硯』等の雑話物と何等異なるところはない」と述べているように、[注15] 先行する『武道伝来記』や『武家義理物語』とは一線を画す作品といえる。

冨士昭雄も、「西鶴が武家を主題とした説話を集めようとした意図」を持っていたにもかかわらず、「内容は雑多であり」「武家以外の話も収められている」と述べる。[注16] 森田雅也は、所収話の五分の二が武家以外の人物を描いていることから、「武家物からの脱却」による「町人物などに通じる世態人情を対象とした西鶴特有のものと同質」であると指摘する。[注17] 一方で、杉本好伸、広嶋進、篠原進は、それぞれ「武士社会に対するアイロニックな作者の視点」[注18] を読み取り、「政道批判や政治批判」[注19] の要素があり、「当世武士の内実を剔出」[注20] した挑発的な一書であるとする。

また、一見千差万別な話の集積であるかのようだが、複数の話にいくつかの共通のコードを見いだすこともできる。すでにみてきた論者たちのうち何人かは、全二六話をいくつかの視点で分類した上で論述を展開している。[注21] いわば、テーマ別、素材別、モチーフ別に分類したくなる作品なのだ。

杉本好伸は、巻毎の関連性について検証し、「一巻中のほぼ三話ないし二話といった続きの章間で、内容に関わるモチーフ、筋立てに関わるプロットといった作品形成の基本軸に関して、確かな関連性の存すること」を指摘し、「ある関連性を有するグループ中の一話が、他の関連性を有するグループとも別の諸点で併結し、両者が連鎖していく」構造を明らかにする。[注22] さらに、〈二人話〉〈三人話〉〈金欲話〉〈養生話〉〈出家話〉〈動物話〉といった話柄による共通点や、謡曲や『大学』『荘子』といった出典の共通点などによって巻毎の特質を分析した上で、作品全体の構成への配慮があったことを論じる。[注23]

広嶋進も、巻一、巻二には、楠正成の旗印に書かれていたとされる「非・理・法・権・天」の問題に関わる章が多いこと、巻三以降では、巻一、二と同一のテーマやモチーフを発展させつつ、「心の虚実（嘘と実）を趣旨とする」話、「政道批判」、「浪人の仕官を巡る話」「家業専一、武芸専一」の話、「善悪の転変」というテーマの話がそれぞれ二、三話ずつあるという読みを示す。[注24]

また篠原進は、巻一の第四章「生き肝は妙薬のよし」について、「生きるということは、選び取り、選び取られること」であり、「そうした宿命を可視化する装置として、それを照らす光源として、西鶴は「死」が日常化されている武家社会を使う」という。[注25]

ところで「死が日常化されている」ということについていえば、本書が下敷きにしている『可笑記』がしばしば援用し、西鶴自身も好むところであったと思われる『徒然草』は、「メメント・モリ（死を覚悟せよ）」と繰り返し言う。「人はた、無常の身に迫りぬることをひしと心にかけて、束の間も忘るまじきなり」[注26]（第四九段）「命は人を待ものかは」（第五九段）「死期はつゐでを待たず。死は前よりしも来たらず、兼て後ろに迫る」（第一五五段）といったフレーズは、人々の頭にこびりついているものだろう。篠原の考えを踏襲するなら、本書は、きわめて普遍的なテーマを内包した懐の深い作品であるとみなすことができる。

さまざまな先学の恩恵に浴しながら、西鶴の創作方法という視点で、『新可笑記』巻一の第一章「理非の命勝負」（本文中の章題は「利非の命勝負」）の構造を明らかにしたい。

三　「理非の命勝負」の問題点

『新可笑記』巻一の冒頭話「理非の命勝負」の話の内容を広嶋進による梗概によって示す。[注27]

九州のある国に、奈良春日《かすが》の里から、舞曲の巧みな美少年二人が招かれた。人々は七夕の夜、場内の舞台で踊りを堪能した。が、その間にお納戸の五百両が盗まれてしまった。若殿は犯人探索を命ずるが見付からない。ついに納戸奉行四人の切腹かというとき、宇士《うど》の長浜の行者が、神通力で真犯人の武士を見破った。武士と行者は互いに自分の正しさを主張して譲らなかったが、拷問の末、武士は行者の命を惜しみ、真実を告げて絶命する。以後この国の人々は質朴正直になり、道を守るようになった。

金井寅之助が「話柄といひ、まとまりといひ、文章に若干の疵はありながらも本書の中では最も感銘を与へるもので、巻頭に置かれたのは当然である」[注28]と高く評価した作品である。以来、本話の眼目についてはさまざまに解釈されてきた。浮橋康彦は、「犯人の心理的動揺や告白の動機に興味の中心がある」と述べる。[注29]確かに、容疑者は、拷問が苦痛だったからではなく、しかもほとんど意識のない中で絶命寸前に、行者の命を惜しいと思ったことを理由に自白にいたるという点に、読者の意表をつく展開がある。

容疑を否認していた侍が拷問の末に犯行を自白する。侍の告白を見てみよう。

世にはかかるふしぎもあり。人相を見て大事をしる。宮内当国の重宝、此御家なを治まるべき瑞相なり。其金盗人我なり。心の外なる事にさしつまり、傍輩の難義をかへり見ずして是を盗ぬ。無刀の大賊、不仁の凶徒に劣れり。今破責《はしやく》のくるしみによつて白状申（す）にはあらず。それがし此まま命終るにおひては、世の宝なる宮内が命の程の惜《おし》まれ、最後にいたつてかくはいひ残し侍る。その五百両の金子、はや百五十両自分の要用につかひ、残《のこり》三百五十両は、我住し屋敷の泉水の北の方なる岩組の根に

自分を犯人だと見破った行者を「当国の重宝」と言う。自白するのは拷問に耐えられないからではなく、行者の命を惜しく思ってのことだと述べている。井口洋はこの告白に次のような矛盾があるという。▼注(30)

①行者が「人相を見て大事をしる」ということは、犯人と名指された時点ですでにわかっていたのに、今さらそれを指摘している点
②「宮内が命の程の惜しまれ」とあるが、拷問を受ける時点では「宮内が五体八割きにな」すことを望んでおり、矛盾する点
③拷問の当初から行者も命を惜しむようすはなく、その覚悟のほどはわかっていたのに、ようやくそれを認めた点

「『最後にいたつて』ようやく、以上三点の事実を認めたという、いささか間延びした話▼注(31)」だという指摘は、まさにそのとおりだ。井口は、侍が自白したのは自分の「武士の心根」が行者に認められたためだとする。

一方、杉本好伸は、本話が「藩主の愚」を告発するものであるとして次のように分析する。[注(32)]

殿も老中も役人も皆、この事件を機に自らの〈愚〉をさらけ出していた、ということになる。舞曲の美童を見られぬ者たちに「あはれみ」をかけ、城内に舞台を設え、「すゑ〳〵の万人自由に見るため」に土座を開放した、その殿が、一旦事が起こるや、「城下の道すじ人馬の往来をとゞめ、一国のわずらひ」となるのを放置する。この余りにも極端な変身ぶりにも、既にその〈愚〉の一端はあらわれていた。

盗難事件は藩主の愚かさが原因だという読みに賛成である。

春日の里からの美童の舞が行われる七夕の日、きょうは特別な日だからと、横目は家来たちがそれぞれの持ち場を離れるのを黙認していたと書かれているし、明け方近くなってそろそろ舞曲の上演が終了するというので、四人の納戸奉行全員が、舞を見に出払ってしまい、金子置き場に誰も見張りが居ないという状態になったことが強調されている。「勤め所空けらるる事粗略」と叱責され、「その身無沙汰よりおこりぬ」と納戸奉行の責任が問われ、結局が四人とも自ら切腹を覚悟しているから、盗難事件を描きつつ、実は、その事件を誘発する原因が周囲にあったことを告発する話と考えるのは自然な読みだ。しかし盗みを働いたものと、盗まれるような状況をつくったものとどちらが悪いかということは、簡単には断ずることのできない微妙な犯罪心理学的な問題だろう。

ところで行者は、「恒《つね》の産なければ恒の心なし」という『孟子』の箴言を引いて、侍の邪心が目つきに表れていることを指摘する。この箴言は『徒然草』第一四二段にもある。以下、『徒然草』の本文である。

世を捨てたる人のするすみなるが、なべてほだし多かる人の、よろづにへつらひ、望み深きを見て、むげに思ひくたすは僻事《ひがごと》なり。その人の心になりて思へば、まことにかなしからむ親のため、妻子のためには、恥をも忘れ、盗みもしつべきことなり。されば、盗人をいましめ、僻事をのみ罪せむよりは、世の人の飢ゑず、寒からぬやうに世を行《おこな》はまほしきなり。人、恒《つね》の産なき時は恒の心なし。人窮まりて盗みす。世治まらずして、凍餒《とうたい》の苦しみあらば、咎《とが》の者絶ゆべからず。人を苦しめ、法を犯さしめて、それを罪なはんこと、不便《ふびん》のわざなり。
　さて、いかにして人を恵むべきとならば、上の奢り費やすところをやめ、民を撫で、農を勧めば、下《しも》に利あらむこと、疑ひあるべからず。衣食世の常なる上に僻事せん人ぞ、まことの盗人とはいふべき。

治世不安な折の貧窮からの盗みの責任は治世者にあると兼好はいう。そして、最後に、「衣食世の常なる上に僻事せん人ぞ、まことの盗人とはいふべき」と付言する。侍の盗みはこれに相当する。

　本話において、盗みの理由は明らかにされていないが、侍は「心の外なる事にさしつまり」、同僚がどれほど迷惑するかということを考えもせず金を盗んだと告白している。そもそもこの侍は、行者が推理しているように怪しまれずに納戸行くことのできるほどの高位にあったわけで、行者が彼を犯人と断じたときにも、老中は、「歴歴の侍」であるから犯人であるはずがないと断定している。『徒然草』の文脈に即していえば、貧しさゆえの「凍餒（寒さと飢え）の苦しみ」により盗みを働いたというわけではなさそうである。「心の外なる事」というのが、どれほどの緊急性のあることで、また、侍が止むに止まれぬ状況に追い込まれていたかどうかということは不明だが、「百五十両自分の要用に使ひ、残り三百五十両」を池に隠したということは、とりあえず必要だったのは盗んだ金の一部にすぎなかったということがわかる。禄を食むものである以上、普通に勤務し、普通の生活をしている限り、衣食に困るはずはない。同情の余地がある盗みとは思いにくい。しかも、残り三五〇両もの大金を無駄に池に沈めている。

　つまり井口の指摘する三つの矛盾点のほかに、何のために一五〇両の金が必要だったかという犯罪捜査において最も重要な動機が明らかにされていないこと、五〇〇両のうち三五〇両が未使用のまま返されたこと、さらに、侍が犯人として断罪されないという違和感がある。藩主が盗みを働いた侍に対して、「尤《もつとも》大悪心なれ共、大事に人の命を思ふ事、武士の心底」と感服しているため、盗みという犯行が無化され、犯人さがしという当初の目的から結論がずれている。

西鶴はなぜこのような、矛盾点や違和感を作品に与えたのだろうか。

井口・杉本の解釈の根拠は、侍の告白や結末の矛盾・違和感に起因する。とすれば、そこにこそ、西鶴の「仕掛け」があるとはいえないだろうか。杉本は、本話を、目先を奪う趣向の影に、諷意をさりげなく忍ばせた話として高く評価する。▼注(33) 理と非のどちらに命をかけるかという命題であるにせよ、藩主の愚の内実であるにせよ、読者に疑問を持たせることによって、何かをはらんでいると思わせ、あれこれと想像をめぐらすことを強いていることは否定できないだろう。

そして、本話にはもうひとつ見逃すことのできない矛盾点がある。それは、観相に関することである。

四　観相の問題点

前に引用したように、広嶋進は、本話の梗概を記述するにあたって、「行者が、神通力で真犯人の武士を見破った」と書いているが、実は、行者はいわゆる神通力は使ってはいない。観相に至るまでの経緯を確認してみよう。

「神道の行者、浮橋宮内卿《くないきやう》橘の正連《まさつら》といへる人」は、「平生《へいせい》真言の行りきをもつて、人相見る事」ができた。犯人探索のために城下の道が人馬通行止めになり、「国中の難儀」となっていることを案じた正連は、自ら犯人捜査協力を申し出る。

家中全員の人相を一人ひとり見た上で、「百三十七人めの茶小紋の上下着《かみしもちやく》したる人」が犯人であると断言する。名指しされた侍は、犯人であることを否認し、「理非明らかなる所なり。それ人相をもつて善悪を知る事、唐土の袁天《えんてん》綱《かう》、我朝《わがてう》の清明《せいめい》ごときさへ、偶中《ぐうちう》といふ事もあり。いはんや其方の凡慮にて、人相の家職は価《あたひ》をうばふの賊なり。我に何の見所有（り）て罪に落すや」と、逆に行者を詰問する。観相に対して懐疑的で、袁天網や晴明でさえ当て推量ということもあるから、「其方の凡慮」など通用しないと自信たっぷりに言い切る。犯人と名指しされた侍は、観相という行為が所詮人間の能力に依存した当てもの的なものに過ぎないことを主張する。

それに対して、行者は、「尤なり」とそのことを認めている。ただし、「天理の常をもつて」観相すれば、必ずあたると反論する。逆に、そのことは、「天理」をもって観相をしない場合は、はずれてしまう危険性があることを暗示する。『和漢三才図会』巻七人倫類には「相人《にんさうみ》」の項目があり、「相は省視なり。広博物志に云ふ、伯益始めて獣を相《み》る。周の史佚一人始めて人を相る」と、中国の相術の歴史が紹介され、「凡そ耳厚くして堅く、聳として長き者は寿相《いのちながき》なり」「短き者は殀《わかじに》の相なり」というように、面相の見方がいろいろと書かれている。▼注(34) 福耳、三白眼と言われるような現代に通じる人相のポイントが説明されていて、観相学が社会的に認知されていたことを示している。時代が下ると観相学の祖といわれる水野南北（一七六〇―一八三四）が登場するが、本話における観相は、そのような術とはほど遠いものになっている。

以下の行者のことばは、神通力としての神がかった観相について言及するものではなくて、杉本がいうように「一般人が日常的に口にする、『目は心の窓』なることを言っていたにすぎない」▼注(35)。

貴方《きはう》の明徳門の文字の見やうは、諸人の眼色とは事かはり、面体《めんてい》は仰《あをの》き見ん共、瞳子《ひとみ》にては地を見る事、是第一の目付なり。されば眼《まなこ》は神明《しんめい》の宅にして明鏡《めいけい》のごとし。胸中に邪《よこしま》あれば瞳子《どうし》正しからず。心炁にあらざれば見れ

共みへざるにはあらずや

ここで明らかなことは、「人相を見る」といいながら、その実、挙動や態度を読み取り、また、「神明《しんめい》の宅」としての目つきで判断しているということだ。人間に対する観察力や洞察力の表れとして「観相」というモチーフが利用されているといえよう。真言宗を修める道士が人間観察にすぐれていることはありえることであるが、行者が行っていたのは「真言の行力」としての観相とはほど遠いものだった。

この点をどのように理解すればよいのだろうか。

すでに述べたように、本話にはさまざまな矛盾がある。大和春日の美童が、七夕の舞をするために鳴り物入りで城内にやってきたことを強調しつつ、盗みが起こる素地が城中にあったことを暗示したり、さらに、観相という一見信頼のおける行為の危うさを述べたりする。さらに、結末部分においては、矛盾に満ちた告白を犯人にさせ、それに対して本筋とずれた藩主の対応が書かれていた。

ここで、「人は虚実の入物」というよく知られた『新可笑記』序文のことばが思い出される。序の全文は次のとおりである。

笑ふにふたつ有。人は虚実の入物。明くれ世間の慰み草を集めて詠めし中に、むかし淀の川水を硯に移して、人の見るために道理を書（き）つづけ、是を可笑記として残されし。誰かわらふべき物にはあらず。此題号をかりて新たに笑わるる合点、我から腹をかへて、知恵袋のちいさき事、うまれつきて是非なし。

この序文で西鶴は、如儡子著『可笑記』（寛永一九年〈一六四二〉）の「題号を借りて、新たに笑わるる合点」としたのが本作であると宣言する。三浦邦夫は、「侍の柔懦、為政者の不明に対する厳しく激しい批判」を展開した『可笑記』は、「今日あるべき主君と侍の在り方を論ずることへと志向させていく」作品であることを証明している。▼注(36) 西鶴は、そのような『可笑記』に展開された「道理」とは一線を画した笑いの書として、本書を執筆したといっている。『可笑記』における笑いと『新可笑記』における笑いとを並べて、前者は笑うべきものではなく、新しい笑いを提供するのだという。しかし、それも、結局は「知恵袋」小さく生まれついているから「是非なし」と否定する。つまり、提示する新たな笑いとて所詮自分の小さな知恵袋によるもので、そのことが笑われる合点であるという文脈になっている。「人は虚実の入物」とあるとおり、入れものに虚が入ったり、実が入ったりする。

序文に続く巻頭の一話として、本話は、「盗み」や「観相」、さらには、死ぬ瞬間という人生の一大事においてさえ、人のことばや心が虚ともなり実ともなる反転構造を内包していることを描く。次々と矛盾点が発見され、相対化される人物は可でもなく不可でもなく、ただ笑うしかない存在といえよう。

盗みという道理に反する行為を糾弾する事件について長々と描写しつつ、最後の城主の一言が盗みを無化してしまう。そこには、道理であるかどうか、理であるか非であるかという二者択一の議論を超えた論理構造がある。言い換えれば、命をかけた二人の勝負そのものが「笑わるる合点」なのである。一つの事件、一つの出来事が起きたときに、さまざまな判断が発生し、意味や教訓があれこれと取り沙汰される。逆に考えれば、一つの出来事の背景には、さまざまな事情や思いが錯綜している。事件についていろいろと思いをいたすことで人間の行動の不可思議さや底知れない人間心理の内奥に迫ることができる。「理非」は命をかけて勝負してさえ、なかなか一筋縄では明らかにならない。

ここで、話は迂回するが、日本文学に描かれたさまざまな「観相」について概観してみよう。

五　日本文学に描かれた「観相」について

行者が安倍晴明と並べて言及する袁天綱は、隋末から唐代にかけて活躍した方術士で、人相を観ることに精通していたという。『唐書』『新唐書』、また、『太平広記』はその事跡について紹介する。『太平広記』は、巻二二一から巻二二四まで、「相一」～「相四」として、相術に関して記述し、中国における観相学の隆盛ぶりを想像することができる。そこには、全部で五五人もの人相見が登場するが、袁天綱はその筆頭に掲げられている。また、早くに中国で確立された相術は、中古以来さまざまなかたちでわが国の文学作品に登場している。

その中で最もよく知られているものが『源氏物語』「桐壺巻」における、光源氏に対する観相であろう。これは、王権をめぐる物語としての『源氏物語』全体の構想に関わる重要なエピソードである。『源氏物語』本文に即して経緯を確認しておきたい。

光源氏の将来を案じた桐壺帝が、宮中を訪れていた「高麗人《こまうど》」の中のかしこき相人に、七歳になった光源氏の観相を依頼する。相人は、「国の祖《おや》と成《なり》て、帝王の上《かみ》なき位に上るべき相おはします人の、そなたにて見れば乱れ憂ふることやあらむ、おほやけのかためと成《なり》て、天下をたすくる方にて見れば、又その相たがふべし」[注37]と予見する。国父となる相を持っているが、帝位につくと治世が乱れ、憂慮する事態が起きてしまうだろう。かといって、補佐的な役に就く相ではないと言う。桐壺帝は、「かしこき御心に、大和相《やまとそう》」に重ねて観相を依頼する。見立ては同じだった。「思し寄りにける筋なれば、いままでこの君を御子にもなさせ給はざりける」という心中は複雑だ。父親として、また、帝王として、さらには、最愛の桐壺更衣の死について思いをめぐらす中で、常に光源氏の将来に関して考えるところがあったということだろう。自分の考えの裏づけをとるために、高麗と大和の相人を重ねて招き、光源氏を観させた。さらに宿曜道の達人にも光源氏の運勢を占わせるという念の入れようで、その結果も二つの観相と同じであったために、皇子とはせず、臣下に降下させ源氏を名乗らせることとする。

このことから、高貴な生まれの人間に対しては、さまざまなかたちで占術が行われ、その将来の安泰を保証すべくさまざまな手立てがとられたということがわかる。見方を変えれば、高麗人の相人、大和相、宿曜師に再三確かめているということは、自分の感覚がもしかしたら違っているのではないか、あるいは、違っていて道を誤ってしまっては大変であるという不安と慎重さの表れといえる。一人だけではなく三人の占術を試しているということは、彼らの言うことがあくまでも予見であるし、占い師である前に人であるから、人としての間違いが必ずありうる、と帝が十分認識していることを意味する。結局三人に同じことを言われ、帝は自分の考えの正しさを確かめたことになる。ある意味で帝は、観相や占星に対して半信半疑だった。しかし、観相学や宿曜は、生きていくための安定と自信を与えるものとして社会的に認知されていたのである。

このように、主人公の英雄性を保証するものとして相人が登場するのは、『大鏡』も同様で、相人は、藤原道長が、将来高い地位に就くことを予見する。▼注(38)

> 女房どものよびて、相ぜられけるついでに、「内大臣殿《道隆》はいかゞおはす」などとふに、「いとかしこうおはします。天下とる相おはします。中宮大夫殿《道長》こそいみじうおはしませ」といふ。又、あはた殿《道兼》をとひたてまつれば、「それも又いとかしこくおはします。大臣の相おはします」。又、「あはれ、中宮の大夫殿《道長》こそいみじうおはしませ」といふ。又、権大納言殿《伊周》をとひたてまつれば、「それもいとやんごとなくおはします。いかづちの相なんおはする」と申（し）ければ、「いかづちはいかなるぞ」とふに、「ひときはいとたかくなれど、のちとげのなきなり。されば、御すゑいかゞおはしまさんとみえたり。中宮の大夫殿《道長》こそ、かぎりなくきはなくおはしませ」と、こと人をとひたてまつるたびには、この入道殿《道長》をかならずひきそへたてまつりてまうす。「いかにおはすれば、かく毎度

にはきこえたまふぞ」といへば、「第一相には、とらの子のふかき山のみねをわたるがごとくなるを申(し)たるに、いさゝかもたがはせたまはねば、かく申(し)はべるなり。このたとひは、とらの子のけはしき山のみねをわたるがごとしと申(す)なり。御かたち・ようていは、たゞ毘沙門のいき本みたてまつらんやうにおはします。御相かくのごとしといへば、たれよりもすぐれたまへり」とこそ申けれ。いみじかりける上手かな。あてたがはせたまへることやはおはしますめる。

相人を招いたのは女房たちで、彼女たちを観相するついでに、道隆、道長、道兼、伊周《これちか》の観想が行われたことがわかる。もちろん、記述の目的は、道長の吉相について言及することにある。たまたま女房たちのところに来た相人に、半ば興味本位から、男性群に対する観相が行われた。そして、「あてたがはせたまへることやはおはしますめる」とあり、実際の道長のその後が、相人の予見どおりになったことが確認される。『源氏物語』とは趣が異なり、ここでの道長に対する未来予測は、「当てもの」的な取り扱いになっている。

武士たちの命運を語る軍記物語においては、どうだろうか。

『平家物語』巻第四は治承四年(一一八〇)の以仁王の挙兵とその失敗について語るが、その中の「鵼」や「三井寺炎上」の語りは、平家勢力に暗雲が立ち込めていることを暗示する不穏なものだ。「源氏揃」と「通乗之沙汰」に相人が登場する。「源氏揃」では、「少納言維長《これなが》(相少納言)」という「勝たる相人[注(39)]」が、以仁王に対して「位に即《つか》せ給ふべき相在《まし》ます。天下の事、思食《おぼしめし》はなたせ給ふべからず」と相する。天下を取るという観相のことばによって、以仁王は挙兵を決意するが、それは失敗に終る。その後、「通乗之沙汰」では、次のように語られる。

昔通乗といふ相人あり。宇治殿・二條殿をば、「君三代の関白、ともに御年八十」と申(し)たりしもたがはず、帥のうちの大臣《おとゞ》をば、「流罪の相まします」と申（し）たりしもたがはず。聖徳太子の崇峻天皇を「横死の相在ます」と申させ給ひたりしが、馬子《むまこ》の大臣に殺され給ひにき。さもしかるべき人〻は、必ず相人としもにあらねども、かうこそめでたかりしか。これは相少納言が不覚にはあらずや。

通乗のエピソードは『古事談』や『今昔物語集』にもみえる。通乗という高僧の観相は、内大臣や天皇に対して流罪や横死という忌むべき未来を大胆に予見したにも関わらずそれが的中したというものだった。一方、相少納言は、以仁王の吉相を予言するが、周知のとおり以仁王の挙兵は失敗する。相少納言の観相ミスは、あくなき権力欲に取りつかれた人々の責任転嫁の対象となっている。挙兵したいと思い、また、周囲も挙兵させたいと躍起になっている中で、挙兵が吉であるという観相結果以外の予測が出たとしても、挙兵を思いとどまったとも思えない。すぐれた相人の観相でさえはずれるというところに、天の理を越えた人間のドラマが展開する『平家物語』のおもしろさがある。

次に、『徒然草』に出てくる相人について見てみよう。一四五段と一四六段で、兼好は観相について言及する。一四五段では、随身秦重躬が下野入道信願に対して「落馬の相ある人なり。能〻慎み給へ」と忠告する。ところが、当人が「いとまことしからず思ひける」と、信じないまま、落馬して亡くなってしまった。秦重躬の発言に対して、「道に長じぬる一言、神のごとしと人思へり」と人々は、秦重躬の占術の確かさを賞賛した。しかし、そのあと、ある人が「いかなる相ぞ」と落馬の相について尋ねたところ、重躬が「極めて桃尻（不安定な尻）にして、沛艾《はいがい》の馬（荒っぽくよく跳ねる馬）を好みしかば、此の相を負ほせ侍き」と答えたという。ここには、見たとおりのことがらを、合理的に分析する相人の態度がある。

また、一四六段は、『平治物語』や『源平盛衰記』にも載る天台座主明雲《みょううん》のエピソードを紹介する。明雲は、あるとき相人に対して「をのれ、もし兵杖《ひやうじやう》の難（武器による災難）やある」と尋ねる。それに対して、相人は、明雲が天台座主という兵難に遭いそうもない立場にありながら、「仮にもかくおぼしよりて尋ね給ふ、これ既にその危《あやぶ》みのきざしなり」と観相した。そしてそのとおり、明雲は射殺されてしまったという。つまり、相人は、観相したというよりも、明雲のことばを聞いて、そんな胸騒ぎがするなら、その予感は的中すると判断している。

これは、『源氏物語』で桐壺帝が、自分の直観を裏付けるために観相を依頼したことと通じ合う。ほかにも説話集など、日本の古典作品にける、相人のエピソードは枚挙に暇がない。そして、観相の根拠が必ずしも面相そのものにはなく、相手の行動の癖や思考パターンを読み取る洞察によっていること、相術には当たりはずれがあること、さらには、「高名せんずる人は、其相ありとも、おぼろけの相人のみることにてもあらざりけり」▼注(40)（『宇治拾遺物語』「東北院菩提講聖事」）といわれるように、相術の危険度について人々が充分に認識してきていることが理解できる。その根底には、人は常に未来に対する不安と自分の未来を知りたいという欲求を持っているという事実がある。人間を観察し、人間のドラマを描いてきた文学者たちは、術のすばらしさや不思議さを紹介するという博物誌的な興味からではなく、人間心理の襞や運命の機微を描くために、人相見のことばに思わず耳を傾けざるを得ない人々を取りあげているのだろう。

六　沈黙の笑い

前節で確認したような先行文芸における一連の観相話の中に「理非の命勝負」を位置づけてみると、西鶴もまた、人相見の行為を、不思議な神通力によって事件が解決したという文脈で用いているのではないことがよりいっそう理解できる。

すでに先行文芸で摘発されているような危うい相術に頼ろうとすること自体「笑わるる合点」（序文）だといえるだ

ろう。さらに、いわゆる観相とは違って、人間観察による観相を行っているにすぎない宇土長浜の正連自身も、その道のプロから見れば「笑わるる合点」であるし、また、そういう正連を人相見の名人として信頼している地元の人も「笑わるる」し、事件の挙句に正連を取り立てた藩主、「人の心質直になりて、道をまもりけるとなり」となった結末も「笑わるる合点」なのかもしれない。そうして、次々と笑いの鎖をたどっていくと、良いか悪いか、正しいか間違っているかと判断すること自体が無化される。美童の舞に夢中になって防犯がお留守になる城内。五〇〇両盗んで、一五〇両使って残りを水に沈めた侍。彼が無理な理屈を展開して死ぬ最後に自分の罪を認めたこと。犯人を褒める城主。すったもんだの挙句平和が訪れた城内。いくつかの矛盾点を作品に仕掛けることで、すべてを笑いの中に包摂する。支配者・被支配者、弱者・強者の隔てを取り払ってしまう沈黙の笑い、これが西鶴が新たに描こうとした笑いではないだろうか。

【注】

（1）片岡良一『井原西鶴』（至文堂、一九二六年三月）。

（2）『新可笑記』に対する否定的な見解は、「登場する人物の内部に全然タッチしてゐないので、作者にとつても心惹かれるものがあるのでもな」いと述べる。「また文学史的にみても、なんらプラスするところのない作品といはざるをえない」（暉峻康隆『西鶴研究と評論』下、中央公論社、一九五三年二月）、「職業作者的安易さに馴れ、説話的興味の追求だけに終つた作品」（野間光辰「西鶴と西鶴以後」『西鶴新新攷』岩波書店、一九八一年一月。初出は、岩波講座日本文学史第十巻『近世』岩波書店、一九五九年七月）に代表される。

（3）野田寿雄は、「はっきり言って文章は悪文であるし、構成もあまりまとまっていない」から、「全部と言わないまでも、かなり他人に代作させた疑いが濃厚である」と指摘（『日本近世小説史　井原西鶴編』勉誠社、一九九〇年一月）。また、江本裕も本書が複数作者による可能性が強いとする（「新可笑記」、浅野晃・谷脇理史編『西鶴物語』有斐閣、一九七八年一二月）。冨士昭雄は本書が「西鶴の生涯中、その作品が最も多く公刊された年」に出版されており、「これほどまでに多様の作品を　同時期に出すとなると、代作者、助作者の存在の問題も考えられる」とする（決定版対訳西鶴全集9『新可笑記』「解説」、明治書院、二〇〇二年一二月。初版は一九七六年八月）。

（4）金井寅之助「『新可笑記』の版下」。初出は、『ビブリア』第28号（一九六四年八月）。引用は、『西鶴考』（八木書店、一九八九年三月）に拠る。

（5）同右。

（6）森田雅也「『新可笑記』における創作視点」。初出は、『東大阪短期大学研究紀要』第13号（一九八八年一月）。引用は、『西鶴浮世草子の展開』（和泉書院、二〇〇六年三月）に拠る。

（7）杉本好伸の一連の論考は以下のとおり。

①「『新可笑記』巻頭章の趣向と主題」（『安田女子大学大学院文学研究科紀要』第2集日本語日本文学専攻第2号、一九九七年三月）。

②「『新可笑記』最終章の考察―二話合体構成説をめぐる検討を中心に」（『安田女子大学紀要』第26号、一九九八年二月）。

③「死出の旅行約束の馬」考―『新可笑記』巻二の五の再検討」（『文教国文学』第38／39号、一九九八年三月）。

④「魂よばひの百日の楽しみ」考―『新可笑記』巻二の六の再検討」（『鯉城往来』創刊号、一九九八年三月）。

⑤「〈子細〉への誘い―『新可笑記』巻三の二「国の掟は知恵の海山」の作品構造」（『広島文教女子大学紀要』第33号、一九九八年一二月）。

⑥「『新可笑記』最終章の考察―二話合体構成説をめぐる検討を中心に―」（『安田女子大学紀要』第26号、一九九八年一二月）。

⑦「西鶴とお家騒動（下）―巻三の三を中心に」（『国語国文論集』第29号、一九九九年一月）。

⑧「〈殺害〉と〈慰藉〉をめぐる短編―『新可笑記』巻一の四・巻二の二」（『安田女子大学紀要』第27号、一九九九年二月）。

⑨「西鶴とお家騒動（上）―『新可笑記』巻二の四を中心に」『安田女子大学大学院文学研究科紀要』第4集日本語日本文学専攻第4号、一九九九年三月）。

⑩「『新可笑記』の作品構成―各章間における相互関連の検証を中心に」（『鯉城往来』第2号、一九九九年一〇月）。

⑪「『新可笑記』ノート―成立解明に向けての一階梯として」（『国語国文論集』第30号、二〇〇〇年一月）。

⑫「『新可笑記』作品構成補遺考」（『安田女子大学紀要』第28号、二〇〇〇年一月）。

⑬「〈藩主〉の位相―『新可笑記』巻五の三「乞食も米に成男」における操作機視点をめぐって」（『安田女子大学紀要』第29号、

二〇〇一年二月)。

⑭「西鶴〈話の種〉―『新可笑記』巻四の二「歌の姿の美女二人」の創意をめぐって」(『安田女子大学大学院文学研究科紀要』第6集日本語日本文学専攻第6号、二〇〇一年三月)。

(8)新編日本古典文学全集69『井原西鶴集』④(小学館、二〇〇〇年八月)所収の『新可笑記』全訳注。

(9)広嶋進同右「解説」及び「『新可笑記』の「道理」と政道批判―『可笑記』『太平記』との関わり」。初出は、『江戸文学』23号(二〇〇一年六月)。引用は、『西鶴新解　色道と武道の世界』(ぺりかん社、二〇〇九年三月)に拠る。

(10)橋本智子「『新可笑記』巻一の三「木末に驚く猿の執心」試論―猿の復讐譚に潜む創意―」(『学芸国語国文学』第37号、二〇〇五年三月)。

(11)藤原英城「『新可笑記』巻四―三「市にまぎる武士」の謎―犯人を捕まえたのは誰か―」(『日本文学』第54巻第10号、二〇〇五年一〇月)。

(12)松村美奈「『新可笑記』に描かれる「裁き」について―「親子関係」を中心に―」(『愛知論叢』第81号、二〇〇六年九月)。

(13)篠原進「二つの笑い―『新可笑記』と寓言―」(『国語と国文学』第85巻第6号、二〇〇八年六月)。

(14)「西鶴について」。初出は、日本名著全集第二巻『西鶴名作集』下、一九三一年一二月。引用は、『山口剛著作集』第一巻(中央公論社、一九七二年四月)に拠る。

(15)野間光辰『補刪西鶴年譜考證』(中央公論社、一九八三年一一月)。

(16)前掲注(3)に引用した決定版対訳西鶴全集九『新可笑記』「解説」。

(17)前掲注(6)に同じ。

(18)前掲注(7)論文⑥。

(19)前掲注(9)に同じ。

(20)前掲注(13)に同じ。

(21)前掲注(7)論文⑥。また、前掲注(3)野田寿雄論文、及び、冨士昭雄「解説」、(4)、(6)、(12)は、分類方法や視点は異なるにしても、共通して話の分類一覧が掲載されている。注(13)も全話にわたってモチーフの共通点でくくりながら論を展開する。浮橋康彦は、それらが「二段複合構造」で構成されているとする(「『新可笑記』の構造をめぐって」森山重雄編『日本文学始源から現代へ』笠間書院、一九七八年九月)。
(22) 前掲注(7)論文⑩。
(23) 前掲注(7)論文⑫。
(24) 前掲注(9)に同じ。
(25) 篠原進「西鶴のたくらみ」(『江戸文学』36号、二〇〇七年六月)。
(26)『徒然草』本文の引用は、すべて新日本古典文学大系39・佐竹昭広・久保田淳校注『方丈記 徒然草』(岩波書店、一九八九年一月)所収の本文に拠る。
(27) 前掲注(8)掲載の「巻一 あらまし」に拠る。
(28) 前掲注(4)に同じ。
(29) 前掲注(21)浮橋論文。
(30) 井口洋「『新可笑記』試論—一の一、一の三・一の五—」。初出は、『ことばとことのは』第4号(一九八七年二月)。引用は、『西鶴試論』(和泉書院、一九九一年五月)に拠る。
(31) 同右。
(32) 前掲注(7)論文①。
(33) 同右。
(34)『和漢三才図会』の本文の引用は、『日本庶民生活資料集成』28(三一書房、一九八〇年四月)所収の本文に拠る。
(35) 前掲注(7)①の論文参照。
(36) 三浦邦夫「『可笑記』と中世文芸—『沙石集』・『十訓抄』との関連—」。初出は、「『可笑記』出典考—沙石集・十訓抄との関連—」(『秋田語文』第1号、一九七一年一二月)。引用は、『仮名草子についての研究』(おうふう、一九九六年一〇月)に拠る。
(37)『源氏物語』本文の引用は、すべて新日本古典文学大系19『源氏物語 一』(岩波書店、一九九三年一月)に拠る。
(38)『大鏡』本文の引用は、すべて松村博司校注・日本古典文学大系21『大鏡』(岩波書店、一九六〇年九月)に拠る。
(39)『平家物語』本文の引用は、すべて梶原正昭・山下宏明校注・新日本古典文学大系44『平家物語 上』(岩波書店、一九九一年六月)に拠る。

（40）『宇治拾遺物語』本文の引用は、すべて三木紀人・浅見和彦・中村義雄・小内一明校注・新日本古典文学大系42『宇治拾遺物語 古本説話集』（岩波書店、一九九〇年一一月）に拠る。

2 ●「木末《こずえ》に驚く猿の執心」の生と死

一 「入物」というメタファー

前節で述べたように『新可笑記』第一話「理非の命勝負」は、いろいろな偶然が重なって起きた事件の後処理を一見美談として語る話のようにもみえる。しかし、話全体にところどころ矛盾点が配されており、いったんそこに気がつくと、次々と綻びが見えてきて、つまるところ、武家社会で生きる武士たちの矛盾した心のありようや、その愚かさと弱さを描き出した話として読むことができる。▼注(1) その〈綻び〉は、作者の意図的な仕掛けであり、少し気を付けて読めばその仕掛けに気づくようなことばの運びになっている。それは、一読後の消化不良な印象、どこか割り切れない感覚、何かに引っ掛かりを感じる違和感をきっかけとして明らかになる。そして、そういった作品の陰影は、「可」でも「不可」でもなく、「理」とも「非」とも断定できない、矛盾を内包する存在としての人間の姿を浮き彫りにする。

ところで、前節で引いた序文の首尾には、「人は虚実の入物」「知恵袋のちいさき事」という正直の心や知恵を治める容器というメタファーが用いられていることに気づく。

入れ物に何を入れるか、その中身によって実態はさまざまに変化する。西鶴はほかでも、「まことに心は善悪二つの入物ぞかし」（『懐硯』巻四の第一章「大盗人入相の鐘」）といい、「人は実あつて、偽りおほし。其心《ン》は本虚《もときよ》にして物に応じて跡なし」（『日本永代蔵』巻一の第一章「初午は乗てくる仕合」）と記す。入れ物としての人間の〈こころ〉は、本来無色透明なものであり、そこに何が入るかによって〈こころ〉の色が決定されるという考え方である。何が入るかによって、〈こころ〉は虚にもなり、実にもなる。所詮〈こころ〉は「入れ物」でしかない。また、さまざまな虚と実を描く自分の知恵袋は、小さすぎて、大きな知恵袋を持った人や、別の知恵袋を持った人が見れば、それ自体笑われるべきものであるという。空っぽの入れ物は虚であり、虚しか入っていない入れ物もまた虚である。人の〈こころ〉がどれほど危ういものであるかということを西鶴は繰り返し述べている。

『新可笑記』巻一の第三章「木末に驚く猿の執心」を読み直してみよう。

二　史実との関係

「木末に驚く猿の執心」については、早くから中村幸彦が、実際に起きた上杉家の宣旨紛失事件と関連すると指摘している。▼注(2) 歴史叙述のテキストを再確認してみよう。

『玉露叢』寛文二年一二月四日の条には「上杉（長貞、高家衆）宮内大輔事、先比禁裏へ御使として遣さる、の処に、京都は首尾よく相勤め帰府の処、御返簡の勅書を取失ひ申さるに付き、今朝自害の由なり」▼注(3)とある。上杉長貞が、藩の使いとして宮中から藩主への返信を預かったが紛失し、自害したというのである。『玉露叢』の記述はこれだけで詳細は不明だ。中村幸彦は、「勅書紛失という様なことはそう度々ある事ではない。西鶴の取材したのは、この事件にちがいない」とする。▼注(4)

また、同じ事件は『玉滴隠見』にも記載される。▼注(5)

寛文二年十二月三日ニ上杉宮内太輔長貞自害ノ事其子細ヲ尋ヌルニ、長貞御使トシテ上京ノ処ニ、勅書ヲ取失ヒ玉ヒシ事ヲ、品川ニテ詮義仕出シテ、宿次ヲ以テ右ノ趣ヲ伝奏衆へ申被達、往来八日ニシテ亦勅書到来ス。則被差上ケ公義異事ナクスムトハ云ドモ、後日ノ難ヲヤ思ハレケン、長貞切腹シ玉ヒケリ。其節宮内太輔小姓一人追腹ス（行年十六）

「往来八日ニシテ亦勅書到来ス」とあり、紛失したと思った勅書が届けられ、公儀が不問に付したにも関わらず、長貞は切腹している。著者は「後日ノ難ヲヤ思ハレケン」と類推しているから、勅書が見つかりお咎めがなかったのに長貞が切腹した理由が不明であることがわかる。一六歳の小姓の殉死というのも大げさな印象を与える。実害はなかったのに二人の人間が命を捨てたということが、この事件を印象的なものにしている。西鶴が何らかの刺激を得たということはあるかもしれない。ちなみに、寛文二年（一六六二）というのはかの但馬屋のお夏清十郎の事件が起きた年であり、『玉滴隠見』の右の条の直前にはお夏清十郎事件の顚末が記されている。

また、広嶋進は家光の実弟忠長自害との関連も指摘する。[注(6)] 三田村鳶魚は、『御家騒動』の中で、忠長自害は、家光の周辺で計画実行されたものという。[注(7)] 三代将軍家光の実弟駿府藩主徳川忠長が、寛永七年（一六三〇）殺生禁断の浅間山で多数の猿狩りをしたことで、忠長乱心ということになり高崎に押し込められ自害を命じられた。鳶魚は、奇行のあった家光の廃位に対する危機感から、家光の側近である酒井利勝が、忠長を排除したものという。山本博文は、鬱病的な気質もあり、大病を患ったり奇行があったりして周囲をはらはらさせた家光と、周囲の人間をむやみに斬り、辻斬りなどもしたという忠長をめぐる政治的な思惑がさまざま渦巻く中で、忠長は抹殺されたと指摘する。[注(8)] 後に家光の死去に際して阿部重次は次のように述べたと『徳川実紀』は記録する。[注(9)]

君（＝徳川家光。引用者注）御代のはじめ駿河殿の御事ありし時。それがし密旨を奉り上州に御使す。その時駿河殿をば安藤右京進重長あづかりけるに。もし汝かしこに行むかひ。重長に密旨をつたへし時。重長御旨をいなみたらん時には。汝いかゞはからふべきにやと仰ありけるに。もし重長御旨に応ぜざらん時は。御心安く思召べし。某が一命をすてゝ。密旨のままに其事なし侍りぬべしと御請して参りたり。この時某一命はや君に奉りしが。今日まで生延て侍ふなり。此事はたゞ亡主と某が外にはまたしれる人もなし。

新井白石『藩翰譜』によるこの記述は、万が一忠長が切腹を拒んだ時の対応について阿部重次に下された密命を記しており、「外にはまたしれる人もなし」という事実が、その筋の人間にとっては周知のことであったことを暗示する。ところで、『徳川実紀』には、忠長について次のような記述もある。

寛永三年七月御上洛の時。大井河渡らせ給ふに。駿河亜相忠長卿かの河に浮橋をわたして。往来やすらかに平地のごとくなれば。上下こぞりて駿河殿の巧智を感ぜざるものなし。公このはしに臨ませたまひ。御気色俄かにかはらせられ。筥根大井は海道第一の険要にして。関東の蔽障なりと。神祖も大御所も常に仰られし処なる。しかるをかく浮橋まうけて。往来の自由せしむるはさるまじきことなりと御憤大方ならず。後年に至り駿河殿罷蘐り給ひしも。此時の事より起りしとぞ。

『坂上池院日記』によるこの記述は、大井川に浮橋を作った忠長の実績に対する評判と家光の起伏のある激しい気性とを伝えるものだ。

いずれにせよ、家光と忠長との確執により忠長は切腹に至ったとされている。家光側による忠長の悪行にかこつけた忠長廃位という事情が背景にありそうである。

笠谷和比古は、近世期の主君押込の慣行の実態について明らかにし、「大名家（藩）において藩主に悪行、暴政が重なり、これに諫言するも聞き入れられない場合」家臣団による主君廃位行為が行われていたとする。▼注(10) 忠長が高崎に押し込められていたのは家臣団によるものではないから、大義を貫くための家臣団による主君悪行阻止の行為とは異なる。しかしそれに類するような忠長廃位の画策があったことを歴史書は物語っている。

ところで、広嶋進は、猿狩り事件と関連して、『可笑記』巻五の三四に忠長のようすがつづられた章段があることを指摘する。▼注(11)『可笑記』の記述は次のとおりである。▼注(12)

すミなれし人の、なきあとバかり、物かなしきハなし
されば、復《すん》（駿）州《しう》大納言の御殿《ミとの》つくりハ、ミつばよつばハ、むかしの事なめり
秦の安房宮《ぼうきう》も、こよなうや、かゝやかし、いかなる事によりてか、幾程もなくいたつら事に成（り）ぬも、夢のごとく、あハのやうなりしぞかし
一日《ひとい》、秋のすゑつかた、古きあとよと、分ならしはんべりしに、八重むぐら、ゑもぎまじりに、うちなびき、名もしらぬ小草の花、色をあらそひ、ぜう〳〵たる露、もすそをそほち、はゝきゝの、こずゑ、さびしく、むら鳥すらも、をのが秋とや、所得て、なくねも、いと心ぼそげに、さしかためたる門のまへ、いひあハせつゝ、ちる木のはの、そよ〳〵と、うづミはてて、たれ、かきあつむる事もなく、こしかた思ひ出て
草埋レ回磴若レ爪田　雲樹深〻諸鳥眠
秋葉随レ風自来去　更無人馬倚レ門前

冒頭は、『徒然草』第三〇段「人のなき跡ばかり悲しきはなし」▼注(13)をふまえており、『徒然草』に綴られる人生の無常と、死による忘却の寂しさとを通奏低音として響かせた章段である。

単に秋草の庭の景色を記述した一章にすぎないようにも見えるが、「すミなれし人の、なきあとバかり、物かなしきはなし」という一文とそれに続く秦の安房宮の盛衰の記述によって、大納言（忠長）の命運の哀れさを伝えている。

直前の三三は、「むかし　さる人の云（へ）るハ　侍と生れ出たらん人ハ、少づゝ、成（り）共、仏道儒道に、心がけべし」という書き出しで、侍にとって儒仏の道が、悪を善に導くべきものとして重要であることを記し、外見の華やかさではなく、実のある正しさが重要であると述べたのち、楊貴妃や小野小町を引き合いに出す。

もろこしの楊貴妃、西施、我朝の小野小町、ときは御前など云（は）れし、うつくしき美人成（り）とも、心中かたくなに、むさくハ、たとひ、一たびハ、恋に、こがれ思ふとも、つゐにハ、あきはて、ミにくかるべし

この美女落魄のイメージにつなげて、三四の「なきあと」の忠長亡き後の駿府城の記述がある。そして、後に続く三五では、「当代いづれの家の、侍の物語をきくにも、皆、主君を、わるく、きたなく、取ざたせらるゝ」のは、主君の欲が深いからであるという叙述が展開する。主君の悪口を言う家来自身の悪心を指摘し、そのような家臣の悪影響を批判する。「（家臣の）わるきに、（主君が）ひかれて、わるくなり給ふ、いたましき事、かなしき事」。ここで『可笑記』三三も三五も人の〈こころ〉の移ろいやすさ、実のない〈こころ〉の不安定な点について指摘しているといえるが、そのような記述に挟まれて、駿府城の衰微が記される。その行間に滲む哀調は、歴史的な記述を越えて物語的想像力を刺激するものとなっている。

ところで、浅井了意『可笑記評判』はこの章を「駿河の城を詠ずる詩の事」という表題で「は丶き丶の梢といへるは心得がたし。百樹の木末歟。筆者のあやまり成（る）べし」と評する。[注14]「ははきぎ」ではなく「百樹」の間違いであることを記して、文脈の整合性を正す。百樹の梢と直されたことで、人間の不可逆的な直線的時間よりはるかに長い植物の時間が対比されて、移ろいゆく人生のさびしさが際立つ行文となる。了意が、百樹と正しながら、何を思ったかは想像すべくもないが、忠長の命運について何らかの思いをいたすということがあったかもしれない。

広嶋進は、本話を、上杉家の宣旨紛失事件と、駿河藩の忠長の一件に基づいたものとし、「猿の奇譚の形式を採用し、非現実な話に仕立てあげたもの」とする。[注15] 歴史叙述が伝えることがらは、わずかでしかない。二つの事件は確かに「木末に驚く猿の執心」と共通する部分をもつ。しかし、西鶴がどの事件によって作品を書いたかという議論はそれほど重要ではない。ここまでみてきたように歴史の記述は、事実を伝える部分と伝えない部分とで成り立っている。したがって読者は、書かれている部分から書かれていない部分をあれこれ想像することができる。どのような事件もそうであろうが、その背後には、いろいろな人のさまざまな思惑がある。とくに猿狩り事件や忠長廃位をめぐる出来事は将軍家にもかかわることであるから、当時の人々はいうまでもなく、その事実を知った後世の人間でさえ、あれこれ想像を巡らしがちになる。誰もが一部分を語るのみであるが、一つの出来事に、侍の組織や心理にまつわる複雑な事情や思いが絡み合っていることは間違いない。そこに文学の入り込む余地がある。

また、本話と、先行する動物復讐譚との関連も指摘されている。田中邦夫は、『武家義理物語』における『見ぬ世の友』の影響を論じ、『見ぬ世の友』が西鶴の座右の書であったという立場から、本話は、『見ぬ世の友』における鹿を射殺した呉唐が放った矢が飛び返って呉唐の子を射殺す「鹿を射て子にむくふ話」（二の二五）や、子猿を鳶に食い殺された母猿が鳶に飛びついて引き裂き復讐する「さるの母のあだを報ずる話」（二の二六）にヒントを得たものとする。[注16] 橋本智子は、鷲に子猿を殺された親猿が、人間の子どもを囮に使って鷲に報復したのち、攫った子を置き去りにして山

へ帰っていく話である『古今犬著聞集』巻九の二三「猿已か子の敵を取事」を典拠の一つとして指摘する。[注(17)]

両話に限らず、動物報恩譚と並んで、動物復讐譚は数多い。西鶴が先行の動物話に影響を受けていたことは否定すべくもないが、重要なのは、橋本智子が指摘するように〈猿の復讐譚〉という「趣向の裏に潜む作者の創意」[注(18)]に目を向けることである。中村幸彦が、「西鶴小説の歴史的意義」が、史実に素材を求めながらも、そこに、「新しい現実の世の姿と、生活する人の思いを、勿論それには新しい表現をも伴ったのであるが、写しだした点にある」[注(19)]と指摘するとおり、われわれが向き合うべきは、素材が取り込まれた西鶴のテキストそのものである。「木末に驚く猿の執心」の表現と内容を分析しながら、「作者の創意」について改めて検討してみたい。

三　「木末に驚く猿の執心」の違和感

はじめに、話の運びを確認しておこう。

信州の大名の息子二人が五位の官位を願い出て許されたため、宮中の事情に明るい高家衆二人が、息子たちの名代として京へ赴く。無事に官位の綸旨を受け取り京屋敷で留守番の者たちに勅宣を広げて見せて巻き納めたところ、庭から年老いた大猿が飛び込んできて長男の分の綸旨を持ち逃げする。大騒ぎとなり、名代は京屋敷を洛外の寺で切腹すると言い出すが、綸旨の紛失は公儀にかかわりお家存亡の大事であるから、国元で沙汰を待つべきであるとの屋敷守の説得に応じ、帰途につく。

弟の分の綸旨を預かるもう一人の名代は、そのようすを他人事のように思って案ずることもなかったが、綸旨の保管場所に気を遣い、袂の内側に縫い付けて信州への道を行く。明日は国元へ着くという日に釜風呂を焚かせて入浴していると、兄の綸旨を持ち去った猿が現れて、彼が脱ぎ捨てた小袖を切り裂いて綸旨を取り去り、最初に盗んだ綸旨を置いて山へ帰っていった。立場が逆転し、弟の名代はそのまま自害して果てる。

兄の名代は、猿が戻した兄の綸旨を携え無事に帰国、一部始終を殿に報告していると、再び猿が現れ、弟の綸旨を投げ返して失せる。二つの綸旨が無事に戻ったため家中は祝賀ムードに沸き立つ。藩主が調べさせてみると、自害した侍の一子が、知行の山で猿狩りをして無用の殺生をしていたことが露見。そのときにわが子の命を取られた親猿による仕業と判明した。

以上が話の梗概であるが、一読後、のどに小骨が刺さったような違和感を禁じ得ない。改めて考えてみると、その違和感として、次の三点を数えることができる。

①冒頭の警句「他の愁ふる時は、その心に愁ふるを正道とぞ」が、〈猿の復讐譚〉という話の本筋と直接関係がないこと

②猿が、無関係な長男の名代の綸旨を先に盗んで、それを返したあと次男の名代の綸旨を盗んで名代切腹後に戻し、直接猿狩りした次男の名代の息子本人に復讐してはいないこと。

③末文の孔子による警句「人なるを以て鳥にだも如かざるべけんや」が、話の本筋と直接関係がないこと。

四　反転する〈地〉と〈図〉

『新可笑記』のどの話も冒頭は「古代」という語で起筆されており、本話も「古代、老たる人のいへるは、他の愁ふる時は、その心に愁ふるを正道とぞ」となっている。「他人が困難な状況に置かれているときには、親身になってその人の心になって同情すべきである」というのである。これは、長男の綸旨を奪われ同役が苦境にある時に、次男

の綸旨を預かる名代が「人の身の上とさのみなげかず、銘銘の役目大事といはぬばかりのけしき」であったことに対する警句である。

本話の眼目は「猿の復讐」という点にあると読まれてきた。確かにその顚末を語る話という印象が強い。しかし、冒頭の一文は、自害して果てた侍のことをいったものだ。他人の愁いに素知らぬ顔をするものではない、明日は我が身なのだから、というもので、〈猿の復讐譚〉という枠組からは、ずれている。

まずは、綸旨を盗まれたときの状況を確認してみよう。宮中で綸旨を受け取って屋敷に戻った際、「京の留守居にも勅宣をおがませ、まきおさむる時」猿が侵入する。本当は「京の留守居に勅宣をおがませ」るなどという酔狂なことはすべきではない。厳重に奥座敷に保管すべきであったのにそれをしなかった名代には落ち度がある。しかし名代は我が身の不運を次のように嘆く。

是ぞんじもよらぬ悪難。御名代の何がし、是非もなき仕合、前生の因果とあきらめ、切腹の覚悟して、よろづをまかせたる家来にあらましを申（し）ふくめ、国なる妻子立《たち》のく事なかれ。此たび武運のつきとおもひさだめ、御とがめ次第になり行（く）べし。ふみは歎きに残る種なれば、此ことばうつしをかたるべし。母には病死となり共、それほどの偽は天もゆるし給へ。扨最後御屋敷にては遠慮なれば、洛外の寺、伏見にてもくるしからず。願はくは真言宗なれば殊更なり。

「ぞんじもよらぬ悪難」といい、「是非もなき仕合」「前生の因果」「武運のつき」といった不運を嘆く言葉が並ぶ。自らの落ち度への言及や反省の言葉はない。突然の出来事を、前世の報いによるものとして自分を納得させている。一方で、国元の妻子や母への言伝を頼み、その場での切腹を遠慮し、洛外の寺での切腹を希望、寺が真言宗であればよいと付言するところは、その場での切腹に心理的に逡巡していることの表れといえよう。

後段でもう一人の使者は、「思案までもなく、其まま自害」と即座に切腹している。『新可笑記』で登場人物が切腹する話は、本話と前話の二話だけである。前話は、偽物の楠正成の遺物をもって士官した二人がそのことを恥じて刺し違えて死ぬ話だ。死を覚悟した二人が、遺書を残したあと、「いはぬさきより同じ心ざし」と、「かきをき、刀の鍔下に見せて、二人さしちがへてをはりぬ」と、その場で潔い死を遂げている。

切腹に際してためらったりなんとかそれを免れようとしたりすることは実際には多かったはずで、誰もが喜んで潔く死んでいったわけではないだろう。綸旨を猿に盗られた名代は、いろいろな手続きをふもうとしたり、あれこれ依頼をしたりしている。猿に綸旨を盗まれた不運による死を受け入れにくい名代の思いの表れだ。

切腹しようとする名代に対して、周囲のものたちは、「座中しばしつまり、大身《しん》は世のききをはかり。小身はぞんじなからさし図なりがたし」と、混乱し対応しきれないでいる。そのとき屋敷守が次のような提案をする。

是わたくしならず。御家の滅亡すべきはじめなり。まつたく御自分のあやまりなし。ひそかに御国へくだり給ひ、御さたの上に安否を極めらるべし。是忠義のふたつなり。京都の切腹御ためならず。主命なれば、此節あひ延《のぶ》る事かつて其身の卑気《ひけ》ならず。主君の御名代は重し。自分の命《めい》は軽し。

屋敷守は「道理は是を至極に」言葉を尽くして名代を説得する。名代は、屋敷守の発言をもっともと受け止め、「いづれもの相談にまかせ、無念を胸に沈め」ひとまず切腹を思い止まる。

井口洋は、屋敷守の発言を「教訓」と捉える。▼注(20) 屋敷守の助言はあくまでも「忠義を重んじ」たものとして、耳を傾けるべき卓見であったという考えである。橋本智子も、屋敷守の「愚案」について、「武士の殊勝な対応に、殊勝な人柄を感じた」ために切腹を思いとどまらせたのであり、本文に「万におしき侍なりと、いはずして是を感じき」とあることから、「武家社会の貴重な人材を失う」ことを危惧したとする。▼注(21) しかし、ここは、篠原進が指摘するように、屋敷守の発言は、「自分たちの責任問題になるかも知れないので、本心は関わり合いになりたくない」責任逃れからくる言動▼注(22)と読むべきだろう。

　猿に綸旨を奪われた責任は同席したもの全員が負うべきものだ。これから国元へ帰るというときに起きた事件である。洛外の寺で切腹したいという名代を説得し、そのまま国元への帰途につく方が、事は簡単である。彼一人が罪を背負って切腹するというのも説明がつきにくい。屋敷守もお騒がせな一行をひとまず国元へ返してしまった方が、わずらわしくはないだろう。それぞれがいろいろな思惑にとらわれているようすが伝わる。ことばに詰まる人々、その中で提示された。すべては領主の沙汰次第という屋敷守の提案。とりあえず事件を収めようという思惑が行間に透けて見える。

「万におしき侍なりと、いはずして是を感じき」という表現は、直前の「無念を胸に沈められし」という表現に呼応したものであり、名代の侍と周囲の武士たちとが思いを共有していることを示す。すなわち、彼らは同じ物差しで互いを評価し合っているにすぎず、自己保身を考え表面的な繕いをしようとしている。主観的な共感は、かえって客観的な違和感を招く。

　一方、あからさまに自己中心的な態度だったのが次男の綸旨を運ぶ名代だ。窮地に陥ったとき人は思わず本音をもらすし、窮地に立った時にどのような言動をするかにその人の人間性が端的に表れる。また、窮地への対応の仕方に、その人の底力や限界があらわれる。長男の名代が綸旨を盗まれても、次男の名代が「人の身の上とさのみなげかず、銘銘の役目大事といはぬばかりのけしき」であったことから、彼が想像力の働かないタイプであり、他人の痛みをわが身のことと考えられない人物であることがわかる。そして、そのことに対する警句が冒頭にあるということは、本話が、猿の復讐ではなく、武士としての身の処し方を描いていることを示す。

ところで、西鶴が人間的な行為をする猿の話として描いたものに、『懐硯』『西鶴織留』中の二話がある。『懐硯』巻四の第四章「人真似は猿の行水」は、猿が登場し人間まがいの行動をとる話だ。話の概要は以下のとおりである。

娘に懐いていた猿が娘の駆け落ちに同道。隠れて夫婦となり子をなした娘によく仕え、薪を拾ったり、煮炊きをしたり、果ては赤ん坊をあやしたりもするようになった。夫婦が隣家にお茶を飲みに行っている間に、赤ん坊に行水をと考え、煮え湯に赤ん坊を浸けて殺してしまう。娘が激怒して猿を打ち殺そうとするのを夫が止める。猿は自責の念から自害して果てる。夫婦は赤ん坊の墓に並べて猿塚を築き、わが子と猿の菩提を弔う。

この話の眼目は、所詮猿は猿であるという猿の浅はかさにあるのではないだろう。人間の真似事をする猿を通して描かれるのは、人間としては半人前の娘が引き起こした悲劇である。現実離れしたこの猿の行為を通して描かれるのは、後先を考えぬ駆け落ち、猿に子どもの世話をまかせて朝茶を飲みに行ってしまった挙句、猿が熱湯の中で我が子を死なせたと知って逆上する娘。世間知らずで成熟していない人間像である。

また、『西鶴織留』巻二の第一章「保津川のながれ山崎の長者」は、恩返しをする猿の話である。梗概は次のとおり。

猟師に打たれた盲目の猿を保護した山崎の商人が借金を苦に夜逃げすることにする。かわいがっていた盲目の猿に事情を説明すると猿が見えない目から涙を流し、金の目貫を差出した。その目貫を売った金で借金を返し、商売に励み苦境を脱し、やがて大名貸として成功をおさめ代々繁栄した。

図1　ルビンの壺

猿に憐憫の情を傾けた山崎の商人に対し、猿が報恩した話である。猿の報恩行為は、成功者である山崎の長者の人間としての優しさを伝える。

つまりどちらの話も猿の行為という〈図〉に対して猿に対峙する人間を〈地〉として描いているようでありながら、猿の行為を〈地〉としたときに登場人物の姿が〈図〉となって立ち現れるという構造になっている。猿と人間との交流というモチーフは強烈な印象を与えるし、動物報恩譚は憐憫の情をそそりやすい。しかし、そのような印象的な場面が、ルビンの壺（図1）の絵のように、見方を変えることで背景に押しやられて、人間のありのままの姿が前面に押し出されてくるところに西鶴の筆力があるのではないか。

考えてみると、猿が行った敵の討ち方は、どう考えても中途半端でもってまわったやり方である。「国腹の子息両人」の任官のための使者が二人宮中に送られ、朝廷より綸旨を受け取った帰途、猿によってまず長男の綸旨が奪われ、次に長男の綸旨が戻され、ついで次男の綸旨が奪われ、次男の綸旨を預かった使者が自害した後、次男の綸旨が戻される。猿は、次男の名代に仕返しをするのが目的だったのだから、最初からそちらを狙えばよかったわけである。長男の綸旨をいったん持ち逃げしたことで、かえって次男の名代が警戒し、綸旨を盗みにくくなってしまう。また、本来、わが子を殺した敵は、京都の留守居役として猿狩りをした次男の名代の息子のはずである。本人を襲うなり、京屋敷に狼藉を働くなり、直接息子を困らせることはいくらでもできたはずである。なぜ猿は綸旨を取ったり戻したりしたのだろうか。

そこで、猿の意趣返しという動物離れした行為を〈地〉とし、名代や屋敷守を〈図〉として本話を考えてみよう。すると、親猿が行った仇討を思わせる行為が遠景にさがり、その行為に武士たちがどのように反応したかが見えてくる。となると西鶴が描こうとしているのは、武士たちの言動の方であり、猿の敵討はそれを引き出すためのきっかけにすぎないことがわかる。だから、猿の行為が矛盾していてもかまわない。また矛盾していることによって、人間たちはよりいっそう混乱し、本末転倒な武士の態度があぶりだされてくる。

浮橋康彦は、「一回で復讐（目的の綸旨を盗むこと）をしないで、一旦は別のものを持って行ったのは、猿の勘違いかもしれないが、作者としては、全く同じ不運が、二人の名代役に同じように起るという不運対応場面を形成した」という。[注(23)] そして作中に散見する対立・対応の構成が「人物像の形象化を類型化する結果を生み、この作品にマイナスの効果を与えたようである」[注(24)]とするが、そうではないと思う。西鶴は、猿に二回盗ませ、名代二人の反応の違いを描いたのである。

また、篠原進は、「単なる猿の復習譚とせず、無関係な同僚を絡ませて筋を複雑化した理由」として、保身と出世ばかりが念頭にある「歪んだ」「当世武士の内実を剔出したかったからに他ならない」とする。[注(25)]『新可笑記』を「政治や社会に対する危険な〈毒〉を笑いに寓《かこつけ》ながら吐露した」[注(26)]作品として読む立場をとる篠原進の読みは、本書の〈笑い〉を武士の実態への批判的なものと考えることに立脚している。しかしはたしてそこまでの批判意識を西鶴が持っていたといえるかどうかは慎重に判断したい。

ところで、次男の名代の切腹の状況についてみてみると、最初に猿が長男の綸旨を持ち去って名代が切腹しようとした時にそれを止めた人々が、今度は、あっさりその場で切腹させてしまっている。「不首尾になつて。思案までもなく。其まま自害」という経緯は、いかにもあっけない。どうせあした城下に到着するのである。前回同様に、殿に報告の上、沙汰を待つという処置がなされなかったのはなぜだろうか。京屋敷での切腹沙汰に比べて面倒ではないからか、息子の不行状を一同が知っていて嫌気がさしていたからか。なんとでも説明はつくが、いずれにしても前半と後半で首尾一貫しない展開になっている。猿が二度にわたって綸旨を盗んだことで、二人の使者の似て非なる態度が明らかになると同時に、周囲の人間の対比的な対応のありようが浮き彫りになる。二人は、同じように管理に隙があったために綸旨を盗まれた同じ立場の人間である。異なるのは、切腹したかしないかである。

武士に限らずとも、組織の中で首尾一貫した行動をとる人間は意外と少なく、人は状況によっては本音を言えなかったり、本音とは違う反応をしてしまったりする。保身のためばかりではなく、組織全体を考えて、そのときどきでまったく違う物差しを使って判断せざるを得ない場合もあるだろう。そして、誰しも自分に都合の良いように物事を解釈しようとするし、自分に都合の悪いことは忘却のかなたに葬り去ったりもする。人間というのは、それほどに弱く不安定な存在である。

猿に翻弄される人間の姿を通して、そういった人間のありのままの姿が浮かび上がってくる。〈猿の復讐譚〉という〈図〉と武士たちの動静という〈地〉を反転させてみよう。すると、猿に翻弄される武士たちや、自害に追いやられる武士の姿が〈図〉として見えてくる。すなわち、冒頭の警句は、本話の主題を猿の復讐譚とすると矛盾したものとなるが、本話が矛盾を抱えた武士の生き方を描いたものであると気づくための標として機能しているということになる。

五　〈二人話〉の意味

ところで、杉本好伸は、『新可笑記』全体に、〈二人話〉あるいは〈三人話〉を配置するという構成意識があるとする。▼注(27)

〈二人〉を軸に話が進められていく。二人の高家衆が、それぞれ順次猿に綸旨を盗まれるという不慮の災難に遭遇しながら、対照的な対応の仕方を示す――一方は切腹の覚悟おしながらも忠義を重んじ帰国するまで思い止まり、もう一方は何らの思案もなく即座に自害する――ところにも、〈二人〉ということを意図したねらいが明瞭に見えよう。

では、なぜ『新可笑記』全体、あるいは巻一に〈二人話〉が多く、また、複数の話がさまざまな視点で共通する要素を持つのだろうか。

『新可笑記』以外でも西鶴作品には、しばしば同じ家に生まれ同じ境遇の二人が、何かをきっかけに正反対の運命をたどる二人が登場する。兄弟は、対立したり、同調したり、さまざまなバリエーションで葛藤を内包する。兄弟に人間社会の本質的な問題を見いだすことは、西鶴に限らず古今東西の文学が行ってきた。そういう意味で、本話の〈二人話〉も、武家社会におけるさまざまな葛藤を描く上でうってつけのものである。

本話における二人の名代という設定は、次男の名代の不始末を剔出するために配されたのではなく、切腹をしたかしないかという違いを描くためのものであった。責任をとって切腹しようとして、周囲に説得されて、切腹を思いとどまる武士と、黙ってさっさと切腹した武士。本来どちらの命にも軽重はないはずなのに、周囲の事情によって切腹を思いとどまらせたり、黙って切腹させたりするところに武家組織の矛盾がある。

前に述べたように、前話は、横目が二人の切腹を予想してそれを止めようと画策していたが叶わず、二人の武士が刺し違えて死んだ話だった。追い詰められて刺し違えた同じ立場の二人の武士を描いた話のあとに、切腹しなくて済んだものと切腹せざるを得なかったものという二人の武士を登場させる。さまざまな要素で話と話が連動していくために、さまざまな対比が、各話同士に発生する。そこに、『新可笑記』における二進法的おもしろさがある。対立項同士が、さらなる対立項となって重なっていく構図である。〈二人話〉の多さは、話と話の関係性が細胞分裂のように累乗的に増幅し、武家社会を立体的に描くことを可能とする。

六　話の綻びから見えてくるもの

さて、露見した猿狩り事件の処罰はうやむやのまま、綸旨が戻って喜ぶ家中であるが、そこにもよく考えるといくつかの矛盾点がある。猿が最終的に次男の綸旨も投げ返したことで、藩主は、「是にて御官位子細なく、喜悦の御いはいかさなり、御家中いさみをなしける」と、切腹した侍については不問に付してしまう。この段階では、名代の息子が猿狩りをした仕返しに猿が綸旨を盗んだということはわかっていない。つまり、藩主をはじめ藩全体が、綸旨がもどって良かった、官位が授けられて良かった、朝廷に対して対面を保つことができて良かった、とただそれだけしか考えていない。事件の本筋を見失っているという点で、「理非の命勝負」の終わり方と軌を一にする。すなわち、藩主の最終判断や家老の知恵といったものが、一見すばらしいもののように思えるが、最後の部分で、それが相対的に無化され、理と非の境界が曖昧になっている。そこに西鶴の創作上の工夫がある。

「一章に対して殆ど関係なく、単なる埋め草にしか過ぎない」といわれる末文▼注(28)を改めて見てみよう。

そうじてものの命をとる事なかれ。世の人あやまちあれど、かざる心よりおのづから非義をなし、いよいよ錯《あやまり》をあらためざるものおほし。爰《ここ》を以て孔子も、可《べけん》二以《もつて》レ人《ひと》而《なるを》不《ざる》一レ如《しか》レ鳥《とりにだも》乎といへり。

これを読んで、「かざる心よりおのづから非義をなし」た「あやまち」とは何かと考えを巡らせるならば、長男の綸旨を広げてみせて猿に盗まれ切腹に逡巡した名代、面倒を避けたくてその切腹を止めた屋敷守、屋敷守に同調した周囲の人間、長男の名代を他人事と思って同じ目に遭い早々に切腹してしまった次男の名代、綸旨が戻って責任を問われることなく息子二人の昇任がかない、不行き届きが露見しないことを喜ぶ藩主、そして、見当違いな敵討をした猿、それぞれの行為に、「あやまち」（ずれ）を見いだすことができる。そもそも武家組織のヒエラルキーはそのようなずれを生じやすい構造になっている。「そうじてものの命をとる事なかれ」というのは、猿の命も、人の命も、ということであろう。「世の人あやまちあれど、かざる心よりおのづから非義をなし、いよいよ錯《あやまり》をあらためざるものおほし」という行文における「あやまち」「かざる心」「非義」とは、使者の侍双方、京屋敷の屋敷守、同僚たち、そして、藩主のそれぞれにおける錯誤や虚栄心すべてを指しているのではないか。

　読者論的に考えれば、一見大団円であるかのように読めるので、読者はことがうまく収まったかのような気分になる。そのあと猿狩りの事実が明らかになり、どきりとさせられる。では猿狩りをした当事者はどうなったのか、また、戻ったにせよ一旦は綸旨を盗まれたもう一人の勅使の落ち度は糾弾されないのか、すべてはあいまいなままであると気づく。そして、個人の命運など組織の前にあっては、ただ翻弄されるものでしかないのかと思いいたる。

　笠谷和比古は、徳川時代の武士道には「御家の強み」という考え方があり、それは、「主君・上位者の命令と統率のもと、決して苦情やわがままを口にせず、全員一丸となり一糸乱れぬ行動をとって目標に邁進していく」ことではなく、「自己の信念に忠実であり、主命・上位者の命令であろうとも疑問を感じる限りは無批判に従順することなく、また決して周囲の情勢に押し流されていくことのないような自律性に満ちあふれた人物を、どれほど多く抱えているか」ということとされたという。▼注(29) 彼らが死をも恐れぬ勇気を持ち、いつでも切腹を辞さない覚悟を持つとすれば、本話に登場する武士たちは、何が何でも理は理であり、非は非であると正すような信念をもった理想の武士像からはかけ離れた存在である。一方、そのような理非を正していく姿勢は、「一生涯にわたって、無事に武士の勤めを果たし終えるための心構えである」という点で、矛盾を孕み、「アンビバレントな内的葛藤という性格」を持つと笠谷は指摘する。▼注(30) そして、「武士道とは死ぬことと見つけたり」という『葉隠』の物言いは、「盲目的な死のための教えなのではなく、一生涯にわたって武士の勤めを無事に全うして生き抜くための心構えを記した生の哲学」▼注(31)であるという。このような内的葛藤は、外的葛藤として顕在化しやすい。顕在化した葛藤は、組織の綻びとなり、また、武士の身の破滅を招くことさえあることが容易に想像できる。組織は強い武士だけで成り立っていないし、すべての武士が理想を掲げて邁進しているわけでもない。

武士は人一倍意地や恥の意識を強く持っている。したがって、義理と人情、忠誠心と私情といった公と私のはざまで揺れる心の振幅は、すこぶる大きい。その振幅は個人の中で大きく揺れるだけでなく、組織全体の中で揺れる振り子となり、一つの振り子の錘が別の振り子の錘にぶつかって、揺れが増幅され、さまざまな波紋となり、うねりとなる。そのようなうねりに連動して、強さと弱さ、理と非は、次々と反転していく。誰も組織の網の目から逃れることができない。しかし、弱者や強者という立場も、武家社会というガラスケースの外側に出してしまえば、均一化されていく。本話は、矛盾した言動の武士たちの生き方を、透明なガラスケースの中に置いて味わい深く描いて見せた作品ではないだろうか。

『武道伝来記』（貞享四年〈一六八七〉四月）において「敵討」という武士特有の制度を縦横無尽に腑分けし、そのあらゆるパターンを描き出すことで、武士の武士たる所以をダイナミックに描いた西鶴は、続く『武家義理物語』（貞享五年二月）において、そのような制度の根拠としての義理に翻弄される武士たちを描いた。両作においては、時に不条理な悲劇的展開を用意し、良くも悪くもひたむきな武士像が描かれることが多い。そして、『新可笑記』では、「昔こういうことがあった」「昔こういうことを言った人がいた」という語りの枠の中に、心弱く愚かな武士たちが多く登場する。弱さや愚かさは、誰もが有するものであるが、武士にとっては、その弱さや愚かさが運命を分かつ結節点となってしまう。時には大義、時には主君への忠義、またある時は、自己保身——支点の定まらない天秤の皿に乗せられた武士の命の重さは、重くなったり軽くなったりする。西鶴はストーリー展開の〈綻び〉を意図的に仕組むことによって、そのような武士のありようを描いてみせた。

【注】

（1）拙稿「『新可笑記』巻二の二「一つの巻物両家に有り」論」（『長野県短期大学』第64号、二〇〇八年一二月）では、巻一の第二章「一つの巻物両家に有」にも同じような反転構造があることを論じた。

（2）中村幸彦「西鶴の組材」（『中村幸彦著述集』第三巻、中央公論社、一九八三年五月）。

（3）巻第一九。引用は、山本武夫校注江戸史料叢書『玉滴叢（上）』（人物往来社、一九六七年九月）に拠る。

（4）前掲注（2）に同じ。

（5）巻第一五。引用は、内閣文庫所蔵史籍叢刊第44巻『談海　玉滴隠見』（汲古書院、一九八五年八月）に拠る。適宜句読点を補った。

（6）新編日本古典文学全集69『井原西鶴集』④広嶋進訳注『新可笑記』（小学館、二〇〇〇年八月）頭注。

（7）三田村鳶魚「御家騒動」（『三田村鳶魚全集』第四巻、中央公論社、一九七六年三月。初版は一九三五年一一月）。

（8）山本博文「徳川忠長事件の真相」（朝倉晴彦編・鳶魚江戸文庫7『御家騒動』「解説」、中央公論社、一九九七年三月）。

（9）『徳川実紀』の引用は、すべて『増新補訂国史大系40　徳川実紀第三編』「大猷院御実紀巻八十一」（吉川弘文館、一九六四年一二月）に拠る。

（10）笠谷和比古『武士道その名誉の掟』（教育出版、二〇〇一年八月）。

（11）前掲注（6）に同じ。

（12）『可笑記』本文の引用は、すべて『仮名草子集成第十四巻』（東京堂、一九九三年一一月）に拠る。

（13）『徒然草』本文の引用は、新日本古典文学大系39『方丈記　徒然草』（岩波書店、一九八九年一月）に拠る。

（14）引用は、『浅井了意全集　仮名草子編3』（岩田書院、二〇一一年五月）に拠る。

（15）前掲注（6）に同じ。

(16)田中邦夫「『武家義理物語』と『見ぬ世の友』―西鶴の典拠利用の方法―」(『大阪経済大論集』第64号、一九八五年三月)。

(17)橋本智子「『新可笑記』巻一の三「梢に驚く猿の執心」試論―猿の復讐譚に潜む創意―」(『学芸国語国文学』第37号、二〇〇五年三月)。

(18)同右。

(19)前掲注(2)に同じ。

(20)井口洋「『新可笑記』試論―巻一の一、巻一の三、巻一の四―」。初出は、『ことばとことのは』第四号(一九八七年一一月)。引用は、『西鶴試論』(和泉書院、一九九一年五月)に拠る。

(21)前掲注(17)に同じ。

(22)篠原進「二つの笑い―『新可笑記』と寓言―」(『国語と国文学』二〇〇八年六月)。

(23)浮橋康彦「『新可笑記』の構造をめぐって」(森山重雄編『日本文学始原から現在へ』笠間書院、一九七八年九月)。

(24)同右。

(25)前掲注(22)に同じ。

(26)同右。

(27)杉本好伸「『新可笑記』作品構成補遺攷」(『安田女子大学紀要』第28号、二〇〇〇年二月)。そのほかにも巻一各話には〈親子〉〈因果〉〈無用〉といった共通のキーワードがあるという。

(28)金井寅之助「『新可笑記』の版下」。初出は『ビブリア』第28号(一九六四年八月)。引用は『西鶴考』(八木書店、一九八九年三月)に拠る。

(29)前掲注(10)に同じ。

(30)同右。

(31)同右。

第Ⅲ部◉〈はなし〉の広がり

第一章◉〈こころ〉と〈からだ〉

1 ● 西鶴浮世草子に描かれる顔

一 顔論の危険度

和辻哲郎は、顔面とは、「問題にしない時にはわかり切ったことと思われているものが、さて問題にしてみると実にわからなくなる」身辺の無数のもののひとつであるといい[注(1)]、奥野健男は、「〝顔〟という事物を、個我性と関係性の間に、自己の内と外との間に投入したことによって、ぼくはたちまち無数といってよいおびただしい課題に取り囲まれ、どれを先に、どこから論じてよいか、わからず茫然としている始末である」[注(2)]という。二人の発言は顔論の難しさを物語る。

和辻は、「顔面は人の存在にとって核心的な意義を持つものである。それは単に肉体の一部分であるのではなく、肉体を己に従える主体的なるものの座、すなわち人格の座にほかならない」[注(3)]と主張し、顔は仮面としての人格があらわれるところであると結論する。それを受けて坂部恵は仮面論を展開し、顔を肉体的心理的社会的な意味で、人間存在そのものであると指摘する。[注(4)]

〈人柄〉とは、いってみれば、それぞれのコンテクストの中に置かれた、〈関係の束〉ないし〈柄の束〉以上のものではないのだ。身体、とりわけ、顔面は、この〈関係の束〉ないしは〈柄の束〉においてかなめとなる位置を占めるインデックスとして、それ自体としてはイデエルで不可視な間柄を可視的たらしめ、〈柄の束〉としての〈役柄〉〈人柄〉を、それぞれのコンテクストのなかで、その示唆的特徴において表示し、具体化させる場所にほかならない。

顔を他者との関係性の中で考える坂部は、そのような関係性の中でさまざまに変化するわれわれの内なる思いの発現の場所として顔を捉える。「〈おもーて〉＝面＝顔《おもて》とは、まさに、〈思ひ〉のかたどられる場所にほかならない。顔《おもて》とは、意味づけられたわたしたちの世界の〈おもーて〉〈重て〉〈重心〉である」という坂部の指摘は重要である。▼注(5)

それは、次のような奥野健男の顔論につながる。▼注(6)

> 顔は人間の窓であり、情報の出入口であり、人間の看板である。内と外との境いである。つまり、人間同士の〝間〟は主に〝顔〟によって成立しているとも言える。しかしそう簡単に〝顔〟を定義することはできない。自分の個我意識にとって、顔は表面であり、身体全体の皮膚と同じように内と外との境に過ぎない。顔はあくまでも形式であり、表面であり、内容ではなく、中味ではない。（中略）
>
> しかし相手や他人の顔を見るときは、決してそれを中味の表面、内容である魂や心の容器とも見ない。情報の出入口とは見ることもあるが、相手の個性、その人間の本質として顔を見て、すべてを判断し、決定している。顔はその人そのもののなのだ。

奥野がいうように、形式でありながら、内容でもあるという二律背反的な顔の特質は、とりもなおさず、「顔が美しくて心が醜い」「顔は醜いが心は美しい」「顔も心も美しい」「顔も心も醜い」といった表現に代表されるような美醜の問題とかかわりやすい。コミュニケーション工学という立場から「顔学」に取り組む原島博によれば、「顔の美醜の問題は、差別に結びつきやすいところがある」ため、「美醜も含めた顔の魅力の問題を直接扱うことは、学問の場ではどちらかといえば避けられて[注(7)]」きたという。

このような人格や価値の問題と関わる顔論の危険度については、顔の語史からもうかがうことができる。小林隆の調査[注(8)]によると、上代においては、顔そのものを表す一般的な語は「オモテ」あるいは「オモ」であり、「カオ」は美しい容貌という意味の語だったという。やがて中古になると、顔そのものを指し示す「オモ」「オモテ」の使用は制限され、代わって、「カオ」が容貌の美醜には関係なく顔そのものを表すようになり、やがて、オモ、オモテは人間の「顔」からより広く「物体の表面」に意味を広げ、最終的に「顔」という意味を失う。

小林によれば、「オモ」「オモテ」が身体部位である「顔」から「物体の表面」に意味を拡大したように、身体部位を表す語が、身体部位そのものを表す意味からより広い範囲のものを表す意味に拡大した例として、ほかに、〈目〉〈手〉が、「憂き目」「行く手」などのように身体部位以外の意味を表す場合があるという。ところが〈目〉も〈手〉も身体部位を表す語が新しい用法を生み出した後でももともとの意味を保っているという点で、「オモ」、「オモテ」とは異なるという。その理由として、小林は、次のように述べる。[注(9)]

物体の〈表面〉という意味が非常に普遍的な概念であるため、さまざまな場面にオモ、オモテが使われ、特に人間の〈顔〉を示したい場合にも、その意味をきわだたせることが、オモ、オモテという語では不可能になってしまったということが考えられよう。要するに、物体の〈表面〉のオモ、オモテとの併存が〈顔〉を表すオモ、オモテの意味伝達に於ける機能低下を招いたということである。

また、そのような合理的な要因とは別に、身体部位を話題にする場合の〈目〉や〈耳〉さらに〈手〉〈足〉に対する〈顔〉のデリケートな地位を考えてみたならば、この部分が石や屏風の〈表面〉を表すのと同じ語で示されるのをきらった理由もうなずける。すなわち、他の物体の〈表面〉の意味との共存は、人間の顔の意味でのオモ、オモテの品位を必然的に下落させたことが推測され、そうした感情的要因もオモ、オモテの使用をおさえこんだ一つの理由と思われるのである。

さて、このように自ら生み出した多義により一種の病的状態に陥ったオモ、オモテに対して、特に人間の〈顔〉を表す語を別に求めるという治療をほどこす必要があった。そして、その要請に応じたのがカオであり、カオの〈容貌〉から〈顔〉への意味拡張の要因は、実はこうした語の共時体系内部からの要請に求めることができると考える。なお、この場合、品位の下がったオモ、オモテを救うには〝きらきらし〟〝よし〟〝すぐる〟のようなプラスの意味をもつ語と一緒に使用されることの多かったカオが、うってつけの語であったかもしれない。

「顔のデリケートな地位」「感情的要因」によって顔の意味を表す語がオモテからカオに移っていったという指摘は、顔論を展開する上で重要である。それは顔論の危険度を意味するものでもある。「カオ」は、「顔」という意味だけではなく、顔のもつ「デリケートな地位」までも引き受けることになった。「カオ」は語彙史上に登場したときにすでに感情的要素を含んでいたのである。

以上のような顔論のあやうさを念頭に置いたうえで、本節では、日本における顔表現の文化史を視野に入れながら、西鶴の浮世草子作品における顔表現について考える。

まずは、文化的に特徴的な顔表現である「引目鉤鼻」と「隈取」について考えてみたい。

二　引目鉤鼻と隈取について

絵画表現における「引目鉤鼻」は、日本文化における顔の表現史を考える上で重要である。

高橋亨は、引目鉤鼻は、「抽象化されていることが高貴さの象徴なのであり、個性豊かな表情は卑俗さの度合いに比例する」という「物語絵の文法」によったものであり、顔そのものというよりもむしろ顔の「喩《ゆ》」として「階級的な文化記号」と考えるべきだという。[注(10)]また、村重寧も、引目鉤鼻という表現の類型性は、理想的安定性を求めた結果であるとして、次のように述べる。[注(11)]

引目鉤鼻に求めたものは、まさに仏菩薩の顔にも通じる気高さ、崇高さであり、没個性、没感情を通じて貴族としての気品、落ち着き、円満、安穏といった理想的特性の表出を志向したものといえる。これに対照する一般的庶民は、種々雑多であり、個別的であり、活動的で、感情を露わにし、粗野に振る舞うという観念のもとに、多彩で特徴的な顔貌を与えて引目鉤鼻とは別の描法で描き分けを行う。

引目鉤鼻は、それが絵巻物という物語的磁場に導入されると、没個性、没感情的な表情に、観る側が人物の多様な感情を重ねる装置となった。すでに述べたとおり、顔は勝れて感情的な身体部位であった。したがって、無表情であるからこそ見る側は感情を投影しやすい。

たとえば、『源氏物語絵巻』について考えてみよう。いうまでもなく登場人物の顔はすべて引目鉤鼻で描かれている。柏木と女三宮の間にできた不義の子薫を我が子としてその手に初めて抱いた光源氏の引目鉤鼻の顔に、われわれは深

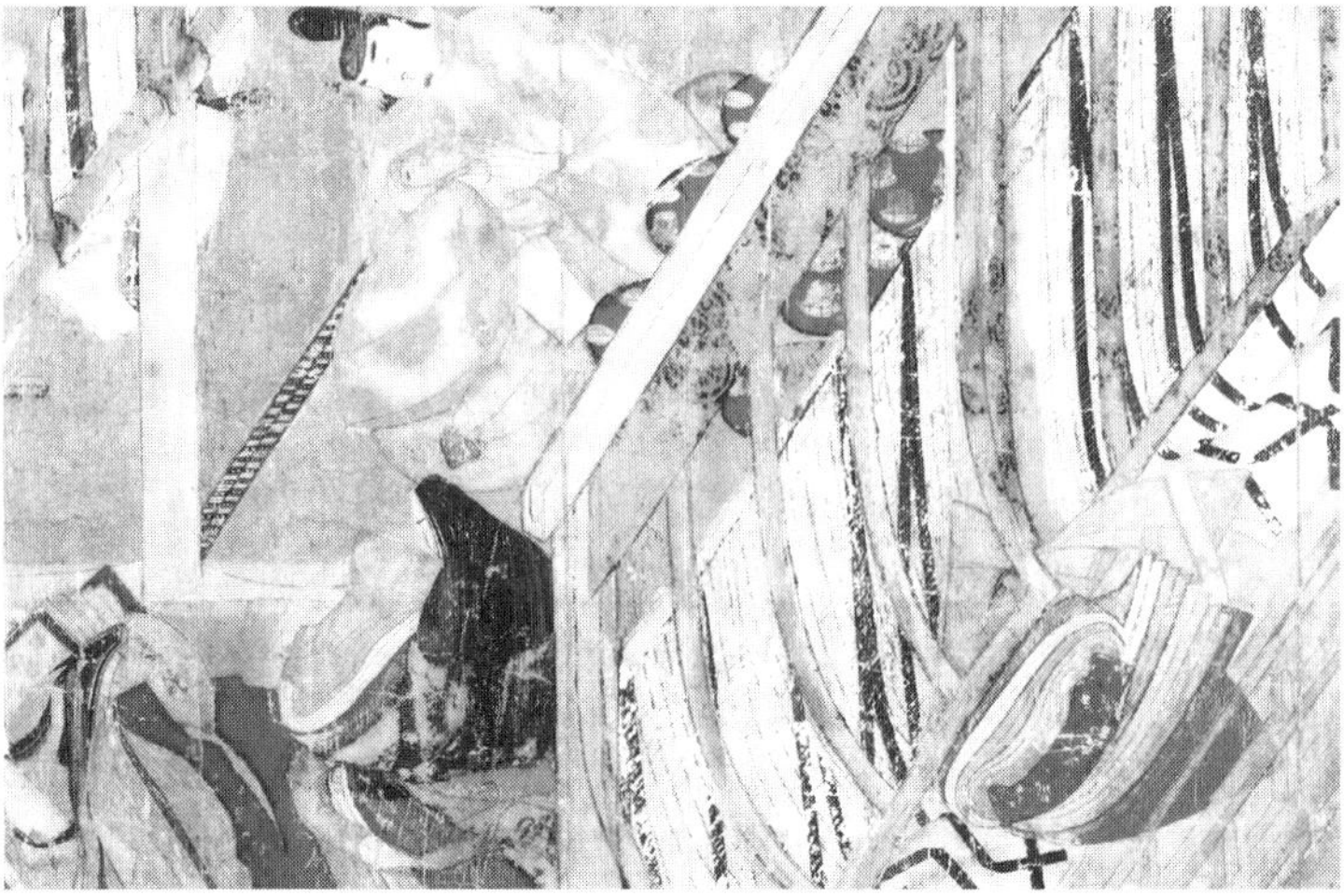

図１　「柏木」新版・徳川美術館蔵品抄②『源氏物語絵巻』（1995年11月）より

い苦悩の表情を読み取らずにはいられない（図１）。また、夕霧巻の絵において、落葉宮からの手紙を読む夕霧の背後に立つ雲井の雁に、間違いなく瞋恚に燃える女の顔をまざまざと見る（図２）。

つまり、引目鉤鼻は、その類型性によって、物語世界を取り込んだ複雑で多種多様な感情の発露を、鑑賞者に読み取らせる顔表現なのである。没個性、没感情であるからこそ、それは自在に表情を盛り込む器となる。それはまた、余意余情余白の表現を重視する日本的美意識と通じ合うものであり、能面の表情へとつながっていく。

次に注目したいのが、歌舞伎における「隈取」である。

諏訪春雄は、あの世的な世界との回路を開く中世仮面の様式と、歌舞伎における現世的な肉体の表現の接点にあるものとして、隈取を位置づける。▼注(12)

超人的な力の表現には仮面の持つ防御力と攻撃力の利用が効果をあげる。しかし、本質を固定化し、人間を他界につれ去って岐路を断つ中世仮面をもう一度歌舞伎の舞台に使用することは許されない。歌舞伎はすでにしたたかに人間の肉体の美しさを舞台上で開花させた体験を持っていたからである。

隈取は人間の地肌に直接に線を描き、その線をぼかすことに

図２　「夕霧」五島美術館『開館五十年記念特別展　国宝源氏物語絵巻図録』（2010年11月）より

よって、彼岸性と此岸性の両面を表現しうる両義的な存在である。人間と神とのあいだを往復できるダイナミックな可変性を持っていた。江戸歌舞伎は隈取の工夫によって中世芸能に逆行することなしに近世芸能として自立することができた。

諏訪が指摘するように、隈取は、中世仮面に代わって超人的な力を表現するためにうってつけであった。役者の肉体とそこに重ねられた役柄の二重写しを楽しむ観客にとって、隈取は、虚実綯《な》い交ぜのさまざまな人物を重ねて役者を見る楽しみを与えるきっかけとなる。きわめて身体意識の発達した歌舞伎において、顔のもつ表現力を極限まで広げた方法が隈取だったといえよう。

また、渡辺保は歌舞伎の顔について次のように述べる。▼注(13)

普通の人間の顔が、その人間の感情を表わすものだとすれば、歌舞伎の顔は仮面や人形と同じく一定の化粧によって抽象化された感情を表わすだけで、内面の感情とつながっていない。歌舞伎役者は、その顔を仮面や人形のように扱うほかないのである。すなわち仮面がそうであるように、これらの顔は内面を集中するための「蓋《ふた》」なのである。

このように内面の感情から遮断された役者の顔が、舞台上で光り輝くのは、「現実の身体をイメージ化する機能をもつ『型』や『芸』によって、「役者の身体が現実の属性を濾過され、よりイメージ的なものに昇華されていく」▼注(14)からであるという。「引目鉤鼻」が類型的であり、一見無表情であるように、隈取に覆われた役者の顔もまた、類型的であり無表情である。しかし、歌舞伎の世界では、顔が「思い」のあらわれの場であり、顔＝人格であるという大前提を逆手にとることによって、無表情な顔に役の人物の思いや人格を盛り込んでいき、イメージとしての顔を作り上げてきた。イメージの身体は、男性であったり、年老いていたりする役者の現実の身体を超えることができる。女形が、しばしば、女性よりも女性らしいといわれる所以である。

このような歌舞伎におけるイメージとしての顔という考え方は、先に引いた高橋亨の喩としての顔という考え方と軌を一にする。それは、見る側の想像力を利用した多彩な顔表現を可能にする。日本の顔文化は、外面であるのに、内面そのものでもあるという顔における二律背反を、絵画では引目鉤鼻、演劇では隈取という方法によって表現してきたといえよう。

ところで、歌舞伎には、女性の顔の醜さをモチーフとする累物と呼ばれる人気狂言がある。顔が醜いために夫に殺されてしまった累が成仏できないまま祟りをなす話である。

累説話は『古今犬著聞集』（延宝八年〈一六八〇〉）に登場するのがその嚆矢である。広く人々に知られるところとなったのは、『死霊解脱物語聞書』（元禄三年〈一六九〇〉）が刊行されてからである。生まれつき顔が醜いという理由で殺害された累の身体的問題が、歌舞伎の身体意識と連動して、累物といわれる作品を次々と生み出す。

『死霊解脱物語聞書』が歌舞伎に取り入れられると、累は美貌から醜貌に変化する女性として造型されるようになる。服部幸雄は、突然の醜貌への変化によって、観客の恐怖心をあおり舞台にひきつけ、また、〈へんげ〉というモチーフによって、女性の内面の外面化が扱われたと考える。[注(15)]外面である顔の変化に伴って、累の内面も、もの静かでおだやかな性質から、荒々しく激しく嫉妬する女へと変化してしまう。外見が変化したにすぎないのに累の人格そのものが変化するのは、顔が人格の現れる場所だという考えを逆転させたものだ。引目鉤鼻が安定した類型的表現であるのとは異なり、歌舞伎の顔表現は、早変わりや一人三役といった動的な表現スタイルによって、美貌から醜貌へと激しく変化する。イメージとしての顔という点では、同じ方法論でありながら、歌舞伎における顔は、押し込められていた感情を爆発的なエネルギーによって噴出させる。それは、引目鉤鼻が静的な表現の中に感情を凝縮させた顔であるのとは対照的である。

ところで、累の変貌シーンでは自分の顔を鏡で見るという行為が不可欠である。累物である『東海道四谷怪談』のお岩も鏡によって自分の顔の変化を知る。鷲田清一は、自らの顔は決して自分では見ることができないため「〈わたし〉の所有権がはじめから剥奪されている」[注(16)]という。とすれば、鏡は、「内面的な存在としての〈わたし〉をつねに〈顔〉の背後に想定するような解釈のヴェールが顔面にかぶせられている」[注(17)]ことに気づかせるための小道具である。鷲田によれば、そのような鏡の役割を、人は、ふつう、他者のまなざしに求めているという。[注(18)]

わたしはわたしを見つめる他人の表情を読むことによってしか、自分の顔を想像できないし、また想像することによってしか自分の顔に近づけない。その意味では他人はまさに「わたし」の鏡なのであって、他人の顔を読むその視線を自分のほうへ想像的に折り返したところに「わたし」という存在は措定されるのである。

見ることと顔とを結びつけた鷲田の顔論は、顔を他者との関係性の磁場で捉えるという意味で、和辻ら先学の顔論をふまえたものといえよう。しかし、鷲田論の特徴は、「見る」「見られる」という行為そのものを顔論の中心に据えた点にある。これは、垣間見という「見る」行為が恋愛の契機となったり、また、めったに貴人の女性の顔を見ることができない状況下で「見る」ことがきわめて重い意味をもったりする王朝恋物語を論じる際に、刺激的な顔論となった。話を『源氏物語』に戻してみよう。

松井健児は、鷲田論を下敷きにして、見られるものとしての顔という意味で、紫の上の死顔について次のように述べる。[注(19)]

死顔とは、誰に対しても同じ「形状」を示し出すものである。それは対面する対象に応じた、「表情」を示し出すものではない。むしろそれは、対面した人物との間に生まれる、相互伝達や交感といったものが閉ざされた、身体の物質性が冷ややかに現象する場所でさえあるはずであった。しかしその死を哀惜し、その思いをもって見る者は、そこに新たな「表情」を付与するのである。「飽かずうつくしげにめでたうきよら」な紫の上の死顔とは、光源氏にとって、そのように「見ゆる」ものであったことの表出として語られるものであった。たたみかけるような、累積する言葉によって形象される紫の上の死顔とは、それほどまでに動転した光源氏の心内に呼応し、逆に、光源氏の激しい動揺と悔恨、あるいはその願望をも、そのままに映し出すものであったといえよう。

紫の上の死顔は、光源氏にとっての顔であり、紫の上の顔を通して光源氏が描かれているということになる。紫の上の顔は彼女自身の所有を離れている。それは見る者の想像力に任せて紫の上の顔をみせるという引目鉤鼻の絵画表現とは一線を画するものであり、光源氏のまなざしの中に囲い込まれている。しかし、絵巻に先行する物語世界における「死顔であってすら『表情』を持つ」[注(20)]ような顔表現の素地があったからこそ、物語絵における引目鉤鼻表現が広く見る者のまなざしを掬い取り能弁なものとなった。

それでは、『源氏物語』同様、ことばによって顔を表現する西鶴の浮世草子の場合はどうだろうか。

三　西鶴好色物における顔表現

はじめに『好色一代男』をみてみよう。

世之介の美しさが具体的に記述されるのは、わずかに巻四の第四章「替つた物は男傾城《おとこげいせい》」における「あたまつき、人に替り、男も勝《すぐ》れて、女のすくべき風《ふう》也」という部分だけである。ここは、ある大名家の上臈がしらが世之介を見かけて一目惚れする場面である。人とは違う個性的な髪型と、女性に好まれる普遍的な男ぶりであるという表現は、ことば少なではあるが、人より抜きん出た美男であることを端的に伝えている。直接顔を描写することなく、世之介の顔の美しさを全体的なイメージで伝えるものといえよう。

では女たちについてはどうだろう。巻一から巻四までの作品前半の世之介諸国遍歴の部分では、世之介と関わりを持つ女たちの容貌の描写は次のようなものである。傍線部は顔表現、波線部は髪型や化粧への言及である。

①一夜も、只はくらし難し。若ひ蜑人《あま》はないかと、有ものにまねかせてみるに、髪に指櫛《さしくし》もなく、顔に何塗事《なにぬる》もしらず、袖ちいさく、裾みぢかく、わけもなく礒くさく、ここちよからざりし（巻一の第六章「煩悩の垢かき」）

②何とやら怱怱《そうぞう》しく、是によこるるもと、すぐに風呂に入（り）て、名のたたば、水さしますなとと、口びるそつて中高なる顔にて、秀句よくいへる、女あり。（同右）

③小づくりなる女、年の比《ころ》は片手を、四度計《よたびばかり》かぞふるころをひ目のうちすずしく、おもくさしげく見えて、どこともなふこのもし、（巻二の第三章「女はおもはくの外」）

④そもそも、京はきよく、少女の時より、うるはしきを、顔はゆげに、むしたて、手に指かねを、ささせ、足には。革踏《たび》はかせながら寝させて、髪はさねかづらの雫に、すきなし、身はあらひ粉絶《こたへ》さず、二度の喰物《しよくもつ》、女のしつけ方を教え、はだに木綿物《わたもの》を着せず、是に、したつる事ぞかし、おのづからの、女にはあらず、これに、そなはりし女は希《まれ》也。

（巻三の第一章「恋のすて銀《かね》」）

⑤世之介不思議におもひつけみるに、案のごとく、二十一二の女、色しろく、髪うるはしく、ものごしやさしく、京にもはづかしからず

（巻三の第四章「一夜の枕物ぐるひ」）

⑥其まま美しき顔にも、是非おしろひを、塗《ぬり》くり、額は、只丸く、きは墨《ずみ》こく、髪はぐるまけに高く、前髪すくなくわけて、水引《みづひき》にて結添《ゆひそえ》、赤ひはな緒の雪踏《せった》をはき、懐のうちより、手をさし入（れ）裙《つま》を引（き）あげ、ちよこちよことありくなりふり、いやながら外に、何もなければ、其中でも見よきがとく也。

（巻三の第五章「集礼《しゆらい》は五匁の外」）

⑦袖の下よりかよはせて、みる程うつくしく、あは島殿の若《もし》も妹《いもと》かと思はれて

（巻三の第七章「口舌《くぜつ》の事ぶれ」）

前半部二八話のうち、女性の容貌表現は、②③⑤⑦の五例だけである。②と⑦は、醜貌は具体的に、美貌は抽象的に、という王朝文化における容貌表現の定式に当てはまる記述である。②は鼻の大きさ、唇の形を具体的に表現して批判し、⑦は美しさを具体的にではなく抽象的比喩的に表現している。淡路島明神の妹かと思われる美しさという比喩表現は、具体的にことばでは言い表せないほどの美しさであるが、「あわ島殿の妹」という親しみ深げな言い回しによって、筆舌に尽くし難く近寄り難い美女のイメージではなく、親しみやすい雰囲気の美しさというイメージを喚起する。また、③と⑤は、容貌そのものよりも、全体的な雰囲気や表情の好感度に言及したものである。目元のすずやかさとそばかすのバランスからくる愛嬌、肌の色や髪のようすと物腰のやさしさなど肉体の一部を具体的に描写することに

よって、好もしい人柄全体を髣髴させる。直接的な顔の描写は少ないが、間違いなく美しい顔のイメージである。それは前節で検討したイメージとしての顔という歌舞伎の顔表現に近いものであるが、個別的であって類型的ではないという違いがある。

化粧や髪型について述べた波線部をみてみよう。①は化粧気のない須磨の湯女を批判したもの、④は生まれ付き美しい女性であっても小さい頃から磨きをかけていっそう美しく育て上げるという京の遊女の美の追究を世之介が徳であると語る部分、⑥は逆に化粧をしなくても美しい顔に厚化粧をする寺泊の遊女の無粋を批判したものである。田舎の遊女について、①は化粧をしないことを批判し、⑥は化粧しすぎることを批判している。一見矛盾する記述のようにも思われる。しかし、どちらも、本来の醜さを剥き出しにしたり本来の美しさを台無しにしたりする、という点で、自分の顔の自然な姿を正しく認識する意識の欠落を批判したものである。④にあるような長い時間をかけて念入りに自分の容貌を作り上げ管理する京の遊女との違いが際立つ。

では『好色一代男』後半部の遊女たちの顔はどのように表現されているだろうか。

『好色一代男』後半部は、三都の太夫中心の内容である。太夫らは本来美貌の持ち主であり化粧の仕方も身にそなわっているから、後半部分では容貌や化粧についての言及はほとんどない。わずかに巻六の第二章「身は火にくばるとも」の夕霧と巻七の第一章「其面影は雪むかし」の高橋について描写されるだけである。

「身は火にくばるとも」では、「背山」「大橋」「お琴」「朝妻」「夕霧」の五人の遊女が登場し、それぞれについて、容貌（傍線部）、まなざし（破線部）、体つきや立ち居振る舞い（波線部）、性質・性格（二重傍線部）が記述される。

入日も背山《せやま》にかたふき、名残おしきは、今すこしの年前《ねんまえ》、小作り成《なる》こそおもひど、顔うつくしく、け高く、心立もかしこし。大橋は、せい高くうるはしく、目つきすずやかに、口つき賤しく、道中思はしからず、座につきての有様、歌よまぬ小町に等しく、心さしはよはよはとして、諸事、禿《かぶろ》のしゆんが、知恵をかすぞかし。お琴は、ふつつか成（る）貌《かたち》、いやらしき所、それをすく人も有（り）。万かしこ過（ぎ）て、欲ふかく、首すぢの出来物、ひとつの歎《なげき》也。一座のさばき、終に怪我を見付（け）ず、どこやらに、よき風義そなはりぬ。朝妻は、立（ち）のびて腰つきに、人のおもひつく所も有（り）、脇顔うつくしく、鼻すぢも指通《さしとお》つて、気毒《きのどく》は其穴、りくろき事煤《すす》はきの、手伝《てつだい》かと、おもはる。され共花車《きやしや》がつて、おとなしく、すこしすんどに、みゆる時もあり。いづれか太夫にして、いやとはいはじ。朔日《ついたち》より、晦日《つごもり》までの勤《つとめ》、屋内《やない》繁昌の、神代このかた、又類《たぐ》ひなき、御傾城の鏡、姿をみるまでもなし、髪を結ふまでもなし、地顔《ぢがお》、素足の、尋常、はづれゆたかに、ほそく、なり恰合《かつかう》、しとやかに、ししのつて、眼《まなこ》ざしぬからず、物ごしよく、はだへ雪をあらそひ、床《とこ》上手にして、名誉の、好《すき》にて、命をとる所あつて、あかず酒飲《のみ》て、歌に声よく、琴の弾手《ひきて》、三味線は得もの、一座のこなし、文づらけ高く、長《なが》ぶんの書て、物をもらはず、物を惜《おし》まず、情ふかくて、手くだの名人、是は誰《た》が事と、申せば、五人一度に、夕霧より外に、日本広しと申せ共。此君此君と、口を揃えて誉《ほめ》ける。

夕霧を称揚するための記述であるから、四人の遊女には大なり小なり難点が指摘され、容貌についてもなんらかの言及がある。しかし、夕霧の顔については、「類なき傾城の鏡、姿をみるまでもなし髪を結ふまでもなし」ということばだけである。そして、顔ではなく、全体の姿恰好や立ち居振舞い、性格・性質が具体的に記述される。最高級の太夫は、容貌以上に、立ち居振舞いや性格によって評価される。

巻七第一章の「其面影は雪むかし」における高橋についての記述も同様である。「太夫姿にそなはつて、顔にあいきやう、目のはりつよく、腰つき、どうもいはれぬ、能所《よきところ》あつて、まだよい所ありと、帯といて寝た人語りぬ。そふなふてから、髪の結《ゆい》ぶり、物ごし利発、此太夫風義を、万に付て、今に女郎の、鏡にする事ぞかし」と描かれ、やはり、全体の雰囲気や姿恰好に描写の中心があり、他者による評価によって間接的に美しさが語られる。

それほど多くない『好色一代男』における容貌描写であるが、肉体の一部だけを取りあげたり、比喩を用いたりすることで、人物の全体像や心身両面の特徴を読者に伝える。外見でありながら、内面でもあるという顔の表現の特質をふまえたものである。

『諸艶大鑑』（天和四年〈一六六四〉）をみてみよう。この作品は名妓列伝のような内容であるから、登場する太夫が美女であることは、当然のこととして描かれる。

①傾城にする女は、ちいさき時より、顔の吟味姿を改め、大分の金銀に買《かい》とり、禿立《かぶろたち》のときより、太夫になるべきほどの者と思へば、太夫につけて、万の首尾を見ならはせ、諸芸をおしへ、よいものをよく仕立《したて》ければ、あしかるべき事にもあらず。（巻一の第五章「花の色替て江戸紫」）

②面影さへうつくしければ、女良の勤《つとめ》なることぞ。ことにきやふより下のおもひどは、今歴歴の太夫達に、尻ばすねも有（り）、たむしもあり。見へる所の銭瘡《がさ》も、是には土竜《うころもち》の手して、掻《かく》が妙薬也。（巻五の第一章「恋路の内証疵《ないしやうきず》」）

また、次に引用する③は成長に伴い顔の美しさが失われ、④は短気な太夫に顔を叩かれて容貌が変化したという話である。

⑤は太夫であったときは人が気づかないほどの小さな疱瘡の跡を遺手が隠しながら歩いたが、身請けされて人妻となってからは、どんな傷があっても気にならないという記述である。

③そこの娘が五つ計の時から、鼻筋さしとをつて、二皮目《ふたかはめ》の形うるはしく、伊勢土産の笛をふきて、門にあそび

しを、あの子はと思ひしに、今みれば其姿はなくて、髪かしらもおかしうなる物かな。（巻二の第三章「髪は島田の車僧」）

④去《さる》太夫どの、常にも短気にして、よき客取はなされし事たびたびなり。禿《かぶろ》が水次持《みづつぎもち》てまいつて、置所《おきどころ》あしきとおおせける程に、又置所を替るもお気にいらぬとて、花切《はなきり》の刃物にて、うちたまへば、鼻の先に当り、生れもつかぬ疵付《きずつき》て、すゑに勤めのなげきとも成《なり》ぬべし。今の奥州に、すこしの面疵《をもてきず》、いかにして付けるぞや。あつてから太夫にそなはりし女ぞかし。（巻五の第一章「恋路の内証疵」）

⑤藤屋の太夫に、遣手《やりて》右の方に立《たち》ならびて、いつとても道中を大事に懸《かく》る。有時《あるとき》、気を付て見るに、耳よりしたに流れて、すこしの蓮根の跡、人の目に懸《かか》る程にはなきに、女郎はむつかしき物也。是も今は、乗物の窓より花をだに見する、奥様となれば、何があつてもかまはず。（巻六の第一章「新竜宮の遊興」）

このように『諸艶大鑑』では容貌についての具体的な記述が『好色一代男』よりも格段に多い。たとえば名妓吉野に関して、『好色一代男』は客に対する言動や嫁としての行動を描くが、『諸艶大鑑』は次のように詳細に顔の美しさを描写する。

⑥吉野は寝顔其儘《まま》、そのうつくしさ、白粉《おしろい》ぬるにまされると、目のよき時、素法師《そうほうし》がかたりぬ。古今まれなる女、つとめ姿さつて、おかみけなる、御所風《ごしよふう》あり。只ひとつのおもひどは、額《ひたい》、遠山の朧《おぼろ》なる月を見る心地して、うすうすとなるを、人毎に嘆きぬ。世は思ふまならず。有時釜の座を通りしに、雨のあげくに、傘をかへしに行《ゆく》と見へし女、わきはふさげど、まだ二十《はたち》になるまじ。横ぶとつて中びくに、出尻《でしり》にして。口広く、どこに一つもとりへなし。されば額《ひたい》のはへぎわ、人形屋外記も鉋《かんな》を捨《すつ》べし。是をよし野にかへてと、無理の願ひするほどに、世上の人におもはれぬ。（巻一の第五章「花の色替て江戸紫」）

通行人を見て「吉野の額と交換すれば」と人々が無理な願いをしたことが記される。額にポイントを絞った容貌談義をしつつ、吉野の美しさをイメージさせる。また、「遠山の朧なる月」「人形屋外記も鉋を捨べし」といった比喩的な表現も、美しさのイメージを捉えやすくしている。『諸艶大鑑』の饒舌な顔表現もまた、イメージとしての顔表現という点で、『好色一代男』と共通する。

次に『好色五人女』各巻の男女の顔がどのように表現されているか確認してみよう。

巻一「姿姫路清十郎物語」

清十郎

・自然と生（まれ）つきて、むかし男をうつし絵にも増（さ）り、其さまうるはしく、女の好《すき》ぬる風俗

お夏

・田舎にはいかにして、都にも素人《しろうと》女には見たる事なし。此まへ島原に、上羽《あげは》の蝶を紋所に付（け）し太夫有（り）しが、それに見増《みます》程成（る）美形《びきやう》と、京の人の語（り）ける。ひとつひとついふ迄もなし。是になぞらへて思ふべし

巻二「情を入し樽屋物がたり」

おせん

・片里の者にはすぐれて、耳の根白く、足もつちけはなれて

巻三「中段に見る暦屋物語」

おさん

・大経師《だいきやうじ》の美婦とて、浮名《うきな》の立《たち》つづき、都に情の山をうごかし、祇園会《ぎおんゑ》の月鉾《つきぼこ》、かつらの眉をあらそひ、姿は

清水の初桜、いまだ咲《さき》かかる風情《ふぜい》、口びるのうるはしきは高尾の木末《こずへ》、色の盛《さかり》と眺めし。

・髪すき流し、先をすこし折《をり》もどし、紅の絹たたみてむすび、前髪若衆《わかしゆ》のすなるやうにわけさせ、金髻《もとゆひ》にて結《ゆは》せ、五分櫛《ぶぐし》のきよらなすさし掛《かけ》、まづはうつくしさ、ひとつひとつい ふ迄もなし。白しゆすに墨形《すみがた》の肌着、上は玉むし色のしゆすに、孔雀の切付《きりつけ》見へすくやうに、其うへに唐糸の網を掛《かけ》、さてもたくみし小袖に、十二色のたみ帯、素足に紙緒のはき物、うき世笠跡より持せて、藤の八房《ふさ》つらなしりをかざし、見ぬ人のためといはぬ計の風義、今朝から見尽せし美女ども、是にけをされて

茂右衛門

・此男の正直、かうべは人まかせ、額ちいさく、袖口五寸たらず

巻四「恋草からげし八百屋物語」

お七

・花は上野の盛《さかり》、月は隅田川のかげきよく、かかる美女のあるものか。都鳥其業平に、時代ちがひにて見せぬ事の口惜《くちおし》。是に心を掛《かけ》ざるはなし

吉三郎

・やごとなき若衆

巻五「恋の山源五兵衛物語」

源五兵衛

・あたまつきは所ならはしにして、後《うしろ》さがりに髪先みぢかく

おまん

・年の程十六夜《いざよひ》の月をもそねむ生つき

ここでも、具体的な顔表現はほとんどみられず、姿全体について、「～に増さるほど」「～にない」「～が圧倒されるほど」といった比喩的な表現を中心に、少ない言葉で、人物全体を個性的にイメージさせる方法がとられている。

　そして、右の用例が示すとおり、唯一具体的に顔が描写されているのが巻三のおさんである。おさんを絶賛するために、ほかの女の難点をひとつずつ指摘しながら女たちを品定めする。『好色一代男』巻六の第二章「身は火にくばるとも」の夕霧に至る描写と類似するが、より詳細な記述になっている点に特徴がある。それでもやはり、顔そのものに対する言及は少なく、体つきや髪型、衣装など顔以外の描写が中心となって、おさんの美しさが浮びあがる表現になっている。

　次に、『好色一代女』（貞享三年〈一六八六〉）について考えてみよう。『好色一代女』でも、『好色一代男』世之介、『好色五人女』各巻の主人公の顔描写がほぼ一カ所ずつであるのと同様、〈一代女〉の容貌について記述されるのは、冒頭の「老女のかくれ家」における一カ所だけである。

　思ひの外《ほか》なる女の、﨟闌《らうたけ》て、三輪組《みつわぐみ》、髪は霜を抓《けづ》つて、眼《まなこ》は入かたの月影かすかに、天色《そらいろ》のむかし小袖に、八重菊の鹿子紋《かのこもん》をちらし、大内菱《おほちびし》の中幅帯《ちうはばおび》、前にむすびて、今でも此靚粧《よそひ》、さりとては醜《みにく》からず。

　具体的には目について記されるだけで、衣装を含めた全体の姿が「さりとては醜からず」と評されるにとどまっている。しかし、「さりとては」ということばによって、読者は老いてなお魅力を保つ〈一代女〉の風情を想像する。色道の悩みを抱える若者二人を前に、好色庵に隠棲する老女が三味線をつま弾きながら酔いにまかせて歩んできた色の道を語るという設定を考えると、顔描写がもっと多くてもいいようにも思う。しかし、長年にわたって三〇数種類もの職業を転々とする〈一代女〉の顔は、具体的な顔描写による限定的なものであってはならない。その時の年齢や職業に応じて、自在に変化し、しかも、普遍的絶対的な美しさを保ち続けるものとしてイメージされる必要があった。老いた〈一代女〉の顔描写を必要最低限にすることで、生涯にわたるさまざまな顔を描くことが可能となる。最終章「皆思謂の五百羅漢」で、〈一代女〉が、仏の一体一体を「すぎにしころ、我、女ざかりに枕ならべし男」の面影に重ねて回想にふける場面は、さまざまな職業人の顔（傍線部）を表現しつつ、多くの男性と関わってきた〈一代女〉の波乱万丈の人生を伝えるものになっている。

気を留《とめ》て見しに、あれは遊女の時、又もなく申（し）かはし、手首に隠し黒子《ぼくろ》せし、長者町の吉《よし》さまに似て、すぎにし事を思ひやれば、又、岩の片陰に座して居給ふ人は、上京《かみぎやう》に腰元奉公せし時の、旦那殿にそのまま。是には色色の情《なさけ》あつて、忘れがたし。あちらを見れば、一たび世帯持《もち》し男、五兵衛殿に、鼻高い所迄違はず。是は真《ま》言《こと》のありし年月の契《ちぎり》、一しほなつかし。こちらを眺めけるに、横太《よこぶとり》たる男、片肌ぬぎして、浅黄《あさぎ》の衣装姿、誰やらさまにとおもひ出せば、それよそれよ、江戸に勤めし時、月に六さいの忍び男、糀《かうじ》町の団平《だんへい》にまがふ所なし。なを奥の岩組の上に、色のしろい仏顔、その美男、是もおもひ当《あた》りしは、四条の川原もの、さる芸子《げいこ》あがりの人なりしが、茶屋に勤めし折から、女房はじめに我に掛《かか》り、さまざま所作《しよさ》をつくされ、間もなくたたまれ、灯挑《ちやうちん》の消るがごとく、二十四にて鳥辺野《とりべの》にをくりしが、おとがいほそり、目は落入《おち》、それにうたがふべくはなし。又、上髭《うはひげ》ありて、赤みはしり、天窓《あたま》はきんかなる人有。是は大黒になりて、さいなまれし寺の長老さまに、あの髭なくば、取違ゆべし。（中略）又、枯木の下に、小才覚《こざいかく》らしき顔つきして、出額《でびたい》のかしらを自剃《じぞり》して居所《ゐる》、物いはぬ計《ばかり》、足手もさながら動くがごとし。是も見る程、思ひし御かたに似てこそあれ。

目の前の羅漢一体一体を自分がかかわった相手ひとりひとりと結びつけていくことによって、〈一代女〉は改めて、「長生《ながいき》の恥」を悟り、「身の一大事を覚へ」る。さまざまな顔を演じてきた一代女がさまざまな顔の羅漢と対峙することで、自分の素顔に気づく。男たちのまなざしを浴びることで生きてきた「見られる存在」から、「胸の蓮華ひらけて」はじめて我が心にまなざしを向ける。五百羅漢と対峙する姿は、語り終わりの場面にいかにもふさわしい。

最後に『男色大鑑』（貞享四年〈一六八七〉）の顔表現を見てみよう。「帰り姿素面《すめん》自然の美男にして、又ゆふべからず」（巻二の第三章「夢路の月代」）「形は見るにまばゆき程の美童也」（巻三の第四章「薬はきかぬ房枕」）というふうに一言で尽くされている場合がほとんどである。これは、男色が、肉体よりも精神に力点を置くことと関係するだろう。

特筆すべき顔表現とはいえないが、巻二の第五章「雪中の時鳥」の中で、男の顔の有り方が問われているのは見過ごしがたい。

越前の国、湯尾峠《ゆのお》の茶屋の軒端《のきば》に、大きなるしやくしをしるして、孫じやくしとて、疱瘡《ほうそう》かろき守札《まもりふだ》を出す。又河内の国、岸の堂といふ観音の場に、いりまめを埋《うづ》みていのる事あり。げにや人の親の、みつちやづらをなげかぬはなし。されども女の子には、ありてもさのみ苦しからず。欲の世の中なれば、それぞれの敷銀《しきがね》にて、一人もあまらず。只かなしきは男の子なり。たまたま人間の形はかはらず、顔ばかりのおもひどにて、一生のうち執心の懸手《かけて》もなく、物参《まいり》の道づれにさへ嫌はれ、十五にもたらず脇をふさぎ、世に惜《おし》む人もなく、常山《くさぎ》の花の散《ちる》がごとし。あらき風をもよけて、今時の子をそだつるには、心をつくし、大かたなる姿も、見よげになれる。桜田あたりの去《さる》大名の若殿、六歳にして、もがさの山は、富士の気色かはつて、酒場《さかゆ》の跡一面に、薄むらさきの雲かかつて、雪見し肌を埋《うづ》むがごとくなりて、一家中なげきの雨待《まつ》ばかりの夜、ほとぎすの羽《は》にて是をなづれば、御身やすかるべきと申せば、其鳥の飛《とぶ》のを見よと仰せられける程に、所所に手分《てわけ》してたづねけるにこの話は、疱瘡の後遺症を癒すためにほととぎすの羽を手に入れようとする話である。傍線部の比喩表現は、あばた一面の顔を富士山にかかる薄むらさき色の雲になぞらえる独特なもので、強く心に残る。女子でなくとも男子であっても、疱瘡による容貌の激変がいかに衝撃が大きいものであったかがわかる。

以上、好色物における顔表現の様相を確認してきたが、全体的に控えめではある。その中で、『好色一代男』における夕霧をめぐる太夫の品定め、『諸艶大鑑』での吉野の顔描写、『好色五人女』におけるおさんをめぐる品定め、『好色一代女』における五百羅漢の描写、『男色大鑑』における疱瘡のあとをめぐる描写というふうに、各作品には、顔表現に力点のある章がある。それぞれ個性的な顔表現が試みられている。全体の美しさを象徴するような部分を取りあげたり、印象的な比喩表現を用いたりしている。単なる美しさや醜さを表す形容詞を並べるのではないところに、西鶴好色物の顔表現の特質をうかがうことができる。とりわけ、部分的な特徴を一つ取りあげるだけで人物全体の雰囲気や人柄を表現するイメージとしての顔表現のありようは、西鶴独特のものである。また、ほかの人間を介在させて、直接美しさを言わない。読者は他者の視線に重ねて美しさを想像する。読者を利用した最大級の美の表現が可能となる。

四　役者評判記に描かれた顔

西鶴作品の顔表現と比較するために、同時代の野郎評判記をみてみよう。西鶴の顔表現の特質が理解できるはずである。

野郎評判記は、若衆役者の評価を綴った仮名草子である。若衆という演劇的な存在を、ことばによって表現するジャンルという意味で、歌舞伎における身体意識が反映されていることが予想される。

野郎評判記における顔表現は、類型的な比喩表現や上中下といった型に当てはめた評価を行うという特徴がある。『日本古典文学大事典』の解説によれば、「役者評判記の評判のスタイルが固定するのは元禄一二年（一六九九）の『役者口三味線』からであるというが、たとえば、野郎評判記の先駆けといわれる万治三年（一六六〇）刊行の『野郎虫』では、評判される四二人の役者の大半に対して、顔の善し悪しの言及がある。▼注(21)

まったくけなすことなく誉める場合が九例で、「面体芸、いづくを難すべきやうなし」（玉川千之丞）「面体よし」（村山久米之介・富永作弥）「かほかたち。上のしなのすけ也」（小嶋品之介）というふうに、類型的に表現するにとどまっている。反対に、欠点を示しながらけなすのは、わずかに次の二例である。

村山伝十郎「ほうのかゝり何とやらんにぎり出したるやうに見にくし」

華崎妻之助「面体くるしからずされ共、あまりに大きにして何とやらん」

あとの大半は、いったん全体の「面体」を誉めておいて、難点を具体的に指摘するという方法で評判される。

松川作弥「面体よけれども．ふけ過て．さゞ波たついけの面のやう成（る）思ひいれ有（り）」

花村伝之丞「面体くるしからず．され共．かほちいさくて．ひなのごとし．姿も．あまりほつそりすぎて．どこやらんすげなきやうにおもはる．とをめにみて．一しほけいあり」

宮木勝之丞「面体くるしからず此人のわらひがほを。見るにきば両方へ出て山うばの。わらひがほのごとし」

平安朝の顔表現が美貌を類型的に、醜貌を具体的に述べる傾向にあったのと同様の傾向がある。しかし、その表現は、「さゞ波たついけの面のよう成（る）思ひいれ有（り）」「どこやらんすげなきやうにおもはる」「わらひがほのごとし」というもので、顔そのものというより表情を伝えようという意図を感じさせる。そのような意図は次のような描写からもうかがうことができる。

坂田市之丞「りはつを面に出すにより。人のにくむ事もあり」
岸村勘弥「芸をじまんするふり。面にあらはれて。いと見にくし。初書きに。かやう成（る）物は天狗に鼻。はじかゝるといひし事。よき異見ならずや」
吉川六弥「面体人なみ也。（中略）脾胃がそんじてろうさいの。やまひ有らん目つきおもく〳〵しく。お長老様の本来の面目を。御工夫なさるゝににたり」
寺田角弥「面体よし少しやくもの也。取なりよしされ共うれへがほにて。はいよせがへりのやうにおもはる」
平田市太夫「いつもはらたちたる顔つき也」

ここには、役者の性格の表れとしてその表情を読み取ろうとする観客の意識がある。見る側は見ていて気持ちのよい容貌を求めているのだから、見ていて不愉快な印象を与える役者の表情には敏感にならざるを得ないだろう。これらは、見られる身体である役者の特徴的な姿を、見る側のインデックスとして記述しているので、「〜のように見える」という評価以上のことは行われない。カード形式のような短文構成による評判記と、西鶴の表現との違いは大きい。
寛文二年（一六六二）の『剥野老《むきところ》』は比喩表現を駆使して顔を描写する。たとえば、玉村吉弥は次のように評判される。

いふばかりなくあでやかに、此世の人ともおもほへず。たゞ天人のおとし子かとそあやまたれぬる。露をふくめる海棠のねぶれる花のかほは、金谷《きんこく》のこずへもにほひをはち、ひかりをそふるさんごの玉のすがたは、銀漢の月もよそほひをそねみぬべし。ひすいのかんざし、かつらのまゆずみ、やなぎのいとのほそごしは、風のさそひすぎしかたあれど、それは申(す)もおそれあり。かゝる人後の世にもいできなんや。げいの思ひいれ上手なり。たゞしじまんおもてに見えて、あし、とやいはまし

饒舌に比喩表現が重ねられることで絶世の美をほこる容貌が強調される。「天人のおとし子」「海棠のねぶれる花のかほ」「さんごの玉のすがた」といった言葉そのもののイメージの重なりに表現の中心があり、役者の顔を具体的にイメージすることは難しい。このような過剰な比喩表現がほぼ全員に対して行われている。

寛文三年（一六六三）『赤烏帽子』の冒頭で取りあげられる平田市大夫の記述は「面体容貌は、人々見る事なれば、不レ限此人ノ一向ニ不レ及二褒貶一」と書き出され、あえて顔の美醜についての言及はしないという姿勢がみられる。

寛文六年（一六六六）『難野郎古たゝみ』では「野郎にかぎらず諸人を愚に比するこそおこがましけれ」というスタンスにより批判的な言辞は少なく「すがたかほばせは見事」（伊藤小太夫）「すがためんていとりなりなか〳〵申（す）ばかりなく」（橋本千勝）という一般的類型的な記述が続く。

それに対して、『好色一代男』出版の翌年天和三年（一六八三）に刊行された西鶴の役者評判記『難波の顔は伊勢の白粉《おしろい》』では、役者のエピソードを織り交ぜた主観的物語的描写によって役者の個性を表現する。一例として浪江小勘の評判をあげる。

何に譬《たとへ》ん朝朗《あさぼらけ》を、宮内卿《くないきやう》若女の比、漕《こぎ》ゆく舟の跡見ゆるまでと読《よみ》かへられしも、姿をうつしてこころかはりた

り。世之有様のうつりゆくを思へは、わが皺《しは》づらをなげくべきにあらず。むかしの吉弥、今吉弥、其外、風をまなぶこと諸人まなこの内にあり。いでや其花の兄の介、夕ぎりのしぐみは、此世に生れたるほどの者、もろこしまでも絵ざうしわたつて、たがへず賎《しづ》の男《を》までも、畦枕《うねまくら》に姿絵をちぎり、心の牛の角《つの》おつたとや。世はおとらうが常なれど、枝川の浪江、一かさまさつておもひの渕《ふち》にはまらぬはなし。手を折（り）てかぞふるに、西国のそれ、東国のかの、北方《ほつほう》は、なにとこんがう、南方《なんほう》は生毛《うぶげ》までも、ぬけしうとみえた、誓文いつはりはない。うそいふたらだんぶり

一読して明らかなように、具体的な顔表現は一切ない。芝居の口上を真似た筆致で、比喩表現や掛詞を織り交ぜながら切れ目なく言葉をつないでいき、人々が小勘に傾倒しているようすを書いて、その美しさを暗示する。見られる存在である役者が、人々にどのように見られているかという視点で書かれているので、顔がどうであるかということを具体的に指摘する必要がない。

役者評判記における顔表現は、評価の基準を設けて、役者の評判カードを作っている。隈取という視覚的な舞台上の顔表現が、類型性によるイメージとしての顔表現であるのとは様相を異にする。一方、西鶴は、書き手による評判という評判記本来の構造の中に、その人物が人々にどのように扱われているか、人々が、役者をどういう目で見ているかという視点を取り込んだ。見られる身体として、役者の描写を行っている。このような複眼的な構造をもつ『難波の顔は伊勢の白粉』における西鶴の役者評判は、インデックス形式の役者評判記とは異なる。好色物におけるイメージとしての多元的な顔表現と通じ合う。

【注】

(1)和辻哲郎「面とペルソナ」(『思想』、一九三五年六月)。引用は、『和辻哲郎全集』第一七巻(岩波書店、一九六三年三月)に拠る。
(2)奥野健夫「文学における〝間〟の構造(第十一回)構造の中の〝時間〟と〝顔〟」(『すばる』三巻七号、一九八一年七月)。引用は、『〝間〟の構造―文学における関係素』(集英社、一九八三年二月)に拠る。
(3)前掲注(1)に同じ。
(4)坂部恵『仮面の解釈学』(東京大学出版会、一九七六年一月)。
(5)同右。
(6)前掲注(2)に同じ。
(7)原島博『顔学への招待』(岩波書店、一九九八年六月)。
(8)小林隆「顔の語史」(『国語学』第一三三集、一九八三年三月)。
(9)同右。
(10)高橋亨「中心と周縁の文法」(『物語と絵の遠近法』ぺりかん社、一九九一年九月)。初出は『文学』一九八八年四月。
(11)村重寧「引目鈎鼻考―顔貌表現の美醜について―」(『早稲田大学大学院文学研究科紀要』第45輯第三分冊、二〇〇〇年二月)。
(12)諏訪春雄『歌舞伎の方法』(勉誠社、一九九一年九月)。
(13)渡辺保「歌舞伎の身体」(岩波講座『歌舞伎・文楽』第五巻、岩波書店、一九九八年二月)。
(14)同右。
(15)服部幸雄『変化論　歌舞伎の精神史』(平凡社、一九七五年六月)。
(16)鷲田清一『顔の現象学』(講談社学術文庫、一九九八年一一月。『見られることの権利〈顔〉論』メタローグ、一九九五年六月の文庫版)。
(17)同右。
(18)同右。
(19)松井健児「紫の上の最期の顔―「御法」巻の死をめぐって―」(『源氏研究』第6号、二〇〇一年四月)。
(20)同右。
(21)役者評判記本文の引用は、『難波の顔は伊勢の白粉』も含めて、すべて、『歌舞伎評判記集成』(岩波書店)による。読み易くするために、私に句読点、濁点を施したところがある。

2● 顔の変貌――『武家義理物語』「瘊子はむかしの面影」の姉と妹――

一　同調性について

シンクロすなわち、同調することの美しさを競うシンクロナイズド・スイミングにおいて追究されるのは、音楽との同調性であり、共演者との同調性である。オリンピックにおけるシンクロナイズド・スイミングは、かつてはソロ種目も行われていたが、現在では、ソロは行われず、デュエットと団体が正式競技となっている。オリンピック種目の中で、舞の要素を含み、芸術点が重要な審査内容となる女子競技には、体操の床、新体操、フィギュアスケート、そして、シンクロナイズド・スイミングがあるが、シンクロナイズド・スイミングには、ソロの演技がなく、ほかの競技には、女性二人によるペアの演技はない。たとえば、男女のペアで演ずるフィギュアスケートや、アイスダンスの場合は、目と目を合わせたり、手を取り合ったり、身体的な交流によって「呼吸を合わせる」ことができる。相手の息遣いも間近に聞こえてくる。ところが、シンクロナイズド・スイミングの場合は、長く息を止めたり、潜ったりしながら、多くは身体的な接触なしで水中という特殊な環境のもとでの同調性が求められる。同調することによって力強さはよりいっそう強く表現され、優雅さは限りなく優雅なものとなる。また、ペアを組んでいるからこそ、多様な表現も可能となる。一人ではなく、二人、それも水の中という息のできない中で、ぴったりと息を合わせるところに、すぐれた芸術性が発揮される。

能の『松風』は、シテ松風とツレ村雨がかつての恋人行平を思う恋情をテーマにしている。清田弘によれば、『松風』のツレは、シテと同装で終始シテとともに演技をし、「役としてはシテの下位にあっても、『松風』という曲の位はシテとともに保たねばならない」難しい位の役柄であるという。▼注(1)決して広いとはいえない能舞台で、視野が限られる面を着けた状態で、松風と村雨が息の合った演技をする姿は、どこか、シンクロナイズド・スイミングのデュエットの演技と共通するものがある。海女として水に生きる姉妹のイメージは、水中競技シンクロナイズド・スイミングと一脈通じ合う。

行平の海辺の恋は、なぜ、松風一人ではなく松風・村雨の姉妹を対象として描かれているのだろうか。一人の男と二人の女という三角関係の構図ではなく、シンクロする女性として姉妹が登場するのはなぜか。文学に登場する美しき姉妹たちが伝えてきたものとは何か。謡曲『松風』と『伊勢物語』初段の問題を足掛かりとして、『武家義理物語』「瘊子《ほくろ》はむかしの面影」に描かれる姉と妹について考えてみたい。

二 『松風』における松風と村雨

須磨に流された在原行平と海女である松風・村雨姉妹との恋を描く謡曲『松風』は、松風・村雨が月夜の海岸で潮汲みをする前半と、松を行平に見立てて恋慕のあまり松風が狂乱する後半からなる。

田代慶一郎は、「詞章そのものを検討してみると二人で謡われなければならないような内容はどこにもない。一人で謡ったほうが効果が上がりそうな詩句を謡うのに、何故二人の人物が登場するのか、理由はどこか別の所に求められねばならない」という。[注(2)] そしてその問題は、古代習俗における姉妹がまるで一つのセットのように婚姻が行われる問題とかかわるとする。

前半部では、行平を暗示する「澄む月」に対して、遠い都の行平を思って寂しさのあまり松風・村雨が「海人の憂き秋」に沈んでいることが強調される。[注(3)]

前半部の見せ場である潮汲みの場面で、目の前の水に映る月影に視線を落としたときに、月と姉妹は急速に近づく。水を汲むにいたって、「見れば月こそ桶にあれ」「是にも月の入《いり》たるや」と、自分の手中に月を納める。空の月と地上の自分ほどに遠い存在であると思った行平が、桶をのぞいた自分の顔のすぐ近くにある喜びが表現される。

二人の思いが重ねられていることで、寂しさはよりいっそう沈み込んだものとなり、喜びはよりいっそう高まったものとして表現される。強い同調性によって高められた情感は、それがいつ破綻するのかという緊張の糸を後半部につなげ、後半部の物狂いに至り、ついにその糸が切れてしまう。

海女にとって普通なら手の届かない存在である貴公子が須磨にやってきて、「姉妹《おとどひ》撰ばれ参らせつつ、折にふれたる名なれやとて、松風村雨と召されしより、月にも馴るる」ごとく、二人は行平との三年を過ごす。やがて、都に戻った行平はそのまま病死、松風・村雨は永遠に行平を待ち続けることとなる。

シテの松風とツレの村雨が登場し橋掛で「汐汲み車わづかなる、浮世にめぐる、はかなさよ」と謡う。車輪がぐるぐる回るようないつ終わるともしれぬ待つ時間の反復と、潮汲みという労働をし続けなければならない侘しい境遇とを暗示する。それは血のつながった二人で行うからこそ時には慰められもする労働であり、また、二人までもがそのような境遇に陥ってしまい、二人ともがそこから抜け出せないという意味では絶望的なものでもある。

前半部では、ともに潮を汲む同調的存在であった松風・村雨であるが、後半、松風が行平の形見の長絹と烏帽子を身につけ狂乱の態となるに及んで、村雨が松風に同調せず、異を唱える。

シテ　あら嬉しや、あれに行平の御立ちあるが、松風と召されさぶらふぞや、いで参らふ

ツレ　あさましや其御心故にこそ、執心の罪にも沈み給へ、娑婆にての妄執を猶忘れ給はぬぞや、あれは松にてこそ候へ、行平は御入りもさぶらはぬ物を

シテ　うたての人の言ひ事《こと》や、あの松こそは行平よ、たとひ暫しは別かるる共、待つとし聞かば帰り来んと、つらね給ひし言の葉はいかに

村雨の制止のことばが、かえって松風を狂気へと煽り立てるかのようである。行平の言葉を「げになふ忘《わすれ》てさぶらふぞや」と言う村雨に抗って「こなたは忘れず」と嗟嘆する松風。同じ思いを抱いているからこそ、松風がその思いゆえに狂気に走った心情に共感できる村雨は、自らの思いを抑えて、松風を必死で制する。村雨が止めれば止めるほど、かえって松風はかたくなに行平の幻影にすがろうとする。村雨とて、根底には松風と同じ思いがあるのだから、否応なしに思いは共鳴し、村雨は松風に抗うことをやめてしまう。血のつながった姉妹ゆえの同調性と、また、お互いを知り尽くした姉妹ゆえの対立ということができる。

田代は、後半の姉妹の姿に、『葵上』における六条御息所の後妻《うわなり》打ちの姿の影響をみる。▼注(4) だとすれば、そこには、姉妹が当然持つはずの嫉妬心やライバル意識を含んだ複雑な心理的緊張感があるといえる。同じ遺伝子を受け継ぎ、同じ環境で育った二人が、同じ人を好きになることはごく自然の流れであり、同調する二人が共通の愛の対象を得ることで、思いは増幅する。錯綜した恋のプロセスや行平をめぐっての姉妹の葛藤が、増幅、止揚されて、待つ女が形象化された作品といえる。

三宅晶子は、後半部の詞章に着目し、松風の物狂いの舞について、「世阿弥は〈松風〉を舞のない形で作ったので

はないか」と述べる。[注(5)]「心のたかぶりを写実的に演じる所作によって、その場面の意味を補強・強調するのが、本来の演じ方だった」ものが、禅竹時代にはいって、心の深さと女姿の幽玄性を強調するために、舞が加えられたのではないかという。[注(6)]世阿弥の演出法は不明であるが、待ち続けたあげく待ち人が亡くなっていることを知った絶望感を強調することに真意があったという指摘は興味深い。いつかは会いに来てくれるという希望があればこそ待つことは可能である。そして、二人で待つ方が心強くもある。舞という視覚に訴える美の表現の強調がない『松風』を想像するならば、待つ人が来ないとわかった絶望の中に、悲しみ、怒り、嫉妬心などが絡み合った複雑な思いが消えないまま重く沈んでいくように思われる。

このように二人の美人姉妹という設定だからこそ表現しえた共鳴と反発は、近世にはいり、松風物といわれる一連の浄瑠璃作品を輩出する。鳥居フミ子は一連の松風物を体系的に分析する。[注(7)]鳥居によれば、謡曲やその影響下に書かれた御伽草子『松風むら雨』や古浄瑠璃『松風村雨』では、松風・村雨の姉妹は、過去を回想する中で二人一組のまま狂乱していくという。やがて、野郎歌舞伎の中で松風は『狂乱松風』として狂乱物の演目となり、さらに、野郎歌舞伎に続いて流行した土佐浄瑠璃『現在松風』では、登場人物をすべて生きている人物とし、松風の苦悩を、現在進行中の写実的なものとして描き、現身の松風が、観客の面前で狂乱になるという趣向をとる。

また元禄一三年（一七〇〇）頃に坂田藤十郎によって演じられた歌舞伎『松風』では、「松風村雨の汐汲みや松を行平に見たてての松風の狂乱などの松風ものの主要場面は全くなくなって」、松風物を「いかに予想外な変形をしてみせるかに工夫が凝らされ」る。[注(8)]この流れを受けて、近松門左衛門は、『松風村雨束帯鑑』で、浦島説話、遍昭落馬説話、狂言「靫猿」の趣向を借りつつ複雑なストーリーに変形してしまう。近松は、松風・村雨の二人を、互いに嫉妬しあう分裂した存在として形象化する。

松風物が、近世演劇の中で、ロマンチックな過去の追慕の情ではなく、現実的な現在の苦悩を描くものに変遷していった結果、松風・村雨の姉妹が、同調的な存在から異質な存在へと変化した。謡曲『松風』が潜在的に有していたものが顕在化したのである。

三　『伊勢物語』における「女はらから」

ところで、『松風』に描かれたような一人の貴公子と二人の姉妹という設定には先蹤がある。『伊勢物語』「初段」である。『伊勢物語』初段における美人姉妹に惑乱する一人の男という状況が、『松風』では、逆に、一人の男に対して惑乱する姉妹へと変化している。

『伊勢物語』初段の全文は次のとおりである。▼注(9)

むかし、をとこ、うひかうぶりして、平城《なら》の京、春日の里にしるよしして、狩に往にけり。その里に、いとなまめいたる女はらから住みけり。このをとこ、かいまみてけり。おもほえず、古里にいとはしたなくてありければ、心地まどひにけり。をとこの着たりける狩衣の裾を切りて、歌を書きてやる。そのをとこ、しのぶずりの狩衣をなむ着たりける。

春日野の若紫のすり衣しのぶのみだれ限り知られず

となむ、をひつきていひやりける。ついでおもしろきことともや思《おも》ひけん。

みちのくの忍ぶもぢずり誰ゆゑにみだれそめにし我ならなくに

といふ歌の心ばへなり。昔人は、かくいちはやきみやびをなんしける。

「女はらから」の解釈については、姉妹二人という説と、男の女はらから、すなわち男の妹が奈良の都に住んでいたという説がある。後者の解釈には、いささか無理があるように思われるので、ここでは前者の説をとる。

なぜ、姉妹二人がワンセットとなって登場しているかということについては、早くに折口信夫が、「女きょうだいというものは、昔はひとまとめにかたまっていて、もちろんこの場合も、同じ部屋にいたのだろうし、また昔の結婚法では姉妹二人が一人の人格のようにして、結婚が行われた」と説いている。▼注(10) 二人妻の考え方である。また、清水文雄は、折口の説を引き継ぎつつ、『古事記』において、木花之佐久夜毘売《このはなのさくやひめ》が邇邇芸命《ににぎのみこと》と結婚する際、木花之佐久夜毘売の父が姉の石長比売《いわながひめ》を添えて嫁がせたという例を挙げ、血の同質性を重視する皇統に直結する古代の血縁関係の中にあって、それは、血の純潔性を保つために当然のものであったとする。▼注(11) そして、男は「スキ心」を発動させた結果「色好み」という選びの行為を迫られる。美醜の違いがはっきりしていた木花之佐久夜毘売と石長比売と違って、ともに美しい二人の姉妹を前にして、選びの行為を迫られた男が「心地まど」うのであると解釈する。

また、島貫明子は、『源氏物語』に登場する花散里姉妹や宇治十帖の三姉妹という設定に影響を与えたものとして『伊勢物語』初段に注目し、「姉妹が問題になる時は、家が背景にある」という前提のもとに、「姉妹の両方と関係を持つ事は、姉妹が一人の男を争う事になる。それは法に触れる事ではないが、禁忌性を帯びた事であったのではないだろうか」と推論する。▼注(12) 島貫は、そのことが「二条后や斎宮に対する障害のある恋、禁忌性のある恋への情熱」を表現しようとする『伊勢物語』全体の構想ともつながっているという。

一方、柏木由夫は、『大和物語』や『後撰集』を引きつつ、「女はらから」という設定は「若い男女のみのなし得る溌剌とした心の共鳴」を暗示するものであり、「春日野という地で日常的呪縛から開放された自由な心によって喚び起こされた明朗で健康的な、そして明るさゆえにざれた諧謔すら生ずる可能性を含み持つもの」と結論する。▼注(13)

仁平道明は、「女はらから」という設定に唐代の伝奇小説の影響をみている。『李娃伝《りけいでん》』などの唐代伝奇にしばしばみられる「大人の仲間入りをしたばかりの男が都に行き、そこで美女と出会う」という「物語のはじまりの『型』」によって初段は形成されているとする。[注(14)]『李娃伝』では、女は独りで居たのではなく侍女とともにあり、世慣れぬ少女に元服したばかりの男が惑乱するという設定になっており、このような漢文学的な要素を王朝貴族の恋愛譚に持ち込むことによって「いちはやきみやび」が漢文学の伝統を負ったものであることを暗示し、男の行為が漢文化由来の洗練されたものであることを裏付けているという。

議論はなお続くものとみられ、いずれの論点も、それぞれに説得力がある。ここで、早急に結論を出すことは困難であるが、「なまめいたる」女性が一人ではなく、二人、それも、姉妹というかたちで、男の前に現れていることが、古代神話や『万葉集』、あるいは、中国小説の流れを受けつつ、『源氏物語』にも影響を及ぼす重要な設定であることは理解できる。

菊田茂男は、「いちはやきみやび」とは、「祝祭的恋情と制度的詠歌との相関的運動の絶妙さに対して放たれた賛辞である」と定位し、初段を次のように読み解く。[注(15)]

「うひかうぶり」した「男」は、「いとなまめいたる女はらから」に本能的に惑乱する。祝祭的な「みやび」である。その衝動的情動を「男」は、多彩に技巧の入り組んだ即興の和歌という制度的な「みやび」の世界に鎮めて「女はらから」へ贈る。その際、「狩衣の裾を切りて、歌を書」いたことは言うまでもない。「おいづきて」、つまり制度的な和歌を完備した和歌として「いひや」るのである。

初冠した「男」の「祝祭的恋情」「衝動的情動」の対象として、「女はらから」という設定は、必然的なものであったはずである。「女はらから」という存在は、「実現しがたい高度の堅牢な理念として希求され、憧憬され続けた幻視の中の美意識[注16]」である「みやび」に揺さぶりをかけるためのものではないだろうか。同調性のもつ美的水準の高まりと、一人対二人というアンバランスな関係性のもつ揺らぎや緊張感が、惑乱させるほどに強く心を刺激するものとなっている。「女はらから」は、『伊勢物語』の初発を飾るべく華やかで危うい存在として登場している。

そして、同調的存在であった「女はらから」が、対照的な男に嫁ぐことによって一八〇度異なる人生を歩むことになる話が『伊勢物語』四一段である。

昔、女はらから二人ありけり。一人はいやしきをとこの貧しき、一人はあてなるをとこもたりけり。いやしきをとこもたる、十二月《しはす》のつごもりに、袍《うへのきぬ》を洗ひて、手づから張りけり。心ざしはいたしけれど、さるいやしきわざもならはざりければ、袍《うへのきぬ》の肩を張り破《や》りてけり。せむ方もなくて、たゞ泣きに泣きけり。これをかのあてなるをとこ聞きて、いと心苦しかりければ、いときよらなる緑衫《ろうさう》の袍《うへのきぬ》を見出でてやるとて、

紫の色こき時はめもはるに野なる草木ぞわかれざりける

武蔵野の心なるべし。

四一段と併せ読むことで、初段における「女はらから」の同調性が、分離する志向性を内包したものであることがわかる。ともに美しく華やかに、満ち足りた道を歩んでいる女はらからにとって、未来は永遠に同調性を持ったものとは限らず、時には、明と暗という両極に分かれることもある。明暗いずれの道を行くものにとっても、同調的な栄光の時間の果てに辿るものであるだけに、哀愁の情はより大きなものとなる。

初段に「続く章段が、すべてそのような制度と祝祭の絶妙的運動の『いちはやきみやび』への期待と裏切り、希求と絶望のドラマ[注17]」であるとするならば、「女はらから」という関係性の中に、そのような往還運動を呼び起こす基盤

があったといえよう。

それは、業平の兄である行平をめぐる松風・村雨の恋物語として謡曲『松風』に引き継がれ、さらには、松風物の変遷の過程にはるかに響いていく。西村聡は、在原業平・行平兄弟が、それぞれに不遇をかこって須磨に籠居した時期があったことを検証し、「在原兄弟流離の伝承は、光源氏の朧月夜尚侍に対する犯しとその結果としての須磨退居住に、物語の枠組みを提供した」と推論する。[注(18)] そして、「いったん『源氏物語』が成立するや、双方の享受史は交錯し、渾融し」て、やがて「流離の貴公子」の「須磨の恋」という点で、光源氏と行平とが重ね写されたとして、『伊勢物語』『源氏物語』『松風』に共通する〈海辺の恋〉の表象を看取していて示唆的である。流離の貴公子との運命の別れの危機をはらむ美しき「女はらから」が、光と陰を織り成す存在として、『源氏物語』へと引き継がれ、さまざまなバリエーションを奏でつつ、光源氏や薫をめぐる女君たちの葛藤を描くものとして、大きな役割を果たしていったといえる。

四 「瘊子《はくろ》はむかしの面影」における姉と妹

次に、「女はらから」をモチーフにした作品である『武家義理物語』巻一の第二章「瘊子《はくろ》はむかしの面影」について考えてみたい。

話の内容は次のとおりである。

明智十兵衛が「近江の国沢山」にすむ「美なる娘の兄弟」のうち「あねの見よげなれば、十一の年よりいひかはして、身体《しんだい》極りて、是をむかへる約束」をして七年後、いよいよ姉を妻に迎えようということになる。ところが、姉は疱瘡によって「美なる姿」が「いやしげに」変貌してしまっていた。困り果てた両親が、姉の代わりに妹を嫁がせることにする。両親の決断を聞いた姉の方も、次のように述べて承知する。

自《みつから》此姿にて、十兵衛殿にまみゆる事は思ひもよらず。まして此形を堪忍すべき者あればとて、外《ほか》に男を持《もつ》べき心底にあらず。妹は我等《われら》がむかしに風俗もかはらず、よろづにかしこく、心ざしもしほらしく生《うま》れつきぬれば、何国《いづく》に行《ゆき》ても二親の御名はくださし。是を十兵衛殿へおくらせ給へ。

そして「手馴《なれ》し唐《から》の鏡をうちくだきて」出家の決意表明をする。

両親は理由を告げずに妹にむかって明智に嫁ぐようにと命ずるが、妹は、姉が嫁ぐ前に自分が嫁ぐわけにはいかないと固辞する。それに対して、両親は、以下の理由を並べて、妹を説得する。

1、姉には常々出家の望みがあって尼になると固く思い込んでいる
2、明智は勝れた人物であるからその妻になることは大変幸せなことである
3、明智は必ず出世するから、われわれも老後を安心してゆだねられる

その結果、妹は「女ごころに嬉しく」なり喜んで十兵衛のもとに嫁いでゆく。両親は、妹に対して「顔が醜くなった姉の身代わりとして嫁がせる」という本当の理由を告げていない。姉の体面と自分たちの体面を取り繕うために、また、妹のプライドが傷つくことのないよう、本当の理由を隠し、まったく別の理由を並べたてる。

十兵衛は嫁いできた妻と「寝間のともし火ちかく」対面した時、かつて婚約したときにあった脇顔の「とがむる程にはあらぬ瘊子《ほくろ》ひとつ」がないことに気づく。ほくろがあることを恥かしく思って取り去ったのかとまじまじと耳の付け根を見ている十兵衛のようすから、妹はたちどころに自分が身代わりであることを理解する。そしてほくろがあ

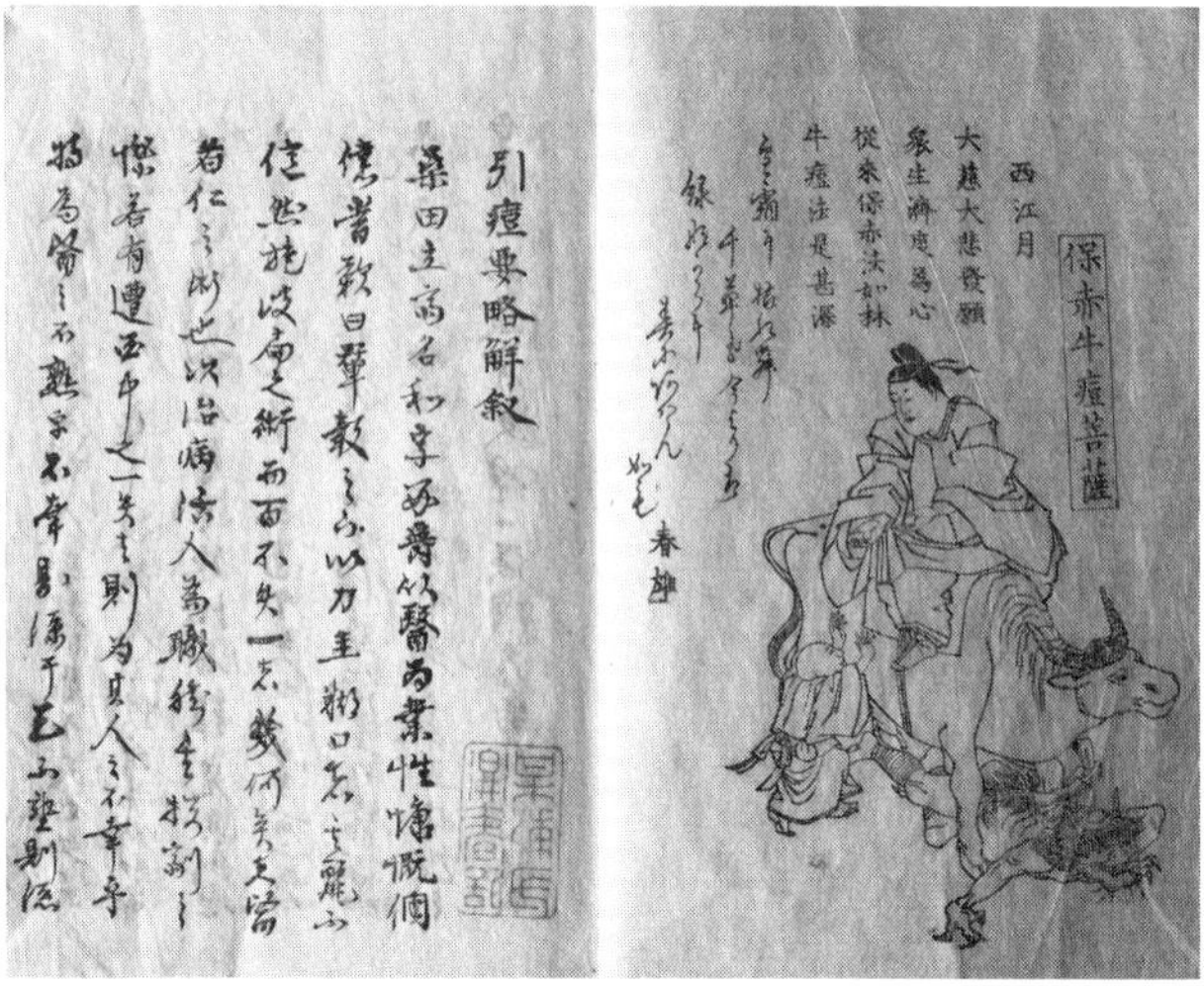

桑田立斎『牛痘発蒙』嘉永２年（1849）（岩手医科大学附属図書館所蔵）。
近世後期、牛痘の普及により疱瘡の罹患率は飛躍的に減少した。

るのは姉の方で、両親が疱瘡で面容の変った姉の代わりとして自分に嫁入りを進めたと思い当たったと十兵衛に告白する。「こなたさまの御約束は、姉君にうたがひなし。いかにしても道のたたざる事なれば、何事もゆるし給はれ。わたくしはけふより出家」と剃髪しようとする。十兵衛は、それを引き止め、新婚五日目の里帰りのときに、妹に両親への手紙を託す。手紙には、難病は世にあるならいだから、たとえ姉娘が昔のような美貌ではなくても「一命にかけても」夫婦となりたい、と認める。そして、姉や両親を思う妹の心遣いは「女ながら道理に」かなう立派なものであったと言い添える。

　晴れて夫婦となった十兵衛と姉の生活ぶりについて最後に次のように言及される。

> 此妻、美女ならば、心のひかるる所も有（る）に、義理ばかりの女房なれば、只武をはげむひとつに身をかためぬ。此女、かたちに引（き）かへて、こころたけく、割なき中にも外を語らず、明暮軍《あけくれいくさ》の沙汰して、広庭《ひろにわ》に真砂《まさご》を集め、城取《しろどり》せしが、自然と理《り》にかなひて、十兵衛が心の外なる事も有（り）て、そもそも此女、武道の油断をさせずして、世に其名をあ

げしと也。

姉娘が美女ではなくなったことで、彼女を娶った十兵衛は、女房に現を抜かすことなく武芸に集中することができた、という。また、「こころたけく」夫婦の間で軍の話ばかりをしており、妻は十兵衛が考え及ばないような兵法の知恵を見せることもあり、夫が武道一筋で名を挙げる助けとなったと書かれる。

この十兵衛の行為については、賛否が分かれている。

市川通雄は「『武家の義理』にふさわしい、すがすがしい物語である」と肯定的に評価する。[注(19)]また、坪井泰士は、「〈夫婦の結びつきは〉形としては『義理』だが、その内には心と心にかよう愛情があり、それは醜化という障害をも乗り越えた」と解釈している。[注(20)]

一方、白倉一由は「人間の奥深い所に潜むエゴイズムを突いている」として、「〈世に其名をあげしと也〉に込められている作者の複雑な心境に本作品の総てがあ」り、「義理に対するむなしさの感慨にまで連なっている」と指摘する。[注(21)]

また、「約束」ということに注目して、田中邦夫は、「妹を送り返して約束通り姉を貰おうとする十兵衛の義理は、十兵衛に即していえば、約束を守ること自体が重要であり、姉の替りに嫁いできた妹の気持ちとは無関係に実行されるべき性質のものである」と述べる。[注(22)]そして、「描写の焦点を姉妹の悲惨な心情にではなく、姉妹の健気な心情に当てている理由」は、「姉妹の悲劇から目を逸らせ、十兵衛の義理の否定面を感じさせぬ役割を担わすためであった」[注(23)]とする。

また、話の最後に記される後日談について谷脇理史は次のようにいう。[注(24)]

ストレートなからかいの調子はない。が、なぜか右の後日談の追加によって、全体がおかしくなることは確かであろう。光秀は、あくまでも義理固くまじめなのである。そして、それも武家の一つの生き方なのであろう。しかし、これが武士の心情の一面を誇張して把握したものではあっても、それによって西鶴は何かを主張しようとしているわけではない。それは世間並の町人とは異なった働き方をする武家の心情の一つを認識し、いささかのアイロニィをまじえて読者に呈示しているにすぎないのである。

以上のような、十兵衛の義理に対する対照的な評価の原因を作っているのが、姉妹の存在であることはいうまでもない。

白倉一由が、「人間の美への妄執……美にいかに人間が引かれるかを大きな問題として認めており、美が人間の価値判断の基準になっている」と述べているように[注(25)]、この話では一貫して女性として妻としての魅力が顔の美しさに求められている。と同時に、木花之佐久夜毘売と石長比売とがワンセットで嫁がされたような古代における二人妻にも似て、美人姉妹が明智の妻候補としてワンセットで俎上にあげられていることがわかる。木花之佐久夜毘売と石長比売とは美貌と醜貌、短命と長命という対照的な個性が表裏一体となっている姉妹であり、結婚後は、石長比売は醜貌ゆえに離縁されてしまい、姉妹は歩む道を大きく異にしている。それに対して、ここでの姉妹は、ともに美貌であることから、交換可能な同質性を担わされたのちに、美貌と醜貌に変化している。

当初、美人姉妹の、どちらも明智に嫁ぎうるということが、「近江の国沢山のなにがし」夫婦にとっては将来有望な明智と縁続きになる可能性を倍化させるものであった。十兵衛は、美人姉妹のうちより美しい方の姉を婚約者に選ぶ。

そして、姉が疱瘡を患うに及んで、よく似た妹と姉とのすり替えが行われる。ところが、十兵衛が姉と妹の差異に気づき、同質で交換可能に思われた姉妹が、容貌の変化により交換不可能な別々の存在として認識される。『伊勢物語』初段や『松風』においては、美人姉妹が表面的には終始分離することなく一人格のように扱われていた。それに対して、本話では、ワンセットとして扱われていた姉妹が、結婚に際してまったく別の人生をたどる。そこに本話の眼目がある。

文化人類学的には、結婚は、交換行為の典型的なもののひとつである。そういう意味で、十兵衛は、約束を果たすという義理のために、醜い姉を娶るという一見不利な交換をする。そのことで、美人ではない妻に夢中になることなく武芸に集中でき、また、その妻は醜い顔に似合わず「たけく」立派な〈こころ〉を持っていたという点で、武将として利を得たといえる。

醜い顔の姉は「義理ばかりの女房」であると記されるが、この表現はいささかわかりにくい。対訳西鶴全集の注によると「形だけの、の意でなく、ここは武士の義理ひとすじの精神からもらった女房の意」であるという。▼注(26) 確かに文意を考えるならば、そのように訳さなければ意味がとりにくい。しかし、顔が醜いために女としての魅力がなくなり、夫を妻に夢中にさせることがなく、武芸に集中させたという意味では義理（かたちだけ）の女房ということができる。

姉を娶る約束を守ることが、十兵衛の「義理」だった、それはとりもなおさず、姉の妻としての立場を否定するものであった。ところが、かえってそのことが姉娘の持つ「たけきこころ」という魅力を引き出したのである。

一方、やはり美人の妹は、十兵衛のもとへ嫁ぐことを喜び、女としての幸せを得ることができると思ったとたんに、自分が身代わりであったことを知らされ、潔く身を引くことで、十兵衛の〈義理〉の一端を担う。しかし彼女自身の美貌は無化されてしまう。

つまり世間的な〈美人〉＝〈良妻〉という図式が、〈義理〉によって解体されて、姉は醜貌ゆえに良妻となることが可能となり、妹は美貌であっても良妻への道を断たれたということになる。

〈義理〉という光源によって姉妹の顔が照らし出される。十兵衛の嫁選びの際には美しいことが優位だったが、妹が十兵衛のもとを去る時点で、醜い方に軍配があがる。

貝原益軒は、『和俗童子訓』（宝永七年〈一七一〇〉）で「女は、かたちより、心のまされるこそ、めでたかるべけれ」と説く▼注(27)。

> 女徳をゑらばず、かたち（容）をもととしてかしづくは、をにしへ今の世の、あしきならはしなり。いにしへのかしこき人は、かたちのすぐれて見にくきいもきらはで、心ざまのすぐれたるをこそ、后妃にもかしづきそなへさせ給ひけれ。（中略）諸葛孔明は、このんで醜婦をめとれりしが、色欲のまよひなくて、智も志もいよいよ精明なりしとかや。ここを以（て）、婦人は心だによからんには、かたち見にくくとも、かしづきもてなすべきことわり（理）なれば、心ざまを、ひとへにつつみまもらるべし。其上、かたちは生れ付（き）たれば、いかに見にくしとても、変じがたし。心はあしきをあらためて、よきにうつ（移）さば、などかうつらざらん。

諸葛孔明は好んで醜い顔の妻をめとったことで色欲の迷いを断つことができたというエピソードを紹介し、顔ではなく心が大切、ということを強調する。外見ではなく、内面を重視する儒家としての倫理意識はそのまま十兵衛の態度に当てはまるものである。益軒は、もって生まれた容貌は変えようがないが、心は、よい方向に変えることができるという。本話では、変わらないはずの容貌が疱瘡によって変わってしまったために、ドラマが生まれた。

一見、姉妹、十兵衛、両親、すべての顔が立った話のようでもあるが、しかし、篠原進が「落日の美学」として明らかにした▼注(28)とおり、本話は、明智の謀反行為による悲劇的最期を前提として読まれるべきだろう。醜貌の姉の良妻ぶりが美貌の妹の寂しい出家という対照的な側面を伴いつつ語られるとき、その結末は、どこか、調和を欠いたゆがんだもののようにも思えてくる。

研究史上十兵衛の評価が分かれていることは、逆に、本話が、約束を守るという「義理」を貫いた十兵衛の行為を美化しうる側面と、その「義理」を空疎化する側面を併せ持っていることを意味する。森耕一は『武家義理物語』の方法と主題は「同質的人間の分裂にドラマを求める」ところにあり、収められている作品には、そのようなドラマ性を内包した〈ニセモノ／ホンモノ〉譚が多くあり、本話もその一つであると指摘する。[注(29)]重要な指摘である。

そのような「同質的人間の分裂」とは、『伊勢物語』初段と『松風』から引き継いだ美しき「女はらから」が有している陰翳に富んだ関係に他ならない。

先に確認したように、『伊勢物語』初段や『松風』における美人姉妹と貴公子の恋の物語のモチーフは、姉妹の同調性によって増幅される恋の抒情、また、両者がうちに秘めている葛藤や差異化によってもたらされる緊張感を作品にもたらしていた。本話は、美人姉妹がもたらす複雑な要素を継承しつつ、姉妹が、美人と不美人に分裂したときに生ずる人生の機微を描いた話だといえる。

史実と本話を重ねる読みによって、谷脇は、「いささかのアイロニイ」を本話に読み取っていたが、[注(30)]同じように、史実を勘案しつつ、篠原進は、『一話一言』に「鬢に白髪を認めて一念発起した光秀」と記されていることに注目し、西鶴は、光秀を、「一二歳の時の約束を墨守する」「幾多の年を経ても変わらない心の在り方」を保つ存在として描いているとする。[注(31)]権力の盛衰構造に巻き込まれて転落の人生をたどったという点で、在原兄弟もまた「落日の美学」に生きた存在であった。それは「女はらから」という揺らぎに満ちた存在に絡め取られた男たちの危うい人生といえる。

【注】

（1）清田弘『能の表現　その魅力と鑑賞の秘訣』（草思社、二〇〇四年八月）。

（2）田代慶一郎「謡曲『松風』について（上）」（『比較文学研究』第48号、一九八五年一〇月）「同（下）」（『比較文学研究』第49号、一九八六年四月）。
（3）『松風』本文の引用は、すべて西野春雄校注・新日本古典文学大系57『謡曲二百番』（岩波書店、一九九八年三月）に拠る。
（4）前掲注（2）に同じ。
（5）三宅晶子「『三道』期の世阿弥と〈松風〉の舞」（『歌舞能の確立と展開』ぺりかん社、二〇〇一年二月）。初出は『中世文学』第34号、一九九九年三月。
（6）同右。
（7）鳥居フミ子「近世演劇における松風物の展開と変質」（『国語と国文学』第64巻第1号、一九八七年一月）。引用は『近世芸能の研究―土佐浄瑠璃の世界―』（武蔵野書院、一九九九年四月）に拠る。
（8）同右。
（9）『伊勢物語』本文の引用は、すべて堀内秀晃・秋山虔校注・新日本古典文学大系4『竹取物語 伊勢物語』（岩波書店、一九九七年一月）所収の本文に拠る。
（10）折口信夫「伊勢物語」（『折口信夫全集』ノート編第十三巻、中央公論社、一九七〇年九月）。
（11）清水文雄「いちはやきみやび」（広島平安文学研究会編『源氏物語　その文芸的形成』大学堂書店、一九七八年九月）。
（12）島貫明子「『伊勢物語』ノート―初段の「女はらから」の意味するもの―」（『昭和学院国語国文』第12巻、一九七九年三月）。
（13）柏木由夫「源氏物語における伊勢物語の影響―「女はらから」の問題をめぐって―」（『緑岡詞林』第17号、一九九三年三月）。
（14）仁平道明「『伊勢物語』初段考」（『伊勢物語―諸相と新見―』風間書房、一九九九年五月）。
（15）菊田茂男「王朝の『みやび』―『おそのみやび』から『いちはやきみやび』へ―」（『宮城学院女子大学人社会科学論叢』第12号、二〇〇三年三月）。
（16）同右。
（17）同右。
（18）西村聡「在原行平の像形成―古注を経て〈松風〉に至る―」（『伊勢物語註』室町文学纂集　第一巻、三弥井書店、一九八七年九月）。
（19）市川通雄「西鶴の描いた武家の義理」（『文学研究』第35号、一九七二年七月）。

(20) 坪井泰士「西鶴『武家義理物語』の武家のモラル」(『語文と教育』第8号、一九九四年八月)。
(21) 白倉一由「『武家義理物語』の主題」(『山梨英和短期大学紀要』第20号、一九八七年一月)。
(22) 田中邦夫「『武家義理物語』に描かれた「義理」―中国説話を原拠とする話を通して―」(『大阪経大論集』第129号、一九七九年五月)。
(23) 同右。
(24) 谷脇理史「義理の問題」(『西鶴研究論攷』新典社、一九八一年一一月)。
(25) 前掲注(21)に同じ。
(26) 麻生磯次・冨士昭雄訳注決定版西鶴全集八『武家義理物語』「語注」(明治書院、一九九二年一一月)。
(27) 巻之五「教《ユル》二女子《ヲ》一法」。本文の引用は、ワイド版岩波文庫『養生訓・和俗童子訓』(岩波書店、一九九一年六月)に拠る。
(28) 篠原進「落日の美学―『武家義理物語』の時間―」(『江戸文学』5号、一九九一年三月)。
(29) 森耕一「『武家義理物語』における登場人物と話の流動化」(『そのだ語文』第3号、二〇〇四年三月)。
(30) 前掲注(24)に同じ。
(31) 前掲注(28)に同じ。

第二章◉

西鶴が描く愛の変奏

1 ● 西鶴浮世草子における兄弟姉妹

一　カインとアベル

『創世記』のカインとアベルの話は、門外漢にとってはなかなか難解である。ヤハウェが羊飼いの弟アベルの献げ物である羊の初子《ういご》だけに目を留めて、農民カインの献げ物である大地のみのりに目を留めなかった。そのことに怒るカインに向かって、ヤハウェは次のように言う。▼注(1)

あなたはなぜ怒り、顔を伏せたのか。そうではないか。もしあなたが正しくふるまっているというなら、〔顔を〕上げることだ。もし正しくふるまおうとしないのであれば、戸口に罪が待ち伏せよう。彼の想いはあなたに向かい、あなたは彼を治めなければならない。

同じように自分の生業に基づいた献げ物をしながら、神が弟の献げ物だけに目を留め、兄の献げ物を無視するという不条理を説明するために、諸説展開されるようだ。宗教的には、羊が血の犠牲を伴うという点で、信仰の篤さを示すという意味合いがある。また、アベルという名前には「息、はかなさ、空虚さ、無意味、無価値、虚無」という意味があり、「神は無意味や無価値のようにみなされている存在、蔑視されている者、無価値な者、不利で弱い立場に置かれているもの、小さい者などを選び、愛したということを意味しているのではないか」とも説かれる。▼注(2) あるいは、ケーニッヒがいうように、農耕者カインと羊飼いアベルを象徴的に解釈して、背中を丸めて土を耕すカインは「現世を変革することに関わって」おり、羊を放牧させながら風に吹かれ流れる雲を眺めるアベルは「現世を超越しようと」する存在であるという理解もある。▼注(3) ケーニッヒによれば、神は、アベルが「あらゆる存在を超越した世界に対して」興味を持ち、「地上ではなくて、霊の世界」に住むものであるという意味で、彼の献げ物を受け入れたのだという。

たまたま長子として、先に生まれながら、献げ物を無視されてしまったカインの「怒り」は、誰に対するものなのだろうか。神に、なのか、アベルに、なのか、あるいは、自分に、なのか。戸口にある罪を選ぶか選ばないかという選択を迫られたカインは、怒りを収めて罪を回避するのか、あるいは怒りをぶつけてしまって罪を犯すのか。「彼の想いはあなたに向かい、あなたは彼を治めならなければならない」とはどういう意味なのか。彼＝アベルの亡霊、すなわち罪とするならば、「彼を治める」ことはカインにとってどのような意味をもつのだろうか。兄弟の問題、ひとりの人間の心の問題、人生における選択の問題がそこにはつきつけられている。

結局、カインは、自分の怒りを鎮めることができず、アベルを畑に誘い、殺害するという道を選ぶ。ヤハウェに呪いをかけられたカインは、答える。

私の咎は重すぎて負いきれません。それに、今日、あなたは大地の面から私を追放なさいます。私はあなたの前から身を隠し、この地でさまよいさすらう者となりましょう。私を見つける者は誰でも私を殺害するでしょう。

カインの言葉を受けて、ヤハウェは「ならば、カインを殺害する者は誰でも七倍の復讐を受けることにしよう」と言い、カインが殺害されないように「カインに一つのしるしを付けた」。カインは永遠に追放されるが、殺されることなく、罪のしるしをつけたままさまよい続けることとなる。ここにも、さまざまな物語的解釈の余地がありそうである。

「共同体から追放され禁忌された者は、そのことで非日常的な聖なるものにかかわっているとされ、罪人としての追放・禁忌のしるしが逆転して、聖なるものにかかわっていること、聖なるものに守られていることのしるしとなり得た」[注(4)]とするならば、罪の犯しが聖なるしるし獲得へと反転していくカインの命運を、われわれはどのように理解すればよいのだろうか。佐藤三郎によれば、カインのしるしには、「社会的共同体を守り、又犯罪者をタブー視することによって共同体の勝手な行動を阻止する」という社会的な意味と、「神だけが人間の生活の主人としての権限をもつことを意味し、それを人間が行うことは許されない」という神学的な意味があるという。[注(5)]疎外されつつ保護されているという二律背反的なしるしを持ったカインという存在を通して、われわれは、カインとアベルの物語がもつ深遠な世界に身のすくむ思いを禁じえない。このような光と闇の二重螺旋構造を持つカインとアベルの物語は、ドストエフスキー『カラマーゾフの兄弟』、スタインベック『エデンの東』、有島武郎『カインの末裔』など、多くの文学作品に影を落としている。

聖書に限らず、同一のルーツを持ちながら別々の肉体をもつ兄弟という存在は、神話の基本的な構成要素として重要な位置を占める場合がしばしばみられる。それは、ボードアンによる「カインコンプレックス」ということばから連想される親の愛をめぐる兄弟間の葛藤という意味以上に、原初的、かつ、根源的な問題を提示している。なぜなら、一人ではなく二人、あるいはそれ以上の人間が存在することでそこにはさまざまな情緒や心理や行動が発生するからである。

このように、心理学的社会学的にさまざまなアプローチが可能な兄弟という要素は、たくさんの物語や昔話に取り入れられてきたし、古今東西、歴史的にも現代社会においても、文学のみならず、あらゆる業界で「何々兄弟」「何々三姉妹」といわれるような存在感のある兄弟姉妹がしばしば注目を集めてきている。

さて、西鶴の浮世草子には、兄弟姉妹を扱った話に印象的なものが散見する。前節では、『武家義理物語』巻一の第二章「瘊子《ほくろ》はむかしの面影」における姉妹像を、『伊勢物語』初段に登場する「女はらから」、謡曲『松風』の松風・村雨姉妹と比較しながら論じた。「瘊子《ほくろ》はむかしの面影」は、同質的存在であった美人姉妹が、疱瘡によって美人と不美人に分裂したことによって生じた葛藤とその超克を描く。本節では、「瘊子《ほくろ》はむかしの面影」以外の兄弟姉妹の登場する西鶴作品について、兄弟姉妹という視点から考えてみたい。

二 『本朝二十不孝』における兄弟姉妹

親子関係を扱う『本朝二十不孝』には、親子という縦軸に交わる横軸として必然的に兄弟姉妹が登場する話が多くなっている。

○巻一の第二章「大節季にない袖の雨」では、暴力的な長男文太左衛門に投げつけられ、庭の石臼にぶつかって絶命する妹と、家の困窮を救うために傾城屋に身売りした妹が登場する。文太左衛門は妹の身売り金を盗み出して女郎屋で散財してしまう。

○巻一の第三章「跡の剥《はげ》たる嫁入長持」では、「形すぐれて、一国是ざたの娘」小鶴が一四歳から二五歳までの一二年間に一八回結婚離婚を繰り返し、人から「悪人」呼ばわりされる。その弟亀丸は婚期を逃し、二三歳で親と相前後して未来への希望を失ったまま「思い死」してしまう。

○巻二の第四章「親子五人仍《よって》書置如《くだんのごとし》レ件」は、遺産をめぐって兄弟が相続争いを展開し、四人兄弟の長兄が犠牲になる。

○巻三の第一章「娘盛の散桜」は、お春、お夏、お秋、お冬、四人の姉たちが妊娠から出産の過程で命を落とし、そのあげくに末娘乙女が、山賊の妻となり実家に押し入る。

○巻四の第一章「善悪の二つ車」では、「心から姿から是程似たる人」はいないという甚七・源七が、ともに「縁付比《ごろ》の妹」の嫁入り支度の品を売り払ってまで遊女狂いにうつつをぬかすという親不孝ぶりをみせる。彼らは、やがて、まったく対照的な運命をたどることになる。

○巻四の第四章「本に其人の面影」では、醜い顔の母のもとに生まれた美しい作弥八弥の兄弟が、狸が変じた母の幽霊に対して、異なる態度をとったために、一人は仕官、一人は所払いと運命を分かつ。

○巻五の第一章「胸こそ踊れ此盆前」には、兄長八郎と妹小さんの兄弟が登場する。長八郎と小さんの夫が漁へ出たまま戻らない。留守に、嫁である長八郎の妻は姑に孝を尽くし、一方実の娘小さんは親不孝な行為を展開する。帰宅した長八郎は小さんを家から追い出す。

章数	兄弟の数	兄弟の構成	不孝者
巻一の二	三人	兄・妹・妹	兄
巻一の三	二人	姉・弟	姉
巻二の四	四人	長男・次男・三男・四男	弟たち
巻三の一	五人	長女・次女・三女・四女・五女	五女
巻四の一	二人	兄・妹	兄
巻四の四	二人	長男・次男	弟
巻五の一	二人	兄・妹	妹

表1　『本朝二十不孝』兄弟の実態一覧

兄弟の実態を一覧にまとめると上の表1のようになる。

兄弟の中に、親に従順な者と親に反抗する者が存在することによって、一人の子どもが親不孝を行う場合よりも、親不孝ぶりが際立つ。それと同時に、不孝だけではなく、孝も描かれ、一つの家の中に孝と不孝が併存し、孝と不孝、善と悪が表裏一体であることを暗示する。同じ環境にありながら、親の言いなりになって育つ孝行者に対して、不孝者は、親の反対を押し切って自分の思いどおりに行動する。その結果、一家の中に親から愛情をもらう者と、憎しみを受け取る者とに二極化した存在が同居することになる。

作品前半の連続する二話である「大節季にない袖の雨」と「跡の剥《はげ》たる嫁入長持」では、孝行者は、親不孝者が家庭にもたらす悪と憎しみに抑圧される存在でしかない。家庭における勝者は親不孝者であり、親孝行者は、家庭の中で敗者となってしまっている。親不孝者への罰は天が与えている。ところが、後半の連続する二話である「本に其人の面影」と「胸こそ踊れ此盆前」では、親孝行な長男・兄嫁が、その行為に応分のかたちで幸せを獲得しており、勝者となっている。これは、前半では徹底した不孝を描き、後半に行くにしたがい、話に孝の要素が占める比重が増していき、最終的に親孝行をする結末の話で閉じられる作品構造と関係するところでもある。

ただし、「善悪の二つ車」は兄弟姉妹という視点で考えると特殊な話である。妹は影が薄く、「心から姿から、是程似たる人、世間広島にも、又有まじ」と朋友同士は同胞的存在である。話の眼目も、兄と妹の関係にではなく、甚七源七の朋友関係にある。妹は、「縁付比《えんつきごろ》の妹ありて、母親、自然拵《じねんこしら》への衣類、手道具迄、盗出《ぬすみいだ》して売《うり》払い」という部分に記述がみられるだけである。しかも、そこでは、甚七・源七どちらの妹かということが明示されず、心や姿だけではなく、家庭環境もまったく同じで、そこからくる言動の一致が、さながら双子の兄弟のごとくであることが示される。ところが、一心同体の放蕩者であった二人に、偽の父親を実の父親に親孝行するかのごとくに扱う源七と、偽の父親を疎んじる甚七という対照性が生じるところに作品のおもしろさがある。偽の親という補助線が引かれたことで、甚七源七が、親不孝と親孝行とに二極化する兄弟の役割を担うこととなった。そういう意味では、本話も、同胞的関係性において、一方の親孝行者だけが幸せを獲得する話といえよう。

ここでは、巻四の第四章「本に其人の面影」を取りあげ、兄弟という視点からの考察を付け加えたい。本話は、人々の兄と弟に対する評価を、国守が逆転させる点で、兄弟という存在を通して孝と不孝を相対化する話になっている。母の幽霊に矢を放ちその正体が狸であることを明らかにした弟八弥は、誰からも賞賛される。ところが、国守は、母の幽霊を見て怯えながら「など成仏はし給はぬ。さりとは、あさましき御事や」と涙した作弥に対して、「二たび見えし母をかなしむの所、是、武士のまことある心底を感じ入られ、当分、二十人扶持《ぶち》下し置《をか》れ、末《すへ》御取立《とりたて》あるべき」と通達する。一方、八弥に対しては、「変化にもせよ、親の形と見て、是に手づから弓矢の敵対、不孝の心ざしふかし」と何の取立てもなく、居場所を失った八弥は、国を立ち退いてしまう。

三〇年に及ぶ浪人生活をする父が、仕官の道を諦めて出家したのは七〇歳。そのとき、作弥・八弥は、一五歳と一七歳である。「歴歴の息女」だった母の年齢は不明であるものの、長らく子のなかった両親が高齢になってから生まれた兄弟であることがわかる。二人については次のように記述される。

> 流石、うまれつき美敷《うるはしく》、若衆ざかりにして、執心の人絶《たへ》なく、門《かど》に市をなしぬ。後《のち》は、命をかけて、作弥を忍ぶ人あり、八弥をしたふ者あり。此美少、気のとをりたる事、衆道の只中、情を本として、其道理のわきまへ、深く悩《なづ》める人に心をうつせど、親の夢遊、油断なく守りて、気の毒なる恋の関、ままならぬ身を恨みぬ。

美しい姿という点、情を本とする心根という点でも、二人は相同な存在であったことがわかる。そして、父は、そんな二人を、厳しく監視する存在であった。

父が亡くなると、母は茫然自失の状態となる。

> 母人、なげきのやむ事なく、世間も恥ず、かなはぬ人を、世に有（る）やうに、あまり気《け》うとかりき。此形、二人の若衆とは格別違ひ、勢《せい》たかく、痩《やせ》かれて、色あをざめて、顔ながく、常さへ醜《みにく》かりしに、此たび愁《うれへ》に沈み、髪かしらを其ままに、身を捨《すて》ければ、すさまじげになりて、他人は見るさへ嫌ひぬ。

美少年兄弟と対照的な母の醜貌が強調され、後に、母の幽霊が出現するという噂が広まる伏線となっている。しかも、母が、父の死後、異常なほどに自分を失ってしまっており、心の安定を欠いていることがわかる。母性の欠落した母親像が示され、幽霊騒動につなげられている。作弥八弥の母としてよりも、仕官の望みを持ち続ける夫に仕え、子のない妻として過ごした時間のほうが長い母は、夫なしでは生きていけないのだ。この母の姿から、どちらかというと冷えた親子関係が暗示される。それが、作弥・八弥が幽霊を見たときの行動につながっている。二人は、母の幽霊を見て懐かしがるのではなく、作弥は「早く成仏するように」と怯え、八弥は不審に思って弓を引く。どちらも幽霊であるとはいえ、母に対して距離のある言動をみせる。

そのような家庭内の事情や作弥・八弥の思いとは無関係に、国守によって、一方は親孝行で他方は親不孝であると決めつけられる。あたかもカインの献げ物に目をとめず、アベルの献げ物だけに目をとめるかのごときである。弟アベルを殺害して追放された兄カインと、狸を射殺して国を去る弟八弥。兄弟が相同な存在であるため、ちょっとした言動の違いがかえって大きな違いとなり、正反対の評価をもたらす。さらに、わずかな違いによって、評価が再逆転し、正反対の運命がもたらされてしまった。家族の中にあっては同胞であっても、自分たちの意志を超えて兄弟の孝と不孝が、公権力によって恣意的に作り上げられてしまった。▼注(6)

『本朝二十不孝』における兄弟話全体を通じてみると、親不孝者となるものには、兄、姉、弟、妹の四パターンあり、網羅的に親不孝者を形象化していることがわかる。どのような兄弟のポジションにあっても、親との葛藤は生じ得るということが示されている。不孝を相対的に描くにあたって、兄弟姉妹の関係が果たした役割は大きい。

三　敵討話における兄弟姉妹

不孝話同様に、兄弟の要素が作品のプロットに大きく影響すると思われるのが、敵討話である。『武道伝来記』巻一から巻八までの三二話のうち、弟が兄の敵を討つ立場にある話が八話、例外的に捨て子を利用して兄が弟の敵を討つ話が一話、収められている。また、妹が姉の敵を討つ話が、二話ある。

弟が兄の敵を討つ話　巻一の第一「心底を弾琵琶の海」
巻一の第二「毒薬は箱入の命」
巻一の第三「喙嗒《ものもうどれ》といふ俄正月」
巻二の第二「見ぬ人顔に宵の無分別」
巻三の第二「按摩とらする化物屋敷」
巻三の第四「初茸狩は恋草の種」
巻四の第一「太夫格子に立名の男」
巻四の第四「踊の中の似世姿」
巻七の第二「若衆盛は宮城野の萩」
兄が弟の敵を討つ話　巻四の第二「誰が捨子の仕合」
妹が姉の敵を討つ話　巻六の第一「女の作れる男文字」

敵討は、年少者の身内にしか許されていなかったので、弟か子どもが討つ場合がほとんどである。作中、子が敵討に関わっている話は、一三話であるから、西鶴は、オーソドックスな敵討である弟また子による敵討を配し、ユニークな逆敵討と妹による姉の敵討を一話ずつ挿入し、また、念友が敵討に関わっている話を五話、若党が敵を討つ話を一話、配している。あたかも、現実をなぞるかのように、ありがちな敵討と珍しい場合とを巧みに織り交ぜて作品を構成する▼[注(7)]。作品に登場する弟や妹たちは、兄や姉と対立することはなく、同胞として自ら好んで、兄や姉の敵を討っている。親子関係、兄弟関係、そして、兄分、弟分といわれる念友関係が、武家社会における重要な人間関係の座標軸であることは間違いなく、西鶴は、それを巧みに利用しながら、仇討話を仕立て上げている。

ここで、巻頭話の「心底を弾《ひく》琵琶の海」について考えてみたい。

この話は、紙数の大半を、衆道の義理を描くことに費やしている。出家した眼夢の庵の近くで、漁師に身をやつして船に乗ったかつての念友森坂采女と秋津左京が、一目眼夢に会うことを願って、琵琶・琴を奏で詩吟を謡う。しかし、眼夢は拒絶。二人は、眼夢がいずれ近い将来に死ぬことを予想して、先腹を切ろうと、刺し違えて死ぬ。

采女と左京は、「同年にして十六才、心も形も、是程かはらぬ生れつきはなし」という二人である。

互に衆道の義理を恥かはし、旦那一人の御心に、両人若命《じやくめい》を惜《をし》まず、骨髄に徹して勤める事、色ばかりには非ず。（中略）其節は又、自然の御用にも立《たち》ぬべき心底、更に中（す）にはあらず。二人神文《しんもん》取かはし、かためのことばもあだにおもひのほかなる主人の御発心、生（き）ながらあはで別（る）るべきか。

傍線部は二人の結束の固さを示す部分で、二人は常に一心同体であることがわかる。琴・琵琶の連れ弾き、詩吟、また、眼夢への抗弁、二人の言動がさまざま描かれるが、いずれも、どちらの言動であるかということは区別されない。二人の最期は次のように描写される。

采女左京が最後、銘銘に腹二文字に引捨《すて》、其後さし向ひ、剣《つるぎ》を互につらぬき、只今といふ声におどろき、をのをの板戸を破りかけ入てみれば、魂、はや浮世を去（り）て、是非もなき面影、白小袖に紋なしの袴ゆたかに、なでおろしたる鬢《びん》もそそけず、身をかため、二人ながら中眼《がん》にひらき笑へる顔ばせ、つねにかはらず。

耽美的筆致により、緊張感に満ちた清澄な死が描かれる。腹二文字という普通とは異なる切腹の仕方は、「二人」であることを強調しているかのようである。二人であるということが、よりいっそうの悲しみと美しさをもたらしている。眼夢をめぐる三角関係に陥るということもないし、どちらかが心変わりするということもない。最後の最後までまったくくずれることのない二人である。

そしてその後日談として仇討事件が起きる。弟が登場するのはここからである。

「心も形も是程かはらぬ生れつきはなし」▼注(8)と言われた采女と左京には、ともに弟（求馬・左膳）があった。左京に執心の手紙を出して断られた関屋為右衛門という男が、眼夢に命を捧げるために美しくみごとな最期をとげた二人を妬み、左京の悪口を言いふらしていた。それを聞きとがめた采女の弟求馬は、左京をかばう抗弁をし、為右衛門を切り捨てる。為右衛門の子次郎九郎が父の敵を討とうとするが、最終的に左京の弟左膳と采女の弟求馬が協力して次郎九郎を討ち、復讐の連鎖は終わる。采女と左京、求馬と左膳、兄同士、弟同士の同調と、兄二人に対する弟二人の同調が描かれている。

佐倉由泰は、兄弟の復讐物語である『曽我物語』の親族、友、傍輩という関係に着目する。▼注(9)「連帯性、無償性、対等等性を誇張する〈ヨコ〉の人間関係」が作品の基底にあるという。「家の分裂の進行と相続上の争論の激化によって親族の連帯が弱まり、さまざまな規模の争乱や背信行為の頻発によって互助の精神が忘れられつつあった時期」に、「武士の共同体の理念を語る特異な軍記物語」として成立したのではないかと説いて示唆的である。

兄弟が支え合い、また兄と弟が異なる個性によって複数の人格を分担することによって仇討が可能になったとするならば、兄弟という存在ぬきに『曽我物語』はありえない。父に対する子という意味で、兄弟は、〈タテ〉の関係であり、また、長幼の序という意味でも〈タテ〉の関係性を担うが、同じ子どもという意味では、〈ヨコ〉の関係性をもあわせ持つ。そのような座標軸に、親族、友、傍輩といった横軸が交錯し、また、武家社会の主従関係という縦軸が据えられ、マトリックスとなる。世界は時に反転し、錯綜し、たくさんの意味を担っていく。

『武道伝来記』所収の仇討話にもそのような〈タテ〉と〈ヨコ〉の関係が錯綜するものもあるが、「心底を弾琵琶の海」の場合には、同化する兄と兄に同調する弟というどこまでもシンクロする関係に純化されている。采女と左京、求馬と左膳、それぞれが、最後まで死に向かってまっすぐ突き進んでいく。二組の兄弟によって死の美学を貫く武士の姿が際立つ。

ほかの話についても、弟や妹が兄や姉の敵討をするということの意味を改めて考えてみる必要があるだろう。ここでは、ひとまず、冒頭話における兄弟の同調性と同質性によって、死に立ち向かうエネルギーが増幅されていることを確認しておく。

四　相続話における兄弟姉妹

さて、兄弟といえば、つきものなのが遺産相続をめぐる争いである。西鶴の浮世草子にも兄弟間の遺産相続をめぐる話は多い。早くは、『西鶴諸国はなし』巻二の第七章「神鳴の病中」に、父の遺言による遺産相続をめぐる兄弟の争いが描かれている。

父藤五郎は、臨終に及んで、藤六・藤七兄弟に次のように遺言する。

> 我相果《あいはてて》の後、摺糠《すりぬか》の炭《はい》迄もふたつに分《わけ》てとるべし。さてまた此刀は、めいよの命をたすかり、此年迄世に住事《すむ》の目出度《めでたく》、此家の宝物となれば、たとへ牛は売《うる》とも、是をはなつ事なかれと、念比《ねんころ》に申（し）置《おか》れて

父はすべての財産を半分にするようにと言い残す一方で、一本しかない刀を家宝に定める。そこで、兄弟は、すべての財産を諸道具類にいたるまで二分する。ところが、どちらも家宝の刀を名刀と思い込んで、我が物にしようとする。兄藤六が、財産すべてを弟に譲るという条件で、刀を相続する。結局、その刀は刀それ自体としてはまったく価値のない「奈良物」であることがわかる。母に由来を尋ねると、かつて隣村との水争いの際、父がかっとなって隣村の男を切りつけたが、刀が奈良物であったため無用の殺生をしなくてすんだという理由で、無用の争いを戒めるために家宝としたということが明かされる。

争いを戒めるための刀が逆に兄弟の争いの原因となり、刀としての価値を持たない刀によって、兄弟の争いは無意味なものとなる。しかも、水争いをしていた人々の前に火神鳴が現れて、日でりの原因は、水神鳴の腎虚にあるという。火神鳴は、水神鳴が流星に戯れをつくして腎虚したために、百姓たちに強壮剤としての牛蒡《ごぼう》を要求する。

> 先《まづ》しづまつて聞《きき》たまへ。ひさしく雨をふらさずして、かく里里の難義は、我我中間の業《わざ》也。此程は、水神鳴ども

若げにて、夜ばい星にたはぶれ、あたら水をへらして、おもひながらの日照《でり》也。おのおの手作《てさく》の牛房《ごぼう》をおくられたらば、追付《おつつけ》雨を請合《うけあう》

奈良物の刀と牛蒡の形状は、どこかイメージ的に重なる。日照の原因が水神鳴の若気の至りによる腎虚にあるというオチは、村同士の真剣な水争いや兄弟の相続争いをばかばかしいものとして価値転換する。兄弟は対立する存在として登場し、「奈良物」の刀によってその争いが無化されるが、それは、かつて「牛蒡」によって解決した水争いの無化の再現であった。対立関係が解消する、和解するというのではなく、対立そのものが無化されて笑いをもたらす。

　裁判話集である『本朝桜陰比事』巻一の第六章「孖《ふたこ》は他人のはじまり」について考えてみよう。これは、直接兄弟同士が争うというわけではないが、双子の梅松・竹松を育てた乳母同士の争いを、奉行が裁く話である。双子の場合、先に生まれた方が弟または妹で、後から生まれたほうが兄または姉となるのが、一般的である。したがって奉行は、竹松を兄とするようにいう。しかし、梅松の乳母はそれを不服とし、争いは収まらない。そこで、奉行は「諸事まふたつに分《わ》（け）、とらすべし」と言い渡し、持仏堂に納められている日蓮上人の像を奉行所に持ってくるようにと命じた上で、「諸道具を二つに分《わく》るはじめに、両人の乳母どもが手に掛《かけ》て、此仏をまふたつに割」るようにと指示する。さすがにそれはできないと乳母たちは、「無用のあらそひを悔み、いづれをも頼み、手代が願ひの竹松に家を継《つが》せ、梅松は弟に定め、歴歴に仕分《しわく》る内談を極め」、円満解決となる。

　双生児のどちらを兄とし、弟するかという争点に対し、京の高名な産婆が証人として召喚され、「古例《これい》にて、跡より誕生《たんじやう》仕るを、総領に立（て）申し候。此子細は、胎内にて母に取付（く）縁のふかきゆへなり。先に生れ候は、其子が後《うしろ》に、乳房もそのあまりを吸《すう》がゆへに、五体もすこしは大小御座候」と述べる。「双生児の兄弟の論は、西鶴当時も両様あった」といわれる▼注(10)が、その出生がほとんど同時である双生児の場合は、本来先に生まれた方を兄とするとい

う順序を覆すことが容易である。双生児順序論は人間の欲望や利害関係から生まれた論争とも考えられる。

数量的に二つに分けられるものだけが、遺産のすべてではない。日蓮像は、日蓮宗の宗教的なシンボルであり、その信者である乳母たちの精神的基盤であるから、物質主義的な二分論に基づく争いには意味がないことが端的に示される。

続く巻一の第七章「命は九分目の酒」は、兄六割弟四割という当時の遺言がない場合の一般的な財産分与の割合に対して弟が、遺産の二分の一の相続権を主張する話である。

弟の言い分は、次のようなものである。

> 私事、末子《そし》ながら惣領なるべき義は、お恥かしながら、是なる母親は、元父のめしつかひの者成（り）しが、懐体して兄をよろこびしより、諸親類取持（ち）、本妻になをされて後、わたくしを平産いたされ候事、まぎれなく候。然（ら）ば、末子《そし》ながら、筋目格別ぞんじたてまつり候。跡をも継《つぎ》申（す）べき事御座候。かやうの義、お武家にも先例の多き御事

同じ母でありながら、本妻にすえられる前に生まれた兄は、兄ではなく、母が本妻になってから生まれた自分が惣領である、という主張は、まったくの屁理屈である。弟が言う「お武家」の先例とは、本妻と側室という別人の子どもに対して、生年の順序に寄らないで跡目を相続させるというものであり、同一人物に当てはめたものではない。母としての実態ではなく、下女だった母の過去の身柄を取りあげて、自分が惣領であると主張する。奉行は、母が下女の時代から存在した家屋敷は、兄が相続してそこで、母を養うようにといいわたす。

弟の主張は確かに説得力に乏しいが、双生児順序論と同じように、同じ子どもでありながら、先に生まれたという

理由だけで、一方が他方に対して特権を有すること自体、平等主義からいうと理屈に合わない。当時の儒教的家父長制度そのものに対して弟は疑義を唱えているともいえる。相続を争うことも不毛であるが、不平等に相続が行われていること、さらにいうならば、相続という行為自体が、人間の所有欲を刺激し無益な争いの原因だという問題意識が根底にあるのではないだろうか。しかし、現実問題としては、相続は行われ、家業は継承されなければならない。奉行の裁量が問われるのは、いかに、双方の言い分をバランスさせるかという点である。

連続する二話において兄弟の不毛な争いをめぐる訴訟が取りあげられている。これらの財産相続をめぐる話では、兄と弟どちらの主張が正しいとは断定されない。争うことのばかばかしさ、争う必要がないこと、争わなくてもよい方法が提示される。兄弟という存在によって相続ということがらを多角的に捉えることが可能になっている。

五　『万の文反古』における兄弟姉妹

兄弟関係は、助け合い支え合うという連帯の関係と、対立し反発し合うという抗争の関係を生み出すが、その両方が巧みに表現されているのが、西鶴没後三年目に出版された書簡体小説集『万の文反古』（元禄六年〈一六九三〉）における兄弟である。

『万の文反古』は一話一通の手紙でなりたつ一七話（一七通の手紙）の短編集である。兄弟間の手紙は、次の四通である。

巻一の第三章「百三十里の所を拾匁の無心」弟→兄

兄の制止を振り切って大坂から江戸へ出た弟の久々の音信。困窮したあげく帰郷を望み、そのための旅費一二匁を無心。

巻二の第一章「縁付まへの娘自慢」兄→弟

姪の嫁入り道具の買い物を依頼された伯父が、姪の父親である弟に対して、こまごまと留意点を書き送ったもの。

巻三の第三章「代筆は浮世の闇」兄→弟

紙屋をしていたときに、侍が置き忘れた金を盗んだ罪にさいなまれた兄が、侍の亡霊にたたられて死ぬに死ねない上に、鳥に目をつつかれて失明したことを出家している弟に告白し、死後の供養を依頼する手紙。

巻四の第三章「人のしらぬ祖母《ばば》の埋み金」弟→兄（腹違い）

放蕩が過ぎて勘当された弟が、飛騨から京都に住む腹違いの兄に、自分の借金の後始末を依頼する手紙。

「縁付まへの娘自慢」は、兄が弟に意見する手紙である。それ以外は、窮地に立たされた方が、兄弟の縁を頼って、頼みごとをする手紙となっている。四通とも、兄弟間の関係はうまくいってない。それでも、不仲になったあと、しばらくしてから頼みごとをしている。人は、結局肉親の情にすがるしかないのである。発信者の通信文だけが読者に示されているために、双方向性がないまま、発信者の孤立感が強調される。兄弟の不和を仲立ちするはずの手紙というコミュニケーションの手段が、かえって、なまなましく一方の勝手な言い分や思い込みを示すことなり、不仲な兄弟の不調和性を際立たせる。

兄弟間のやりとりではないが、巻二の第二章「安立町《あんりうまち》の隠れ家」、巻四の第一章「南部の人が見たも真言《まこと》」には、手紙文の中に兄弟が登場する。

「安立町の隠れ家」は、敵討の話であり、兄弟が協力し合うという意味では、『武道伝来記』と共通する部分があるが、『武道伝来記』に多くみられたように弟が兄の敵を討つ話ではない。兄弟で父の敵を討つ話である。

手紙の発信者は兄で、受信者は、かつて世話になった知人。手紙の内容は、弟が敵を見逃してしまったことを報告しつつ、逃げた敵を追うべく住居を移すので、五月に会う約束が果たせなくなったことを詫びるものである。兄弟で敵を追うと目立ってしまうことから、兄弟であることを隠し、偽名を使い、別の商売をしながら敵をさがす。弟は「次第に形うるはしく」なり、人目につきやすくなってきたので、家で留守番させるようになった。ところが、皮肉なもので外でさがし回る兄ではなく、家に居る弟が、敵を見つけてしまう。敵を討とうと斬りつけるところを、「人違いである」と言葉巧みに言いくるめられ、「我九才の時見し事なれば、愚《をろ》覚へにして慥《たしか》ならず」ととっさに判断を誤って敵を取り逃がす。そのいきさつを聞いた兄は「さりとては武運のつき、又いつの世にめぐりあふべき」と残念がる。しかし、弟を直接責めることはなく、「それがしが目にかからぬ事おもへば口惜（し）」と運命を嘆く。弟は、「たとへ人たがへにして私のうたざる事はおくれ申（し）候。命を捨《すつ》るから別条なき事ぞ」と、討ち損ねたのは臆病風に吹かれたからだと反省、後悔し、家を出たまま行方がわからなくなる。

兄弟で敵を追っていたからこそ、敵を見つけることができたわけだが、兄に頼る心が無意識にあったために、どこか集中力に欠け、判断を誤り、中途半端な行動を招いてしまったのかもしれない。敵討の難しさと運命の皮肉を伝える話の中で、兄弟という存在をクローズアップする。二人ということで、常に、すべてが倍増し強調されるとは限らず、逆に、なにがなんでも自分が、という責任感や執念が半減してしまうこともあるだろう。この話には同調する兄弟関係でもなく、対立する兄弟関係でもない、ちぐはぐな、交錯する兄弟関係が描かれている。

また、巻四の第一章「南部の人が見たも真言」の場合も、兄弟関係ゆえに一家の運命が皮肉な方向へ導かれてしまう話である。『伊勢物語』二三段「梓弓」の章や西鶴の『懐硯』巻一の第四章「案内しつてむかしの寝所」と同じく、行方不明になって死んだはずの夫が、妻が再婚したとたんに生きて戻ってきてしまう。

「案内しつてむかしの寝所」の再婚相手は、先夫に遺恨を持つ男であるが、この話の場合は、入り婿であった夫の弟である。東北へ仕入れに出かけた夫の最期の目撃者からその死に際のようすを逐一聞いた妻は嘆き悲しみ、「後夫は求めじ」と主張する。しかし、入り婿であったこともあり、「此家たたねば、二親への不孝」「兄の跡をかやうにそうぞくする事世間にあるならい」と周囲の人間が無理やり大急ぎで弟との祝言をあげさせた。再婚して二、三日後に兄が帰ってきてしまう。

結局、「兄弟ともに一分立がたし」と、兄と弟は互いに差し違えて果てる。差出人は「是程なさけなき兄弟の最後は無御座候」と書き記している。同調するのでもなく、対立するのでもなく、運命の歯車がわずかにずれて、不本意にも行き違ってしまった兄弟関係が、修復不可能なものとして描かれている。

憎しみあっているわけではないけれども、許しあうわけにもいかない関係が、敵、あるいは、妻という同一の対象をめぐる兄弟の姿を通して描かれている。

六　妹の話

ここで、妹と兄または姉の話を取りあげてみよう。

『新可笑記』（貞享五年〈一六八七〉）には、妹が登場する話が三話ある。巻二の第一章「炭焼も火宅の合点」は、生育環境による兄と妹の性質の違いを描いた話である。

津の国の分限者には三人の子どもがいた。次男が喧嘩のはずみで人ひとり殺して牢に入れられてしまった。母親があまりに嘆くので、父は仕方なく、娘に二千金を持たせ、奉行のもとへ行き、兄の命を貰い受けてくるように命ずる。すると、長男が、自分を差し置いて妹を行かせることへの不満を申し立てたので、仕方なく、妹も連れて行くようにと言って長男に金を持たせた。長兄の差し出す金を見た奉行は、妹の次兄を助けたい一心の真剣な表情を見て、「千金は娘にとらせ、兄が命をたすけん」と思う。そして、高砂明神の託宣が下ったと偽って恩赦を実行する。ところが、長兄が欲心を起こし、千金を渡世の種に返して欲しいと申し出たため、奉行は立腹、二千金を返したうえで、次兄を処刑してしまう。

父は、最初から予想していたことだと、嘆くようすがない。父は「世わたりにわたくしなく、是天性の分限。一国壱人と名をさされて、なを徳に入道《いるみち》をまも」る人物である。公正なバランス感覚をもつ徳を備えている。その父が、次男の処刑後に、兄は貧しいときに生まれた子だから、物惜しみをし、妹は長者になってから生まれたから、欲がなく次男の命を助けることができたはずだ、と発言している。

長兄は、妹に対抗して、兄としての体面を保つために我を張り、さらに、弟の命に対して二千金は多すぎると欲心にかられ、役目を果たせなかった。終始超然と物静かな父とひたむきな妹、それに対して、泣き喚く母と自己主張の強い兄という家族内の対照的な構図が見えてくる。前者は、運命を受け入れている姿であり、後者は、人生を無理やりにでも思い通りにしようという態度といえる。母のなんとか次男を助けたいという思いも、長男の、自分が奉行への使いの役を果たしたいという主張も、いったんはかなえられるが、そのような強引さには、どこか無理があり、やがて綻びが生じる。同じ両親のもとで、同じ家庭に育ちながら、性質を分かつ兄と妹。「人は虚実の入物」[注(11)]という『新可笑記』序文の一節に呼応するものである。

また、巻二の第二章「官女に人のしらぬ灸所」は、姉と妹の話である。

帝は、寵愛する暁の少納言が亡くなったのを嘆き、仏師に彼女の仏像を作らせる。仏師が誤って筆を落とし像の胸のあたりに墨をつけてしまう。少納言には、実際にそのあたりに帝しか知らない灸穴があったので、帝は仏師が彼女と通じていたと疑い、仏師を戒め、木像も砕いてしまった。暁の少納言の妹の夕日の太夫も後宮にあったが帝には縁がなかった。姉の像のせいで仏師が難にあっていると聞き、妹は帝に近づき姉と仏師の潔白を証明しようと諸神に祈誓をかける。願いがかなって、帝に召され、無実を伝えることに成功する。

妹である夕日の太夫には、姉と同じ後宮にあって、姉だけが帝の寵愛を集めていることを恨んだりねたんだりする気持ちはなかった。結果的に、潔白が証明されたあと、帝の心は彼女に移る。「姉暁のわかれを妹の夕日に思ひをはらさせ給ひ」「天も道理をてらさせ、夕日の太夫と世に名を残し」という修辞的な美辞で、夕日の太夫の無私の心が表現される。それは、「炭焼も火宅の合点」における兄を救いたい一心の妹の姿と重なるものである。

ところが、巻五の第四章「腹からの女追剥」の場合は、姉が妹を、妹は姉を殺そうと考える話である。陸奥の盗賊の妻となった歴々の娘が、はじめは夫の稼業を嘆くが、次第に盗賊生活になじんでいたところ、夫と死別。仕方なく残された娘二人とともに盗賊稼業をして暮らす。あるとき絹一〇疋を収得した姉妹は半分に分けようとして、互いに「欲心出来《いでき》て」、それぞれ相手を殺して絹を全部自分のものにしようとする。

有(る)夕暮に、野沢のひとつ道ゆくに、誰かは爰《ここ》に置《をき》わすれぬ、続きの絹の十疋有(り)しを、天のあたへと悦び、兄弟の中なれ共、いろのよき絹をあらそひ、五疋づつ引(き)わけて、花見る春もちかづけば、紅梅・藤色にもそめ、夏はひとへを卯の花衣にたち縫《ぬひ》して、女風情つくる事を、姉も妹もたがひに欲心出来《いでき》て、今宵《こよひ》は姉をともなはずは、自からの独りの物なるに。かへさの広野にならば、姉を殺し、絹を丸めんと思ひし。姉もまた分たる絹をおしみ、妹の命をとりて、残らずわが物にと、二人の悪心同じくして、機嫌よく道を急ぐ

二人が相手を殺して絹を独り占めしようという「悪心」を同時に持ったのは、姉妹ならではのことだろう。夫の盗賊稼業にはじめは違和感を覚えながら、いつのまにか盗賊一家という環境に染まり、やがて自らも盗賊となった妻、

そして、親の仕事を手伝う娘たち。「悪」の連鎖反応によって、姉妹は善悪の判断がつかなくなっている。そして、姉妹の共鳴は、次の回心の場面でも起こっている。

野墓の焼《やく》るを見て姉無常を観じ、扨も口惜《をし》き所存や。思へば纔《わづか》絹五疋に、現在の妹を命を取（る）べき心入（れ）、去迚《さりとて》は世に有（る）べきさたならずと、心中に観念して、とかくは是ゆへにさもしきと、彼絹を人焼《やく》煙の中へ投《なげ》込《こめ》ば、妹も一度に打（ち）くべ、同じ灰にぞなしける。姉ふしぎに思ひ、何とて絹は捨《すて》けるぞと尋ねしに、妹涙ぐみ、今更申も恥かし。無用の物を拾《ひろひ》て、それより心の外の欲心発り、そなたの命とりて、母には旅人の働きにて是非なく殺されたると語り、其歎きかへり見ず、五疋の絹ゆへ浅ましき心ざし申せば、姉も横手を打（ち）て、我が思ひ入（れ）、それに同じ。

火葬の煙を見て、自分の愚かさに気づき、「心の外の欲心」から解放されたのである。同時に起こした欲心が、同じものを見て、同時に消えている点に話のおもしろさがある。どちらかが他方の影となって対照的な行動をとったり、あるいは、どちらかが一方の犠牲になったり、ということではなく、二人が寸分違わぬ同調的存在として描かれている。そして、悪の連鎖の逆をたどるように、姉妹から母へと菩提心が伝わり、「心にくき二人びくに」となる。「無明無《むみやうむ》体《たい》、全依法性《ぜんゑほつしやう》」という仏教語が引かれ、無知には実体がなく、真如と通じあうものであると記される。

本論の典拠とされるのは、『宝物集』巻第一の兄弟が五百両の金を捨てた話である。▼注(12)

兄弟五百両を捨《すつ》といふは、兄弟各五百両の金を父の手よりせうぶにえて、帰る道にて、弟五百両の金をすつ。兄ゆゑをとふに、弟なく〳〵語《かたり》て云、「汝が持所《もつところ》の金五百両を取《とり》て、千両になして持《もた》ん為に、汝をころしてんと思ふ一念おこりつ、故《かるがゆへ》に、金はうたてき物なりと思（ひ）て、捨（つ）る也」といひければ、兄も語《かたり》て云《いはく》、「我汝を殺して、五百両を取《とり》て、千両になさばやとおもへる也」とて、兄も五百両を捨つ。此ゆへに兄弟をば断金《だんこん》の契《ちぎり》とはいふ也[注13]。

『宝物集』では、兄弟の話となっているところを姉妹に置き換え、しかも、金五百両に対する執着心を絹五疋に置き換えることで、西鶴は、女ながらに、ということを表現しつつ、殺してまで絹を独占しようとする女心のあさはかさを強調してもいる。

この話も「人は虚実の入物」という『新可笑記』序文の一節と響きあう。姉妹の心に悪が入って善を駆逐し、続いて善が入り悪に取って代わっている。実が入るか虚が入るか、善が入るか悪が入るか。絹を拾って、肉親を殺害するという悪が入り、次の瞬間、火葬の煙を見て、善が入る。悪が入ったからこそ、善に入れ替わることができた、ともいえる。極悪が入ったために、目盛りは一八〇度ひっくり返って、善が生じた。そうでなければ、盗賊という悪に染まった暮らしをリセットできなかっただろう。一人ではなく姉妹だったからこそ、悪も共鳴し善も共鳴した。共鳴の大きさが、善悪の入れ替え、逆転を可能にした。

姉と妹の話は、『新可笑記』からほどなく出版された『本朝桜陰比事』（元禄二年〈一六八九〉）にもある。

巻五の第一章「桜に被《かづけ》る御所染」は、姉妹を入れ替えて嫁入りさせる話だ。

京中の町人の婚礼を仕切るほどの仲人屋のもとに一八になる娘の結婚をまとめてほしいという依頼があり、格好の相手を見つけて婚儀が整う。ところが、婚礼の夜に、やってきた娘は別人で、妹を仲人屋に見せておきながら、片目の姉を嫁入りさせたということがわかった。ベテラン仲人の沽券に関わると憤る仲人屋に対して、婿の親が、唖者の兄と婿を入れ替えてしまおうと提案する。そのことが娘の里帰りで判明すると、自分たちに後ろめたさがあるために、娘の親たちはそのまま結婚をなかったことにして、嫁入りの荷物を取り戻そうとしたが、婿側が応じなかったために訴訟となる。奉行の判決は次のとおり。

此義は娘の親の悪心よりこと発《をこ》れり。男のかたには、かたは成（る）者の有（る）事、たがひの仕合也。迚《とて》も縁者になるうへは、右に見せたる妹娘と、又聟もまんぞくなる弟男子《むすこ》と、今一組祝言いたさせ申（す）べし。是又、仲人つかまつれ

不具の姉と兄、健常な妹と弟を組み合わせ、ダブル祝言によって、偽りや報復、憎悪という否定的な感情におおわれていた両家を、めでたく円満なムードに塗り替える。たまたま年頃の兄弟がそれぞれにあったから可能だったわけだが、「縁者になるうへは」さらに縁を強く結んでしまえばよい、という奉行のことばは、不具者同士の婚姻が偽りに始まっていることを帳消しにし、そのうえで、状況を一歩進めるものだった。

そして、「最前の姉御の祝言、夜中《やちう》ゆへ相違あれば、此たびの妹御の縁組は、闇《くら》がりの請（け）取（り）無用」と、昼間の嫁入りとなる。「京都の大笑ひに成（り）けると也」という末文は、明るく、めでたさをたたえている。仲人屋にしてみれば、さらに、婚儀成立のカップルの数を更新したことになる。

この話もまた、虚から実に入れ替る話である。姉の虚の嫁入り、兄の虚の入れ替えがなければ、妹と弟の婚儀という実は得られなかった。そして、姉と兄、妹と弟、というふうに、姉妹と兄弟に同時に婚儀が成立したからこそ、めでたさも、そして、おかしさも倍増した。単純でもあり複雑でもあり、意外でもあり当然でもあるような人と人との結びつきが兄弟姉妹の関係を通して提示されている。

七　兄弟姉妹話の魅力

以上みてきたように、対立する兄弟、同調する兄弟、交錯する兄弟、変化する兄弟など、西鶴は、さまざまなバリエーションで兄弟姉妹を描く。そして、時には二組の兄弟姉妹を登場させながら、各作品のテーマや題材に即したかたちでそれぞれの話における兄弟の関係性を構築する。共通点と相違点を併せ持つ兄弟という存在は、相対的多面的な西鶴の作品世界にうってつけのモチーフでもある。

孝と不孝、愛情と憎悪、欲望と無欲、生と死、美と醜。そのどちらかを求めたり、どちらかを消去したり、どちらかが選ばれたり選ばれなかったり。時間的にずれてこの世に登場した兄弟は、あらゆる社会的関係の基本ともなる。西鶴は、実に巧妙に兄弟姉妹の関係性を利用しながら、ひとつひとつの兄弟話において人間の本質を抉り出す。各話のおもしろさもさることながら、兄弟姉妹という共通項で抽出した話を総覧すると、雄弁で魅力的なコラージュが出現する。

【注】

（1）「創世記」の引用は、月本昭男訳『〈旧約聖書Ⅰ〉創世記』（岩波書店、一九九七年三月）所収の本文に拠る。以下同じ。
（2）高橋虔、B・シュナイダー監修『新共同訳旧約聖書注解Ⅰ創世記―エステル記』（日本基督教団出版局、一九九六年三月）。
（3）カール・ケーニッヒ『兄弟と姉妹　生まれてくる順番の神秘』（葦書房、一九九一年九月）。再版『子どもが生まれる順番の神秘―シュタイナー教育入門』（パロル舎、一九九八年四月）。
（4）前掲注（2）に同じ。
（5）佐藤三郎「深層心理学とキリスト教神学の接点（Ⅵ）―「カイン、アベル物語」（創世記4章1―16にみられる「弟殺し」についての聖書神学からの考察―」（『論叢』第36号、一九九五年三月）。

（6）篠原進「西鶴のたくらみ―後味の悪い小説」（『江戸文学』第36号、ぺりかん社、二〇〇七年）、有働裕「「本に其人の面影」考―『本朝二十不孝』巻四の四に描かれた不孝」（『西鶴 闇への凝視―綱吉政権下のリアリティー』三弥井書店、二〇一五年四月。初出は『国語国文学報』第65号、二〇〇七年三月）は藩主の愚を穿つ作品と読む。

（7）佐々木昭夫「『武家伝来記』論」（『近世小説を読む 西鶴と秋成』翰林書房、二〇一四年三月）は、三〇話の一話一話が千差万別でありながら、一つの作品としてまとめる創作意義をもつ、とする。

（8）『本朝二十不孝』巻四の第二章「善悪二つの車」でも、登場人物の甚七と源七に対して類似の言い回しが使われている。甚七と源七は、最初は「心から姿から、是程似たる人」は居ないという二人だが、やがて正反対の行動をとるようになり、最後は生と死に明暗を分ける。

（9）佐倉由泰「『曾我物語』論―兄弟をめぐる〈ヨコ〉の関係に着目して」（『軍記と語り物』第40号、二〇〇四年三月）、後に、『軍記物語の機構』（汲古書院、二〇一一年二月）。

（10）麻生磯次・冨士昭雄訳注『本朝桜陰比事』（『決定版対訳西鶴全集』十一、明治書院、一九七五年一月）後注。

（11）同様の表現に「まことに心は善悪二つの入物ぞかし」（『懐硯』巻四の第一章「大盗人入相の鐘」）がある。

（12）宗政五十緒「西鶴と仏教説話」（『西鶴の研究』未来社、一九六九年四月）指摘。

（13）本文の引用は、小泉弘・山田昭全昭他校注・新日本古典文学全集40『宝物集　閑居友　比良山古人霊託』（岩波書店、一九九三年一一月）に拠る。

2 ● 男が女を背負うことは何を意味するか

一 挿絵から作品を読む

中嶋隆・篠原進責任編集『西鶴と浮世草子研究』第一号（笠間書院、二〇〇六年五月）付録の「西鶴浮世草子全挿絵画像CD」は、井原西鶴作の浮世草子二四作品に西鷺軒橋泉作『近代艶隠者』（挿絵は西鶴筆）を加えた二五作品の挿絵を収録した画期的なものである。西鶴作品を読む助けとなることはもちろん、文化史的にもさまざまな角度からのアプローチが可能である。何より、パソコン上で、次々と場面を切り替えながら挿絵を見ていくだけで楽しい。しかも、すべての挿絵に西鶴研究者による解説文が二百字から四百字程度付されており、本文がなくても、どういう場面であるかが理解できる。解説文中の単語をパソコン上で検索することも可能であるから、▼注(一) どのようなものがどの作品に描かれているかが、たちどころに一覧できる。

本節では、『西鶴諸国はなし』巻三の第二章「面影の焼残り」を取りあげ、本文と挿絵の相関関係から作品を読む。

二 「面影の焼残り」の挿絵

「面影の焼残り」の梗概は次のとおりである。

京の上長者町の造り酒屋の一人娘が、一四歳になって、あちらこちらからの求婚を断り続けているうちに、風邪をこじらせて眠るように亡くなってしまい、火葬される。乳母の亭主が、予定していた骨上げの時間より早くひとりで火葬場に行ってみると、娘がかすかに息をしていた。そこで、棺桶には別人の骨を入れて、娘を背負って知り合いの借屋に匿い養生させる。娘は全身黒木のようになり再び人間の姿にはもどりそうもないほどであったが、医者の手当ての甲斐あって半年後にはもとの姿に戻る。しかし、娘がいつまでたっても口をきけないので、医者の手にはおえず、占わせた結果、娘の実家で娘が死んだことになっていることが原因だった。乳母の夫が娘の実家に行って事情を話すと、両親は喜び、位牌を壊す。すると娘はしゃべりだして、出家を望み、親にも会わず三年過ごし、一七歳になったときに出家し、嵐山に近い里で庵を結んだ。

火葬の後に雨が降り出したところに「蘇生の一因」[▼注(2)]があることは間違いないが、乳母の夫は火葬の晩の降雨で、娘の火葬に関して何か思うところがあったのだろうか。彼は、なぜ、誰よりも早く火葬場へ赴いたのか。

当時、火葬の後の灰よせ（拾骨・骨上げ）は、火葬に時間がかかったので、一晩かけて火葬したのち、翌朝拾骨する風習が広がっていたという。[▼注(3)]『好色一代女』巻二の第三章「世間寺大黒」には、寺大黒の生活に慣れてきた一代女が、「灰よせの曙も別れ」と、住職が明け方灰よせに立ち会うために出かけて行くのを嘆く記述がある。

縄文時代にも「遺体を骨化させてから埋葬する葬法」があり、「日本人は遺骨に対して特殊な感情を抱いていた」

といわれているが、▼注(4) 浄土真宗の納骨信仰などと相俟って火葬が各地に広がっていくと、遺骨は、仏舎利と同一視されるようになったという。拾骨の儀式は、納骨前の重要な儀礼である。本来、骨上げは、死者の近親者のみで行われ、「世間寺大黒」の寺の長老が出かけていったことからわかるように、必ず僧侶による読経供養とともに行われた。

したがって、乳母の夫の行動はあきらかに常軌を逸している。以下、夫が火葬場へ赴く前後の記述を抜き出してみよう。

> 其夜の明方、七つの時取《ときとり》をして、炭寄《はいよせ》に行《ゆく》に、乳まいらせたる姥《うば》が男、わが宿よりすぐに、人よりもはやく墓原《はかはら》に行（く）に、道すがら人も見へず。三月二十七日の空、宵《よひ》の気色《けしき》よりなを物すごく、焼場に行（け）ば、何とも見分《わけ》がたき形、あしもとへ踏当《ふみあて》、是はとおどろき、燃《もへ》さしをあげて見れば、死人はうたがひなし。いかなる亡者ぞと念仏申（し）、さて娘御《むすめご》の火葬を見るに、早桶《はやをけ》たきぎの外《ほか》へ、こけて出けるに、気をつけ、彼《かの》死人を見れば、髪かしらは焼《やけ》ても風情はかはらず、いまだ幽《かすか》に息づかひのあれば、木の葉のしずくを口にそそぎ、我《わが》一重《え》をぬぎてきせまいらせ、跡へはよその、歯骨《はっこつ》を入（れ）置《おき》て、それより負《おひ》たてまつり、土手町の借《かし》屋敷に行《ゆき》て

灰よせの時刻については、「七つ」（午前四時）と約束してあったことがわかる。しかし、乳母の夫は、その時間よりも早く、まだ夜が明けないうちに火葬場に行く。「わが宿よりすぐに」火葬場に直行したということは、時間だけではなく、おそらくは娘の実家に集合していく手はずも無視したのだろう。墓場では、誰のものともわからない遺骨を踏んで、「是はとおどろき、燃《もへ》さしをあげて見れば、死人にはうたがひなし」と、踏んだ遺骨をわざわざ「是は」と拾い上げ、娘以外の「死人」のものであるとでも確認するかのように「死人はうたがひなし」と念仏を唱えている。では、娘の方はどうなっているかと見てみると、棺桶の外に遺体が飛び出してしまっている。「彼《かの》死人」とあるから、

娘を死者として扱っていることは間違いない。ところが、「風情はかはらず、いまだ幽《かすか》に、息づかひのあ」ることがわかると、木の葉にたまったしずくを飲ませ、自分の着物を着せ、娘を背負う。波線部にあるように、娘に対する動作は尊敬表現を伴って記されているので、男が娘を主筋の人間として丁重に扱っていることがわかる。

男があらかじめ娘の遺骨を誰にも見られないように拾おうとしていた理由はわからない。また、思いがけず娘がまだ生きていることがわかり、火葬場から連れ出す際に、娘を火葬した場所にほかの人間の骨を置いていくという偽装工作をした理由もわからない。葬式を急いでとり行った両親の態度こそ常軌を逸したものという指摘もある▼注(5)が、火葬以後は両親の記述がなく、娘の生存を知った時の喜びのようすから、両親が意図的に娘を急いで火葬しようとしていたとは読み取りにくい。むしろ、急いで火葬場へ行き、こっそり娘を連れ帰った乳母の夫の行為の方が不可解である。

この話の典拠として指摘されている浅井了意『伽婢子』巻之四の第四章「入棺之尸甦怪《にっくはんのしかばねよみがへるあやしみ》」では、火葬場で蘇った死者は死の穢れに触れたという理由で、「たとひよみがへるとても、葬場にて生たるをばもどさずして、打ころす」▼注(6)風習を、「誠に残りおほし」、残念だと批判する。しかし、蘇った死者に哀れをかけて連れ帰ると、陰気と陽気が逆転し、「下として上を、かす先兆」となって下克上や謀反が起きてしまったとして、その例をあげる。浅井了意は、「この理はある事歟《か》、なき事歟。さもあれ、死人の一族は残りおほく侍らんものを」と話を結んでいる。

乳母の夫は、甦った娘が打ち殺されてしまうことを恐れ、ひそかに娘を連れ出したのだろうか。乳母の夫として、わが子のようにかわいく思っていた娘が蘇ったことを喜び、たとえ穢れに触れたものであっても彼女の命を助けようとしたのだろうか。

しかし、娘の家は商家であるし、半年後に娘が生きていると知ったときの両親の喜びようからは、蘇ったことを忌むべきものとして考えているようすはまったくみられない。なぜ、乳母の夫は、娘を、人目を忍んで火葬場から連れ出し、妻である乳母にも知らせずひそかに養生させたのだろうか。

波平恵美子は、「死を『穢れ』の状態をもたらすものとみなし、死者儀礼によって死者の霊からその穢れを取り除いて死者を安寧な状態とするという、儀礼的表現や行為は、日本の死の文化の大きな特徴である」[注(7)]と述べる。また、藤澤典彦は、「死体から遊離した死霊は、火葬による死体の焼却で遺骨と化すことによって、すでに穢れを去って清められた象徴となって、先祖の霊のよすがとしてうまれかわる」とされてきたと説く。[注(8)]遺骨が仏舎利と同一視されるとともに、仏舎利が弟子たちに分けられてあちこちに伝播し、信仰の対象となっていった分舎利にならって、遺骨も、由緒あるところ、寺院、そして、高野山などの山岳霊場に分骨することが行われるようになった。山中他界観に関連して、山を浄土そのものと考えて、遺骨を納めることで、死者の極楽往生を願ったものだという。

乳母の夫が、かわいがっていた「娘御」の骨を持ち帰って、分骨することを望んだとしたら、乳母の夫自身が娘の遺骨とともにありたいと一方的に思ったからだといえる。いずれにせよ、乳母の夫がそこまで娘を偏愛していた背景や理由については一切書かれていないので、彼の行為はなんだかよくわからない、不思議な、そして、怪しい行動として読者に印象づけられる。

医者を呼びにやらせた「年比目《としごろ》をかけし者」には、「忍びて養生をする病人」と偽って娘を匿うが、かかりつけの医者に対しては、はじめからいきさつを説明し、治療に当たらせる。かかりつけの医者の口の堅さを信頼していたということでもあるだろうし、症状の原因を説明しないと投薬ができないとの判断もあっただろう。医者が人に言えない事情の怪我人や病人を治療することはしばしばあったと考えると、かかりつけということもあって医者に真実を明かすというのは自然な成り行きである。とはいえ、一方には隠しておきながら、他方には本当のことを知らせるという行為には、矛盾がある。秘密を一人で抱え込みきれないという心性が反映している。そして、肉体がすっかり元通りになっても娘の口が利けないのは、肉親が弔いを行っているからだという占いを受けて、「今はかくして叶はじ」と、両親に娘の生存を知らせる決意をかためる。半年間、心をくだいて看病した秘密の時間が終わりを告げる。

図１　『西鶴諸国はなし』「面影の焼残り」　挿絵

娘が生きていると知ったときの、「たとへ姿はともあれ、命さへ世にあらばうれしさ是ぞ」と喜ぶ親たちのことばは、率直な親心を表明したものである。一方、娘は、「此程の恥をかなしみ、親達のなげきを思いやり、万の心ざし」を胸に去来させつつ、出家への志を固める。娘にとっての「恥」とは、蘇ったことを指すのだろうか、あるいは、蘇ったことを親に知らされないまま乳母の夫に半年間介抱されたことを指すのであろうか。いずれにせよ、娘は何らかの後ろめたさを感じ、このまま生き残って普通に暮らすことを罪と考え、出家を決意する。「一筋におもひ定め、其後は親にも一門にもあはず」引きこもる。彼女がそこまで自分を律する潔癖さは何に由来するのか。一度死んだ人間として、徹底して、外界との接触を断とうとしているだけなのか。何か娘の行為に割り切れないものを感じる。

乳母の夫の理解しがたい行為と娘のかたくなな態度をつなぎ合わせたとき、いったいこの二人の関係はどういうもので、二人の間には何があったのだろう、と思わずにはいられない。そして、本話の挿絵を見たときに、誰しも本文との違和感を強く感じる。（図1）石塚修による「西鶴浮世草子全挿絵画像ＣＤ」所収の本話の挿絵解説文を次に示す。

千本の火葬場にて、骨あげに出かけた乳母の夫が、火葬した上長者町造り酒屋の娘が生きているのを見付け、連れて帰るようすである。菱模様の着物の男は経帷子《きょうかたびら》の娘を背負い、周囲を窺いつつ裸足で歩いている。男が見付けたとき、本文では、娘の髪は焼け全身は「黒木のごと」く真っ黒になっていたというが、挿絵では、髪があり肌も白い生前のままの姿である。額帽子があることから、かろうじて娘が葬儀をすまされている身であることがわかる。右下には、娘を焼いていたと思われる火葬の残り火が燃えている。周囲は松の生えた墓地で、二人の後ろには、卒塔婆、狼弾き、梵字の刻まれた五輪塔がみえる。

傍線部に明らかなように、本文では、娘は「髪かしらは焼」「惣《そう》身《み》黒木《くろき》のごとし。二たび人間にはなりがたきありさま」になっていると記されているが、挿絵では、黒髪に額帽子で、顔はふっくらとし、目を開け、二の腕が男の肩にしっかりとかけられている。脚はだらりとぶら下がっているのではなく、膝頭でしっかりと男の腰を挟み、走るのに邪魔にならないように膝から下に力を入れているように見える。乳母の夫の裸足の脚も、どことなく若々しい。『新編西鶴全集』の挿絵解説で「この図は、『伊勢物語』芥川の段を下敷きにしたもの」と指摘されている▼注(9)ように、『伊勢物語』「芥川」の段の男女の逃避行のイメージが重ねられた結果と考えられる。あたりを窺っている男の目線も、「芥川」の逃避行を連想させる。

ここで、改めて、『伊勢物語』「芥川」の段について考えてみよう。

三　芥川図について

よく知られている『伊勢物語』第六段「芥川」であるが、念のため以下に本文を引用しておく。▼注(10)

むかし、をとこありけり。女のえ得《う》まじかりけるを、年を経てよばひわたりけるを、からうじて盗み出でて、いと暗きに来けり。芥川といふ河を率ていきければ、草の上にをきたりける露を、「かれは何ぞ」となむをとこに問ひける。ゆくさき多く夜もふけにければ、鬼ある所とも知らで、神さへいみじう鳴り、雨もいたう降りければ、あばらなる蔵に、女をば奥にをし入れて、おとこ、弓胡簶《やなぐひ》を負ひて戸口に居り、はや夜も明けなむと思《おもひ》つゝゐたりけるに、鬼はや一口に食ひてけり。「あなや」といひけれど、神鳴るさわぎに、え聞かざりけり。やう〳〵夜も明けゆくに、見れば、率《ゐ》て来し女もなし。足ずりをして泣けどもかひなし。

白玉かなにぞと人の問ひし時露とこたへて消えなましものを

図２「芥川」図。（『伊勢物語図』大和文華館蔵）

本文では男が女を連れ出す際の行動は、「からうじて盗み出でて」「いと暗きに来けり」「芥川といふ河を率ていきければ」とあるだけで、男が女を背負っていたとは書かれていない。しかし奈良絵本『伊勢物語』をはじめ、江戸時代絵入り本『伊勢物語』で、この章の絵が描かれる際には、必ず男が女を背負う図となっている。

『源氏物語』に伊勢物語絵への言及があることから、『伊勢物語』の絵画化は、物語が成立した一〇世紀のうちにすでにはじまっていることが知られているが、秋山光和は、伊勢物語絵が、江戸時代にいたるまで「頻繁に書き継がれてゆくうちに、図様の上でも次第に固定化が生じた」▼注(11)と指摘する。その際、「物語自体が短い挿話の集積であり、個々の場面を独立に絵画化しやすく、好みの選択によって長短自由なセットを作りえたことは、絵画化の機会を一層容易にした」▼注(12)という。「芥川」の場面に関しては、男が女を背負って逃げる図が固定化していった。逃避行する男女の悲劇の恋を象徴する場面として、独立に絵画化されることも多かった。島内景二は、「芥川」図とは、「まだ二人が互いの愛を確信しつつも、未来へのかすかな不安を感じている微妙な瞬間」を画家が描いたものだという。[注13] そして、「まもなく悲劇的な和歌が詠まれていることを知っている鑑賞者は、二人の人間関係が辛うじて存立してえている画面に、安心感にも近い感動を覚える」[注14]のである。

有名な俵屋宗達、国宝『伊勢物語図』「芥川」図（図2）は、画面上に恋の逃避行をする男女の一体感と切なさがいっぱいに表現されている。昔男を二条の后の高貴さと純潔をあらわすかのような濃紺の袿が男の両肩と背中をすっぽりと覆い、一心同体のごとき〈背負い〉の図となっている。

千野香織は、宗達の「芥川」図の男女が、「全体が丸みを帯びた求心的な形にまとめられ」、また、男がそれほど前かがみの姿勢をとっていないため、「女の体重を負って歩いているという現実感がない」ことから「かたく一つに結ばれながら、夢の中にふわりと浮かんでいるかのように見える」と分析する。[注15] その理由として、二人が見つめ合っているように描かれていること、また、周囲の景観が「金泥の『たらしこみ』による、ムラのある金地で塗りつぶされ」、「ぎりぎりまで具象を離れ」おぼろな雰囲気の中に二人を包み込んでいることを指摘する。[注16] 女が小さめに描かれていることも、背負うという行為を、重荷を背負う苦痛とは無縁のものにしているという。

芥川図の男と女は、互いに肌を寄せ合い、互いの胸の鼓動と息遣いを感じながら、身も心もひとつになった瞬間の姿として描かれている。本文から得られる情報をもとに、絵師たちは、女が男の背中にあってどのような思いでいたかをあれこれと思い巡らしたに違いない。

一三〇種類前後の伊勢物語版本の大半が絵入り版本だという。[注17] 近世の人々は、絵に導かれて、「一層容易に伊勢物語の世界に分け入ることができた」といわれる。[注18] 芥川の段についても挿絵を見ながら、背負い背負われる男と女の心理についてあれこれと想像をたくましくしたに違いない。

信多純一は、『伊勢物語』をもじった『真実伊勢物語』（元禄三年〈一六九〇〉）では、業平を背負って連れ去る大力の女という翻案の図になっており、そこに、業平像の「影の再把握」によって「古人業平を当世化しようとした」意図があると指摘する。▼注(19)「芥川」といえば、男が女を背負って逃走する図、という認識が定着し深化していたことを物語る。

つまり、当時の『伊勢物語』「芥川」の理解は、絵入りの『伊勢物語』における男が女を背負って逃げるという図柄に基づいていたのである。とすれば、逆に、男が女を背負って走っている図柄からは、『伊勢物語』「芥川」の段が連想されることになる。男が女を背負っている本話の挿絵と本文とを併せ読むことによって、乳母の夫が娘を背負って逃げるという行為の背景に、何か特別な二人の関係を読み取れるようにも思えてくる。▼注(20)「芥川」に関して、西鶴の『独吟一日千句』第二に、次のような付合がある。

惣じて露は消（ゆ）るもの也
不案内な君をおひゆく芥川
水無瀬の滝や渡る枝折

『独吟一日千句』が亡妻の追善供養のためのものであることを考えると、この付合の背景にある「芥川」の物語にある男の心境と西鶴の心境は地続きのものだろう。もはや二度と触れ合えない（背負えない）妻への惜別の情という意味で、「君をおひゆく」という語句には特別の思い入れを読み取ることができる。

また、『好色一代男』巻四の第二章「形見の水櫛」にも、恩赦で牢から出た世之介が、隣室の女を背負って筑摩川を渡る場面がある。これもまた、「芥川」を援用したものといわれており、西鶴においても、男が女を背負って逃げるというコードは『伊勢物語』「芥川」を暗示するものなのだ。

そのように考えると、「面影の焼残り」の挿絵は間違いなく「芥川」の挿絵に基づいており、女の額帽子がなければ、まさしく恋の逃避行をする男女に見える。この絵のコードが本文の文字のコードと結びついたときに、〈恋〉というテーマが浮かんでくる。

もちろん、負うものと負われるものとの間に通い合う思いは、恋情ばかりではない。本話から読み取れるものも、赤裸々な男女の熱情に彩られたものではないし、不義と断定できるほどのものでもない。乳母の夫が娘に抱いていた思いは父親の情に近いものだったかもしれない。他人に対してあからさまには言えないような、乳母の夫という立場を超えた、娘に執する思いとしかいいようがない。名状しがたい男の思いは、言い交わすまでのものではなく、娘は、ただその思いを無言で感じとるだけだっただろう。いずれにせよ生き恥をさらしたくないという娘の強い罪悪感は、死の穢れに触れたからというだけではなく、親に内緒で乳母の夫に半年間匿われる身であったことによるのではないか。娘が、適齢期になっても縁談を断り続けていたという点で、もともと娘は世を厭う気分の持ち主だったとも考えられる。そのような彼女にとって、乳母の夫の思いはまさに負いがたいものだったのではないだろうか。確たる論拠はないが、テキストの随所に感じる違和感と挿絵の図柄とを重ね合わせるならば、そのような読みが刺激される。

四　文学における〈背負い〉

ところで、〈背負い〉＝「おんぶ」は、家事労働をしながら親子のスキンシップをはかることのできるわが国のすぐれた育児文化の一つである。

平野春雄によると、おんぶの風習は、農耕文化にはあるが、牧畜文化にはないという。おんぶは、主としてアジア、太平洋諸島、アラスカのエスキモー、北米のインディアン、南米のインディオ、アフリカの黒人社会に広がっている。おんぶの文化は、牧畜文化にはないものであったため、ヨーロッパ文化すなわちキリスト教文化にはおんぶの習慣がないという。▼注(21)

おんぶの利点として、平野は次の五点を挙げている。

①赤ん坊の保護と移動に便利である。
②労働上の必要性
③防寒上の必要性
④精神発達上の利点
⑤マザーリング（スキンシップ）の上での利点

ここで、文学に表現された〈背負い〉について考えてみたい。

夏目漱石の『夢十夜』「第三夜」は、よく知られているように、民話「こんな晩」型の短編である。自分の子どもがある晩突然、「丁度こんな晩だったな」▼注(22)と言い出し、なんだろうと思っていると、「御前がおれを殺したのは今から丁度百年前だね」と明かす話である。

自分は我子ながら少し怖くなつた。こんなものを背負つてゐては、此の先どうなるか分らない。どこか打遣る所はなからうかと向ふを見ると闇の中に大きな森が見えた。

父親は、背負っている子どもが重荷であり、どこかへ捨ててしまおうと、子どもの存在を否定してしまっている。また、子どもが自分の前世の悪事に言及する場面の直前においては、子どもの重さ＝自分の罪の重さが、〈背負い〉の感覚に直結する。

雨は最先から降つてゐる。路はだん〳〵暗くなる。殆んど夢中である。只背中に小さい小僧が食付いてゐて、其の小僧が自分の過去、現在、未来を悉く照して、寸分の事実も洩らさない鏡の様に光つてゐる。しかもそれが自分の子である。さうして盲目である。自分は堪らなくなつた。

現実の時間の枠を超えて、自分が殺した人間が自分の子どもとなって生まれてきて、親の罪を告発するという現象は、告発された側にとっては、現世での時空を超えた問題としていかんともしがたく、不条理なものである。しかも、背負い背負われるという状況の中でそれが提示されることで、その不条理がぬぐいきれないような身体感覚を伴って迫ってくる。殺した相手が自分に最も近いもの、しかも、最も大切なものとなって転生してくる因果律と罪の問題が、父親が子どもを〈背負い〉ながら歩くという姿に象徴的に表現されている。

西鶴も「こんな晩」型の短編として、『本朝二十不孝』巻三の第四章「当社の案内申程おかし」に、父親の殺人を告発する子どもの話を描いている。油を好む子どもが、油売りを殺害して金を奪った父親の過去について突然しゃべりだす。それに対して、漱石の『夢十夜』では、父親が子どもを背負って歩いている最中に、子どもが父親の前世の殺害現場と日時を指摘する。自分が生まれる前の父親の現世での悪事をあばく「当社の案内申程おかし」の子どもとは異なり、父親が前世で自分を殺した罪を告発するというもので、より「こんな晩」の原型に近いものとなっている。

「当社の案内申程おかし」には、〈背負い〉は描かれておらず、子どもと父親との間にはスキンシップが介在しない。異常に大人びた子どもとして造形され、しかも、父の殺人を暴いた日の夕暮れに忽然と姿を消す。父と子の関係性が捨象された中で、父の罪だけが問われている。「第三夜」が、過去現在未来と続く時間の流れにおける、親と子、背負うものと背負われるもの、殺すものと殺されるものという立場の反転による因果論的な世界を形象化しているのとは大きく異なる。

また、「当社の案内申程おかし」で子どもが父の罪についてしゃべるのは、自身の五歳の節句の祝いの席上である。親戚一同を前にして、かしこまって父親の油売り殺しについて冷静にその詳細を語る。一方、「第三夜」の場合は、父親に背負われた子どもが、父の耳元でこっそり父が犯した前世の殺人についてつぶやく。父の背中にぴったりと自分の腹を密着させた状態で、子どもの声とそのおぞましい内容が、父親の身体に覆いかぶさっていく。『夢十夜』「第三夜」に登場する〈背負い〉は、背負うものと背負われるものとの間に、あたたかい交流以外のものが、行き来する身体感覚を表現する。

なお、我が国における「おんぶ」の風習は古いものであるが、「おんぶ」という語は新しく、『日本国語大辞典』によると、「おぶう」の変化した語で、その初出は、滑稽本『浮世風呂』の「坊はおとっさんにおんぶだから、能《いい》の」である。「おぶう」も近世後期『誹風柳多留』「当てもなく二条通をおぶい出し」が初出で、▼注(23) 近世後期、主として会話文から使用されるようになった語と思われる。

さて、「負う」を『日本国語大辞典』で見てみると、他動詞の「負う」の語義として次の八項目が挙げられている。▼注(24)

①せなかに載せる。背負う。しょう。

②身に受ける。こうむる。引き受ける。イ　傷害を身に受ける。ロ　恨み、報いなどを身に受ける。ハ　責任を

ひきかぶる。
③身にもつ。イ　負債など悪い状態を身にもつ。ロ　義務、責任をもつ。ハ（「…に負う」の形で）そのことに原因する。影響を受ける。おかげをこうむる。
④後ろにする。背景にする。
⑤名をもつ。その名を名のる。

このような「負う」の語義から「おんぶ」という行為を考えるならば、子を背負うことは、子を「負う」、つまり、子を育てることを身に引き受け（②）、そのことに責任を果たす（③）ことを暗示すると考えられる「負う」には、物理的精神的な責任をもつという意味が発生していることがわかる。子どもの〈背負い〉を通して、責任を持って子どもを守り慈しみ育てる親としての自覚が膨らんでいくということもあるだろう。

『夢十夜』の場合は、わが子が因果論的な罪の暗喩となっており、それを「背負う」ことによって、父親はわが身にその罪を引き受けなければいけない状況に陥っており、そのことへの重苦しい圧迫感が表現されている。肌と肌が触れ合うことによって、子どもに象徴される罪の重さがいっそう身に応える。

〈背負い〉に「罪の重さ」が象徴されることを考えるときに想起されるのが、聖人クリストポルスの伝説である。キリスト教の守護聖人の一人である聖クリストポルスは、「不慮の災害や急死から免れる救難聖人としてヨーロッパの民衆の間で、広く崇められる」[注(25)]。現在では、旅の守護聖人として知られている。

クリストポルスの伝説とは次のようなものである。[注(26)]

クリストポルスは、カナンに住む大男で、自分の力を誇り、この世で最も強い者に仕えたいと思っていた。ある日、川辺で、幼い子どもに、自分を担いで川を渡ってほしいと頼まれ、子どもを背負って、川の中を渡っていく。ところが次第に川の水かさが増し、背負っている子どもがどんどん重くなっていき、溺れそうになる。子どもを川に投げ捨ててしまいたい、という誘惑にかられるが、なんとか重さに耐えて無事に川岸にたどり着く。その幼子こそイエス・キリストであった。以後、クリストポルスは、キリストこそ世界で最も強い者だと確信し、キリストの忠実な僕となるが、迫害を受けて殉教する。

クリストポルスが危うくくずおれそうになったほどのキリストの重さとは、キリストがその身に引き受けた人類の罪の重さでもあり、同時に、クリストポルス自身がもって生まれた罪の重さでもある。罪の重さと向き合い、それに耐えつつ川を渡るという自らの責務を成し遂げたときに、「キリストを運ぶ者」としての自身のあるべき姿を認識するにいたった。

クリストポルス伝説では、本来それほど重くないはずの背負っている子どもがだんだんと耐え難いほどに重くなってくるという点が、「第三夜」の場合と共通する。

クリストポルス伝説の根底には、罪＝十字架を背負うことというキリスト教的メタファーがある。幼子を背負って川を渡ることによってクリストポルスは大きな気づきを得たのである。そのことは、「おんぶ」が育児の場面で適切に行われたときに、親子関係がより成熟していくことを促すのと似ている。生涯「キリストを運ぶ」ことを決意した時点で、クリストポルスの〈背負い〉は、キリストを守り、また、その教えを身に引き受ける行為に読み替えられていく。

ところで「おんぶ」は、背負う人間が背負われる人間を保護し、慈しむという方向性を持った行為であるから、子が成長し、親が老い、体力が逆転したときには、子が親を背負うというスタイルに転換していく。たとえば、老いた親を壮年期の子が背負って移動するために、子が親を背負うこともあるだろう。

文学史上、よく知られているのは、姥捨山に親を捨てに行くときの、子が親を負うて行く姿である。

「わが心なぐさめかねつさらしなや姨捨山に照る月をみて」[注27]の歌で知られている『大和物語』第一五六段、姨捨山の話は、若くして親に死に別れた男が親代わりの伯母と同居していたが、男の妻が老いた伯母を疎んじ、「もていまして、深き山にすてたうびてよ」と言い募るのに閉口して、伯母を山中へ捨てることを決意、伯母を背負って山中へ入り捨ててくるというものである。

月のいと明き夜、「嫗《おうな》ども、いざたまへ。寺に尊き業《わざ》する、見せたてまつらむ」といひければ、かぎりなくよろこびて負はれにけり。高き山の麓に住みければ、その山にはるばるといりて、たかきやまの峯の、下《お》り来《く》べくもあらぬに置きて逃げてきぬ。

伯母は、寺での「尊き業」に連れて行ってもらえるものと喜んで男に背負われている。結局、男は、母性のシンボルともいえる「照る月」を見ているうちに、後悔の念にかられ、捨てた伯母を再び連れ帰る。本文には「又いきて迎へもて来にける」とあるのみで伯母を背負ったとは書かれていないが、当然、山に入ったときと同様、男は伯母を背負って山中から降りてきたはずである。

寺へ行けると喜ぶ伯母が、だんだんと山中深く入っていくにつれて、男の真意を知り、男の背中に自身の体をぴったりと寄り添わせながら、自らが置かれた状況を認識していく。背中越しに伝わってくる彼女の気配から、自分の意図を知ったであろうことを感じつつ、伯母を背負って、一歩一歩急峻な山道を登っていく男。一歩また一歩と歩みを進めるごとに、重苦しい罪悪感が澱のように男の心の中に沈んでいったはずである。

伯母を山中から連れ戻すときはどうか。

連れ戻される側は、いったんはあきらめていた人生がまた続くことになった安堵感と翻意した甥に感謝する気持ちに心安らかだっただろうか。あるいは、いったん抱いてしまった不信感をぬぐいきれないまま、今度またいつ捨てられるかもしれないと別の不安に襲われていただろうか。老いて生き続けることへの罪悪感があったかもしれない。一日の間に捨てられたり拾われたりするわが身に対する複雑な心情が去来していたことは間違いない。ことばにならないさまざまな伯母の胸の内を男は触れ合う背中で感じ取っていただろう。伯母を見捨てなかったという点において、山を下る男の足取りは、行きよりは軽いものだったかもしれないし、これから先、また妻との間に入って伯母の命を守る責務の重さを感じて、重かったかもしれない。まさに〈背負い〉の心象風景である。

姥捨伝説の〈背負い〉には「罪」「責任を果たす」というニュアンスが含まれているが、同じような〈背負い〉を『善光寺縁起』に見ることができる。善光寺の本尊は、三国伝来の一光三尊の阿弥陀如来像である。縁起によれば、インド、朝鮮を経て日本へやってきた生き仏である阿弥陀如来像は、崇仏派蘇我氏と廃仏派物部氏の抗争のさなか難波の浦に沈んでいた。たまたま信濃国の国司に同行して難波に来ていた本田善光が難波の浦を通りかかると、水中から如来像が出現して善光の背中に飛び乗り、信濃に連れて行くように言ったという。善光は阿弥陀仏を背負って信濃に帰参する。賤しい身分の善光には如来を安置する堂を建てる財力もなく、蔵に置いてあった臼の上に如来を置いて朝晩拝んだという。善光は日本に仏教を伝播するという役割を担わされた。背中に使命を負ったのである。[注(28)]

ところで、子が親を背負って移動する姿は西鶴の小説にも登場する。『本朝二十不孝』の巻四の第一章「善悪の二つ車」では、老人を背負うことでいたわりの気持ちが生まれた若者の姿を描いている。佐々木昭夫が指摘する[注(29)]ように、〈背負い〉というスキンシップから心の通い合いが生まれたことが話の展開のポイントである。放蕩者の甚七と源七は、にせものの父に仕立てた老人を使って物乞いをして生活費を稼ぐことを思いつく。甚七は老人を片輪車に乗せ、源七は老人を背負って物乞いをする。甚七は老人につらく当たり続けるが、源七は老人をいたわり、実の父に親不孝だった分、孝を尽くすようになる。「善悪二つ車」の挿絵も左図と右図に甚七と源七の姿を対照的に描いている（図3）。

図３『本朝二十不孝』「善悪の二つ車」挿絵

五　西鶴浮世草子挿絵に描かれた〈背負い〉

試みに「西鶴浮世草子全挿絵画像CD」を使って、その解説文に対して「背負」という語で検索をかけてみた。

二二図の解説文に「背負う」「背負い」「背負って」などの文言が用いられていることがわかる。そのうち、背負っているものが荷物である場合を除くと、『諸艶大鑑』巻一の第四章「心を入て釘付の枕」、『好色五人女』巻三の第四章「小判しらぬ休み茶屋」、『西鶴諸国はなし』巻一の第五章「不思議の足音」、巻三の第二章「面影の焼残り」、『本朝二十不孝』巻四の第一章「善悪の二つ車」の五話の挿絵に人が人を背負っている姿が描かれている。いずれも、話の展開に際して、背負うという行為が鍵になっている。

以下、前節で検討した「面影の焼残り」と「善悪の二つ車」以外の作品について、挿絵とその解説文を掲出する。▼注(30)

『諸艶大鑑』巻一の第四章「心を入て釘付の枕」（図４）

江戸吉原で、雨の中、六尺に背負われ、傘を差し掛けられる三人の太夫のお迎えのようすを描く。六尺が焚き染めた伽羅の香りに薄雲が気づく場面。男たちはいずれも法被姿で脚絆・草鞋をはく。右図では、中陰《なかかげ》花模様の着物に斜め格子模様の帯を締めた下げ髪の薄雲が香りを確かめるように顔を後ろに向けている。法被は、背負う六尺が釘貫紋、傘を差しかける六尺が、十の字紋に変わりたすき柄の裾模様。右図左には花文立涌《たてわき》模様の法被の六尺が、左図垂れ髪に楓模様の着物に黒帯の高尾に傘を差しかける。背負う六尺は、丸に三の字紋の法被に付け髭。その左にやたら縞模様の法被姿の六尺に傘を差しかけられた四つかたばみ模様の着物に黒帯、垂れ髪の吉野が、桐模様の法被に付け髭の六尺に背負われている。三人の太夫はいずれも懐手。右図下方には、そこだけ時間が止まったかのように歯の折れた高足駄が転がっており、大またで急ぎ足の六尺や強い雨脚の動きと緩急をなしている。

『好色五人女』巻二の第四章「小判しらぬ休み茶屋」（図5）

おさん、茂右衛門が丹波越えをする場面である。前章で岸に衣服を置いて湖に入水し、偽装自殺を図ったため、二人の着物は変わる。茂右衛門の着物は割菱模様、おさんについては未詳である。男性が女性を背負って逃げる構図は、『伊勢物語』「芥川」の段をふまえたものである。左図は街道の水茶屋とその前を通る一頭の馬と馬方。水茶屋には竈《かまど》に釜がのせてあり、傍らには茶碗を置いた茶棚がある。馬は荷物を積み、その上に笠と合羽をかけているが、本文にはそれに関する記述はない。

『西鶴諸国はなし』巻一の第五章「不思議の足音」（図6）

北国屋二階座敷から音で占いをする盲人と、その結果を窺う若者たち。下には占いの対象となる七人の人が、左に向かって次と歩いていくようすである。座敷にいる人物の右から三つ星ちらしの模様の着物の男、二番目の沢《おも》瀉《だか》のような柄の着物で剃髪していて一節切《ひとよぎり》を手にしているのが、調子聞きの盲人であろう。その左は綾文の着物の男、その隣の七宝紋模様の着物の男は首を投げ出して下をのぞいている。下の大道を行く人は、左から、四菱模様の小紋の着物を着て草履履きの杖をつく取揚婆《とりあげばば》と、それを四菱模様の着物に草履履きで箱提灯を手に導く男。撫子模様の着物の小娘を背負うのは兵庫髷を結った雪輪模様らしい着物の下女、鳥足の高足駄《たかあしだ》を履いて頭に手桶をのせた流水模様の着物の行人《ぎょうにん》、菅笠、黒羽織、大小の二本差しと武士のいでたちに脚絆《きゃはん》に草鞋の米屋女主人と、渦模様の着物を尻はしょりして脚絆に草鞋ばきの鋏箱《はさみばこ》を担いだ下人がつづく。女主人の菅笠からは髱《たぼ》がのぞいている。下人が鋏箱の前につけた酒樽の中身は、酒ではなく銀であった。

図４　『諸艶大鑑』「心を入て釘付の枕」

図５　『好色五人女』「小判しらぬ休み茶屋」

図６　『西鶴諸国はなし』「不思議の足音」

『諸艶大鑑』「心を入て釘付の枕」の、激しい雨の中、画面いっぱいに描かれる三人の遊女を背負った六尺の図は圧巻である。この〈背負い〉がきっかけとなって薄雲と角内との交流が展開するが、ほかの遊女と違って薄雲だけがふりかえる絵柄になっていて、二人の無言の心の通い合いが一目瞭然である。『諸艶大鑑』もまた、『西鶴諸国はなし』同様西鶴自身の手による挿絵であるから、〈背負い〉に向けられた西鶴の感覚の鋭さを表してもいる。

「小判しらぬ休み茶屋」については、『伊勢物語』「芥川」をふまえていることが指摘されているし、内容的にも、まさに、恋する男女の逃避行である。『好色五人女』巻三全体に業平説話の影響を看取する星野洋子も、「小判しらぬ休み茶屋」に挿入された茂右衛門がおさんを背負って山道を行く挿絵に芥川の段のイメージが揺曳することを指摘する。[注(31)]「負う負われる姿には、男の一方的な意志のみでなく、両者の親泥さえ感じとれる」という星野の指摘は首肯すべきものである。挿絵ではおさんが茂右衛門の上にのしかかるように背負われており、駆け落ちへの意気込みが伝わってくる。

『西鶴諸国はなし』「不思議の足音」は、盲人が通る人の素性を次々と言い当てていく話である。子どもを背負った下女の足音を、人間は二人だけれど足音は一人分である、と言い当てたことによって、透視能力にも似た盲人の並外れた聴力が示され、場が盛り上がる。

なお、図には描かれていないが、挿絵CDの解説文に「背負う」という語が使われているのが、やはり『西鶴諸国はなし』巻二の第四章「残る物とて金の鍋」である。

生馬《しょうば》仙人を背負った礼に、酒を振舞われる木綿買のようすである。右の柳の下に立つ生馬仙人は、髪型から装束に至るまでこの世のものとは思えぬ風体で、岩に腰かけ、杖を手にさまざまなものを吹き出している。仙人は振袖姿の美女を吹き出し、美女は仙人が寝入った後に登場する若衆を吹き出している。

木綿買が不思議な体験をするきっかけとして、生馬仙人を背負うという行為が描かれる。時雨の中帰り道を急ぐ木綿買に、老人が歩けないから背負ってくれと頼む。木綿買は、荷物を背負っているから無理だと断る。しかし老人は、軽々と木綿買の背負った荷物の上に飛び乗る。いたわりの心があれば背負っても重くはないだろうという仙人のことばは、背負うという行為がまさしくいたわりの心によって行われるものであることを端的に示す。

そのほか、挿絵に直接〈背負い〉の図が書かれてはいないが、『好色一代女』巻六の第三章「夜発の付声」で「観念の窓」からのぞく六五歳の一代女が、九五、六人の「孕女《うぶめ》」に「おはりよおはりよ」とおんぶをせがまれる場面も印象的である。ここでは、一代女における母性の欠落ということが、子どもを背負わなかった女として象徴的に示される。

以上のように、西鶴は、〈背負い〉をさまざまなかたちで作品に取り込んでいる。肌と肌が触れ合う〈背負い〉の行為によって、背負うものと背負われるものとの間に生じる目に見えないコミュニケーションが成立することを有効に利用している。

男女の間の〈背負い〉は、恋慕の情を通わせるものとして、「芥川」の場面と連動させることが自然な発想だったことがわかる。男が女を背負うという図は、視覚的にも印象的であり、二人の関係性の親密度を暗示し、見るものの想像力をかきたてる図柄である。そのような意味で、「面影の焼残り」の挿絵は、作品の読みに大きく影響を及ぼす図となっている。

【注】

（1）CDドライブに、付録のCDをセットする。マイ・コンピューターを開き、CD‐ROMのアイコンを反転させ、ツールバーのファイルをプルダウンし、「検索」をクリックすると検索画面が現れる。「ファイルに含まれる単語または句」の欄に、検索をかけたい語を入力し、検索を実行する。

(2) 麻生磯次・冨士昭雄訳注『西鶴諸国はなし 懐硯』(『決定版対訳西鶴全集』5、明治書院、一九九二年六月)後注。
(3) 勝田至『日本中世の墓と葬送』(吉川弘文館、二〇〇六年四月)。
(4) 藤澤典彦「日本の納骨信仰」(仏教民俗学大系4、藤井正雄編『祖先祭祀と葬墓』名著出版、一九八八年六月)。
(5) 杉本好伸「〈西鶴雑考〉『雪窓夜話』と西鶴をめぐって」(『日本文学語学論考』淡水社、二〇〇三年五月)。
(6) 引用は、松田修・渡辺守邦・花田富士夫校注・新日本古典文学大系75『伽婢子』(岩波書店、二〇〇一年九月)に拠る。
(7) 波平恵美子『日本人の死のかたち 伝統儀礼から靖国まで』(朝日新聞社、二〇〇四年七月)。
(8) 前掲注(4)に同じ。
(9) 江本裕編『新編西鶴全集』第二巻(勉誠出版、二〇〇二年二月)。
(10) 引用は、堀内秀晃・秋山虔校注・新日本古典文学大系17『竹取物語・伊勢物語』(岩波書店、一九九七年一月)所収の本文に拠る。
(11) 秋山光和「『伊勢物語絵巻』の構成と格段の絵画」(『日本絵巻物の研究』下、中央公論美術出版、二〇〇〇年一二月)。
(12) 同右。
(13) 島内景二「『芥川』と『杜若』」(『伊勢物語の水脈と波紋』翰林書房、一九九八年三月)。
(14) 同右。
(15) 千野香織「絵を見る喜び―作品の「良さ」を言葉で語る」(千野香織・西和夫『フィクションとしての絵画―美術史の眼 建築史の眼』ぺりかん社、一九九一年五月)。
(16) 同右。
(17) 山本登朗「絵で見る『伊勢物語』―近世絵入り版本の世界―」(光華女子大学日本語日本文学科編『日本文学と美術』和泉書院、二〇〇一年三月)。
(18) 同右。
(19) 信多純一「にせ物語絵『伊勢物語』近世的享受の一面」(『にせ物語絵と文・文と絵』平凡社、一九九五年四月)。
(20) 長野県短期大学二〇〇六年度近世文学基礎演習で本話を担当した高橋綾香さんと滝沢綾子さんも、二人で考察を重ね、娘が縁談を断り続けていること、乳母の夫が皆より早く火葬場に来たこと、娘を秘密に養生させたこと、乳母にも話していないこと、人間に戻りそうにもないのに一生懸命薬を与えていること、安部の某がすべてを見透かしていたこと、また、挿絵を見て、おんぶは愛に基づく行為であるから、「何とも思っていない相手を負ぶう行為はしない」として、挿絵から愛の精神を読み取り、乳母の夫と娘は愛人関係にあったと結論づけた。愛人関係というのは言い過ぎであるにしても、〈背負い〉に着目した考察は秀逸であった。

(21) 平野春雄『おんぶのこころ—私の育児哲学』(近代文芸社、一九八四年二月)。

(22)『夢十夜』の本文の引用は、すべて『漱石全集』第八巻(岩波書店、一九六六年七月)所収の本文に拠る。

(23)『日本国語大辞典』第二版第二巻(小学館、二〇〇一年一月)。

(24) 同右。

(25)『キリスト教の本〈下〉聖母・天使・聖人と全宗派の儀礼』(学習研究社、一九九六年四月)。

(26) ヤコブス・デ・ウォラギネ『黄金伝説3』(平凡社、二〇〇六年八月)に拠る。

(27) 引用は、坂倉篤義他校注・日本古典文学大系9『竹取物語　伊勢物語　大和物語』(岩波書店、一九五七年一〇月)所収の本文に拠る。

(28) 保立道久は日本の文化には宗教的なオンブ、男女の信頼関係の証としてのオンブと、婚姻の象徴としてのオンブがあると解く(『中世の愛と従属』平凡社、一九八六年一二月)。

(29)「本朝二十不孝巻四の一—「善悪の二つ車」について」(『文芸研究』第139集、一九九五年五月)。後に『近世小説を読む　西鶴と秋成』(翰林書房、二〇一四年二月)。

(30) 解説文執筆は、『諸艶大鑑』平林香織、『好色五人女』藤川雅恵、『西鶴諸国はなし』石塚修が担当。

(31) 星野洋子「背負われる女」(『日本文學誌要』第49号、一九九四年三月)。

おわりに

本書を総括するにあたって、『好色五人女』巻五「恋の山源五兵衛物語」について述べてみたい。『好色五人女』は、巻一から巻四まで、おなつ、おせん、おさん、お七の悲恋を描く。ところが、巻五は、男色家源五兵衛の衆道物語としてスタートする。

第一章「連吹《つれふき》の笛竹息の哀《あはれ》や」で、薩摩の国鹿児島に住む源五兵衛が、若衆中村八十郎と念友関係にあることが紹介される。ある雨の夜、二人は仲良く横笛のつれ吹きをしていた。

有夜、雨の淋しく、只二人、源五兵衛住《すみ》なせる小座敷に取（り）こもり、つれ吹《ぶき》の横笛、さらにまたしめやかに、物の音も折にふれて哀《あはれ》さもひとしほなり。窓よりかよふ嵐は、梅がかほりをつれて振袖に移《うつり》、くれ竹のそよぐに寝鳥《ねとり》さはぎて、とびこふ音《ね》もかなしかりき。

心を通わせながら呼吸を合わせて二人は横笛を吹いている。文字通り息のぴったり合った笛の音は、二人の切ない恋情の重なりを象徴する。「八十郎形のいつまでもかはらで、前髪あれかし」という源五兵衛の思いは、直後に大きな悲しみに変わる。その夜あっという間に八十郎は亡くなってしまう。男色は、若衆の美しさが時限付であること、また、武士道と結びついていることから、常に死の影をはらんでいる。

八十郎に死に別れたことをきっかけに源五兵衛は出家、半年後に、八十郎の菩提を弔うため高野山へ参詣する。高野山へと向かう源五兵衛の前に鳥さしが出現する（第二章「もろきは命の鳥さし」）。

> 紅林《こうりん》にねぐらあらそふ小鳥を見掛《みかけ》、其年《とし》のほど十五か、六か七まではゆかじ、水色の袷帷子《あはせかたびら》に、むらさきの中幅《ちうはば》帯《をび》、金鍔《きんつば》の一つ脇差《わきさし》、髪は茶筅に取乱《みだし》、そのゆたけさ女のごとし。さし竿の中ほどを取（り）まはして、色鳥をねらひ給ひし事百《もも》たびなれ共、一羽もとまらざりしを、ほいなき有さま

紅い鳥、水色の帷子、紫の帯、金色の鍔、色鳥とあざやかな色彩的な表現が重ねられ、八十郎を弔うべく高野山へ向かう黒衣の源五兵衛と対照的だ。

八十郎と同じ年頃の若衆に惑乱した源五兵衛は、「後世を取はづし」、若衆が鳥を追う姿を暮れ方まで見続ける。そして、「それがしは法師ながら、鳥さしてとる事をゐたり」と声をかけ、たくさんの鳥を捕まえてみせる。若衆は大喜びである。誘われるままに源五兵衛が若衆の家に行くと、庭籠に「はつがん唐鳩金鶏《からばときんけい》さまざまの声なして」飼われている。いずれも高価で色鮮やかな中国産の飼い鳥である。そして二人は結ばれる。

しかし、源五兵衛が高野山からの帰途立ち寄るとその鳥さしもすでにこの世の人ではなくなっていた。八十郎の死に重なっていく鳥さしの死。西田耕三は、『好色五人女』以外にも、『好色一代男』や『男色大鑑』において、若衆が鳥さしをしている描写を援用しつつ、西鶴において鳥さしと男色のイメージが結びついていることについて次のように述べる（『人は万物の霊』森話社、二〇〇七年一月）。

鳥さしが若衆の像を呼び寄せ、鳥に気づかれないように「秘すべき」ものであるところから恋と結びつき、鳥さしの行動が「腰をたはめて」と重なって恋を誘発する。もちろん、男色、鳥、それぞれにほかに連想の領域を持っており、西鶴にもそれは見えるが、以上の例は、「命→鳥」「魂→鳥」（『類船集』）という連想関係を西鶴なりに具体化したものであったと考えられる。

西田は、西鶴の「ことばの貯蔵庫」にある「鳥さし」という語が、男色という「現実の生態をいきいきと現前化させる最良の方法」として選び取られたとする。確かに、自由に空を飛ぶ鳥を捕まえる鳥さしの技術は、手に入らない華奢で美しい鳥を捕まえるという点で、若衆の姿を描くのにふさわしい。太夫や美女が動かぬ花の喩を持つとしたら、若衆には大空を自由に飛び回る鳥のイメージがあるだろう。源五兵衛が巧みに鳥を捕まえてみせたように、花を摘む行為に比して、はるかに高い身体能力とテクニックを有する鳥さしの行為は、武道を根底にした男同士の恋愛とイメージが重なる。

唐突な話だが、源五兵衛の男色話における、横笛、鳥さし、死というモチーフは、モーツァルトのオペラ『魔笛』と共通する。鳥さしパパゲーノは横笛を吹きながら、夜の女王が捉えたパミーナの救出に向かう。夜の女王が支配する世界は、死のにおいに満ちている。

恋人二人と死別した傷心の源五兵衛は山陰に庵を作って隠棲する。夜な夜な八十郎と鳥さしの幽霊が源五兵衛のもとへやってきている。源五兵衛は死者たちに魅入られてしまっている。そこへ、太陽神さながらに明るく生き生きとおまんが登場する。おまんは、男色家源五兵衛を、自分の方にふりかえらせる。源五兵衛はおまんによって昼間のエネルギーを注入される。

駆落ち後、囚われ人パミーナのごとく貧しい暮らしに身をやつすおまん。聞こえてくる源五兵衛節や布ざらし狂言の哀愁に満ちた響き。やがてそれが、蔵開きによる宝尽くしのファンファーレに取って代わる。これも『魔笛』の急転直下の大団円と響き合う。闇と光、母性と父性の対立と統合を描く『魔笛』は、夜の女王の敗北、囚われのパミーナの解放によるグランドフィナーレで太陽神イシスの栄光を歌い上げ終幕となる。おまんと源五兵衛は、三八三の蔵の鍵を渡され、蔵開きによって金銀財宝を相続し、祝祭的な歓喜の声に包まれて『好色五人女』は幕を閉じる。

ことばの字義やストーリーの整合性を離れて、『魔笛』のイメージを重ね合わせるならば、源五兵衛がまとう死の匂いを払拭し、彼を、生命力あふれる明るい世界に引きずり出していくおまんが、神話的なエネルギーに満ちあふれる魅力的な女性にみえてくる。とってつけたようだといわれる最終章の蔵開きが、亡くなったそれまでの物語の登場人物（清十郎、おせん、おさん、お七）の魂を輝かしい光に包むかのように思えてくる。

男色話中心の巻五は、『好色五人女』の中の四つの男女の恋愛話と比べると、違和感があるといわれてきた。時代も国もジャンルもまったく違う『魔笛』と『好色五人女』を並べて論ずることは無謀なことだ。また、『魔笛』に匹敵するような祝祭的な魅力があるといったら言い過ぎだろう。しかし、それでも、そのような連想を働かせたくなる豊かさが西鶴の作品にはある。そして、西鶴は、そのような連想を可能にするような「饒舌な沈黙」によって小説を創り上げている。

本書の一連の考察は、作品がさまざまに解釈されてきたということは作品にさまざまな解釈を可能にする構造がある、という立場にたって行った。

一代記である、否、風俗小説である――喜劇である、否、悲劇である――清純な恋である、否、熟達の恋である――破綻している、否、統一されている――孝である、否、不孝である――義である、否、不義である等々……。西鶴の浮世草子は、長年にわたり対照的に評価されてきた。どちらも正しい、といってしまっては議論にならないかもしれない。しかし、虚心に作品に向き合えば向き合うほど、作品は二重写しにみえるし、多様性をはらんでいるように思えてくる。西鶴は何かを強く批判したり、白黒をはっきりさせたりするような言い方を避けている。西鶴の作品は、感傷的であったかと思うとすっと無表情になる。作者が何かを言いたそうにしながら顔を出したかと思うと、さっと口をつむいで作品の表面から姿を消してしまう。その結果、不十分とも説明不足ともいわれるさまざまな表現が生まれた。研究史において物議を醸してきたことがらもそのような表現に起因する。しかし、本書は、そこにこそ西鶴の創作意図があると考えた。西鶴は因果関係がわからないことがらを、わかったかのように書いたりは決してしない。わからないということを、工夫を施しながら表現する。その結果これまでの日本文学にはない新しい小説作法を生み出した。

テキストのことばを読みながら、そのような西鶴の浮世草子の創作方法をさぐり、個々の短編ならびに集としての作品全体の構造を解明した。さらに、日本文学の伝統的なモチーフを西鶴がどのように作品に取込み新しい表現を獲得しているのかを明らかにした。

西鶴の小説作法とは、ひとことでいえば、読者に作品をゆだねるという方法である。西鶴のテキストの余白は、無責任に筆を折ったものではないし、判断を保留して読者を置き去りにしたものではない。読者が考えを巡らすために西鶴が意図的に準備したものである。そして読者がその余白に気がつきさまざまに想像をめぐらすことができるように、作品のいたるところに仕掛けが施されている。それは登場人物の奇異な行動だったり、矛盾するものいいだったり、肝心なことを説明しなかったりするという類のものである。時には、挿絵にその仕掛けがあることもある。

また、短編集は積層構造を有する。それは、二次元的ではないし静的でもない。三次元的であり動的である。もしかすると生命体のようであるかもしれない。したがって、さまざまな角度で論じることができるし、いろいろな補助線を作品に引くことによって新しい視界が開ける。本書で試みた顔論、兄弟論、そして、挿絵論はその延長線上にある。

西鶴は、早くからリアリティ作家といわれてきた。西鶴のリアリティは写真のようなものではない。西鶴のリアリティとは、短編なのに、一人の長い人生を追ったドキュメンタリーのように人物を描きだす——そのようなものである。本書で取りあげた『西鶴諸国はなし』の「身を捨《すて》て油壺」は、四百字詰め原稿用紙二枚に満たない長さであるが、一人の女性の八〇年に及ぶ稀有な人生を描ききっている。

西鶴は「人は虚実の入物」（『新可笑記』序文）、「心は善悪二つの入物」（『懐硯』巻四の第一章）という。西鶴の浮世草子こそが、虚実の入物であり、善悪の入物だといえよう。そして、人も、心も、一定不変のものではなく、常に変化している。西鶴のテキストは変わらないが、われわれが常に変化して止まない存在であるから、西鶴論も次々と書き換えられていくだろう。

以下、いくつか今後の課題を述べたい。

本書を執筆する過程で、挿絵も重要なテキストの一部であることがわかってきた。近年盛んになっている図像学の成果も取り込みながら、今後西鶴の浮世草子を挿絵から読み解いていく必要があるだろう。また、『好色五人女』巻四「恋草からげし八百屋物語」のお七の母親像からみえてきた母性の問題については充分論じきれなかった。そこには、西鶴の作品全体、また、近世文学全体、さらには日本文学全体を視野にいれて考えるべき重要なテーマが含まれている。『懐硯』を解釈する中で得た「積層構造」という考え方は、西鶴の他の浮世草子に敷衍させなければならない方法論である。そして、顔表現の問題の背後に〈美人〉に対する西鶴の独特のまなざしがあることもいずれ論じる必要があるだろう。兄弟姉妹のモチーフは階級社会の中で矛盾を抱えながら生きる武士を描く武家物を考える際に有効な観点である。本書で扱えなかった『武道伝来記』『武家義理物語』『新可笑記』の他の話に敷衍させていきたい。

また、西鶴が最晩年に地誌『一目玉鉾』（元禄二年〈一六八九〉）を書いていることの意味も考えていきたい。これは西鶴の小説が諸国話形式であることと深く関わる問題である。「饒舌な沈黙」の行きついたところが地誌的なるものだったといえるのかもしれない。

遺稿集を含め現在西鶴作と認められる浮世草子は二三作品である。通算五九一章。本書で扱ったものは作品数でいえば、その半分にも満たない。残された課題はあまりにも多い。

あとがき

本書は、既発表の論文を、編集方針に則って並べ替えた。論旨や結論はできるだけそのままにし、表現の稚拙なところを改め、資料や説明を補い、大幅に書き換えた。旧稿の題名、発表雑誌等は次のとおりである。

第Ⅰ部　作品形成法――表象と仕掛け

第一章　『好色一代男』の方法

1　船に乗る「世之介」は何を意味するか

描き下ろし

2　「都のすがた人形」における「鶉の焼鳥」は何を意味するか

「『好色一代男』巻八「都のすがた人形」の創作方法――「鶉の焼鳥」の表象――」（『岩手医科大学共通教育研究年報』第48号、二〇一三年一二月）。

第二章　『好色五人女』の方法

1　「おなつ」をとりまく滑稽

「『好色五人女』試論―巻一「姿姫路清十郎物語」を中心として」（『日本文芸論叢』第3号、一九八四年三月）。

2　「お七」の母の「小語《ささやき》」

「『好色五人女』巻四の五「様子あつての俄坊主」論」（『北陸古典研究』第14号、一九九九年一〇月）。

第三章　冒頭部の仕掛け

1　『男色大鑑』「墨絵につらき剣菱の紋」を解く
「『男色大鑑』の表現と方法―巻一の五「墨絵につらき剣菱の紋」を中心に」（『長野県短期大学紀要』第53号、一九九八年一二月）。

2　『日本永代蔵』「浪風静に神通丸」の小さなエピソード群
「『日本永代蔵』の表現―巻一の一「浪風静に神通丸」をめぐって―」（『日本文芸論稿』第15号、一九八六年一〇月）。

第Ⅱ部　語り紡ぐ仕組み

第一章　『西鶴諸国はなし』における伝承の活用

1　「夢路の風車」における『邯鄲』『松風』の活用
「『西鶴諸国はなし』と謡曲」（『菊田茂男教授退官記念日本文芸の潮流』おうふう、一九九四年一月）。

2　「身を捨て油壺」と「姥が火」の伝説
「「姥が火」伝説からの乖離―『西鶴諸国はなし』巻五の六「身を捨て油壺」をめぐって―」（『日本文芸論稿』第16・17合併号、一九八九年七月）。

第二章　『懐硯』における語り紡ぐ仕組み

1　積層構造――「伴山」の役割――
「『懐硯』の積層構造」（岩手医科大学『共通教育研究年報』第47号、二〇一二年一二月）。

2　旅物語――『東海道名所記』と比較して――
「『懐硯』と『東海道名所記』」（『文芸研究』第144集、一九九七年一月）。

第四章　『新可笑記』巻一における反転の仕掛け

1　「理非の命勝負」の理と非

「『新可笑記』巻一の一「理非の命勝負」論」（『長野県短期大学紀要』第63号、二〇〇八年一二月）。

2　「梢に驚く猿の執心」の生と死

「『新可笑記』における命の重さ―巻一の三「梢に驚く猿の執心」論―」（『岩手医科大学共通教育研究年報』第46号、二〇一一年一二月）。

第Ⅲ部　〈はなし〉の広がり

第一章　〈こころ〉と〈からだ〉

1　西鶴浮世草子に描かれる顔

「顔文化史からみた西鶴の顔表現」（『長野県短期大学紀要』第58号、二〇〇三年一二月）。

2　容貌の変化――『武家義理物語』「瘊子《ほくろ》はむかしの面影」の姉と妹

「『武家義理物語』巻一の二「瘊子はむかしの面影論」―女はらからの系譜―」（『長野県短期大学紀要』第59号、二〇〇四年一二月）。

第二章　西鶴が描く愛の変奏

1　西鶴浮世草子における兄弟姉妹

「西鶴が描く兄弟姉妹」（『長野県短期大学紀要』第60号、二〇〇五年一二月）。

2　男が女を背負うことは何を意味するか

「西鶴作品における〈背負い〉の図―『西鶴諸国はなし』巻三の二「面影の焼残り」を中心として―」(『長野県短期大学紀要』第61号、二〇〇六年一二月)。

本書は、二〇一四年に東北大学に提出した学位論文『西鶴浮世草子の新研究』に基づく論文集である。

東北大学在学中には、学部・大学院を通じて、菊田茂男先生、鈴木則郎先生、そして、故佐々木昭夫先生に計り知れない学恩を賜った。大学を離れてからも、先生方に研究を、時には人生を導いていただいた。卒業論文「『好色五人女』における喜劇性と悲劇性」、修士論文「西鶴浮世草子の研究」の口頭試問では、菊田茂男先生、鈴木則郎先生、故佐々木昭夫先生、加藤正信先生に懇切丁寧なご助言をたくさんいただいた。それらを常に思い浮かべながら、西鶴の浮世草子を読み続けてきた。もとより浅学菲才の身である。また、ゆっくりとしか進んでこれなかった。反省することばかりである。

菊田先生から、お電話をいただき博士学位論文執筆を促していただいたのは、長野県短期大学に赴任して間もないころのことであるから、二〇年近く前のことである。ここまでくるのにあまりにも長い年月がかかってしまった。近年、同窓の大先輩錦仁先生と、東北諸藩の資料調査に同行させていただく機会が増えた。折に触れて、著書を出すための具体的かつ緻密な御助言を賜った。本書のタイトルをつけてくださったのも錦先生である。そして、本書は笠間書院の橋本孝編集長と編集担当の岡田圭介氏の御理解・御尽力によって成った。

たくさんの方にご高配をいただき、ここまでようやく辿りついた。すべての方々にこころから感謝申し上げている。この場を借りて御礼申し上げる。

二〇一六年二月

平林　香織

【付記】本書は二〇一五年度科学研究費助成事業〈研究成果公開促進費〉の交付を受けて刊行された。

■さ

■し

事項索引

書名・作品名索引

人名／書名・作品名／事項索引

人名索引

誘惑する西鶴
浮世草子をどう読むか

著者

平林香織

（ひらばやし・かおり）

1959年　宮城県に生まれる。
1985年　東北大学大学院文学研究科国文学専攻修士課程修了
1987年　同博士課程科目修了
現　在
長野県短期大学教授を経て
岩手医科大学教養教育センター教授。
博士（文学）・2014年2月（東北大学）。

平成28（2016）年2月28日　初版第1刷発行
ISBN978-4-305-70799-4 C0095

発行者

池田圭子

発行所

〒101-0064
東京都千代田区猿楽町2-2-3
笠間書院
電話 03-3295-1331 Fax 03-3294-0996
web :http://kasamashoin.jp/
mail:info@kasamashoin.co.jp

装丁 笠間書院装幀室　印刷・製本 モリモト印刷